Hans-Peter Ackermann

Hans-Peter Ackermann

Flucht aus dem Dschungel von Guyana

Abenteuerroman

*Bibliografische Information der Deutschen Nationalbibliothek:
Die Deutsche Nationalbibliothek verzeichnet diese Publikation
in der Deutschen Nationalbibliografie; detaillierte bibliografische Daten sind im Internet über http://dnb.dnb.de abrufbar.*

*© 2025 Hans-Peter Ackermann
Verlag: BoD · Books on Demand GmbH,
Überseering 33, 22297 Hamburg, bod@bod.de
Druck: Libri Plureos GmbH,
Friedensallee 273, 22763 Hamburg
Redaktion: Regina Graf
Illustration: Thomas Wölker
Bildvorlage: pixelio
ISBN: 978-3-8192-7643-9*

Ein verrückter Plan entsteht

Die Augustsonne meinte es in diesen Wochen wirklich gut. Vom frühen Morgen bis in den Abend hinein strahlendblauer Himmel über München. Und in dieses wunderschöne Abendrot hinein schwebte die Boeing 747 der Lufthansa mit einer Linkskurve auf die Einflugschneise des Flughafens München ein. Chefpilot Andreas Thaler und sein Co-Pilot Steffen Urban waren ein eingespieltes Team und hatten schon viele tausend Flugmeilen zusammen bewältigt. Und so war im Laufe der Jahre eine Freundschaft zwischen beiden entstanden. Thaler sah zur Seite.

„Du, ich habe diese Woche ein Buch in die Hände bekommen, das lohnt sich zu lesen." Der 45-Jährige mit den kurzgeschnittenen graumelierten Haaren kontrollierte noch einmal die Seitenruder. Und mit Blick auf die Instrumente meinte er plötzlich zu seinem Co-Pilot Steffen Urban:

„Ich habe in einem alten Buch aus dem Jahre 1948 über einen französischen Forscher Henry Duping gelesen, der in Guyana nach einem alten Flugzeug gesucht hatte, welches 1942 im Dschungel abgestürzt war. Diese zweimotorige Maschine hatte den beiden Brüdern Windhorst aus Seattle gehört, die im nahen Brasilien nach Diamanten gesucht und offenbar auch welche gefunden hatten. Aber auf dem Rückflug war ihre Maschine während eines Gewitters über dem Regenwald von Guyana abgestürzt. Und niemand hat je wieder etwas von ihnen und ihrer brisanten Fracht gehört oder gelesen." Steffen Urban lachte.

„Was denn für ein Buch? Du weißt, ich bin kein großer Leser." Er schaltete die Automatik aus und manövrierte die 333,4 Tonnen der Boeing 747 nun eigenhändig in Richtung Landebahn.

„Willst du jetzt deswegen da unten Urlaub machen?" Der schmächtige 1,80 Mann schüttelte den Kopf. „Du hast vielleicht Ideen, mein lieber Mann. Weiß deine Lieblingsfreundin schon davon?" Thaler winkte ab und schaltete sein Mikro ein.

„Meine Damen und Herren! Wir befinden uns im Landeanflug auf den Flughafen München. Bitte stellen Sie das Rauchen ein und schnallen Sie sich an.
Und gerade, als er seinem Co-Pilot antworten wollte, klopfte es plötzlich an der Kabinentür und Urban drückte den Türöffner.

Eine schlanke, langbeinige junge Frau mit pechschwarzen Haaren, die zu einen Pferdeschwanz gebunden waren, steckte den Kopf durch die Tür.

„Hört mal, ruft bitte einen Krankenwagen! Ich habe hinten eine Schwangere, bei der vor zwanzig Minuten die Wehen eingesetzt haben. Die sollen gleich an die Landebahn fahren!"
Andreas Thaler lachte die Stewardess an, die auch seine Verlobte war, und meinte:

„Na, ein Glück, dass du das nicht bist!". Nadine Glauber tippte mit dem Zeigefinger an ihre Stirn, streckte ihm die Zunge heraus und meinte dann:

„Von wem sollte ich denn schwanger werden, he?" Sie und schloss schnell die Tür und enthob ihn so einer Antwort. Lachend konzentrierten sich die beiden Piloten auf den Landeanflug. Die Boeing 747 senkte langsam die Nase, die Landeklappen fuhren knatternd aus und dann streckte der riesige Vogel seine Nase der Landebahn entgegen und setzte sanft rumpelnd auf. Andreas steuerte die Boeing auf die Ankunft – Arrival zu, wo man bereits dabei war, die Gangway heranzufahren, während die vordere Tür des Flugzeuges von der Chef-Stewardess geöffnet wurde.
Auf dem Ausrollfeld stand bereits ein Krankenwagen mit zwei Sanitätern und einer fahrbaren Trage. Der Lift brachte die Schwangere und ihren aufgeregten Ehemann nach unten zum Krankenwagen.
Andreas Thaler schaltete die Systeme ab und lehnte sich gähnend zurück. Sie waren sechs Stunden und fünf Minuten nonstop geflogen und damit zwanzig Minuten eher als geplant gelandet. Er sah auf die Uhr und nickte.

„Steffen, wir sind gute zwanzig Minuten schneller als beim letzten Mal.

„Na klar, heimwärts hatten wir ja auch Rückenwind!", lachte der blonde Lulatsch und stand auf.
Nachdem sie den Check Inn verlassen hatten, warteten sie noch auf Nadine. Steffen kam nochmal auf das Buch zurück. „Sag mal, hast du das mit dem Urlaub ernst gemeint? Und hast du schon mit Nadine darüber gesprochen?" Steffen Urban sah Andreas Thaler fragend an, der den Kopf schüttelte.

„Nee, mit meiner Mausi habe ich noch nicht darüber geredet. Aber ich gebe dir mal das Buch und du liest es bis Freitag durch. Dann reden wir nochmal darüber. Vielleicht machen wir dieses Jahr den Urlaub da unten und schauen uns mal ein bisschen um. Also rede schon mal mit deiner Carmen darüber.“

Als Nadine mit ihrem Trolley bei ihnen ankam, verabschiedeten sie sich. „Bis Freitag, in alter Manier! Genieß die drei freien Tage und grüß Carmen von uns!“

So hatten sie sich schon mehrere hundert Male voneinander verabschiedet. Doch diesmal war das ein wenig anders, und daran schuld war ein kleines Büchlein mit 135 Seiten. Die Erinnerungen von zwei Brüdern aus England, die mitten im Zweiten Weltkrieg das große Geld machen wollten und über deren Verbleib Thaler nun nachdachte. Und vor allem darüber, wie er es seiner Verlobten beibringen sollte, dass er nach Guyana wollte.

Auf der Heimfahrt vom Flughafen München nach Berchtesgaden brauchten sie kaum knappe anderthalb Stunden, weil die Autobahn erstaunlich leer war um diese Zeit. Zuhause angekommen gingen sie zusammen schnell noch was einkaufen, weil der Kühlschrank ziemlich leer war. Doch Nadine hatte ihre Einkaufsliste dabei und so ging auch das relativ schnell vonstatten, und sie freuten sich endlich wieder zu Hause zu sein.

Gelegentlich gingen sie an ihren freien Tagen zwar auch manchmal in ein Restaurant zum Essen. Doch Andreas hatte mal wieder Appetit auf ein Rindersteak.

Eine Stunde später saßen sie auf der Couch, den Teller auf den Beinen und schauten Fernsehen. Die schlanke Schwarzhaarige, der die Haare bis über die Schulterblätter reichten, hatte sich bequem neben Andreas in die Kissen eingekuschelt. Das war ihre Art nach einem stundenlangen Flug die Ruhe und die Zweisamkeit zu nutzen, bis Andreas das Gespräch auf das Buch brachte und Nadine ihn skeptisch anschaute. Sie ahnte wohl bereits das nahende Unheil, doch Andreas lächelte nur. Er sah seiner Verlobten, die mit einer Decke über den Schultern auf dem Sofa saß und noch einen Joghurt löffelte, in die braunen Augen.

„Was hältst du eigentlich von einem heißen Bad, Lieblingsfrau?“ Sie sah ihn aus ihren dunkelbraunen Augen an und nickte lächelnd.

„Ja gerne. Kommst du mit rein, dann sparen wir Wasser!“, meinte sie kess blinzelnd. Andreas setzte sich auf ihre Oberschenkel und umarmte sie.

„Willst du damit sagen, dass ich fett bin?“, fragte er sie ganz leise und begann die vor ihrer Brust zusammengefaltete Decke zu öffnen, um danach auch die ersten der beiden Blusenknöpfe zu überwinden. Er küsste die so frei gelegten Brustansätze. Doch sie schloss schnell wieder die Decke.

„Stopp, Senor! Erst Wasser einlassen, Heizung im Bad anschalten, dann sehen wir weiter!“ Mit einem Kuss auf die Nasenspitze stieg er wieder von seinem Sitzplatz herunter und ging folgsam ins Bad.

Als er Nadine etwa zehn Minuten später rief und sie in das Bad eintrat, blieb sie einen Moment überrascht stehen. Etwa 20 Teelichter erleuchteten den Raum, dazu zauberte eine rotierende Lampe mit rotem Schirm einen Farbwechsel wie aus Tausend und einer Nacht und auf einem Brett in der Mitte der Wanne standen zwei Gläser und eine Flasche Sekt. Und so wurde es dann doch noch ein ausgiebiges Bad und Andreas kam nicht mehr dazu, mit Nadine weiter über dieses Buch zu sprechen. Das holte er aber dann am nächsten Morgen im Bett nach und Nadine schüttelte zunächst fassungslos den Kopf.

„Was habt ihr euch denn da wieder ausgedacht. Wenn ich Urlaub mache, möchte ich doch ans Meer, das weißt du genau. Und nicht durch einen Dschungel pilgern Auge in Auge mit wilden und giftigen Tieren.“

Sie sah ihren Freund an, der neben ihr lag und sie mit seinen blauen Augen musterte und grinste.

„Und was wäre, wenn wir die Diamanten finden würden, und mit einem Schlag reich wären? So reich, dass wir nie wieder arbeiten müssten?“ Das machte Nadine nachdenklich und so meinte sie:

„Okay, aber ich will das Buch auch mal lesen. Am besten fange ich heute noch an. Du kannst ja in der Küche was zaubern, das machst du doch so gerne, oder?“

Etwa drei Kilometer weiter in Schönau am Königssee war auch Steffen Urban in seiner Wohnsiedlung eingetroffen. Als er in die offenstehende Einfahrt einfuhr, sah er, dass im Haus kein Licht brannte, und auch Carmens BMW X2 war nicht da. Verwundert darüber, dass sie ihn nicht empfing, schloss er die Haustür auf und betrat die Diele. In der Küche auf dem Tisch stand ein Zettel an eine Tasse gelehnt, darauf stand:

„Hallo Steffen! Entschuldige, dass ich nicht da bin, wenn du kommst. Musste überraschend noch schnell ins Krankenhaus und eine erkrankte Kollegin für ein paar Stunden vertreten. Bin gegen 20.00 Uhr zurück. Küsse! Deine Carmen. Ich liebe dich!“
Steffen sah missmutig und etwas enttäuscht auf seine Uhr, es war 18.30 Uhr. Kurz entschlossen zog er sich wieder an, nahm die Schlüssel und verließ das Haus. Sein Ziel war seine Lieblingskneipe „Zum Ochsen“. Den Wirt Harry Schaller kannte er schon seit seiner Jugendzeit. Als er eintrat, saßen gerade mal drei Leute am Stammtisch. Harry Schaller begrüßte seinen Gast.

„Na, bist du mal wieder in der Heimat. Wo warst du diesmal?“ fragte er Steffen und ließ ihm ein kleines Bier ein.

„Bin heute vor drei Stunden aus Dubai gekommen“, erwiderte er einsilbig. Der Wirt nickte.

„Deine Frau ist wohl noch nicht zu Hause?“, kam als Gegenfrage. Steffen stutzte und sah den Wirt an.

„Wieso fragst du?“ Harry Schaller winkte ab. „Och nur so. Etwa gegen 16.00 Uhr war heute Carmen mit einer Kollegin und zwei Kerlen hier. Sie haben bei mir Cola gekauft und waren schon ganz schön in Fahrt.“ Steffen sah den Wirt nachdenklich geworden an. Er kannte Carmens Vorliebe für Cola mit Whisky.

„Sie sind aber nicht hiergeblieben?“, fragte er nochmal nach. Harry Schaller schüttelte den Kopf.

„Nö, die haben ihre sechs Flaschen Cola gekauft und dann sind sie wieder abgezogen in fröhlicher Stimmung.“ Er sah den Piloten von der Seite mitleidig an.
Steffen Urban trank den Rest seines Biers rasch aus, legte das Geld auf den Tisch und verabschiedete sich wieder vom Wirt. Der sah ihm noch nachdenklich hinterher, als der die Gaststube verließ.

„Hätte ich doch vielleicht lieber meine Klappe halten sollen“, murmelte der in sich hinein.
Steffen überlegte vor der Tür, was er jetzt tun sollte. Ihm hinterlässt sie eine Nachricht, dass sie einspringen musste, in Wahrheit aber ist sie feiern gegangen. Und das, obwohl sie wusste, dass er

nach Hause kommt. Ging sie neuerdings fremd? Und so machte
er sich zu Fuß mit düsteren Gedanken auf den Weg nach Hause.
Doch als er vor der Einfahrt ankam, stand das Tor zur Garage
offen und ihr BMW stand nun drinnen. Er schloss die Haustür
auf und ging ins Haus. Aus der Küche zog der Duft von Gebra-
tenen durch das Gemäuer. Als er in die Küche eintrat, stand seine
Carmen in ihrem roten Kleid und hochhackigen Schuhen am
Herd und schwenkte lachend die Pfanne.

„Hallo Schatzi! Gleich gibt's Lammkoteletts mit Reis!", rief
sie ihm entgegen. Er brummte etwas von: „Na super, wenigstens
eine Aufmerksamkeit!" Dann setzte er sich an den Küchentisch
und sah ihr wortlos zu, wie sie die Teller anrichtete.

„Na, wie war dein Dienst?", fragte er so harmlos wie nur möglich. Carmen winkte ab. „War halb so schlimm! Siehst ja, ich bin
schon wieder da." Steffen nickte, dann meinte er:

„Und weil der Dienst so toll war, habt ihr schnell noch sechs
Flaschen Cola aus der Kneipe geholt, damit der Whisky ver-
dünnt werden konnte. Und du hast dein Ausgehkleid an und die
Schuhe dazu! Was war das für ein Dienst – und vor allem wo?"
Im gleichen Augenblick bereute er schon wieder, wie er sie empfangen hatte und vor allem über seinen vorwurfsvollen Ton.
Doch es war zu spät. Dazu hatte er noch den unangetasteten Teller mit einem Ruck zurückgeschoben und war um eine Nuance
lauter geworden. Sofort verfluchte er seine Eifersucht. Doch nun
war es raus und konnte nicht mehr revidiert werden. Innerlich
verfluchte er sich.
Carmens Gesichtszüge froren ein und sie bekam einen roten
Kopf. Wortlos ging sie aus der Küche und knallte die Tür hinter
sich zu. Steffen stocherte in seinem Essen herum, das so gut
roch, denn kochen konnte Carmen wie ein Profi.
Plötzlich kam sie umgezogen wieder herein, setzte sich wortlos
ihm gegenüber an den Tisch und begann zu essen. Nach einigen
Bissen schob sie den Teller zurück und sah ihren Mann einen
Moment schweigend an. Sie hatte Tränen in den Augen, die sie
abtupfte und sich dann zurücklehnte und die Arme über der
Brust verschränkte. Und dann brach es aus ihr heraus:
„Weißt du was, du bist die ganze Woche irgendwo in der Welt
unterwegs. Ich sitze hier zu Hause und meine einzige Abwechs-
lung besteht zwischen Haushalt und Krankenhaus. Und wenn du

für drei Tage nach Hause kommst, hängen wir zu Hause herum, weil du ausschlafen willst. Wir gehen nicht mehr aus. Wir treffen keine Freunde, wie ein altes Ehepaar nach 30 Jahren Ehe. Aber das reicht mir nun schon nach sieben Jahren! Und weil der Assistenzarzt seine Prüfung mit Auszeichnung bestanden hatte, lud der uns ein, das mit ihm zu feiern! Und die sitzen sicher jetzt noch beisammen, während ich schon hier bin. Und wenn du es genau wissen willst, der Assi ist verheiratet, sein Freund auch, nur Steffi ist noch solo. Und wir haben nicht zusammen gevögelt, falls du das vermuten solltest! Wir haben lediglich kollegial ein wenig gefeiert!" Sie warf wütend ihre Serviette auf den Tisch.

„Und warum tischst du mir dann den Schmarrn mit dem Dienst auf, wenn alles so harmlos war?", fragte er barsch zurück.
Carmen sah ihn mit funkelnden Augen starr an.

„Weil ich eben nach sieben Jahren weiß, wie du bei sowas tickst! Du unterstellst mir doch sofort, dass ich fremdgehe! Vielleicht sollte ich es ja tatsächlich mal machen, damit du endlich mal einen Grund hast. Oder denkst du, ich weiß nicht, dass du ab und zu meine Sachen kontrollierst?"
Und damit war Steffen sofort in einer Rolle, die Frauen immer anwenden, um ihren Männern ein schlechtes Gewissen einzureden. Selber nicht ganz korrekt gehandelt, aber wenn man sie dabei erwischte, drehten sie den Spieß um! Steffen aber stand schweigend auf, ging eine Flasche Rotwein holen und stellte dann zwei Gläser auf den Tisch. Er zündete dazu zwei Kerzenleuchter an und schenkte ein. Dann reichte er ihr ein Glas über den Tisch und lächelte sie an. Das war eben Steffen. Gerade noch auf 180 und im nächsten Augenblick war aller Zorn verraucht.

„Trinkst du mit mir auf eine Versöhnung? Ich weiß, ich bin ein Idiot. Ich würde dich nie verlieren wollen. Du bist und bleibst meine Herzdame." Sie lächelte hintergründig.

„Wenn du mir sofort einen Kuss gibst, ja! Und noch was mein Prinzgemahl! Ich würde dich niemals, aber auch wirklich niemals betrügen, was ich natürlich auch von dir annehme. Und du bist oft mit schönen Frauen unterwegs. Glaubst du nicht, dass ich da auch manchmal überlege, was du da gerade am Strand vom Mahè machst?" Steffen nickte und nahm einen Schluck Wein. Er hob sein Glas und sah sie bittend an.

„Ich versuche das, was du vorhin angesprochen hast, in Zukunft zu beachten. Also, ich versuche es zumindest, gibst du mir dazu noch eine Chance?" Sie nahm langsam das Glas und sah ihren Steffen in die Augen. Steffen nahm ihre Hand in die seine.

„Da musst du keine Angst haben. Andreas ist immer an meiner Seite und Nadine passt da sicher auch auf. Ich bin also in guten Händen, wenn ich unterwegs bin."

Carmen war aufgestanden und kam um den Tisch herum, um sich auf seine Knie zu setzen. Und wie das dann oftmals so ist, hatte er plötzlich eine offene Hose und kein Hemd mehr an, und sie auch gar nix mehr. Der Frieden war wieder geschlossen.

Nächster Flug nach Dubai

Und wieder hieß es Abschiednehmen. Die Crew, bestehend aus dem Chefpilot Andreas Thaler und dem Co-Pilot Steffen Urban nahm Kurs auf Dubai, um dann nach 10 Stunden Ruhepause wieder zurück nach München zu fliegen. Gegen 21:00 Uhr waren sie auf dem Flughafen T3 mit einer Fläche von 1400 Hektar gelandet. Unterwegs hatten sie Zeit gehabt, sich über das „Projekt Guayana" auszutauschen. Und Steffen hatte sichtlich Feuer gefangen. Und so war es auch verständlich, dass sie zunächst in der Lobby bei einem guten Mokka die Sache nochmal mit Nadine besprachen. Deren Reaktion aber war zunächst kurz und schmerzlos.

„Ihr seid doch alle beide verrückt! Im Urlaub will ich am Strand liegen und faulenzen und nicht durch die Wildnis ziehen. Und was sagt Carmen zu eurem tollen Plan?" Steffen musste zugeben, dass er auf Grund der anfänglichen Streiterei lieber erst einmal nichts gesagt hatte. Nadine schlug ihre hübschen langen Beine übereinander und sah ihre beiden Piloten an.

„Also, ich hatte ja nun die Gelegenheit das Machwerk zu lesen. So richtig überzeugt hat mich das Ganze aber nicht. Denn was ich so gelesen habe, gab es ja schon genügend Leute, die danach gesucht und nix gefunden haben. Ich halte das ehrlich gesagt für ein ziemliches Hirngespinst, Männer! Nehmt es mir nicht übel."

Sie setzten sich in das Café des Flughafenrestaurants. Andreas holte drei Drinks und dann versuchte er, Nadine die Sache nochmal zu erklären.

„Stimmt Nadine, niemand hat je wieder etwas von ihnen und ihrer brisanten Fracht gehört oder gelesen. Doch nach einem Schreiben von Duping an seine Schwester, welches er noch fünf Tage vor seinem Abflug verfasst hatte, musste diese Maschine Roh-Diamanten im Wert von etwa 40 Millionen Dollar an Bord gehabt haben. Zahlreiche Versuche in den Folgejahren, diese Maschine zu finden, waren ergebnislos verlaufen. Irgendwann war das Thema wieder aus der öffentlichen Diskussion verschwunden, zumal gerade ein Weltkrieg zu Ende gegangen war und die Menschen damals andere Sorgen hatten. Aber könnte es nicht sein, dass die alle an der falschen Stelle gesucht haben? Ich schlage vor, wir machen einen Zweiwochentrip in den Busch und danach noch eine Woche Badeurlaub am Strand. Was hältst du davon, Lieblingsstewardess?"
Nadine saß da und nippte an ihrem Drink. Plötzlich wurde ihre Miene ein wenig entspannter.

„Ihr beiden Schatzgräber wollt also ernsthaft da runterfliegen, weil wir ja noch nicht genug fliegen, und euch dann auf die Suche nach diesen angeblichen Diamanten machen. Ist das wirklich euer Ernst?" Die beiden grinsten und nickten einhellig.

„Gut, und nochmal die Frage, weiß Carmen schon davon?" Und Urban grinste verlegen. „Ich sagte es ihr schon noch. Sie weiß noch nichts davon", bekannte er schuldbewusst. Nadine sah die beiden Männer ernst an und man sah förmlich, wie ihr Hirn arbeitete. Dann schüttelte sie den Kopf.

„Und ihr seid euch auch ganz sicher, dass ihr schon aus dem Teenie-Alter raus seid?", meinte sie plötzlich grinsend. Andreas lächelte seine Verlobte verschmitzt an.

„Und wenn du nach diesem Urlaub keinen Tag deines Lebens mehr arbeiten müsstest und ein Konto voll Kohle hättest und jedes Jahr mal nach Rimini, nach Monaco oder sonst wohin fliegen könntest? Wie wäre das denn, wenn das, was wir dort finden, wirklich um die 40 Mio. US-Dollar wert ist?" Nadine, unsicher geworden, sah ihren Verlobten an.

„Ich wünsche euch schon mal viel Spaß dabei, wenn ihr das dann Carmen beibringen müsst. Ich bin jedenfalls gespannt, was sie meint. Aber ich halte mich da raus."
Nach diesem Gespräch trennten sie sich und gingen auf ihr Hotelzimmer im Flughafen. Andreas und Nadine hatten ein Doppelzimmer, Steffen ein Einzelzimmer. Und auch hier ging die Diskussion noch eine Weile zwischen Andreas und Nadine weiter.

Aus Dubai zurück

Sie hatten vereinbart, sich am ersten Samstag ihrer einwöchigen Ruhepause bei Andreas und Nadine zu treffen. Carmen hatte mal wieder frei nach langer Zeit und freute sich auf ein paar Stunden mit Nadine, da sie sich ja bereits gut kannten. Zumal beide Frauen ja fast im gleichen Alter waren.
Die Männer hatten für diesen Abend einen Schlachtplan entworfen, wie sie Carmen überzeugen wollten. Was im Grunde ja eigentlich einfach war, denn Andreas las einfach aus diesem Buch vor, während sie bei Kerzenschein und einem Holzfeuer auf der Terrasse des Einfamilienhauses saßen. Carmen hörte gespannt zu, nickte einige Male und schien doch ziemlich interessiert zu sein. Als er fertig war mit Lesen, seufzte sie leise.
„Ooooch wäre das schön, Leute! Ein paar Millionen auf dem Konto und nicht mehr unbedingt arbeiten müssen. Dann könnte man die schönsten Reisen an die schönsten Stellen unserer Erde machen." Sie sah Nadine argwöhnisch an.
„Was grinst du denn so?" Nadine nahm einen Schluck Rotwein und meinte dann immer noch grinsend:
„Da ist ja der Plan dieser beiden Helden hier voll aufgegangen!" Carmen sah sie verwundert an. „Wieso Plan? Hast du schon von diesem Buch gewusst?" Nadine nickte wieder.
„Ich habe es sogar schon gelesen, Schwester Carmen. Aber du weißt natürlich noch nicht, was ich schon weiß!"
Carmen richtete sich ein wenig auf und sah erst Andreas und dann ihren Mann ernst von der Seite an.
„Was weiß ich noch nicht? Aber jetzt raus damit, sonst schläfst du heute Nacht in der Garage!" Das war natürlich ein Scherz, das wusste jeder. Carmen sah die beiden Männer fragend an.

Andreas versuchte, seinen Freund aus dem Schlamassel zu befreien.

„Wir haben uns überlegt, ob wir nicht zu viert unseren nächsten Urlaub dazu benutzen und mal da runterfliegen, um das Flugzeugwrack zu suchen!"

Carmen saß da, hatte den Mund offen, schaute mit großen Augen das Trio an, schluckte dreimal und meinte dann:

„Ihr spinnt doch alle drei!" Und schon war die schönste Diskussion im Gange. Am Ende des Abends einigte man sich, dass Andreas sich mal erkundigte, welche Urlaubsmöglichkeiten es in Guyana gab. Die Harmonie war wieder hergestellt und die beiden Männer rieben sich siegessicher die Hände.

Andreas Bemühungen, einen Reiseveranstalter zu finden, der Urlaub in Guyana anbot, wurden belohnt. Eine Agentur aus Österreich bot Abenteuerurlaub für drei Wochen an. Der Preis war verhältnismäßig moderat.

Abflug nach Guyana - Dienstag, 2.11. 2021

Endlich war es so weit. Andreas und Nadine hatten ihren BMW X5M in Berchtesgaden mit Gepäck für drei Wochen beladen und waren auf dem Weg nach Schönau am Königssee, wo Familie Urban lebte, um sie abzuholen. Zu Hause hatte man dafür gesorgt, dass die Nachbarn oder Verwandte die Blumen gossen, die Heizung kontrollierten und notfalls Schnee schippten.

Wider Erwarten gab es schon etwas Schnee in den letzten Tagen. Und alle freuten sich schon auf die Temperatur in den südlichen Gefilden. Wie Andreas gelesen hatte, gab es in Guyana durchschnittlich Werte von 28 bis 30 Grad Celsius, eine Regenzeit und eine Sommerzeit. Sie kamen jetzt geradewegs in der Sommerzeit an. Um 18:00 Uhr sollte ihre Maschine nach Guyana vom Flughafen München abfliegen. Die beiden Piloten freuten sich schon darauf, auch endlich einmal als Passagier mitzufliegen. Andreas hatte in der Hauptstadt Georgetown in einem Hotel namens „Lotosblüte" je ein Zimmer für die ersten drei Tage gebucht, und dann noch eine Woche, um Strandurlaub zu machen. Es war ein langer Flug über 16 Stunden, ehe sie endlich am Ziel ankamen. Als sie in der Wartehalle des Flughafens standen und

warteten, holte sie niemand ab, obwohl das von der Reiseagentur zugesagt worden war. Steffen moserte genervt:
„Na, das fängt gleich gut an. Suchen wir uns halt ein Bus-Taxi." Und so geschah es dann auch. Im strahlenden Sonnenschein brachte sie das Bus-Taxi nach außerhalb von Georgetown. Müde und erschöpft betraten sie das kleine Hotel, das einen gemütlichen Eindruck machte, und einen wunderschönen schattigen Garten mit einem Pool hatte. Die Eigentümerin hieß Rachel Hunter, war eine etwas fünfzigjährige etwas füllige Frau aus der Schweiz. Ihr Mann. der wenig später noch dazu kam, hieß Robert Hunter und war Engländer. Rachel zeigte den beiden deutschen Paaren ihre Doppelzimmer. Auch hier gab es nichts zu kritisieren. Die Zimmer waren sauber und gemütlich und hatten eine Terrasse, da sie zu ebener Erde lagen.
Nach einem kurzen, aber erquickenden Schlaf trafen sie sich am Abend in der Hotel-Bar. Andreas, der sich ein wenig mit dem Hotelier angefreundet hatte, sah ihn beim Bier von der Seite an.
„Sagen Sie mal Robert, haben Sie schon mal was von einem Flugzeug gehört, welches am Ende des Zweiten Weltkrieges hier in Guyana abgestürzt sein soll. An Bord, so sagt man, sollen so ca. 42 Millionen Dollar in Steinen gewesen sein. Also ich meine Diamanten", setzte er noch hinzu. Hunter sah sein Gegenüber völlig erschrocken an und meinte dann leise:
„Jetzt sagen Sie nur, Sie haben extra den weiten Weg zu uns auf sich genommen, um diesem Phantom hinterherzujagen?", fragte er den Deutschen erstaunt. Andreas Thaler nickte kurz.
„Ja, das stimmt! Aber bitte behalten Sie es für sich. Nicht, dass noch irgendein Reporter oder Glücksritter davon Wind bekommt. Sie wissen, wie schnell das geht." Robert Hunter nickte nachdenklich und meinte dann leise:
„Da machen Sie sich mal keine Gedanken, Mister Thaler. Aber wie wollen Sie denn dahin kommen, frage ich Sie."
Andreas verwies auf die Reiseagentur, die das alles organisiert hatte, und die sie morgen aufsuchen wollten, um sich letzte Informationen zu holen. Daraufhin brach Hunter in eine Lachsalve aus und er brauchte eine Weile, um sich zu beruhigen. Als er sich endlich beruhigt hatte, sah er die vier Deutschen ziemlich mitleidig an und schüttelte fassungslos den Kopf.

„Was? Bei denen haben Sie gebucht? Na, dann ist Ihr schönes Geld aber längst über alle Berge! Da sind Sie aber nicht die ersten, die da drauf reingefallen sind. Der Boss dieser Truppe, ein gewisser Kilian Oberhofer ist ein Österreicher, und der wird längst von der Polizei gesucht. Das stand vorgestern erst in der Zeitung.“ Die vier Deutschen sahen sich entsetzt an. Mit dieser Auskunft war die Stimmung ziemlich weit unten, weniger bei den Frauen, die nun an den schönen Badeurlaub dachten. Aber mitten in eine heftige Diskussion betraten dann zwei weitere Gäste des Hotels, nämlich das amerikanische Ehepaar Winter die Bar. Steffen und Andreas hatten kurz nach dem Einchecken mit ihnen einige Worte gewechselt und wussten, dass beide Forscher aus den USA waren. Die setzten sich mit an den Tisch und sahen in die betretenen Gesichter der Deutschen. Benny Winter hob die Augenbrauen etwas an.

„Was ist denn bei Ihnen los. Sie schauen, als ob Ihnen die Reisekasse gestohlen worden ist!“, bemerkte er lax. Andreas nickte betroffen.

„So ungefähr, wir sind wohl umsonst hier heruntergeflogen und haben 10.000 € umsonst investiert“, erwiderte er sauertöpfisch. Zum Erstaunen aller Anwesenden nickte Benny Winters jedoch und lächelte.

„Na, dann wissen Sie ja schon das Neueste! Wir beide kommen nämlich gerade von der Polizei. Wir haben soeben Anzeige erstattet. Ob das viel Sinn macht in diesen Breiten, wage ich da allerdings zu bezweifeln. Wir hatten bei denen vier Wochen gebucht, aber nur für die Unterbringung, weil wir alleine durch die Wildnis ziehen wollen.“ Andreas Thaler lachte verärgert auf.

„Und? Fliegen Sie nun wieder nach Hause?“ Doch die Winters schüttelten beide die Köpfe. Und Steffen Urban sah für Sekunden der blonden Amerikanerin in ihre herrlich braunen Augen.

„Nein, wir haben uns entschlossen, unseren Plan auch so durchzuziehen. Kommen Sie doch einfach mit uns mit! Wir haben einen Forschungsauftrag und haben vorhin einen „Artoros Shaman“ geleast. Die Kiste hat Platz für neun Personen, hat 870 PS und einzeln steuerbare Räder. Mit dem können Sie quer fahren, wenn es sein muss, oder auch schwimmen Also was ist, kommen Sie mit?“

Die Vier sahen sich gegenseitig an. Erst nickte Steffen und dann Andreas und dann etwas zögerlich auch beide Frauen. Benny Winter lachte.

„Na dann Freunde, ziehen wir übermorgen in den Busch! Vorher müssen wir aber noch einiges einkaufen. Und hören Sie zu, meine Frau Karen und ich sind Wissenschaftler. Wir sind im Auftrag unseres Ministeriums hier unten auf der Suche nach alten Relikten. Das bedeutet, wir könnten Sie als sogenannte „Hilfskräfte" einordnen, dann kostet Sie der ganze Trip gar nichts bis auf Ihre persönlichen Ausgaben! Was sagen Sie dazu?"

Mit einem Mal war die schlechte Stimmung weg. Und während die Männer noch bis spät in die Nacht zusammenhockten und Pläne schmiedeten, wobei auch dieser „Windhorst" wieder zur Sprache kam, vergnügten sich die drei Frauen an der kleinen Bar und tauschten sich aus. Am Ende des Abends waren sie schon so etwas wie Freundinnen geworden.

Aufbruch ins Ungewisse

Und so begann am übernächsten Morgen tatsächlich doch noch das Abenteuer „Dschungel". Mit allen guten Wünschen und vielen guten Ratschlägen der Familie Hunter bestiegen sie ihren „Monster-Jeep", der schon allein wegen seiner Farbgebung in Orange – Schwarz und vier großen Scheinwerfern auf dem Dach aussah wie aus einem utopischen Film. Eine Karte, ausgeliehen von den Hunters, sollte ihnen den Weg weisen. Dabei führte sie ihr Weg bis an die Grenze von Surinam im Westen, das waren gute 1865 km, und das quer durch Regenwald und über Flüsse hinweg. Mit einem wehen Blick zurück verließen zumindest die Frauen die Hauptstadt.

Andreas war noch immer nicht voll davon überzeugt, dass sie mit diesem Gefährt tatsächlich ihr Ziel erreichen würden. Lange hatte er am Abend noch mit Steffen darüber diskutiert. Doch am Ende war die Einladung der Winters ein Glücksfall gewesen, ohne den sie ihr schönes Projekt hätten endgültig begraben müssen. Andreas hätte die Reise lieber mit einem Boot machen wollen, wäre die Flüsse hinaufgefahren, die alle in den Bergen entsprangen. Aber nun hatten sie sich an diese Wissenschaftler aus den USA gehängt, um Geld zu sparen, wobei sie allerdings auch ein Schlauchboot mit Motor auf dem Dach des Wagens fest vertäut hatten.

Noch am letzten Morgen vor der Abfahrt hatten sich zwei einheimische Führer bei ihnen gemeldet, die Benny Winter auch sofort engagierte. Das hieß, dass sie nun acht Personen mit Gepäck und sonstiger Ausrüstung waren. Einem Rat der Hunters folgend, hatte sich jeder eine Waffe zugelegt. Besonders belacht wurden aber dabei die beiden Einheimischen mit ihren altertümlichen Flinten. Aber wie hilfreich die einmal noch sein würden, sollten sie erst viel später erfahren.

Was allerdings auf Anhieb ihren Argwohn erweckte, war die Tatsache, dass die Winters beide schon von Beginn an ziemlich gut bewaffnet waren.

Benny Winter trug eine Smith & Wesson und hatte noch ein Schnellfeuergewehr. Seine Frau Karen trug am Gürtel ebenfalls eine Pistole, was für Amerikaner ja nichts Außergewöhnliches war. Für Carmen und Nadine aber waren diese Waffen etwas ganz und gar Furchtbares. Aber Andreas bestand darauf, dass sie die von ihm ausgeliehenen Pistolen ebenfalls am Gürtel trugen.

„Wir sind hier nicht in Europa. Wer hier in die Wildnis geht, muss sich bewaffnen." Steffen und Andreas selber trugen nun beide einen acht schussigen Colt und ein Schnellfeuergewehr aus den USA, welches Hunter ihnen geliehen hatte. Einerseits gab es im Land eine Menge Gesindel, und andererseits aber auch Wildtiere, mit denen nicht zu spaßen war. Benny Winters Aufzählung dieser wilden Tiere hatte am Abend fast zum Abbruch des Unternehmens geführt. Neben dem Puma gab es den Ozelot, Tapire, Pekaris Mohren-Kaimane, Boa Constrictor, Anakondas, Korallenotter oder auch Riesenvogelspinnen. Die beiden Frauen hatten Gänsehaut bekommen, als Benny alle aufzählte. Doch am Ende beruhigte er sie und Carmen und Nadine bezwangen ihre unterschwellige Angst. Karen Winter schien den beiden Frauen etwas Beistand leisten zu wollen.

„Also ganz so gefährlich ist das alles nicht. Natürlich muss man sich im Regenwald und an den Flüssen vorsichtig bewegen. Aber glaubt mir, nicht die Tiere sind die große Gefahr. Viel schlimmer ist das hier mit jeder Art von Glücksrittern und Ganoven. Deshalb erzählt ja niemanden davon, was ihr vorhabt!

Am besten ihr sagt jeden, der fragt, ihr seid unsere Mitarbeiter und wir suchen alte Artefakte." Carmen sah ihre neue Bekanntschaft von der Seite an.

„Wart ihr schon öfters hier unten in diesen Breiten?" Karen verneinte. „Nein, wir waren in den letzten Jahren vor allem in den Anden unterwegs, in Peru, Chile und Ecuador. Aber selbst da muss man aufpassen, mit wem man sich austauscht."

Wegen der Schlangen und anderer giftiger Tiere hatte Carmen vor der Abreise eine kleine Reiseapotheke zusammengestellt. Und so hatten sie auch für drei verschiedene Schlangenarten Gegengifte an Bord, dafür hatte Karen Winter gesorgt, die gemeinsam mit Carmen auch die medizinische Abteilung bilden sollte. Da man das Dach des Wagens öffnen konnte, war während der Fahrt auch ein Blick nach oben in die Baumkronen möglich. Aber spätestens im Regenwald musste das Dach geschlossen werden. Immerhin hauste im Geäst der Bäume auch allerhand unfreundliches Getier.

Auf der ersten Tagesetappe schafften sie tatsächlich schon mal 150 km, was erstaunlich war, weil man bereits nach 100 km keine festen Straßen mehr vorfand. Eigens für das Gelände hatte sich Benny Winter auch noch ein kleines Spielzeug mitgenommen, wie er es nannte.

Immer wieder schickte er eine Drohne in den Himmel, um den Weg zu erkunden. Dieses Gerät sollte sich noch einmal als Lebensretter erweisen. Den Strom dazu bezogen sie aus zwei Photovoltaik-Paneelen, die ebenfalls auf dem Dach des Jeeps montiert worden waren.

Den ersten Abend in der Wildnis verbrachten sie auf einer Lichtung im tiefsten Regenwald, und Benny Winter gab eine Einweisung, wie man sich zu verhalten hatte, wenn man raus musste, um die Notdurft zu verrichten. Große aufladbare Handlampen waren eines der unbedingt notwendigen Geräte.

Während die zwei Einheimischen sich ihr Quartier außerhalb des Wagens in der Astgabel eines Baumes gesucht hatten, war den Weißen der Wagen vorbehalten. Jedes Pärchen hatte so knapp 2 mal 2 Meter zur Verfügung. Und es wurde eine unruhige Nacht, in der sie kaum schlafen konnten. Immer gab es irgendwelche Geräusche von Tieren in der Dunkelheit. Carmen, die in der Nacht eigentlich mal herausgemusst hätte, verschob es lieber auf den Morgen.

Als Nadine am Morgen die Augen öffnete, sah sie in die blauen Augen von Benny Winter, der sie angrinste. Einer nach dem anderen wurde wach und erhob sich. Am nahen Wasserlauf gingen sie dann gemeinsam zum Waschen, wobei immer zwei von ihnen bewaffnet waren. Als Benny Winter sah. wie Steffen auf das Wasser zusteuerte, rief er ihm laut hinterdrein:

„Steffen, nicht dass du auf die Idee kommst, jetzt da reinzusteigen! Da könnte dich eine Korallenschlange mal schnell beißen und in dreißig Minuten bist du tot!" Dabei lachte er. Steffen fluchte vor sich hin und inspizierte erst einmal gründlich seinen Badeplatz. Aber so langsam schienen sie sich alle an die Umstände zu gewöhnen.

Mal abgesehen von den Temperaturen um die 32 Grad und einer Luftfeuchtigkeit von 96 Prozent war es ja ganz gemütlich, im Gegensatz zu den Temperaturen im November jetzt zu Hause.

Beim Frühstück besprachen sie die weitere Route. Ein paar Minuten später trafen Andreas und Benny etwas abseits des Platzes aufeinander und Andreas erzählte ihm von dem Flugzeug und der Fracht, die sie suchen wollten. Benny Winter hörte aufmerksam zu. Als Andreas geendet hatte, sah Benny ihn nachdenklich an und meinte dann:

„Mein lieber Andreas, du hast ziemlich viel Vertrauen in Menschen, die du nicht kennst. Aber es ehrt dich, dass du mir davon erzählt hast. Und dein Angebot, uns zu beteiligen, falls ihr was findet, zeugt von verdammt viel Ehrlichkeit. Ich danke dir dafür. Ich würde dir aber raten, diesen beiden Scouts davon nichts zu erzählen. Die haben schneller Verstärkung herangeholt, als uns das lieb sein kann. Der Dschungel hat seine eigenen Gesetze und hier sind schon Leute umgebracht worden oder verschwunden, die viel weniger bei sich trugen. Ich traue den beiden nur so weit, wie ich sie sehen kann. Aber gut, so haben wir zumindest schon mal ein gemeinsames Ziel, außer nur nach alten Ruinen zu suchen. Meiner Frau kann ich aber schon davon erzählen, oder?" Andreas nickte und warum auch immer hielt er plötzlich Benny Winter die Hand hin, und der schlug ein.

„Weißt du Benny, wenn ich ehrlich bin, waren wir ziemlich blauäugig, als wir diese Idee ausgekocht haben. Ich hätte mir zum Beispiel niemals vorstellen können, dass man hier bewaffnet herumlaufen muss." Benny lächelte nachsichtig.

„Jedes Mal gibt es immer ein erstes Mal, so ist nun mal das Leben. Aber ihr getraut euch jedenfalls etwas, und das bewundere ich." Andreas nickte.

„Ja natürlich, wenn wir ein richtiges Team sein wollen, muss jeder wissen, worum es geht. Ich habe mich übrigens erkundigt. Im Falle, wir finden tatsächlich die Diamanten, gehören sie alleine uns. Der Staat hier hat keine Rechte darauf, weil es ja ein Überflug war damals. Sie kamen von Surinam und wollten zum Flughafen Polamar auf der Insel Margaritha, mit Zwischenlandung in Georgetown." Benny Winter sah den Deutschen nachdenklich an.

„Habt ihr euch mal mit deren Flugrouten beschäftigt?" Andraes lachte amüsiert.

„Als Piloten, die wir nun mal sind, kannst du davon ausgehen, Benny. Ich habe die Flugroute sogar auf einer Karte vermerkt und denke, wir kommen dieser sehr nahe. Das Problem ist aber, die Gegend ist ziemlich bergig. Irgendwo um den Mount Sion herum müssen sie abgeschmiert sein. Aber wir haben nur drei Wochen Urlaub, und zwei hatten wir hier im Busch eingeplant, die dritte Woche sollte eigentlich eine Entschädigung für unsere Frauen sein." Benny rieb sich seinen Dreitagebart und sah skeptisch drein.

„Dann müssen wir aber unbedingt so schnell wie möglich da rauf! Meine Holde wird zwar meckern, aber ich glaube es lohnt den Einsatz! Okay, Andreas, meine Frau und ich sind dabei! Und wenn du das findest, was du suchst, kannst du dann nur noch zum Spaß fliegen. Kein schlechter Anreiz, es zu riskieren!" Und so gaben sie sich die Hand darauf und Andreas war erleichtert. Mit den Winters hatte er Profis gefunden, die sich bei der Suche nach Artefakten auskannten. Immerhin hatten die beiden ja schon am Machu Picchu in den Bergen Perus gesucht.
Andreas unterrichtete seine Leute davon, dass sie in den Winters Verbündete gefunden hatte. Nadine und auch Claudia waren erst skeptisch, ließen sich aber überzeugen. Uneins war man darüber, ob man Rodrigo und Antonio vertrauen konnte. Die beiden Einheimischen blieben eigentlich immer unter sich, nur wenn man ihre Hilfe brauchte, dann waren sie auch da. Und so ließ sich

Andreas eine Probe für die beiden einfallen. Er hatte eine mit Gold überzogene Halskette, die aber ziemlich schwer war. Diese ließ er am Abend draußen am Feuer liegen, als man in die Kojen ging. Am nächsten Morgen zum Frühstück klopfte ihm Antonio auf die Schulter. Andreas drehte sich zu ihm um. Antonio stand da und am Zeigefinger hing Andreas Kette. Er hielt sie ihm hin.

„Hier Señor, diese Kette hat sicher gestern Abend jemand von ihnen am Feuer verloren. Wäre schade um das schöne Stück", meinte er und grinste dabei Andreas an. Der bedankte sich bei Antonio sehr herzlich, immerhin war es ein Andenken an seinen Vater – so die Legende.
Beim Frühstück erzählte er den anderen von dieser Begebenheit. Karen wiegte den Kopf hin und her.

„Eigentlich sind die Indigenen sehr ehrliche Menschen und die krummen Hunde, vor denen man sich in Acht nehmen muss, sind zumeist Weiße. Aber wir müssen ja nun nicht alles ausplaudern. Und sollten wir was finden, dann werden wir schon eine Lösung finden. Während sie so sprach, hatte Carmen die taffe Amerikanerin von der Seite gemustert und musste neidlos anerkennen, dass Karen eine verdammt hübsche Frau war. Da hatte sie selber wohl einige Pfunde zu viel auf den Rippen. Bei Nadine war das schon wieder anders, die konnte gut und gerne mit der guten Karen mithalten. Trieb sie doch auch, wann immer es ging, Sport. Antonio meldete sich bei Benny:

„Señor Winter, da vorne kommen wir an eine Brücke oder das, was ein Unwetter davon stehen gelassen hat. Aber wir müssen da drüber. Sollen wir eine Notkonstruktion bauen?" Benny kratzte sich am Kopf, dann aber rief er nach den beiden Deutschen.

„Hört mal, Antonio hat mir gerade berichtet, dass uns weiter vorn eine desolate Brücke aufhält. Wir sollten uns das mal ansehen, bevor wir hier zusammenpacken."
Und so geschah es dann auch. Sie stapften die 500 Meter zu Fuß durch den Regenwald. Und dann sahen sie das Unglück. Steffen raufte sich die Haare.

„Brücke? Wo ist denn da noch eine Brücke? Ach du heiliges Kanonenrohr!" Er wandte sich an Rodrigo:

„Hallo, Rodrigo, wie löst ihr solche Probleme hier unten im Busch? Gibt's hier Bambus?" Rodrigo verzog das Gesicht zu einem breiten Grinsen.

„Sehr gute Idee, Mister Urban. In zwei Stunden können wir da wieder rüberfahren!" Steffen sah ihn entgeistert an.

„Was? In zwei Stunden schon?" Rodrigo nickte nur, dann zog er los, holte eine Motorsäge, die sie im Jeep hatten. Und dann konnte man aufpassen, mit welcher Genauigkeit und Fertigkeit die beiden Indios eine neue Brücke hinzauberten. Nach zweieinhalb Stunden stand das Kunstwerk da, sehr zum Erstaunen aller. Andreas stieg aus seinen Gummistiefeln, die voller Wasser waren. Plötzlich schrie Nadine laut auf. Alle drehten sich zu ihr um, und sie deutete auf Andreas Waden, die voller Blutegel in jeder Größe waren.

„Mach die Viecher ab! Schnell!", rief sie ihrem Freund zu. Doch Andreas lachte nur.

„Nun mach doch nicht so einen Auflauf, Liebling! Das soll doch gesund sein. Ich bräuchte nur einen richtigen Schnaps." Carmen war schon unterwegs und holte eine Flasche Wodka.

„Hier du Held! Entweder so viel davon trinken, bis die Viecher abfallen, oder sie damit übergießen", lachte sie. Und dann nahm sie sich Andreas Waden vor.

„Setz dich auf die Holzkiste da, ich mache das schon!", meinte sie nur und begann ihr Werk. Nach zehn Minuten hatte sie alle Tiere abgelöst und Andreas hatte einige blutende Stellen, die Karen noch einmal mit Wodka übergoss, sehr zu Freunde der Umstehenden. Denn er jammerte ziemlich dabei. Auf einmal kam Antonio mit irgendwelchen Blättern und gab sie Karen.

„Hier Miss Winter, Bein einwickeln und umwickeln mit Schnur oder Liane." Und so bekam Andreas an beiden Beinen einen sehr kunstgerechten Verband. Benny schaute nachdenklich zu und Carmen zückte den Fotoapparat.

„Da würde jeder Arzt bei uns die Hände über den Kopf zusammenschlagen, von wegen Hygiene und so." Andreas winkte ab.

„Diese Urwaldmedizin ist tausendmal besser als unsere Chemiekeulen. Die Jungs kennen sich doch damit aus."
Und nachdem er seine Gummistiefel ebenfalls untersucht hatte, zog er sie wieder an. Wenig später wagten sie den ersten Versuch und der Jeep rollte über die neue Brücke auf die andere

Seite des Flusses. An diesem Morgen ernteten die beiden Einheimischen zum ersten Mal eine Menge Lob wegen ihrer guten Arbeit. Und beide sollten sich noch als fester Bestandteil des Teams erweisen. Carmen hatte immer noch die Kamera bereit und nahm den Mann mit Blättern um die Beine nochmal mit dem Handy auf.

„Andy, das muss ich einfach fotografieren! Mit der Beinmode würdest du in München auf dem Flugplatz die Sensation sein!“ Er streckte ihr die Zunge heraus und grinste dabei breit.

Seit dem Morgen ging es unmerklich immer mehr bergauf und man kam endlich aus dem nassen Urwald heraus in trockeneres Gebiet. Und immer wieder wunderten sie sich, wie dieser schwere Jeep sich bewährte. Einzig Andreas hatte ein ungutes Gefühl, wenn er auf die Verteilung der drei Zweihundert-Liter-Fässer mit dem Dieseltreibstoff sah. Zwei Fässer waren am Heck und eins vorn am Bug befestigt, aber es würden ja weniger werden je weiter sie fuhren. Inzwischen hatte sich Benny Winter schon zweimal mit Steffen Urban beim Fahren abgewechselt, und der Pilot war begeistert von dem Gefährt. Zum ersten Mal sahen sie ein Pumaweibchen mit zwei Kleinen, die neugierig zu ihnen herüberäugten und dann im Gebüsch verschwanden.

An diesem Abend verglich Andreas wieder einmal ihre Route mit dem Kurs, welches das Flugzeug damals benutzt hatte. Er sah Benny und Steffen nachdenklich an und deutete auf seine Karte, die er auf den Knien liegen hatte.

„Wenn wir noch etwa 50 Kilometer weiter gen Osten fahren, sind wir genau auf Kurs. Von da bis zur Grenze nach Surinam sind es dann noch knapp 275 Kilometer. Aber vor uns liegt bergiges Gelände mit viel Baumbewuchs, da heißt es vorsichtig sein.“ Benny Winter nickte ein wenig nachdenklich und kratzte sich am Kinn.

„Andreas hat recht mit dem vorsichtig sein, vor allem aber auch nach oben hin. Wir müssen unbedingt die beiden Dachluken schließen. So gut, dass für die frische Luft im Wagen ist, aber ich möchte nicht erleben, dass uns eine Baumotter in die Kiste fällt! Sagt das besonders euren Frauen.“ Dabei sah er Steffen an und der nickte verstehend. Carmen hing während der Fahrt meistens halb in einer der Luken und sah hinaus. Plötzlich kam Karen ans Feuer und drückte jedem eine

kleine Tablette in die Hand. Als man sie verwundert ansah, schmunzelte sie nur.
„Kein Angst, ich will euch nicht vergiften. Die sind als Vorbeugung gegen Malaria, auch wenn ihr euch habt impfen lassen, ist das hier eine wichtige Sache.“

In den ersten drei Tagen, die sie nun schon unterwegs waren, hatte sich eine Art Arbeitsteilung eingestellt. Und die erinnerte stark an zu Hause. Die Frauen kümmerten sich ums Essen und die Wäsche, während die Männer die Probleme der Tour meisterten. In Sachen Brückenbau waren sie inzwischen schon ein eingespieltes Team. Karen dagegen zeigte ihren beiden Freundinnen wie man kleine Artefakte finden konnte und worauf man dabei achten musste. So mancher Hügel war auch schon mal ein Mungo-Bau, und die konnten sehr ungehalten werden, wenn man sie störte. Und dann sahen sie ihre erste große Schlange, eine Anakonda. Carmen und Nadine waren leicht blass geworden, als sie das Tier über einen Bach in ihre Richtung kommen sahen. Benny hatte schon seine Waffe in der Hand, doch die Anakonda drehte etwa zehn Meter vor ihnen ab und verschwand wieder im Unterholz. Alle atmeten auf.

An diesem Abend erinnerte Karen am Lagerfeuer dann an diesen Massenselbstmord der „Peoples Temple“, einer Sekte im Urwald von Guayana, die 1978 in dem kleinen Ort Jonestown gelebt hatte. Eine Kirchengemeinde mit annähernd 913 Erwachsenen und 273 Kindern waren von den schwer bewaffneten Getreuen des selbsternannten Pfarrers Jim Jones zu einem Tisch in der Ortsmitte getrieben worden, wo jeder die Wahl hatte, entweder einen Becher mit Zyankali und Valium in Limonade zu trinken oder erschossen zu werden. Dabei hatten die Eltern zuschauen müssen, wie ihre Kinder das Gift trinken mussten und vor ihren Augen starben. Daraufhin hatten auch die meisten Erwachsenen das Gift genommen, insgesamt wohl über 900 Personen, darunter etwa 275 Kleinkinder und Säuglinge waren die Opfer gewesen.
Es hatte ein Protest gegen die damaligen Verhältnisse der Kirche sein sollen. Eine Gruppe von Reportern, die wenige Tage nach diesem Massenmord im Dorf gewesen waren, um sich davon zu

überzeugen, dass es auch Gegner dieses Selbstmordes gab, waren vor dem Abflug von Jones Anhängern auf dem Flugplatz erschossen worden. Erst Tage später war dann eine Armeeeinheit gekommen und hatte entdeckt, was dort geschehen war. Sie hatten über 1000 Tote gefunden.

Carmen und Nadine saßen da und wischten sich die Tränen ab, so hatte sie Karens Geschichte betroffen gemacht. Andreas nahm einen Schluck Kaffee und meinte:

„Solche wahnwitzigen Selbstmorde hat es aber schon vorher und auch danach gegeben. Ich entsinne mich da noch an diese Amoun-Sekte, die in Japan zum gemeinsamen Selbstmord aufrief, nachdem vorher gut 3500 Paare geheiratet hatten und dann in den Tod gingen. " Benny schüttelte den Kopf.

„Es ist doch unglaublich, dass einige wenige andere Menschen dazu bringen können, in eine Massenhysterie zu verfallen." Steffen nickte. „Denkt doch an Adolf Hitler und seine Massenmörder, die Menschen vergasten, nur weil sie eine andere Religion hatten."

„Das war wohl Deutschlands dunkelste Zeit, einfach unglaublich", meinte Benny, rieb sich das Kinn und trank einen Schluck. Plötzlich sah Andreas ihn an.

„Na, ihr Amerikaner wart ja auch nicht gerade zimperlich, als ihr die Indianer ausgerottet habt. Ganze Völkerstämme wurden in Reservaten gefangen gehalten und verhungerten teilweise." Benny nickte wortlos, stand auf und sah seine Frau Karen an.

„Komm Schatz, es ist Zeit, in den Schlafsack zu kriechen. Euch allen auch eine schöne Nacht. Schlaft gut." Und damit hatten sich die Amerikaner aus dieser Diskussion verabschiedet. Einigermaßen in Gedanken versunken ging nun auch der Rest zum Wagen zurück, um schlafen zu gehen. Besonders die Frauen hatte dieser Disput erschüttert. Nadine flüsterte mit Andreas, der sie im Arm hielt.

„Andy, ich denke, es wäre besser, wenn wir solche Diskussionen lieber lassen würden. Du hast gesehen, wie Benny reagiert hat. Das ist nicht gut für das Klima in unserer Gruppe." Andreas lachte leise. „Ja, meine weise Frau, ich halte mich künftig daran."

„Deine Frau? Bis jetzt bin ich doch wohl eher deine Freundin, oder?" Er gab ihr einen Kuss auf die Wange. „Aber bald auch hoffentlich meine Ehefrau", flüsterte er ihr ins Ohr.

Am nächsten Morgen zogen die drei Frauen ausgestattet mit guten Ratschlägen los. Karen hatte am Vortag in einem kleinen Seitental aus der Ferne ein altes Blockhaus gesehen. Und so folgten sie dem Weg, der sich durch dichtes Waldgestrüpp dahinschlängelte. Der Weg war ziemlich beschwerlich und sie mussten über umgestürzte Bäume klettern und auf glitschigen Pfaden bergan laufen. Nach 30 Minten machten sie die erste Rast und tranken etwas. Es mussten mindestens 30 Grad Celsius sein, und dazu diese hohe Luftfeuchtigkeit. Nadine und Carmen hatten mehr damit zu kämpfen als die durchtrainierte Karen.
Plötzlich entdeckten sie eine etwa einen Meter hohe Mauer aus groben Feldsteinen. Dahinter stand ein altes teilweise zusammengefallenes Holzhaus. Mit entsicherten Waffen näherten sie sich vorsichtig der alten Hütte. Carmen hatte es zur Hälfte umrundet und sah plötzlich eine alte dicke Holztür, die halb offenstand. Langsam schob sie die Tür auf und erstarrte! Auf einem Holzstuhl saß ein Skelett mit einem Lederhut auf dem Kopf und Stiefeln an den Füßen. Die Kleidung war total zerfallen. Sie schrie entsetzt:

„He! Mädels kommt her! Hier sitzt ein Toter am Tisch!" Karen und Nadine kamen gerbeigeeilt und sahen ihr über die Schulter. Nadine schüttelte sich. „Mein Gott, was ist das denn?" Karen ging näher an den Toten heran und besah den kahlen Schädel. Sie deutete auf ein kleines Loch in der Schläfe.

„Seht mal, er hat sich vermutlich erschossen", und deutete auf den am Boden liegenden Trommelrevolver. Dann besah sie sich eine alte Blechdose auf dem Tisch und versuchte die Aufschrift zu entziffern.

„Oh ha, das ist ein starkes Schmerzmittel, was es früher mal gab. Der Onkel war wahrscheinlich sehr krank und hat dann Selbstmord verübt." Sie sahen sich in der Hütte um, fanden aber nichts, was Aufschluss über den Toten gab.
Nachdem sie alles durchstöbert und nichts weiter gefunden hatten, zogen die Frauen es vor, dieses ungastliche Gemäuer wieder

zu verlassen. Karen war einigermaßen enttäuscht, weil sie nichts gefunden hatten. Sie sah auf die Uhr.

„Was haltet ihr davon, wenn wir wieder zurückgehen? Mal sehen, ob unsere Männer etwas gefunden haben. Außerdem habe ich plötzlich Hunger. Gehen wir also." Die anderen beiden nickten erfreut. Das Ganze gefiel ihnen nicht so richtig, und so waren sie froh, wieder umkehren zu können.

Der Rückmarsch ging dann wesentlich schneller, weil es stetig bergab ging. In einiger Entfernung sahen sie dann schon auf den Platz vor der Höhle und den Jeep. Doch etwas machte Karen stutzig, als sie noch näher herankamen. Sie hörten Stimmen, die nicht von ihren Männern stammen konnten. Karen blieb abrupt stehen und legte den Zeigefinger auf den Mund.

„Pssst, seid leise! Irgendetwas stimmt da unten nicht. Lasst uns erst mal nachsehen, wer da gekommen ist. Bis jetzt hat uns noch niemand bemerkt", flüsterte sie und zog ihre Pistole aus dem Holster. Nadine und Carmen folgten ihrem Beispiel. Vorsichtig auftretend, im Abstand von nur wenigen Metern näherten sie sich durch das Gestrüpp ihrem Jeep. Vor ihnen stand nun der Jeep und ihre Männer und die Besucher mussten auf der anderen Seite des Wagens sein, denn sie hörten Stimmen.
Auf einmal tauchte Rodrigo hinter einer Palme stehend auf und sah zu ihnen herüber. Auch er legte den Finger auf den Mund und machte eine Geste mit der Hand. Sie sollten stehen bleiben und sich still verhalten. Hinter dem Jeep schien irgendetwas im Gange zu sein, denn sie hörten, wie jemand auf Spanisch etwas rief und ein zweiter aus dem Jeep heraus darauf lachend antwortete.
Sie wurden bleich, als sie einen Mann mit vorgehaltener Waffe aus der Höhle herauskommen sahen. Langes bis zur Schulter reichendes Haar, über und über tätowiert und in alten Lederklamotten mit Springerstiefeln gekleidet. Benny, Andreas und Steffen standen mit erhobenen Händen mit dem Rücken zum Jeep. Ein zweiter Mann rumorte im Jeep herum und warf einzelne Teile heraus auf den Grasboden, als wenn er etwas suchte. Und plötzlich stand Antonio hinter Karen und flüsterte ihr ins Ohr:
„Miss! Das sind Gauner, die geben sich als Polizei aus und rauben die Leute aus. Wir müssen sie unbedingt erledigen, sonst

haben wir sie dauernd auf den Fersen!" Karen drehte sich erschrocken zu ihm herum. „Und was wollt ihr machen?", wisperte sie. Antonio machte eine Geste mit der flachen Hand unter der Kehle entlang. Und kaum hatte er es ausgesprochen, hob er sein Gewehr, zielte sorgfältig, dann drückte er ab! Ein Schuss peitschte durch die Stille des Regenwaldes. Der Tätowierte blieb mitten im Laufen abrupt stehen, griff sich an den Hals und fiel einfach um. Im nächsten Augenblick waren Rodrigo und Antonio am Jeep und feuerten beide gleichzeitig hinein. Einen Moment war Totenstille, dann rannten die Frauen zu ihren Männern, während die beiden Indios den zweiten Gauner an den Füßen vom Jeep herunterzerrten. Der Mann war ebenfalls tot.
Nadine und Carmen standen da und starrten mit versteinerten Mienen auf die beiden Toten. Sie schüttelten entsetzt den Kopf und Karen stand daneben und zuckte mit den Schultern.

„Hätten wir sie verschont und nur vertrieben, wären sie uns laufend gefolgt, um uns dann bei bester Gelegenheit wieder zu überfallen. Und ob das dann für uns auch so glimpflich ausgegangen wäre wie jetzt, bezweifle ich. Es war einfach notwendig und unsere einzige Chance."
Carmen und Nadine gingen zu ihren Männern und umarmten sie wortlos. Andreas drückte Nadine fest an sich. Er spürte, wie sie vor Anspannung zitterte. Sie sahen sich beide in die Augen und Andreas sah, dass das, was sie gerade erlebt hatten, eigentlich zu viel für europäische Nerven war. Er versuchte es ihr zu erklären.

„Wir saßen da und quatschten, als plötzlich die Zwei mit vorgehaltener Waffe vor uns standen. Unsere Waffen lagen im Wagen, also unerreichbar. Zum Glück habt ihr ja toll reagiert."
Rodrigo hatte währenddessen seinem Freund einen Wink gegeben. Beide entfernten sich von der Höhle und fuhren den Jeep mit den beiden Leichen in den Busch. Wenig später gab es eine Explosion und Rauchschwaden stiegen auf. Sie hatten den Jeep mit Benzin übergossen und angezündet. Im Grunde eine schlimme Sache, aber hier im Busch galten andere Regeln.
Nadine sah ihren Lebensgefährten ernst an.

„Und? Ist das etwa das, was wir uns von unserem Urlaub erwartet haben? Langsam verfluche ich diesen ganzen Trip."

„Du hast ja recht! Aber in dieser Gegend geht es eben zu wie im Wilden Westen. Das habe ich auch nicht vermutet. Aber

wollen wir jetzt aufgeben, so kurz vor dem Ziel? Und selbst wenn wir die Steine jetzt nicht finden und heim wollten, würde man uns trotzdem verfolgen. Unser Plan hat sich offenbar herumgesprochen, das steht fest! Das ist das Schlimmste, was uns passieren konnte. Nur frage ich mich, wer uns das eingebrockt hat. Wer hat alles davon gewusst?“
Carmen, die mit Steffen neben den beiden gestanden hatte, drehte sich zu Andreas und Nadine herum.

„Glaubt ihr beiden denn immer noch an diese Mär von den Millionen? Ich jedenfalls nicht. Also sollten wir uns mal gründlich unterhalten und ein Fazit ziehen. Wir sind hier in einen Mist hineingeraten, den ich mir in meinen kühnsten Träumen nicht vorstellen konnte.“ Man sah Carmen an, dass sie restlos verärgert war über diesen Beginn der Urlaubsreise.
Am abendlichen Lagerfeuer diskutieren sie das ganze Für und Wider nochmal aus. Kurz vor Mitternacht stellte Andreas die entscheidende Frage:

„Lasst uns abstimmen, was wir tun. Aufgeben und zur Küste zurückfahren oder noch drei Tage weitersuchen. Finden wir auch dann nichts, geht es zurück zur Hauptstadt. Wer ist für die drei Tage?“
Drei Arme hoben sich, der von Carmen blieb unten. Als sie sah, wie die Sache stand, hob sie mit gequälter Miene auch den Arm. Nach dieser Abstimmung am Lagerfeuer war man sich einig geworden, doch noch drei Tage weiterzumachen. Der Traum vom großen Fund hatte ja gerade erst begonnen, wenn auch nicht so, wie man sich das vorgestellt hatte. Und dabei kam natürlich die Frage auf den Tisch, was jeder sich eigentlich vorgestellt hatte. Andreas und Steffen waren nach wie vor überzeugt, noch etwas zu finden. Nadine wollte an den Erfolg glauben, war sich aber nach dem Erlebten nicht mehr sicher. Und Carmen sah das Ganz inzwischen als gefährlichen Zeitvertreib, den man sich hätte sparen können. Das allerdings behielt sie tunlichst für sich, um nicht die Spaßbremse im Team zu sein. Doch Steffen kannte seine Frau viel zu gut, um sich von ihrem gezeigten Optimismus täuschen zu lassen. Als er sie darauf ansprach, lehnte sie sich an ihn. „Steffen, ich weiß wirklich nicht, ob das, was wir hier tun, noch sinnvoll ist. Ich wünsche mir nur, dass wir bald hier heil herauskommen und wieder unser geregeltes Leben haben. Ob

nun reich oder auch nicht, am Ende zählt doch nur, dass wir beide uns haben und uns lieben."

„Carmen, ich verspreche dir, dass wir nur noch bis zum Wochenende suchen. Finden wir nichts, gehen wir zurück nach Georgtown und machen noch ein paar Tage Badeurlaub."

Steffen wusste genau, dass er dieses Versprechen einhalten musste, egal was nun noch kam. Es war Dienstag und sie hatten noch drei Tage, um erfolgreich zu sein. Bevor sie wieder getrennt losmarschierten, umarmten sie sich alle vier und Andreas sprach das aus, was die meisten dachten:

„Noch drei Tage, haben wir bis Freitag nichts gefunden, machen wir uns am Samstag auf den Rückweg. Also, auf geht's!"

Gegen Nachmittag erreichten sie die ersten Ausläufer eines Vorgebirges, endlos hügelig, teilweise auch bergig, und bis oben hinauf mit Regenwald bewachsen. Ungefähr hier in diesem Terrain musste die Maschine damals wohl abgestürzt sein. Natürlich nur, wenn die Angaben in diesem Buch auch wirklich stimmten. Aber Andreas zweifelte keinen Augenblick daran, dass sie auf dem richtigen Weg waren. Hatte er doch bei seiner Recherche genügend Anhaltspunkte für diese Flugroute gefunden.

Bis zum Grenzort Maripasoula waren es noch gute 175 Kilometer. Was sie aber schon sehen konnten, war der Inini, ein kleiner Fluss, der in Maripasoula ins Meer floss. Nach längerem Suchen fanden sie eine kleine Caldera, ringsum von Bergen gesäumt. Dort fuhren sie den Jeep hinein. Dieser Platz sollte ihr Lager für die nächsten Tage werden. Und sie hatten beschlossen, die Suchaktion nicht länger als unbedingt notwendig dauern zu lassen. So blieben ihnen noch genügend Tage für die Rückfahrt zum Flughafen und eine Woche, um richtig Urlaub zu machen. Familie Winter hatte sich da aber nicht festgelegt, sie hatten schließlich einen Auftrag zu erfüllen und würden wohl noch länger bleiben.

Andreas hatte seine Karte auf dem Tisch ausgebreitet und versuchte ein paar Anhaltspunkte aus dem Buch, die auf der letzten Seite zu finden waren, nun auf diese Karte zu übertragen.

Inzwischen war es dunkel geworden und das Zirpen, Pfeifen und die Laute anderer Tiere hatten begonnen. Leichter Wind wehte in den Baumwipfeln. Irgendwo kreischten einige Affen. Nicht weit entfernt von ihnen saßen auf einem Baum mehrere bunte Papageien und schienen die fremden Eindringlinge zu beobachten. Karen zerschnitt einige Apfelsinen, stand auf und lief bis zu diesem Baum. Dort legte sie die Apfelsinenstückchen auf den Boden und kam wieder zurück. Doch keiner der Papageien kam von seinem Baum herunter. Benny lachte leise.

„Hast du gedacht, die kommen jetzt in der Dunkelheit von ihrem Platz herunter? Das wird nicht passieren, dazu haben die viel zu viel Angst. Da oben auf ihrem Baum fühlen sie sich auf jeden Fall sicher. Morgen früh werden deine Apfelsinen weg sein."

Um Strom zu sparen, schalteten sie die Lampe aus und saßen im Schein des Feuers um den Grill herum. Die Männer hatten sich entschlossen, am nächsten Tag Frischfleisch zu besorgen, was die Frauen natürlich mit Protest begleiteten. So ein armes Tier zu schießen, war doch schlimm! Da machte Andreas einen anderen Vorschlag:

„Dann geht ihr Frauen doch zum Fluss runter und versucht ein paar Fische zu fangen. Aber aufpassen wegen der Krokodile und Schlangen! Und nehmt auf jeden Fall eure Waffen mit." Die drei Frauen lachten erheitert.

„Ja, Papa, das machen wir schon!", erwiderten sie und grinsten. Doch Steffen pflichtete seinem Freund bei:

„Nehmt das bitte wirklich ernst. Wir sind hier in der Wildnis." Und Carmen meinte leichthin:

„Wir sind alle drei schon groß, mein Gemahl." Worauf dann Steffen nickte und meinte:

„Und wir machen uns Sorgen um euch, ist das falsch?" Karen hatte die ganze Zeit still vor sich hingelächelt und Benny starr angeschaut. Der schmunzelte nur, sagte aber kein Wort. Stimmte ja auch, die Ermahnungen waren angebracht, zumal nach den Erfahrungen mit den beiden Gaunern.

Nach dem Frühstück am Morgen trennte man sich. Die Frauen gingen zum Fluss. Angeführt von Karen, die ein Schnellfeuergewehr über der Schulter liegen hatte. Carmen und Nadine trugen beide ihre Pistolen am Gürtel.

Sie winkten den Männern nochmals zu und verschwanden dann im dichten Unterholz des Waldes.

Die drei Männer machten sich auf den Weg, um die bewaldeten Hügel vor ihnen zu erkunden. Der Weg erwies sich als mühsam. Es ging laufend bergauf und der Boden war glitschig und steinig. Schon am frühen Vormittag lag die Temperatur bei 33 Grad und es war leicht dunstig. Steffen stöhnte leise vor sich hin:

„Das ist ja schlimmer als in der Sauna und kein Hauch Wind." Sie waren etwa eine Stunde durch den Busch gelaufen, als sie auf eine alte Holzhütte stießen. Wie es schien, war sie unbewohnt. Doch Benny mahnte zur Vorsicht. Im Abstand von einigen Metern laufend, strebten sie der Hütte entgegen, immer darauf gefasst, auf jemand zu treffen. Jeder hatte seine Waffe schussbereit in den Händen. Und urplötzlich, wie aus dem Boden gewachsen, stand ein alter Indio mit einem Gewehr im Anschlag in der Tür der Hütte. „Denter! Què quieres aqui?" (*Halt! Was wollt ihr hier?*), rief er ihnen mit heißerer Stimme zu. Benny hob die Hand.

„Venimos en paz, somos veraneantes!" (*Wir kommen in Frieden, wir sind Urlauber!*", erwiderte er freundlich. Plötzlich trat eine alte Frau aus der Tür und kam mit einer großen Schale Kokosmilch auf sie zu. Sie bot ihnen an, daraus zu trinken, was die Männer dankend annahmen. Im Lauf des Gespräches erfuhren sie, dass schon vor einigen Jahren eine Hand voll Männer hier oben nach irgendetwas gesucht hatten. Nach einer Woche waren sie wieder abgezogen. Andreas, der leidlich Spanisch sprach, fragte den Alten, ob er etwas von einem Flugzeug wusste, das hier in der Nähe abgestürzt sei. Der Alte sah seine Frau einen Moment an, dann lachten sie beide verhalten. Und der Alte meinte:

„Ach so, ihr sucht also auch nach diesem Phantom. Da gab es schon einige vor euch, die das gesucht haben. Gefunden haben sie alle nichts. Aber vielleicht sucht ihr mal da oben rechts in dem Canyon, den haben die damals nicht durchsucht."
Auf Steffens Frage, wie lange er schon hier oben wohnt, antwortete der Alte kurz:

„La mitad de mi vida!" (*Mein halbes Leben.*) Steffen nickte und rechnete insgeheim kurz mal nach. Der Alte war gut um die 80 Jahre. Wenn das Flugzeug 1944 abgestürzt war, dann war der alte Mann damals gerade drei oder vier Jahre alt gewesen.

Sie bedankten sich für die Kokosmilch und zogen zu dem genannten Canyon weiter. Der Alte sah ihnen noch eine Weile nach und schüttelte den Kopf. Was diese Europäer nur immer hier oben zu suchen hatten.

Steffen rechnete seinen Kameraden noch einmal das Alter des Einsiedlers vor. Sieh hatten jetzt 2021, er konnte also von dem Flugzeug kaum etwas wissen. Oder er hatte darüber geschwiegen, warum auch immer. Und so marschierten sie noch zwei Stunden bergauf und kamen in unwirkliches Gelände. Felsbrocken jeder Art und Größe lagen herum und machten das normale Laufen unmöglich. Andreas blieb stehen, um sich den Schweiß abzuwischen. Er sah seine beiden Begleiter fragend an:

„Also, ich denke hier oben finden wir garantiert nichts. Wir sollten wieder umkehren."

Zu allem Überfluss zog sich plötzlich ein mächtiges Unwetter über ihren Köpfen zusammen. Schwarze, dicke Wolken, aus denen Blitze zuckten, waren erst der Anfang. Auf schnellsten Wegen liefen sie wieder bergab und kamen gerade noch zur rechten Zeit wieder in der Höhle an. Da begann es zu regnen. Aber was heißt schon Regen, wenn du in zehn Meter Entfernung die Bäume nicht mehr siehst. Und so taten unsere Expeditionsteilnehmer das einzig Richtige. Sie verkrochen sich nach einem kurzen gemeinsamen Imbiss in ihren Jeep und schlossen alle Türen und Fenster. Plötzlich knallte es wie bei einem Kanonenschuss und dann brannte neben ihnen ein Baum durch den Blitzeinschlag. Benny Winter erkannte die Gefahr und startete den Jeep, um ihn dann einige Meter weiter zu fahren. Andreas Thaler starrte auf die dicken Benzinfässer an der Front und am Heck des Wagens. Wenn da der Blitz einschlug, war die Katastrophe perfekt. Er machte Benny darauf aufmerksam und der zuckte mit den Schultern. Aber was sollte er auch tun? Und so verzogen sie sich schnellstens in den Jeep, um das Unwetter abzuwarten. Nach einer Stunde war alles vorbei. Die Sonne schien, als sei nichts geschehen und der Regenwald dampfte wie eine Waschküche. Aber wo waren die Frauen abgeblieben?

Exakt zu dieser Zeit lagen die drei Frauen klitschnass am Flussufer. Vor ihnen befand sich ein kleiner reißender Fluss und auf der anderen Seite tauchten auf einmal drei Männer auf und standen ratlos vor dem tosenden Strom. Alle drei sahen ziemlich verwildert aus und waren gut bewaffnet. Die Frauen hatten sich sofort versteckt und Karen wollte sich auf den Weg machen, um die Männer zu Rate zu ziehen. Völlig durchnässt kam sie an der Höhle an und war froh, dass die Männer schon zurück waren. Steffen Urban bot sich an, mit Karen wieder hinunter zum Fluss zu gehen, um die Kerle in Augenschein zu nehmen. Rasch eilten sie den schmalen Pfad hinunter bis zu dem Lager der beiden anderen Frauen. Eine Weile sahen sie sich die drei Männer am gegenüberliegenden Ufer an. Die waren inzwischen daran gegangen, aus Baumstämmen ein Floß zu bauen. Steffen sah die Frauen missmutig an.

„Diese drei sind genauso ausgerüstet wie unsere letzten unliebsamen Besucher mit dem Jeep. Könnte sein, dass die wohl ihre Kumpels suchen. Wenn das stimmt, dann wäre es besser, ihnen nicht zu begegnen. Lasst uns lieber zurückgehen."
In der Zwischenzeit hatte sich das Unwetter gänzlich verflüchtigt und die Sonne kam wieder durch den Dunst hervor. Der Regenwald brodelte förmlich und alle waren bis auf die Haut durchnässt. Zurück im Lager stand schnell fest, dass es besser war, diesen Leuten aus dem Weg zu gehen. Benny Winter mahnte nun zum Aufbruch. Die beiden Indios waren der gleichen Meinung und rieten zur Abfahrt.

„Wir fahren einfach weiter hoch in den Canyon hinein. Der Weg da hinauf ist zwar beschwerlich, aber wir müssten mit unserer Kletterhexe durchkommen", meinte er. Rasch hatten sie alles zusammengepackt und wieder aufgeladen. Wenig später zuckelte das Monster, wie sie ihren Wagen getauft hatten, weiter bergauf. Steffen sah sich, bevor sie abfuhren, nochmal in der Runde um, damit nichts auf ihre Anwesenheit hindeuten konnte.

„Hoffentlich hat niemand von uns am Platz etwas liegengelassen, was auf unseren Aufenthalt hindeuten würde. Diese Leute sind Fährtenleser und kennen sich aus in dieser Wildnis", meinte er und stieg auf eines der vorderen Schutzbleche.
Benny Winter saß am Steuer. Andreas und Steffen saßen draußen auf den großen, abgeflachten Schutzblechen, die vorne die Räder überspannten. Mehrmals mussten sie absteigen und kleinere Felsen aus dem Weg räumen. Nach einer Stunde hatten sie den Canyon erreicht und fuhren langsam hinein. Zu beiden

Seiten ragten die Felswände mehrere hundert Meter in die Höhe.
Wenden war hier so gut wie unmöglich. Der Weg war teilweise
genauso breit wie der Jeep. Plötzlich erreichten sie eine Art kleinen Platz und sahen dann einen Höhleneingang zur Rechten. Der
Eingang war so breit und so hoch, dass sie bequem mit dem Jeep
hineinfahren konnten. Benny schaltete die Scheinwerfer an und
ließ den Wagen nun ganz langsam hineinrollen. Dann bremste
er ab und alle sahen sich um. Die Höhle war in ihren Ausmaßen
gut zehn Meter hoch und man konnte sogar bequem mit dem
Jeep darin wenden. Eine nahezu ideale Unterkunft.
Alle stiegen aus, nur die beiden Indios zögerten, mit den Flinten
in der Hand aus dem Wagen zu steigen, und sahen sich unsicher
um. Auf Andreas Frage, warum sie so ängstlich seien, bekamen
sie von Antonio eine einfache Antwort:
„Solche Höhlen beherbergten manchmal böse Geister oder
auch wilde Tiere!" Doch schnell war klar, dass man hier das
neue Lager aufschlagen wollte und es keine bösen Geister gab.

Etwa zehn Kilometer weiter unten, also von da, wo sie hergekommen waren, betraten drei schwer bewaffnete Weiße den ehemaligen Lagerplatz der Expedition. Ein Amerikaner, ein Portugiese und ein Engländer sahen sich eine Weile in der Gegend
um.
James Harrison, der Amerikaner, kniete nieder und besah sich
die breiten Reifenspuren, die ins Gelände hineinführten. Er sah
seine Kumpane kritisch an.
„Was ist denn hier entlanggefahren? Solche gewaltigen Reifen
haben doch nur Panzerwagen der Armee!", meinte er erst einmal
ziemlich erstaunt.
Henry Mercury, der Engländer, nickte nachdenklich und sah
sich weiter um. Plötzlich stutzte er und ging ein paar Schritte bis
zu einem Gebüsch. Dann stocherte er mit einem Holzstock in
der Erde herum und brachte etwas Weißes zum Vorschein.
„He, schaut mal, was ich gefunden habe, eine Damenbinde!",
rief er erheitert den anderen zu und hielt seinen Fund an einem
Stock hoch. Der Portugiese schüttelte den Kopf.
„Das kann doch nicht wahr sein, hier Weiber? Aber feststeht,
hier haben welche campiert. Und die sind noch nicht allzu lange

von hier weg." Rudolf Perez sah seinen Kumpanen an und zuckte mit den Schultern.

„Also Jacky und Randolf waren das auf keinen Fall. Ihr Jeep hatte nicht solche gewaltigen Reifen, und Frauen hatten die garantiert auch nicht dabei. Aber wo sind die beiden Idioten abgeblieben? Heute ist der Dreiundzwanzigste, und hier ist der Treffpunkt, wie ausgemacht!" Harrison kratzte sich am Kopf und murmelte:

„Ich mag mir nicht ausmalen, was passiert, wenn wir den Stoff nicht pünktlich abliefern können. Die von der Gang verstehen absolut keinen Spaß!"

Inzwischen hatten sich aber die Abenteurer in der Höhle schon häuslich eingerichtet. Und es gab sogar fließendes Wasser, denn ein kleines Bächlein plätscherte durch einen schmalen Durchgang am Höhlenrand entlang nach draußen.

Benny Winter machte den Vorschlag, zunächst den Canyon längs des schmalen Weges zu erkunden. Und so zogen die drei Männer mal wieder alleine los. Rodrigo und Antonio blieben im Lager zurück. Die Frauen bemühten sich zunächst, eine Feuerstelle zu bauen und endlich eine warme Mahlzeit zu zaubern. Dabei erwies sich Carmen als Profi, auch wenn sie ja eigentlich Krankenschwester war. Und so gab es aus Büchsen Ravioli mit Tomatensoße und Fleischklößchen.

Die Männer waren inzwischen gute zwei Kilometer weiter in das unübersichtliche Gewirr des Canyons vorgedrungen. Die Hitze machte allen zu schaffen und auch die verfluchten Moskitos surrten wie verrückt um sie herum. Aber Andreas hatte hier vorgesorgt. Er stopfte drei einfache Pfeifen mit billigem Tabak und zündete sie an. Die beiden anderen lachten zunächst, zogen daran und begannen zu husten. Aber nun lachte Andreas, denn die Qualmwolken halfen einigermaßen gegen die Mückenplage.

Auf einmal starrte Steffen Urban in das Gebüsch am Wegesrand. Vorsichtig ging er näher und griff mit spitzen Fingern hinein. Was er dann herauszog, stellte sich als ein längliches gut 20 Zentimeter großes Metallschild heraus mit zwei Löchern zu beiden Seiten für Schrauben. Er putzte es sauber so gut es ging und hielt auf einmal die Luft an. Die Aufschrift lautete in englischer

Schrift tatsächlich „*FEED*“ also „*Vorschub*“ Andreas Thaler lachte verhalten.

„Das stammt garantiert aus einem Flugzeug älterer Bauart. VORSCHUB gibt's heute nicht mehr in der Bezeichnung. Wir sollten uns noch weiter umschauen. Ich steige mal hier den Hang hoch und ihre beiden könntet ja auf der anderen Seite hochsteigen, oder?“ Ben und Steffen nickten einhellig. Und schon begann die Suche. Stetig den Berghang aufwärtssteigend und jeden Meter mit den Augen absuchend, erreichten dann Benny und Steffen eine Traverse. Auf einmal schrie Benny: „Stopp!“, und zeigte mit dem Finger auf eine Kuhle, wo etwas liegen musste. Vorsichtig gingen sie näher heran und starrten sich dann gegenseitig einen Moment an.

Was da lag, ließ absolut keinen Zweifel aufkommen – es war ein Motor von einem Flugzeug. Groß wie ein LKW-Motor, über und über schon von Moos überwachsen. Steffen steckte zwei Finger in den Mund und pfiff zweimal laut. Als Andreas zu ihnen herüberschaute, winkte ihm Steffen zu, er solle zu ihnen kommen.

Nach 25 Minuten war Andreas bei seinen beiden Freunden und schaute zunächst auf den Metallblock, der da lag. Dann begann er ihn zu säubern. Und dann stand plötzlich das Ergebnis Silber auf Schwarzen Untergrund da! „*Franklin 6A4*“.

Andreas machte sich die Hände sauber und sah seine beiden Freunde lächelnd an. Dann machte er erst einmal ein Foto mit seinem Handy und Benny eines mit Steffen und Andreas neben dem Motor.

„Wir haben gefunden, was wir gesucht haben, Leute! Das ist der Motor einer „*Stinson 108 Voyager*“, also die Maschine, die sie damals benutz haben. Und hier sind sie garantiert auch abgeschmiert. Offenbar hatten sie schlechtes Wetter, warum hätten sie denn so tief fliegen sollen.“ Steffen sah seinen Freund an.

„Aber wo ist denn dann der Rest der Maschine? Blech löst sich auch nicht in 76 Jahren einfach auf.“ Andreas zuckte mit den Schultern.

„Wir können nur weitersuchen. Aber für heute sollten wir wohl aufhören. In einer Stunde ist es dunkel, wir müssen zurück, sonst ängstigen sich unsere Bräute.“ Steffen machte noch schnell ein Bild vom Motor und der Umgebung, dann stiegen sie wieder ab und liefen im Abendrot ihrem Lagerplatz entgegen.

Andreas war etwas sauer, dass sie nicht mehr gefunden hatten, und begann langsam am Erfolg der ganzen Aktion zu zweifeln. Und wieder war es Steffen, der versuchte, ihn aufzumuntern:

„Was hast du denn erwartet? Die Steine werden nicht gleich hier im Gras liegen, da hätten sie andere vor uns schon längst gefunden. Wir suchen morgen mal das Umland dieses Bergrückens ab. Auf jeden Fall ist die Maschine damals hier auf diesem Bergrücken aufgeschlagen und zerbrochen. Ich frage mich nur, was aus den beiden Brüdern geworden ist. Sind sie mit draufgegangen, oder haben sie den Absturz überlebt? Davon habe ich aber in deinem Buch nichts gelesen."

Und so erreichten sie in der untergehenden Abendsonne wieder ihr Camp. Die Frauen hatten einen Haushaltstag eingelegt, hatten Wäsche gewaschen, eine kräftige Suppe gekocht und empfingen ihre müden Krieger mit aufmunternden Worten. Am späten Abend saßen sie vor der Höhle und sahen hinauf zu dem unglaublichen Sternenhimmel. Jede der Frauen bei ihrem Mann unter einer Decke eingekuschelt unterhielten sie sich leise. Dabei erzählte Karen, dass sie und die beiden deutschen Frauen am nächsten Tag zu einer kleinen Tempelanlage gehen wollten, die sie im Busch gut durch Hochwald verdeckt, gesehen hatten.

Benny machte seine Frau nochmal eindringlich darauf aufmerksam, dass Carmen und Nadine keine Profis waren, und sie auf beide aufpassen müsse. Karen wehrte ab.

„Ich glaube da machst du dir unnötige Sorgen. Die beiden haben in den letzten Tagen eine Menge dazu gelernt. Und Angsthasen sind sie auch nicht. Lass uns nur machen, und sucht ihr mal schön weiter nach eurem Phantom." Benny sah seine Frau einen Moment fragend an.

„Du zweifelst an ihrem Erfolg?" Karen drehte sich ein Stück weiter zu ihm herum und flüsterte ihm ins Ohr.

„Na, ich weiß nicht, wer sagt uns denn, dass es diese Steine wirklich gab? Was ist, wenn das alles nur eine aufgebauschte Geschichte ist. Ähnliches haben wir doch oft genug schon bei Ausgrabungen erlebt. Am Ende gab es nur viel Arbeit und Schweiß, aber keinen zählbaren Erfolg." Benny schüttelte den Kopf. „Und trotzdem gehst du mit ihnen weiter auf die Suche?" Karen lachte leise.

„Erstens will ich ihnen den Spaß nicht nehmen, und zweitens haben wir ja auch noch nichts gefunden. Also kann man auch beide Ziele vereinen und weitersuchen." Benny strich ihr über die Wange. „Was bist du doch für eine kluge und schöne Frau!" Sie lachte und kuschelte sich noch dichter an ihren Mann.

„Ja, ja, du schmeichelst ja, nur weil du was willst. Komm, lass uns schlafen. Morgen wird wieder ein heißer Tag"

Ein beachtenswerter Fund

Am nächsten Morgen trennten sie sich wieder nach dem Frühstück und zogen los. Die drei Männer gingen auf den Berg, die Frauen suchten sich einen Weg durch den Regenwald um eine uralte Tempelanlage zu finden, die sie am Vortag aus der Ferne gesehen hatten.

Karen ging als Erste, hinter ihr kam dann Carmen und am Schluss lief Nadine. Karen hatte eine Machete dabei, mit der sie ihnen einen Weg durch das dichte Unterholz bahnte, immer mit einem Blick, um eventuell Schlangen oder anderes Getier rechtzeitig zu erkennen. Nach einer kurzen Rast und ein paar Schluck Wasser drängte Karen wieder zum Aufbruch.

„Kommt Mädels, wir haben noch einen langen Weg vor uns. Und in diesen Breiten wird es rasch dunkel. Ich möchte gerne vor dem Einbruch der Dunkelheit wieder in der Höhle sein." Nadine lachte verlegen und erhob sich langsam.

„Alte Sklaventreiberin! Treibst du deinen Mann auch immer so an?" Karen lachte nur, sagte aber weiter nichts dazu. Nach einer Stunde schweißtreibenden Marsches standen sie tatsächlich plötzlich auf einer größeren Lichtung. Und vor ihnen stand inmitten dieses grünen Urwalddickichts ein wahres Monument. Die Spitze des runden Turmes musste mindestens über 20 Meter hoch sein. Der gesamte Bau bestand aus Felssteinen und davor befand sich ein großer freier Platz. Offenbar hatte sich hier das Volk versammelt, um die Riten der Priester zu verfolgen, die auf einer erhöhten Empore gestanden haben mussten. Vorsichtig näherten sie sich dem Kultbau. Karen war vor lauter Begeisterung fast außer sich.

„Seht ihr das auch? Also stimmt es doch, dass in der Frühzeit hier schon Kariben und später die Azteken ihre Spuren hinterlassen haben. Bisher hat man das in Forscherkreisen immer abgestritten. Lasst uns mal versuchen in den Bau reinzukommen! Aber seid vorsichtig und bleibt genau hinter mir. Man hat solche Bauten oftmals mit Fallen gesichert. Man kann also ganz plötzlich durchbrechen und auf senkrecht stehenden Holzpfählen landen."

Nadine stöhnte leise auf. „Auch das noch! Aussichten auf Schaschlik." Karen sah sie fragend an. „Was meinst du damit?" Nadine versuchte, es Karen zu erklären. Dann gingen sie vorsichtig weiter und näherten sich dem Eingangstor, über dem ein furchteinflößender Gott mit Flügeln thronte. Karen deutete auf den Fußboden. Wenige Meter vor einem Altar mit zahlreichen Tongefäßen sah man beim genauen Hinschauen eine straff gespannte Schnur aus Bastfasern, von Laub und Moos überdeckt, quer über den gesamten Weg. Karen hob die Hand.

„Stopp! Stehen bleiben! Ich glaube, da suchen wir uns lieber einen anderen Weg und gehen wieder zurück. Wir sind doch an einem schmalen Pfad vorbeigelaufen, der links von uns in eine Art Baumtunnel hineinführte. Also wieder kehrt marsch, Mädels!" Carmen lästerte leicht angefressen.

„Ach, was haben wir doch für einen schönen Urlaub. So richtig erholsam! Ich könnte ewig hier bleiben." Karen lachte.

„Also nicht, das du es notwendig hättest, aber du wirst garantiert ein paar Kilo verloren haben, wenn du wieder nach Hause kommst." Und Nadine dachte so für sich: „Na ja, schaden kann es uns auf keinen Fall." Bei Karen sah man halt, dass sie durchtrainiert war und für ihre 46 Jahre eine tolle Figur hatte.

Am genannten Pfad wieder angekommen, ging Karen an der Spitze in eine Art Tunnel hinein. Dieser Tunnel bestand nur aus Bäumen und Laub und man musste sich nicht mal bücken. Eine Laune der Natur, oder ein von Menschen geschaffener Weg?

Nadine und Carmen hatten plötzlich eine größere Amphore entdeckt und untersuchten sie. Doch sie enthielt nichts. Dann war auch der Weg zu Ende und sie mussten wieder umkehren.

Nadine und Carmen stöhnten innerlich. Was sollte eigentlich die ganze Schinderei? Liefen sie einem Phantom hinterher? Carmen tauschte sich auf Deutsch mit Nadine aus.

„Was meinst du, macht das alles noch Sinn hier, was wir da so treiben?“ Nadine zuckte mit den Schultern.

„Frag mich was Leichteres, Schwester!“ Carmen lachte leise. „Na ja, zumindest haben wir was gelernt, glaube ich. Zusammenhalt in jeder Lebenslage macht vieles leichter.“ Nadine nickte.

„Schwester, du sagst es!“

In der Zwischenzeit war Karen neugierig ein Stück weiter zurückgegangen. Die beiden Frauen folgten ihr ohne große Begeisterung. Karen deutete wieder auf einen schmalen Trampelpfad kurz vor ihnen, der seitwärts in das Gestrüpp hineinging. Der Boden war fest, der Gang mindestens einen Meter breit. Sie waren offenbar an ihm schon vorbeigelaufen. Karen blieb stehen und sah sich nach ihren beiden Begleiterinnen um, die ihr müde nachtrotteten.

„Schaut mal dort! Ich würde sagen, wir machen einen letzten Versuch, heute noch was zu finden und gehen da noch rein.“ Carmen holte tief Luft.

„Und was willst du eigentlich hier finden? Goldene Figuren, oder Silberklumpen? Das ist doch alles nur Zeitverschwendung.“ Karen lächelte.

„Ich habe schon gemerkt, dass diese Sucherei nichts für euch ist. Ich gehe morgen dann wieder alleine los. Aber jetzt möchte ich noch da drüben kurz reinschauen, dann geht‘s heimwärts, Mädels. Versprochen!“

Und so liefen sie weiter in diesen Weg hinein, und standen plötzlich vor einem großen runden Felsbogen, der zu einem alten steinernen Gebäudetrakt gehörte. Die Steine waren akkurat zusammengesetzt und die Kanten wie mit einem Laser geschnitten. Neugierig sahen Carmen und Nadine über Karens Rücken in den Tunneleingang. Sie konnte gerade noch stehen, so niedrig war der Stollendurchgang. Die Wände schienen mit Lehm verschmiert worden zu sein. Der Fußboden war lediglich festgetrampelt. Wo ging das denn nun hin? Sie zündeten ihre Lampen an. Plötzlich fiel der Leuchtstrahl ihrer Lampe auf einen kleinen Raum. Vorsichtig gingen sie im Schein ihrer Lampe in diesen Raum hinein, der nicht größer als fünf mal fünf Meter war und sahen sich um. In einer Ecke sahen sie einen Haufen Kleidungsstücke, die offensichtlich mal alte Militäruniformen gewesen sein mussten. Darüber lagen Äste und altes trockenes Laub. Was war denn das? Den Atem anhaltend gingen sie langsam näher heran. Karen nahm ihren Gehstock und schob den Haufen alter Uniformjacken beiseite. Danach noch etwas Laub und plötzlich kam eine Metallkiste zum Vorschein. Nicht größer als 60x40x40 Zentimeter. Als Karen sie anheben wollte, verzog sie verdattert das Gesicht und sah ihre beiden Begleiterinnen an.

„Mein Gott, ist die aber ganz schön schwer? Wir müssen unbedingt mal reinschauen." Carmen lachte und orakelte:

„Na, vielleicht hat einer hier seine Goldbarren versteckt!" Die Kiste war mit einer dichten Schicht Staub bedeckt und zwei verrostete Riegel ohne Schlösser hielten den Deckel. Tief Luft holend kniete sich Karen vor der Kiste nieder und versuchte die Riegel zu öffnen. Das gelang ihr nur mühsam und kostete sie am Ende auch noch einen Fingernagel. Dann klappte sie den quietschenden Deckel vorsichtig mit ihrem Gehstock hoch, hielt dabei aber vorsichtshalber etwas Abstand. Als erstes lag obenauf ein Uniformärmel mit zwei aufgenähten silbernen Winkeln. Als sie diese vorsichtig mit einem Holzstock anhob, kamen zwei Bücher, ein flacher Verbandskasten und letztlich noch darunter eine „Walther P 38" Pistole mit zwei Magazinen zum Vorschein, sowie eine Geldbörse und mehrere Streifen mit alten Tabletten. Alles neben der Kiste auf den Boden liegend, war nun der Blick frei für den darunter liegenden Inhalt. Karen und ihre beiden Begleiterinnen hielten die Luft an. Vorsichtig nahm sie das schwarze Tuch weg, was darüber lag und dann sahen sie sich einen Moment gegenseitig an.
Was da in einer Stärke von gut 20 Zentimeter Höhe in der Kiste lag, sah auf den ersten Blick nach kleinen gelblich braunen Steinen aus. Teils klar, teils milchig oder gelblich, und einige davon auch bräunlich und obenauf auch mehrere in lila Farben. Sie atmete aus und musste sich kurz hinsetzen.

„Ist dir schlecht?", fragte Carmen besorgt. Doch Karen deutete wortlos auf den Inhalt der Kiste.

„Seht her, ich glaube wir haben gerade das gefunden, wonach die Männer die ganze Zeit gesucht haben!"
Ganz vorsichtig nahm Nadine die Geldbörse zur Hand und öffnet sie. Zum Vorschein kamen 125 alte US-Dollar, eine Visitenkarte mit der Aufschrift *„Allan Windhorst – Bussines*

Consultant" und eine Adresse in Leeds/England. Dazu zwei Bilder eines Mannes mit einer schönen jungen Frau und einem Kleinkind auf dem Arm. Das müsste dieser Allan Windhorst gewesen sein. Sie sahen sich unentschlossen an, dann meinte Carmen:

„Lasst uns die Kiste ins Camp bringen, unsere Männer werden schon auf uns warten." Und so packten sie alles wieder zusammen und Carmen und Nadine trugen die Kiste gemeinsam aus dem Tunnel hinaus. Ihr Gewicht war nicht zu verachten und so wechselten sie sich unterwegs auch mehrmals beim Tragen ab. Was Karen allerdings nicht aus dem Kopf ging, waren die Abdrücke von derben Schuhen, die weiter in den Tunnel hineinführten. Irgendjemand musste schon vor ihnen dagewesen sein, doch sie behielt diese Sorge vorerst für sich, um keine unnötige Unruhe aufkommen zu lassen.

Als sie das Camp erreichten, saßen die drei Herren mürrisch beisammen und löffelten gerade Tomatenravioli aus der Dose. Antonio und Rodrigo saßen ein stückweit abseits der Gruppe, wo sie sich ein Lager zurechtgemacht hatten.

„Was bringt ihr denn da angeschleppt?", fragte Andreas mit vollen Backen kauend mit Blick auf die Kiste. Benny stand indessen auf, holte drei Teller und servierte den Damen je eine Büchse plus einer frischen Mango. Immer noch kauend deutete Andreas auf die neben Carmens Füßen stehende Kiste.

„Verratet ihr uns nun mal, was ihr da Schönes mitgebracht habt? Habt ihr eine Schatzkiste gefunden?" Die drei Frauen sahen sich an, kicherten und Karen nickte.

„Das kannst du aber glauben, wir haben wirklich einen Schatz gefunden! Schau am besten mal selber rein!" Sie schob die Kiste vor seine Füße.

Andreas zog mit ernster Miene die Kiste näher zu sich heran und wollte sie einfach mal so hochheben. Er sah die Frauen erstaunt an.

„Was habt ihr denn da drinnen, Goldbarren? Die ist aber schwer!" Also hob er sie nun mit beiden Händen hoch und stellte sie auf den Tisch. Vorsichtig hob er den Deckel an und stutzte. Als erstes brachte er die Walther PP zum Vorschein und legte sie neben sich auf den Tisch. Danach den Ärmel, den Ausweis und die Tablettenstreifen. Plötzlich entfuhr ihm eine Art Schockruf.

„Ach du Scheiße! Was ist denn das?" Fassungslos sah er die drei Frauen an, die ihn angrinsten. Neugierig geworden machten Benny und Steffen lange Hälse und starrten mit großen Augen in die Kiste hinein. „Das sind ja die Diamanten!", entfuhr es Steffen. Andreas nahm eine Handvoll heraus und legte sie auf den Tisch.

„Leute, hier liegt bares Geld!", war alles, was er noch sagte, ehe er alles wieder in die Kiste zurücklegte.

Im Nu hatten die Männer nur noch Blicke für den Schatz. Die Frauen sahen sich an und standen auf. Einigermaßen verärgert darüber, dass die Herren der Schöpfung total vergaßen, wem sie dieses Glück eigentlich zu verdanken hatten.

„Räumt doch selber ab! Wir sind doch hier nicht die Putzkolonne für euch. Ihr rennt den ganzen Tag durch die Botanik und wir machen Hausdienst wie zu Hause, so weit kommt's noch! Wir bringen euch endlich, was wir gesucht haben, und was macht ihr? Ihr vergesst alles um euch herum. Damit ist jetzt aber mal Schluss, meine Herren! Sonst schlaft ihr mal außenbords!", rief ihnen Nadine noch zu, dann verließen die drei Frauen wieder zusammen die Höhle. Auch Carmen war stinksauer.

„Habt ihr das gesehen? Kein Dankeschön, kein Kuss, nichts! Aber denen werden wir es jetzt mal zeigen. Heute Abend pennen wir drei zusammen, sollen sie sich doch gegenseitig wärmen." Und so geschah es dann auch.

Die drei Männer sahen sich an und wussten nicht recht, ob das nun Ernst war oder nur Spaß. Doch es stellte sich schnell als Ernst heraus. Denn die drei Frauen hatten sich in einer Ecke der Höhle ein Lager gemacht, ein zweites auf der anderen Seite der Höhle für die Herren der Schöpfung. Und so herrschte angespannte Stimmung, als es dunkel wurde. Die Frauen kicherten und wisperten in ihrem Schlafsack noch eine Weile, die Herren quatschten noch eine Weile, dann war aber auch bei ihnen Ruhe. Jetzt wo sie eigentlich am Ziel ihrer Reise angekommen waren, passte eine solche Stimmung eigentlich überhaupt nicht dazu. Sie konnten nach Hause fliegen und waren richtig reich geworden. Und dann so ein blöder Streit!

Eine erste Überraschung gab es am nächsten Morgen, als die drei Frauen aufstanden, stand bereits das Frühstück da. Nur die Herren waren weg – und ihr Gepäck fehlte, außerdem der Zündschlüssel vom Jeep und die Gewehre. Auch Antonio und Rodrigo waren nirgend zu sehen. Nadine Glauber sah ihre beiden Schwestern an. Plötzlich ging sie zu der Holzkiste, die sie am Vorabend in einer Nische weit oben abgestellt hatte. Sie sah hinein, alles war noch da. Sie schüttelte den Kopf über sich selbst. Wie konnte sie nur eine Sekunde daran denken, dass die Männer sich mit dem Schatz davon gemacht hatten. So ein Unsinn. Sie sah ihre beiden Freundinnen an.

„Ich glaube, Mädels, das war gestern etwas zu viel!" Karen nickte und starrte auf ihr Handy, aber das nutzte hier oben nicht viel. Langsam breitete sich so etwas wie Unsicherheit aus. Carmen stand am Eingang der Höhle und sah immer wieder hinaus in die Weite des Regenwaldes. Doch keine Menschenseele war weit und breit zu sehen.

Als es schon später Nachmittag wurde und die Männer immer noch nicht da waren, kam langsam so etwas wie Panik auf. Schweigend saßen sie um das Feuer herum. Was hatte das zu bedeuten? War aus einem doch belanglosen Streit plötzlich eine Krise geworden?

Karen packte plötzlich ihre Sachen zusammen. Nach dem Sinn dieser Aktion befragt, antwortete sie entschlossen:

„Wenn die morgen früh nicht da sind, gehe ich auf Suche nach ihnen. Ihr könnt ja hierbleiben und weiter warten. So ein Kindergarten! Ich fasse es nicht!"

Und während sie so miteinander zu streiten begannen, standen plötzlich drei Männer im Höhleneingang! „Hallo Ladys!"

Die drei fuhren herum und starrten zum Eingang. Da standen ihre heißgeliebten Männer und lachten. Und dann ging es aber los. Carmen schrie als erste los.

„Was sollte denn dieser Scheiß? Wolltet ihr uns Angst machen? Ihr spinnt wohl alle drei!" Und dann lief sie auf ihren Steffen zu und hing an seinem Hals. Im Nu herrschte Wiedervereinigungsstimmung auf der ganzen Linie, bis Andreas plötzlich rief: „Seid mal alle still!". Er sah eine nach der anderen an.

„Hört mal Ladies! Hier draußen überlebt man nur, wenn man ganz fest zusammenhält, und jeder seine Aufgabe erledigt. Wir

haben das Flugzeug gefunden, zumindest Teile davon, und ihr habt euern Teil dazu beigetragen, dass wir was zu essen hatten und habt letztlich sogar den Schatz gefunden. Was war daran denn falsch? Lasst und heute Abend nochmal richtig feiern und morgen früh geht's dann los in Richtung Hauptstadt und noch eine Woche Urlaub. Aber ziemlich reich, muss ich sagen!"
Und zum ersten Mal diskutierten sie was passieren würde, wenn sie als Frauen plötzlich ganz allein auf sich gestellt wären.
Karen war die Erste, die sich bei Benny entschuldigte. Sowohl Carmen und auch Nadine holten es später nach. Aber ab diesem Tag hatte sich in der Gruppe etwas gründlich verändert. Und so saßen sie am nächsten Morgen wieder vereint und nun aber auch glücklich beisammen und diskutierten, wie es weitergehen sollte.

Andreas Thaler rieb sich nachdenklich seinen inzwischen beachtlich gewachsenen Bart.
„Also wenn ihr mich fragt, wäre jetzt der Zeitpunkt, uns auf den Heimweg zu machen." Carmen Urban rutschte unruhig auf ihrem Stuhl hin und her. Dann meinte sie plötzlich:
„Ich habe zwar am meisten von dieser Woche am Meer geschwärmt. Ich würde mich auch riesig freuen, wenn wir das jetzt noch machen würden. Wir haben noch zehn Tage Zeit, ehe unser Flug nach Hause geht. Das heißt, wir müssen ja erst noch einen Flug buchen. Diese Gauner von der Agentur haben ja nur einen Flug hierher bezahlt. Aber ein Strandurlaub wäre jetzt prima."
Andreas sah sie an und nickte. Alle sahen nun Nadine fragend an, die ihre langen schwarzen Haare im Sitzen bürstete. Sie lächelte kurz und meinte dann:
„Na, wenn ihr schon alle dafür seid, Urlaub zu machen, da werde ich ja nicht die Einzige sein, die dagegen ist. Wonach sollten wir auch noch suchen? Also ich bin natürlich auch dafür!"
Benny Winter hatte dem Disput der Gruppe aufmerksam zugehört und blinzelte seiner Karen kurz zu. Ja, die waren inzwischen wohl tatsächlich ein Team geworden, wie es aussah. Er räusperte sich.
„Also, nach uns müsst ihr euch nicht richten. Wir kriegen das Ganze hier von unserer Uni gut bezahlt. Und wir werden sicher noch so um die vier Wochen hierbleiben. Am Ende muss Karen ja auch etwas vorzuweisen haben, wenn wir nach Hause

kommen. Ich will damit sagen, wir können euch gerne zurück zum Ausgangspunkt bringen. Wir könnten euch aber auch unser Schlauchboot mit dem Motor überlassen, damit ihr auf dem Fluss in Richtung Flughafen gut vorankommt. Aber denkt daran, eure Kiste müsst ihr immer versteckt halten. Es gibt hier nun mal eine Menge von Gesindel jeder Art. Auf eure beiden Einheimischen aber könnt ihr euch verlassen. Wir selber suchen dann anschließend weiter östlich weiter." Plötzlich meldete sich Karen zu Wort.

„Ich muss euch aber auch noch was sagen. Als wir die Kiste fanden, sah ich neben der Kiste auf dem Boden Schuhabdrücke. Es muss also schon jemand vor uns die Kiste gefunden haben. Der oder die könnten jetzt nach eurer Kiste suchen. Und wir sind die einzigen Europäer bzw. Amerikaner hier in diesem Gebiet. Ihr solltet euch von dieser Kiste trennen und die Steine anders transportieren." Steffen hakte ein.

„Karen, wir sollten uns von der Kiste trennen. Aber euch steht ein Teil zu, wie vereinbart."

Doch mit einem Schlag war die Stimmung gedämpfter. War ihnen bereits jemand auf den Fersen? Was sollten sie tun?

Am Ende entschlossen sie sich, noch zwei Tage zusammenzubleiben und in Richtung Hauptstadt aufzubrechen. Sie wollten aber noch einen Tag bleiben, die Abfahrt vorbereiten und sehen, wie sie die Steine nun transportieren wollten.

Karen hatte die Frauen davon überzeugt, mit ihr auch noch einen kleinen Ausflug zu machen. Denn sie hatte etwas weiter oben im Canyon eine Art Tempel durch ihr Fernglas gesehen. Allein getraute sie sich nicht hin, aber mit der Verstärkung ihrer Freundinnen wollte sie es auch ohne Benny wagen. Die Männer aber wollten nochmal auf den Berg, um vielleicht doch noch ein paar Hinweise auf das Flugzeugwrack zu finden. Antonio und Rodrigo sollten die Männer begleiten.

Nach dem Frühstück legten sie fest, dass sie alle gegen 16.00 Uhr wieder in der Höhle zurück sein wollten. Und so zogen die beiden Gruppen nach der Verabschiedung mit Küsschen und guten Ratschlägen von dannen.

Benny Winter hatte wieder die Drohne mitgenommen. Er wollte sich oben auf dem Berg damit einen guten Überblick über das Gelände verschaffen. Und nach einer schweißtreibenden Stunde

Aufstieg hatten sie das Plateau erreicht. Was ihnen sofort auffiel war eine etwa 150 Meter lange Erdfurche quer über das Plateau, und zwar von West nach Ost. Und genau in der Richtung dieser Rinne lag etwa 200 Meter weiter unten der Motor des Flugzeuges im dichten Gestrüpp. Steffen kratzte sich am Haarschopf und sah Andreas ernst an.

„Wenn ich mir das so anschaue, könnte es doch so gewesen sein, dass die Maschine vom Westen kommend auf das Plateau aufschlug, weil sie keine Sicht hatten, und dann auf dem Plateau praktisch beim Aufschlag auseinanderbrach." Andreas klopfte seinem Freund auf die Schulter.

„Eine gute Kombination, mein Freund! So könnte es gewesen sein. Dann müssten aber die Bruchstücke hier oben rund um das Bergplateau verstreut sein. Da heißt, wir teilen uns und suchen zu beiden Seiten. Aber ob wir in diesem Gestrüpp etwas finden werden, halte ich für fraglich. Zumal die Einheimischen sicher schon alles abgeräumt haben, was brauchbar ist. Also los, dann probieren wir es zumindest!"
Und so zogen Benny, Andreas und Steffen mit Rodrigo und Antonio los. Meter um Meter stiegen sie wieder vom Plateau herab und begannen das Bergplateau zu umrunden.
Karen, Carmen und Nadine hatten nach einer Stunde Aufstieg die neue Tempelruine erreicht. Vorsichtig näherten sie sich dem alten Bau über eine Art Vorplatz. Karen nickte begeistert.

„Mädels, schaut euch das an! Das muss ein Bau aus der Maya-Zeit sein! Seht ihr die gefiederte Schlange!", rief sie euphorisch. Sie zückte ihre Kamera und machte einige Bilder. Plötzlich rief Carmen:

„Seht mal, dort drüben muss ein Eingang sein! Lasst uns doch dort hingehen!" Sie wollte schon loslaufen. Karen hielt sie am Ärmel zurück.

„Stopp Carmen! Du kannst doch nicht einfach da hineingehen! Die Bauherren haben damals schon unsichtbare Sperren eingebaut, wie ich es euch gestern schon erzählt habe. Die beiden jungen Frauen nickten erschrocken. Karen sah ihre beiden Freundinnen an. „Gebt mir bitte zuerst das Seil!"
Carmen reichte ihr das Nylonseil und Karen band es sich um die Hüfte.

„So, und ihr lasst mir gute fünf Meter Vorsprung und bindet euch das Seil ebenso wie ich um Rumpf und Schulter fest. Und zieht eure Handschuhe an! Sollte ich wegrutschen, müsst ihr versuchen mich zu halten, es sei denn, ihr wollt mich loshaben!", setzte sie noch lachend hinzu.

Dann waren sie so weit und sie betraten einen Torbogen, über dem ein großes Gesicht mit dicker Nase aus Stein in der Mauer befestigt war. Karen hatte einen zwei Meter langen Holzstock dabei und tastete und klopfte den Boden vor sich ab. Meter um Meter drangen sie tiefer in den alten Bau ein. Plötzlich tauchte vor ihnen ein hell erleuchteter Altar auf. Die Sonnenstrahlen kamen durch einen breiten Spalt im Felsendach von draußen herein und ihre Strahlen erhellten den Altar. Drei große maskenartige Gesichter mit einem Kopfschmuck schauten sie starr an. Carmen und Nadine hielten vor Aufregung den Atem an. Karen sah sich zu ihnen um und lachte leise.

„Das war ein Priesteraltar. Hier wurden früher Zeremonien abgehalten, Mädels. Manchmal sogar Menschenopfer! Es war eben auch eine blutrünstige Zeit damals."

Vorsichtig ging sie näher heran und dann sah sie plötzlich eine ganz dünne Bastschnur, die in etwa zehn Zentimeter Höhe über dem Fußboden quer zum Altar verlief. Eine Falle! Sie drehte sich um und deutete darauf:

„Schaut bitte mal hierher! Wenn man daran zieht, könnte das eine Falle auslösen. Wir sollten es aber lieber nicht probieren. Manchmal fällt einem dann auch etwas auf den Kopf. Lasst uns wieder umkehren, viel mehr hat diese Höhle wohl nicht zu bieten. Die Tonkrüge und Töpfe kenne ich schon aus Mexiko. Das heißt aber auch, dass die Maya viel weiter südlicher unterwegs waren, als man bisher geglaubt hat. Zumindest haben sie hier im Süden des Kontinents Spuren hinterlassen. Das aber wird wiederum von einigen Wissenschaftlern abgelehnt. Aber ihr habt es ja selbst gesehen, diese gefiederte Schlange ist ein typisches Zeichen der Maya-Kultur gewesen. Ich mache noch ein paar Bilder, dann können wir umkehren. Morgen früh geht es für euch ja in Richtung Heimat."

Vorsichtig kehrten sie wieder um und betraten gerade einen schmalen Gang, der mehrere Nischen hatte, die sie beim Hineinlaufen vorher nicht gesehen hatten. Sie durchquerten den Gang und kamen vor einer Art Turm wieder heraus. Dieses schmale Gebäude vor ihnen hatte eine Höhe von mindestens 12 Metern. Vorsichtig gingen sie auf den Eingang zu, der eine Art Torbogen darstellte. Karmen hatte ihre Lampe angeschaltet und deutete auf die Fußspuren vor ihnen im Staub des Bodens.

„Leute, hier war schon jemand!", meinte Karen auf einmal flüsternd. Deutlich sah man die Abdrücke von Sohlen. Von der Größe her mussten es Männerschuhe gewesen sein. Carmen war etwas verwirrt.

„Ist das so ungewöhnlich, wenn man hier Spuren von anderen Leuten findet?", fragte sie Karen. Die lächelte zunächst, ehe sie antwortete.

„Schau mal, wer kommt denn hier in der Wildnis in einen solchen Bau? Entweder sind es Forscher wie wir, Urlauber wohl in den seltensten Fällen. Oder es sind solche Leute, mit denen wir schon mal zusammengetroffen sind. Also Gauner, die hier was suchen oder verstecken." Carmen nickte.

„Da könntest du natürlich recht haben. Also ist es immer besser solchen Spuren aus dem Weg zu gehen." Karen nickte.

„Richtig erkannt! Passt also auf, wenn ihr übermorgen alleine loszieht. Eure Steine sind wie ein Magnet. Sollte auch nur ein einziger davon was erfahren, habt ihr sofort Interessenten auf dem Hals. Und die schießen erst und fragen dann." Nadine schüttelte den Kopf.

„Als wir diesen Plan da ausgeheckt haben, hat wohl keiner von uns an sowas gedacht, und wie gefährlich das werden könnte." Karen umarmte sie kurz und grinste.

„Dann habt ihr euren Kindern ja mal was ganz Aufregendes zu erzählen später." Nadine verzog das Gesicht.

„Kinder sind bei Andreas derzeit noch überhaupt kein Thema." Karen winkte ab.

„Warte mal ab, das kommt von ganz alleine. Ihr seid noch keine 40 Jahre alt, also genießt diese Zeit und die Unabhängigkeit. Ich weiß, wovon ich rede! Als damals Kathleen auf die Welt kam, war es vorbei mit meiner Freiheit. Ich musste zwischen meinem Job an der Uni und meiner Familie hin und her springen. Zum Glück war Benny schon damals ein Mann, auf den Verlass war. Er hat mir viel geholfen dabei. Und darauf kommt's am Ende ja auch an." Sie lachte leise. „Jetzt schaut mich nicht wie eine alte weise Frau an. Durch diesen Lernprozess muss jeder." Carmen sah auf die Uhr.

„Lasst uns umkehren, unsere Männer werden sonst unruhig werden." Karen grinste. „Auch mal nicht schlecht, oder?"
Die Männer hatten inzwischen jeden Quadratmeter Boden rund um das Plateau abgesucht, am Ende aber ergebnislos. Sie fanden noch eine Tragfläche, einen Benzintank, das Bugrad und ein großes Rad vom Bug-Fahrwerk, ansonsten war nichts mehr zu finden gewesen.
Enttäuscht gaben sie auf. Benny Winter schaute auf seine Uhr und meinte dann:

„Wir sollten Schluss machen. Wer weiß, wer hier schon alles gesucht hat. Und die Einheimischen haben im Laufe der Zeit die Überreste des Flugzeuges schon eingesammelt und auch verwertet." Andreas war etwas enttäuscht und knurrte leise vor sich hin.
„Ich glaube, Benny hat recht, mehr werden wir von dem Flugzeug nicht finden. Morgen früh fahren wir wieder zurück zur Küste und machen noch etwas Urlaub. Unsere Mädels werden sich bestimmt darüber freuen."
Und so marschierten sie ziemlich ernüchtert zurück zur Höhle. Als sie dort ankamen, waren die Frauen noch nicht da, und so begann Steffen schon mal damit, die Kartoffeln zu schälen, während Benny das Wildhuhn rupfte, welches sie auf dem Heimweg geschossen hatten. Mal wieder ein schönes Stück Fleisch war ja auch nicht verkehrt.

Ein Überfall

Die drei Männer saßen gerade bequem zu dritt am Feuer und plauderten, als plötzlich am Höhlen-Eingang Schritte knirschten. In der Annahme, die Frauen kämen, blieben sie sitzen. Doch als sie dann aufschauten, sahen sie in drei Läufe von Maschinenpistolen, die drei ziemlich wild aussehende Kerle auf sie gerichtet hatten, die laut grölten:

„Hands up! Wo habt ihr unsere Diamanten versteckt, ihr Saukerle? Los gebt sie uns raus oder wir legen euch gleich hier um!"
Unsere drei Helden starrten begehrlich auf ihre Waffen, die einige Meter entfernt auf einer Holzplatte lagen, die als Tisch

diente. Andreas raffte sich als Erster auf und meinte dann auf Englisch zu einem Jüngeren beinahe zahnlosen, wild aussehenden Kerl:

„Was denn für Diamanten? Wir haben keine Diamanten und wir wissen auch nichts von Diamanten! Wir sind nämlich Forscher und keine Abenteurer!"

Diese vorlaute Antwort brachte ihm einen Hieb mit einem MPi-Schaft ein, so dass Andreas glaubte, die Hälfte seiner Zähne verloren zu haben. Benny meldete sich nun zu Wort.

„Ihr könnt uns schon glauben. Wir sind Wissenschaftler und wir arbeiten im Auftrag der Regierung. Wir suchen nach alten Maya-Artefakten. Hier ist mein Auftrag! Lest das Schreiben!"

Er nahm einen Zettel aus seiner Brusttasche und hielt ihn hoch. Einer der Ganoven riss ihm das Schreiben aus seinen Fingern, schaute kurz darauf, konnte es aber offenbar nicht lesen und warf das Schriftstück einfach ins Feuer, wo es innerhalb kürzester Zeit verbrannte.

Nachdem die drei Gauner die gesamte Höhle durchsucht und nichts gefunden hatten, hielten sie zunächst Kriegsrat. Offenbar waren sie ebenfalls auf der Suche nach den Diamanten. Aber woher wussten sie davon? Wer hatte es ihnen verraten? Steffen schaute heimlich zu ihren Waffen, die kaum drei Meter entfernt auf dem Tisch lagen. Geladen waren alle drei, aber wie rankommen? Insgeheim hofften sie aber auch, dass die beiden Späher bald zurückkommen würden und sie so vielleicht Verstärkung erhalten würden. Immerhin hatte das ja schon einmal geklappt. Die drei Ganoven sahen immer wieder zu ihnen herüber und unterhielten sich.

Andreas sah immer wieder auf seine Uhr. Der vereinbarte Zeitpunkt 16.00 Uhr rückte näher. Hoffentlich kamen jetzt nicht die Frauen ahnungslos hier hereingestolpert. Plötzlich wandte sich der Anführer an sie und meinte:

„Wer von euch kann diesen Panzer da draußen fahren?" Benny meldete sich wieder.

„Ich bin der Fahrer, die beiden Professoren der Universität von Yale hier werden bald von der Regierung und der Polizei gesucht werden, wenn wir uns nicht regelmäßig melden."

Die drei Gauner grinsten nur und schienen wenig beeindruckt zu sein, und der ältere der Drei meinte:

„Alle aufsitzen, wir wechseln das Quartier! Los auf, ihr Coyoten, bewegt euch!" Zehn Minuten später rollte der Jeep aus der Höhle heraus und sie fuhren davon. Allerdings fehlten die beiden Einheimischen! Waren sie Informanten der Gauner oder hatten sie sich aus dem Staub gemacht? Und vor allem, wo war diese Kiste mit den Diamanten abgeblieben? Die Gauner hatten beim Durchsuchen der Höhle nichts gefunden. Auf der Fahrt durch den Busch überlegte jeder für sich die Situation. Was würden die Frauen jetzt wohl machen? und wo waren die Diamanten abgeblieben?
Ihre Fahrt ging diesmal wieder aus dem Canyon heraus. Nach einer Stunde Fahrt durch den Regenwald erreichten sie eine Art Camp, welches offenbar den Banditen gehörte. Einer der Halunken nahm Benny den Zündschlüssel ab, dann wurden sie in einer gemauerten Hütte eingeschlossen. Die Hütte bestand aus einem Raum mit einem unvergitterten Fenster. Auf dem Boden lagen alte Matratzen. Irgendwo rauschte leise ein Wasserfall.
Als sich die Tür hinter ihnen geschlossen hatte, grinste Benny vor sich hin, und meinte dann zu den anderen beiden:
„Schaut mal her! Ich habe noch den Ersatzzündschlüssel! Vielleicht können wir uns ja doch in der Nacht aus dem Staub machen." Andreas sah ihn skeptisch an und schüttelte den Kopf.
„Und wie weit willst du unbewaffnet kommen? Wenn die merken, dass wir abhauen, werden sie uns einige Salven aus den Maschinenpistolen nachschicken. Das wäre Selbstmord, denn die Kiste macht so viel Lärm, dass wir nie unbemerkt hier wegkämen."
Andreas setzte sich auf eine der Matratzen und sah auf die Uhr. Die Frage ist aber, was werden sie jetzt machen? Und was ihn außerdem noch plagte, war die Frage, wo sind unsere beiden Einheimischen abgeblieben?"
Steffen kratzte sich an seinem Dreitage-Bart und ging in Gedanken auf und ab. Plötzlich blieb er stehen.
„Sagt mal Leute, woher wissen diese Halunken von den Rohdiamanten? Das ist doch nicht normal, dass wir nach X Jahren hier auftauchen und danach suchen. Und gleichzeitig suchen auch die danach. Die müssen einen Hinweis erhalten haben, aber von wem?" Andreas reckte sich und stand auf.

„Überlegt doch mal, wem wir alles davon erzählt haben! Da gibt's nur einen und das ist dieser Schweizer vom Hotel! Dieser Saukerl muss uns verpfiffen haben! Sonst wusste doch niemand davon, außer natürlich unsere Einheimischen. Aber ich kann mir beim besten Willen nicht vorstellen, dass die uns verraten haben.“
Benny Winter streifte schweigend sein linkes Hosenbein empor und entnahm einer kleinen Stofftasche, die mit Gummibändern an seiner Wade befestigt war, ein Handy. Er schaltete es ein und grinste.
Dann tippte er eine kurze Nachricht ein, schickte die ab und schaltete das Handy wieder aus. Die anderen sahen ihn sprachlos mit großen Augen an. Benny lachte leise und erklärte dann:
„Im Busch muss man immer mit Überraschungen rechnen und sich dagegen wappnen. Und so haben Karen und ich immer so ein zweites Handy bei uns. Karen hat ihres manchmal im BH stecken. Ich hoffe, sie hat meine Nachricht bekommen.“
In Anbetracht der Tatsache, dass die Lage gar nicht so hoffnungslos war, wie anfangs gedacht, setzten sie sich zusammen und berieten leise, was sie nun tun wollten. Sie machten sich aber auch Gedanken darüber, wo die Diamanten abgeblieben waren. Die Frauen mussten sie am Vorabend heimlich versteckt haben. Aber warum? Diese ganze Sache war äußerst mysteriös.

Freudestrahlend näherten sich die drei Frauen der Höhle und blieben abrupt stehen. Der Jeep war weg. Aufgeregt betraten sie die Höhle und suchten das Gelände ringsum ab. Aber nach was eigentlich? Dass die Männer einfach abgehauen waren, kam nicht in Frage. Warum sollten sie auch? Karen fiel die Unordnung zuerst auf, als sie umherlief. Rasch sah sie nach der Holzkiste mit den Rohdiamanten, die sie in einer Felsnische in zwei Meter Höhe hinter zwei Steinen gut versteckt hatten. Die Kiste war noch da!
„Schaut euch doch mal um! Das sieht aus, als wenn hier jemand was gesucht hat!“ Nadine deutete auf die Fußspuren im Sand, die kreuz und quer durch die Höhle verliefen.
„Seht euch mal diese Spuren hier an! Solche Profilsohlen trägt von uns niemand. Das müssen Militärstiefel sein.“
Nadine nickte langsam und kratzte sich nachdenklich am Kopf.

„Könnte es sein, dass unsere Männer Besuch bekommen haben? Vielleicht von diesen Spießgesellen, die wir vor ein paar Tagen am Fluss gesehen haben?“ Karen nickte bestürzt.

„Offenbar hatten sie aber auch keine Chance, sich zu wehren, sonst hätten wir doch Schüsse hören müssen.“ Plötzlich fuhren sie herum, denn am Höhleneingang waren zwei Gestalten aufgetaucht. Beide behangen mit Farnwedel und anderem Grünzeug. Karen erkannte sie zuerst.

„Antonio und Rodrigo! Wo kommt ihr denn her? Wo sind unsere Männer? Wisst ihr etwas?“, stürmten sie alle auf einmal auf die beiden Einheimischen ein. Antonio bat die Frauen, leiser zu sein, und meinte dann:

„Eure Männer sind von drei schwerbewaffneten Gringos überrascht worden. Wir kamen gerade hier an, als sie mit dem Jeep gemeinsam wegfuhren. Wir sind ihnen eine Stunde lang gefolgt und haben sie dann im Flussdelta verloren, weil wir ja kein Boot haben, der Jeep dagegen schwimmt sogar.“ Carmen sah Antonio ernst an.

„Bringt ihr uns dahin, wo ihr die Spur verloren habt? Wir müssen weitersuchen! Wir haben drei Maschinenpistolen, eure zwei Gewehre und drei Pistolen, damit sind wir den drei Gaunern überlegen. Und ihr kennt euch hier bestens aus! Werdet ihr uns helfen? Ihr werdet reichlich belohnt dafür!“ Antonio lächelte Carmen auf einmal an.

„Miss Urban, wir würden Ihnen auch helfen, wenn es keine Belohnung geben würde. Es ist uns eine Ehre, Ihnen zu helfen! Sie haben uns immer gut behandelt, das machen nicht alle Weißen! Wir werden die Spuren vom Jeep wiederfinden und ihnen folgen.“ Karen, die alles mit angehört hatte, meinte:

„Und wir werden alle mitkommen. Wir können nicht hier untätig herumsitzen und warten. Was meinst du?“ Dabei sah sie Nadine fragend an. Auch sie nickte und so begannen die drei Frauen alle Sachen zusammenzusuchen, ließen aber einiges, was man nicht unbedingt brauchte, zurück. Die Diamanten aber versteckten sie wieder sicher in ihrem Versteck, um sie nicht mitschleppen zu müssen. Bei Sonnenaufgang marschierten sie zu fünft los. Es sollte noch ein langer mühsamer Weg werden.

Die Suche nach den Vermissten

Die beiden Indios trugen das Gepäck der Frauen, die fast die Hälfte davon in der Höhle zurückgelassen hatten. Im Gänsemarsch zogen sie durch den Regenwald. Antonio, der als Erster lief, musste immer wieder eine Schneise durch das Gestrüpp schlagen, Als der Tag schon fast zu Ende war und es wieder dunkel zu werden begann, legten sie eine Rast ein. Rodrigo machte ein kleines Feuer, so dass sie sich Tee brühen und eine Tasse heiße Suppe zu sich nehmen konnten. Und diesmal saßen sie alle fünf zusammen. Antonio hatte vorsorglich für jede Frau eine sichere Schlafstatt in den Bäumen vorbereitet. Er war in diesen Tagen wie eine Mutter, die ihre Kinder sicher ans Ziel bringen will, und die Frauen waren ihm dankbar dafür. Antonios Freund Rodrigo hielt sich meist im Hintergrund, half aber wortlos, wo es notwendig war

Mit ein wenig Angst vor den Geräuschen des nächtlichen Regenwaldes lagen sie in gleicher Höhe auf Palmenwedel und den Blättern einer Wurzel, die man auch gekocht essen konnte. Irgendwo zirpten Grillen und Glühwürmer mit zwei Leuchtpunkten zogen ihre Bahn von Baum zu Baum. Der Vollmond erleuchtete das Ganze so gut, dass man sogar hin und wieder ein anderes Tier sehen konnte. Offenbar war es eine Kapuzineraffenfamilie, die noch zu ihrem Schlafplatz gelangen wollte. Lange konnten die drei Frauen nicht einschlafen, doch die Strapazen des Marsches verlangten trotz der ungewohnten Geräusche irgendwann doch ihren Tribut.

Als es wieder hell wurde, waren die beiden Indios schon dabei, ein kleines Frühstück zu bereiten und es gab frische Bananen dazu, die Rodrigo gebracht hatte. Auf Befragen gab er dann zu, dass er hier ganz in der Nähe bei einer Indio-Familie gewesen war und die Bananen dort gekauft hatte. Karen gab ihm das Geld sofort zurück. Und Rodrigo hatte noch eine gute Nachricht. Der ältere Sohn dieser Familie hatte am Vortag einen Jeep im Regenwald gesehen. Er war auf einem Weg in Richtung des Kaieteur-Wasserfalles gefahren, als er sie aus einem Versteck heraus beobachtet und sich über dieses Monstrum gewundert hatte.

Karen bat Antonio, den jungen Indio zu fragen, ob er damit einverstanden war, sie dahin zu führen, wo er den Jeep gesehen hatte. Gemeinsam gingen sie nach dem kurzen Frühstück ins Dorf.

Dort bat Karen den jungen Indio nun doch gleich selbst, sie zu diesem Wasserfall zu führen. Der 17-Jährige sah erst seinen Vater fragend an. Als dieser zustimmend nickte, willigte der Junge ein. Karen gab ihm einen 20-Dollar-Schein als Anzahlung, das war für eine Indiofamilie hier im Busch eine Menge Geld.

Und so zogen sie wenig später wieder los. Mojito, so hieß der junge Kerl, ging als erster. Ihm folgten die beiden Helfer und die drei Frauen gingen am Schluss. Es war schwül und heiß, die Berge ringsum hielten die Wärme unter dem Blätterdach des Regenwaldes. Nach einer Stunde erreichten sie die schmale Fahrstraße, die man offenbar für den Holztransport angelegt hatte. Immer wieder fällten hier Gruppen von Männern im Regenwald Bäume, die dann mit LKWs abtransportiert wurden. Das war zwar verboten, aber wer sollte es kontrollieren. Oftmals saßen die Auftraggeber dieser Rodungen in den höchsten Kreisen des Landes.

Gegen Abend, kurz vor Einbruch der Dunkelheit, erreichten sie den kleinen Fluss Potaro am Eingang zur Potaro-Schlucht. Der junge Mojito führte sie zu einer kleinen Höhle, die etwas oberhalb zwischen zwei Felswänden versteckt lag. Das Rauschen des Flusses war bis zu ihnen hinauf zu hören.

Sie saßen gerade an einem kleinen Feuer beisammen und aßen etwas, als bei Karen etwas kurz fiepte. Alle sahen sie erstaunt an, als sie plötzlich in den Ausschnitt ihres Pullis griff und zum Erstaunen der anderen ein Handy zum Vorschein brachte. Sie las kurz die Mitteilung, dann steckte sie das Handy wieder ein und lächelte. Alle sahen sie fragend an. Karen nickte.

„Entschuldigt. Aber das war eine Nachricht von Benny! Sie sind von drei Männern entführt worden, schreibt er. Irgendwo in der Nähe muss ein großer Wasserfall sein. Wir sollen die Polizei informieren." Nadine schüttelte vehement den Kopf.

„Das halte ich für keine gute Idee! Erstens, wie lange wird es dauern, bis uns hier die Polizei erreicht hat. Zweitens, was passiert, wenn die Gauner merken, dass ihnen die Polizei auf den Fersen ist? Die werden keine Zeugen hinterlassen wollen!"

Carmen wischte sich ein paar Tränen aus den Augen und sah Karen hilfesuchend an.

„Und was meinst du, Karen?" Die blonde Amerikanerin nickte nachdenklich und rieb sich das Kinn. Nach einigem Überlegen meinte sie dann:

„Ich muss da Nadine allerdings recht geben. Was bleibt uns also?" Rodrigo, der dem Disput der Ladys schweigend zugehört hatte, räusperte sich plötzlich.

„Entschuldigung, Lady Connor, aber selbst, wenn sie denen die Edelsteine aushändigen würden, würden die niemand am Leben lassen. Nächstenliebe oder Mitgefühl ist für diese Ganoven ein Fremdwort. Wer ihnen im Wege steht, wird umgebracht und verschwindet für immer im Regenwald. Wir müssen sie tatsächlich umbringen, das ist leider die einzige Lösung, die uns bleibt, wenn wir sie gefunden haben. Es gibt keine andere!", meinte er bestimmt, und sein Gesichtsausdruck gab die Situation wieder. Antonio, der seinem Freund zugehört hatte, nickte bei jedem seiner Worte. Er sah die Sache genauso.

Carmen war am Boden zerstört und schluchzte. Nadine legte ihren Arm um die Schulter der Freundin.

„Carmen, es nützt doch nichts! Wenn wir unsere Männer lebend wiedersehen wollen, dann müssen wir sie selber befreien! Glaube mir, Andreas und Steffen würden das Gleiche auch für uns tun. Hier herrschen nun mal andere Gesetze als bei uns zu Hause." Karen hatte sich auf die andere Seite neben Carmen gesetzt und umarmte sie nun ebenfalls.

„Carmen, schau doch mal, die sind zu dritt, und wir sind immerhin zu fünft und gut bewaffnet. Wir müssen sie überraschen und dann zuschlagen! Wer soll uns sonst helfen? Auf die Polizei kannst du dich hier nicht verlassen, zumal wenn es um so einen Fund geht. Für mich steht fest, dass diese Gauner ebenfalls auf der Suche nach dieser Kiste waren. Aber von wem haben sie davon erfahren, darüber zerbreche ich mir schon die ganze Zeit den Kopf."

Rasch nahm sie das Handy wieder heraus und tippte eine Nachricht ein. Sie war heilfroh, dass das Handynetz hier oben in den Bergen überhaupt funktionierte. Und so schrieb sie:

„Wir sind zu sechst ganz in eurer Nähe. Polizei macht keinen Sinn! Wir werden versuchen, euch zu befreien! Seid wachsam! Kuss Karen!"

Dann schickte sie die Nachricht ab. Der Akku des Handys war noch halb voll, sie musste es unbedingt am Tage bei Sonnenschein mit dem kleinen Solar-Ladegerät wieder aufladen.

Und wieder verbrachten sie eine Nacht zusammen, diesmal in der kleinen Höhle am Fluss und wälzten sich schlaflos hin und her. Carmen, die aufgewacht war, sah im Mondschein am Höhleneingang eine Person sitzen. Sie konnte nicht sagen, ob es Karen oder ihre Freundin Nadine war. Also stand sie leise auf, schlich nach vorn und setzte sich daneben. Es war Nadine, die es nicht mehr ausgehalten hatte und aufgestanden war. Nadine sah auf die Uhr.

„Es ist drei Uhr, was werden sie wohl jetzt machen?“ Carmen lachte leise. „Na, entweder gut schlafen oder genau wie wir in die Nacht starren. Aber ich bin sicher, wir werden sie finden. Unsere drei Spurensucher verstehen ihren Job. Du darfst nur nicht die Hoffnung verlieren, alles wird gut werden.“ Nadine atmete tief durch.

„Ich frage mich schon die ganze Zeit, ob es das wert war, was wir jetzt erleben. Wir könnten jetzt am Strand liegen und einen tollen Urlaub haben. Stattdessen rennen wir um unser Leben wegen dieser verdammten Steine.“ Carmen legte ihrer Freundin den Arm um die Schulter.

„Aber wenn wir mit diesen Steinen zu Hause sind, haben wir nie wieder Sorgen um Geld, Sorgen wegen Rechnungen, die beglichen werden müssen. Wir könnten endlich unser Haus abbezahlen. Und ich müsste mir nicht mehr die Feiertage oder die Nächte im Krankenhaus um die Ohren schlagen. Ich denke, dafür lohnt es sich schon mal, was zu riskieren.“ Nadine sah sie sprachlos an. „Na, sag mal, deine Zuversicht müsste ich haben!“ Nach einer Stunde legten sie sich wieder hin und versuchten, noch ein paar Stunden zu schlafen.

Benny Winter war schon eingeschlafen, als er plötzlich wach wurde. Sein Handy hatte sich wieder gemeldet. Hatte Karen seine Nachricht schon erhalten? Und dann las er erfreut, was sie geschrieben hatte. Leise weckte er die beiden Deutschen.

„He! Hört mal, Karen hat mir geantwortet! Sie sind ganz in der Nähe und wollen uns befreien. Sie meint, die Polizei einzuschalten, hätte nicht viel Sinn.“ Andreas Thaler nickte verschlafen.

„Kluge Frau, deine Karen!", flüsterte er. Steffen war ebenfalls näher herangerutscht.

„Fragt sich nur, wie sie das machen wollen. Mit diesen drei Gaunern ist nicht zu spaßen. Die schießen alles über den Haufen, was ihnen in den Weg kommt!" Benny zuckte mit den Schultern.

„Wäre ganz gut, wenn wir erstmal hier aus dieser Hütte herauskämen. Wenn wir einmal draußen sind, stehen die Chancen schon besser, hier zu verschwinden. Aber wieso hatten sie geschrieben, dass sie zu fünft waren? War da noch jemand von den Einheimischen dazugekommen?" Sie rätselten noch eine Weile und schliefen dann doch wieder ein.

Am nächsten Morgen kurz nach Sonnenaufgang, führte Mojito die Gruppe vom Rastplatz weg tiefer in den Regenwald hinein. Am Abend hatten sie noch lange beraten, wie sie ihre Männer befreien konnten. Und wieder hatte Karen die beste Idee:

„Wir müssen einen nach dem anderen ausschalten. Wir müssen sie beobachten und ihre Tagesabläufe kennenlernen. Nur so können wir sie einzeln außer Gefecht setzen."
Nadine Glauber wandte ein, dass man dann aber auch nicht einfach schießen konnte, denn das hörten ja die anderen. Und so näherten sie sich mit jeder Stunde ihrem Ziel. Die Frage war nur, wo war das Camp dieser Ganoven?
Und wieder brachte ein Treffen mit einheimischen Indios etwas mehr Aufklärung. Sie trafen die vier Männer bei der Jagd an. Mojito befragte sie nach den drei schwer bewaffneten Weißen. Und er bekam eine eindeutige Antwort. Ein schon etwas älterer Indio erklärte Mojito, wo sie suchen mussten.

„Hör zu, Junge, du musst deine Freunde bis kurz vor den Wasserfall führen. Da oben gibt es dann eine Weggabelung, die ihr nach links gehen müsst. Dann kommt eine Hängebrücke, die müsst ihr überqueren. Kurze Zeit später seht ihr eine Caldera, dort ist das Lager dieser Gringos. Sie kommen aber jede Früh nach Sonnenaufgang herunter und holen Wasser aus dem Fluss. Außerdem gibt es dort ein Maniokfeld. Wir hatten es einmal für unseren Stamm angelegt, aber seit einem Jahr dürfen wir da nicht mehr hin. Irgendetwas bauen die dort in dem Berg ab. Seit ja vorsichtig, diese Hunde sind gefährlich!"

Mojito verständigte sich mit Rodrigo und der informierte dann die Frauen.

Zur Mittagszeit erreichten sie tatsächlich eine Hängebrücke. Eine Weile versteckten sie sich im hohen Gebüsch des Regenwaldes und beobachteten die Brücke. Karen stieß Rodrigo an, der neben ihr kniete.

„Ich glaube, wir müssen die Brücke unbrauchbar machen, wenn wir unsere Männer befreit haben, oder was meinst du?" Rodrigo sah die blonde Amerikanerin mit seinen dunklen Augen an und lächelte etwas.

„Gut kombiniert, Lady Connor!" Karen winkte ab. „Hör doch auf mit dem „Lady Connor", ich heiße Karen, okay?" Rodrigo nickte wieder lächelnd, sagte aber nichts weiter. Aber die blonde Amerikanerin war ihm sehr symphytisch.

Nach einer halben Stunde schlich sich Antonio als erster über die Brücke auf die andere Seite der Schlucht. Als er von drüben ein Zeichen gab, folgte ihm Mojito. Dann gingen die Frauen eine nach der anderen hinüber auf die andere Seite und verschwanden wieder im Gebüsch. Zum Schluss folgte ihnen Rodrigo. Der hatte schon beinahe das Ende der Brücke erreicht, als plötzlich wie aus dem Boden gewachsen ein Europäer mit langem Bart und einer MPi über der Schulter auftauchte und ihn anrief:

„He, Indio! Bleib mal stehen!", rief er und nahm die MPi von der Schulter. „Kannst du mich verstehen?", fragte er Rodrigo. Der sah den Weißen mit großen Augen an, deutete auf seine Ohren und schüttelte den Kopf. Der Weiße spuckte verächtlich aus und schüttelte den Kopf. Dann knurrte er:

„Blöder Kanake, versteht mal wieder kein Wort! Hau ab! Husch, husch!", rief er, und deutete Rodrigo an, er solle verschwinden. Der Weiße hatte sich gerade wieder umgedreht, um weiterzugehen, als der noch keine zwei Meter weiter im Gebüsch kauernde Antonio ganz vorsichtig nach einem größeren Stein griff, sich plötzlich aufrichtete und ausholte. Er warf den faustgroßen Klumpen den Weißen von hinten genau an den Kopf. Es gab einen dumpfen Schlag und der Ganove fiel wortlos der Länge nach hin und rührte sich nicht mehr. Sein Gewehr lag neben ihm.

Im Nu waren die anderen auf dem Pfad und Rodrigo trat hinzu und nahm dem Liegenden die Maschinenpistole und die drei Ersatzmagazine ab. Dann grinste er und meinte halblaut:

„Pech gehabt! Blöder Kanake versteht doch jedes Wort, Idiot!“ Dann fühlte er ihm den Puls. Langsam richtete sich der Indio auf und schüttelte den Kopf.

„Der ist tot! Der Stein hat ihm den Schädel gespalten! Wir müssen ihn schnellstens verschwinden lassen! Am besten wir werfen ihn in den Fluss.“

Rasch zerrten sie zu zweit den Toten zum Abhang. Sich mehrfach überschlagend landete der Leichnam endlich in den tosenden Wassermassen des Flusses und wurde mitgerissen. Sie sahen ihm noch einen Augenblick hinterher. Carmen und Nadine standen da und hielten sich gegenseitig fest. Das alles ging über die Grenzen der Erträglichkeit. Karen sah es und versuchte sie zu trösten.

„Es musste sein. Er hätte keinen Augenblick gezögert, unsere Männer zu erschießen. Also ein Gangster weniger auf dieser Welt. Ihr müsst euch nicht schämen, dazu gibt es absolut keinen Grund. Wir leben hier nun einmal in einem Gebiet, wo nur der Stärkere überlebt.“

Sie sahen sich aufmerksam um, ehe sie weiterzogen. Und Karen meinte dann nach einer Weile zu Carmen:

„Ich hätte nie gedacht, dass es mir so wenig ausmacht, wenn so ein Verbrecher sein Ende findet. Ab jetzt sind die nur noch zu zweit, und wir sind zu fünft!“ Carmen hatte Tränen in den Augen und wandte sich ab. Nadine versuchte, sie zu beruhigen.

„Carmen! Dieser Lump hätte keinen Moment gezögert, wenn einer von uns ihm in die Hände gefallen wäre! Ungeziefer muss man ausrotten, egal wie groß es ist!“ Carmen schluchzte leise.

„Wäre ich nur nie mit auf diesen Trip mitgekommen. Sowas ist einfach nichts für mich. Und alles nur wegen ein paar Edelsteinen! Dafür bringen sich Menschen gegenseitig um!“

Nadine zuckte mit den Schultern und sah Karen fragend an. Die zog nun ihrerseits Carmen ein paar Schritte beiseite. Nochmal sprach sie eindringlich auf die junge Deutsche ein.

„Hör mal, wenn wir die nicht ausschalten, kommt keiner von uns lebend aus diesem Wald wieder heraus! Willst du hier dein

Ende finden? Oder willst du lieber bei euch zu Hause im Garten sitzen und das Leben genießen? Wir müssen das gemeinsam zu Ende bringen, danach gehen wir alle nach Hause. Und mit wesentlich weniger finanziellen Sorgen als jetzt! Komm, reiß dich bitte zusammen! Es ist noch gar nicht so lange her, da hast du mir gut zugeredet.“

Carmen nickte und wischte sich die Tränen ab. Sie mussten weiter. Und so näherten sie sich vorsichtig dem Camp der Gauner. Antonio war es, der den Jeep als erster sah. Lachend deutete er auf das kleine Plateau im Regenwald gegenüber. Selbst Karen bekam feuchte Augen, als sie den massigen Jeep dastehen sah. Dort mussten Benny und die beiden anderen Männer auch sein. Und so warteten sie, bis es finster geworden war und auf der gegenüberliegenden Lichtung ein Feuer brannte. Karen griff zu ihrem Handy und schaltete es ein. Schnell tippte sie einen Text ein.

„Sind in eurer Nähe, sehen das Lagerfeuer. Einen haben wir ausgeschaltet! Kuss Karen!“

Dann schickte sie die Nachricht ab. Hoffentlich funktionierte das Handy ihres Mannes noch. Da sie sich versteckt halten mussten, konnten sie kein Feuer anmachen. Und so gab es nur Fladen und Wasser.

Plötzlich hörten sie drüben auf der Lichtung zwei Stimmen, die nach jemand riefen! Immer wieder riefen sie den Namen ihres Kumpels und liefen kreuz und quer über den Platz.

Die ganze Zeit hatte Antonio dagesessen, hinübergeschaut und stumm seinen Fladen kauend hatte er Karens Nachtglas an die Augen gesetzt und hinüber gestarrt auf die andere Seite. Karen setzte sich neben ihn und stieß ihn ein wenig an.

„Was schaust du immer da hinüber?“, fragte sie ihn leise. Der Indio gab ihr das Fernglas zurück und sah sie an.

„Miss Winter, da drüben vor dem Höhleneingang steht der Wohnverschlag aus Holz und Planen der Gauner, und obendrüber gibt es eine Felsnase. Wenn man da hinaufkäme, könnte man von dort aus einen dieser Felsen, die da oben liegen, nach unten fallen lassen! Möglichst wenn diese Halunken unten beim Frühstück sitzen! Was halten Sie davon?“

Karen nahm das Glas und schaute hinüber. Der helle Vollmond erleichterte ihr die Sicht. Als sie das Glas wieder absetzte, sah sie Antonio an, schmunzelte und meinte:

„Du willst das wirklich wagen? Das ist lebensgefährlich, wenn sie dich vorher schon sehen!" Antonio schüttelte den Kopf.

„Ich gehe noch heute Nacht rüber, mich wird niemand sehen, Miss Winter". Einen Impuls nachgebend umarmte Karen einfach den Indio und hauchte:

„Danke, mein Freund. Du machst das nicht umsonst! Wir werden dich reichlich belohnen!" Antonio lächelte verlegen und stand auf. Dann ging er wortlos weg. Karen ging zurück zu den anderen beiden Frauen und erzählte ihnen, was Antonio vorhatte. In dieser Nacht schlief wahrscheinlich niemand. Etwa um Mitternacht verabschiedete sich Antonio von Rodrigo und Majito und verschwand lautlos in der Dunkelheit der Nacht.

Beinahe lautlos erreichte er die andere Seite der Schlucht und kletterte im hellen Mondschein an der Flanke des Bergmassivs empor. Da er barfuß ging, schlich er völlig lautlos dahin. Endlich hatte er den Absatz über dem Höhleneingang erreicht und sah hinunter. Etwa 50 Meter unter ihm sah er das Dach des Vorbaus vor dem Höhleneingang. Sofort ging er daran einen handlichen Felsen bis vor an den Rand zu schieben. Dann folgte ein zweiter und zum Schluss noch ein dritter. Nun musste er nur noch warten, bis die Sonne aufging und die beiden Gauner da unten sich zum Frühstück an ihren Tisch unter dem Vordach setzten.

Mit dem Sonnenaufgang erwachte wieder der Regenwald. Es war ein unbeschreiblicher Lärm. Vogelgezwitscher, das Brüllen der Affen und das Rauschen des Wasserfalls war die Begleitmusik auch an diesem Morgen. Die Sonne lachte schon wieder vom blauen Himmelszelt.

James Harrison und Henry Mercury saßen unter dem Vordach am Höhlenausgang und frühstückten gemeinsam. Mercury sah seinen Freund kauend an.

„Sag mal, wo wollte denn Perez gestern hin? Er ist heute Nacht nicht nach Hause gekommen. Seine Koje war vorhin noch unberührt." Harrison zuckte mit den Schultern.

„Wer weiß, welches Indioweib der wieder bestiegen hat. Eines Tages wird ihn mal ein gehörnter Ehemann den Schädel einschlagen."

Henry Mercury wischte sich mit dem Hemdsärmel den Mund ab und stocherte mit einem Streichholz zwischen seinem desolaten Gebiss herum.

„Ist mir im Grunde auch scheißegal, wenn er abnippelt, dann teilen wir halt nur noch durch Zwei!" Harrison lachte trocken.

„Was willst du denn teilen? Diese drei Pappnasen da drüben haben unsere Klunker nicht. Aber ich frage mich schon die ganze Zeit, wo die drei Weiber dieser Kerle sind. Die müssten wir eigentlich suchen!" Mercury sah auf seine Uhr und meinte nebenbei:

„Fest steht, der Schweizer war damals nicht so besoffen, dass er Mist erzählt hat in der Bar. Die beiden Deutschen und der Ami wollten ins Hochland fahren und dort nach einem abgestürzten Flugzeug suchen. Als wir oben waren, gab es dafür auch Anhaltspunkte. Und in dieser Höhle der Inkapriester haben wir dann ja auch die Kiste gefunden. Ich frage mich die ganze Zeit schon, wer uns diese Kiste geklaut haben könnte, wenn die da in der Hütte es nicht waren." Mercury lachte leise.

„Das waren damals keine Inkas, sondern Mayas! Nur blöde, dass wir die Kiste nicht gleich mitgenommen haben!". Harrison stand langsam auf und ging die wenigen Schritte in die Höhle, um seine Stiefel zu holen. Im Weggehen meinte er noch:
„Und wenn der Himmel einstürzt, wir werden diese Klunker finden und wir werden deren Weiber finden! Aber was machen wir mit den drei Kerlen?"
Er hob gerade einen seiner Stiefel auf, als es zwei Meter hinter ihm am Höhleneingang plötzlich furchtbar knallte und Dreck durch die Luft flog! Einzelteile des Vordachs flogen ihm um die Ohren und es knallte dreimal laut! Heftig hustend und nach Luft japsend wühle er sich nach einiger Zeit langsam unter dem Dreck und den Einzelteilen, die ihm entgegengefallen waren, wieder ans Tageslicht. Was war denn da passiert? Wieso stürzte denn plötzlich ihr Vorbau einfach ein? Es hatte weder die Erde gerumpelt, noch hatte es sonst eine Erschütterung gegeben.

Die Befreiung der Männer

Antonio saß im Morgenlicht der aufgehenden Sonne auf seinem Felsen über dem Vordach der Gauner. Mojitos und Karens

Beobachtungspunkt lag genau schräg gegenüber dem Plateau zwischen den zwei Felswänden, die diese freie Fläche umschlossen. Man konnte genau auf den kleinen Vorbau schauen, den man dort vor dem Höhleneingang aufgebaut hatte. Und sie sahen beide Ganoven dasitzen. Und genau oben drüber in ungefähr 50 Meter Höhe sahen sie ihren Freund Antonio, der gerade zu ihnen herüberwinkte. Mojito gab das vereinbarte Zeichen mit seinem Strohhut genau in dem Moment, als der eine der Ganoven plötzlich aufstand. Doch da war es bereits zu spät. Antonio hatte einen Felsbrocken von der Größe eines Tisches mit einer hölzernen Astgabel abgekippt. Der Felsen sauste in die Tiefe und zertrümmerte den Vorbau der Höhle vollständig. Eine Zeit lang sahen sie gar nichts, weil Staubwolken alles einhüllte. Nach diesem Kraftakt war Antonio schon wieder auf dem Abstieg.

Als sich James Harrison wieder aufrichtete und spuckte, um den Schmutz aus dem Mund zu bekommen, sah er nach vorn zum Höhlenausgang. Was er dort sah, ließ ihm das Blut in den Adern gefrieren. Denn dort, wo er noch vor einer Minute mit seinem Kumpel Mercury gesessen hatte, lagen Holzbalken, Bretter, Schutt, Steine und ein gewaltiger Felsen, der den Eingang bzw. den Ausgang total versperrte. Und Henry Mercury musste unter diesem Felsen liegen! Harrison musste sich nochmal hinsetzen, so zitterten ihm die Knie. Wie sollte er jemals wieder hier rauskommen? Und wieso war der Felsen einfach heruntergefallen? Es hatte kein Beben gegeben oder sowas Ähnliches.

Antonio, Rodrigo und Mojito erreichten als Erstes keuchend den freien Platz, wo der Jeep stand. Antonio sah die Hütte am Berghang und machte seine Freunde darauf aufmerksam.

„Lasst uns dort nachsehen", flüsterte er und lief auch schon los. Vorsichtig öffneten sie den Verschlag und sahen hinein. Da begann Antonio zu lachen.

„Hey, Señores! Wir wollen euch abholen!", rief er halblaut. Im Nu hatten sie die drei Weißen von ihren Fesseln befreit, die völlig überrumpelt waren. Gemeinsam liefen sie zum Jeep. Benny holte seinen Ersatzschlüssel aus dem rechten Stiefel und startete den Motor. Langsam fuhr der Jeep durch den Bach davon in den Regenwald hinein.

Carmen und Nadine wollten gerade nachschauen gehen, wo die Männer nun abgeblieben waren, als plötzlich lautes Motorengebrumm hörbar wurde und sich der ihnen bekannte Jeep durch das Unterholz schob. Erschrocken wollten sie sich im ersten Moment verstecken, doch eine bekannte Stimme rief:

„Hi Mädels, ist das Frühstück schon fertig?" Die Fahrertür flog auf und Benny sprang heraus. Ihm folgten dann Andreas und Steffen. Und zum Schluss auch die drei Indios.
Karen kam aus ihrem Versteck gesprungen und umarmte ihren Mann. Die Freude war unbeschreiblich. Doch Benny trieb zur Eile an.

„Wir wissen nicht, wen es von den Dreien erwischt hat, oder ob die noch am Leben sind. Wir müssen schnellstens hier weg." Doch Karen beruhigte ihren Ehemann:

„Benny, einen haben wir bei unserer Ankunft hier im Fluss versenkt. Die können nur noch zu zweit gewesen sein!"
Rodrigo mischte sich ein und Benny sah einen Augenblick mit Verwunderung die Vertrautheit, die zwischen seiner Frau und Rodrigo herrschte. Denn der Indio hatte, als er zu sprechen begann, wie selbstverständlich seine Hand auf ihre Schulter gelegt. Das wäre vor einigen Tagen noch völlig undenkbar gewesen.
„Mister Winter, ich meine, die saßen zu zweit am Tisch. Als der Felsen runterkam, stand einer von beiden auf und ging offenbar zurück in die Höhle, der andere aber blieb sitzen. Den muss es erwischt haben! Ich denke, es kann nur noch einer übrig sein. Aber was machen wir mit ihm?" Einen Moment herrschte Ruhe in der Runde, bis Steffen meinte:

„Wir sollten rüber gehen und nach ihm suchen!" Andreas nickte, sah seinen Freund an und sagte dann leise: „Und dann?" Einen Moment herrschte betretenes Schweigen. Einfach jemand umbringen? Das war nicht ihre Welt! Bis Nadine meinte:

„Wir entwaffnen ihn und lassen ihn dann laufen. Wir sind ihm, was Waffen betrifft, doch weit überlegen." Benny nickte zunächst nachdenklich, sagte dann aber:

„Aber nicht, wenn er ein Killer ist, der sich hier gut auskennt! Ich meine damit, Rücksicht kann lebensgefährlich für uns alle werden." Steffen schimpfte leise vor sich hin und lehnte sich an den Stamm einer Palme.

„Und das alles nur wegen dieser dämlichen Steine. Wir sollten schnellstens nach Hause fliegen und die ganze Sache hier beenden. Mir reicht es langsam. Trotzdem müssen wir den Kerl loshaben, oder nicht?" Benny sah ihn nachdenklich an.

„Und wie willst du das dann machen? Einfach erschießen? Ich glaube, das will hier keiner von uns. Denn dann wären wir genauso wie sie. Lasst ihn einfach, wo er ist, und wir fahren jetzt ab." Plötzlich meinte Carmen:

„Wir müssen aber als Erstes nochmal zurück zu unserer Höhle fahren und unsere Sachen holen. Und dann würde ich sagen machen wir uns langsam auf den Heimweg." Andreas sah sie an und schmunzelte.

Und was habt ihr mit den Steinen gemacht? Die Kerle haben keine gefunden." Nadine umarmte ihren Freund.

„Die sind so gut versteckt, die würdet selbst ihr nicht mehr finden. Und schon deshalb müssen wir wieder zurück zur Höhle." Schnell starteten sie den Jeep und begaben sich wieder auf die Fahrt zurück zu ihrer alten Höhle im Canyon. Dort angekommen luden sie die restlichen Sachen auf. Währenddessen kletterten Karen und Nadine am Ende der Höhle eine Traverse hinauf und nahmen dort einen Felsbrocken heraus. Hinter diesem Felsstück lag ihr ganzer Reichtum. Als sie den zurückbrachten und auf den Tisch legten, umarmte Andreas beide Frauen ungestüm.

„Ihr seid einfach eine Wucht! Und keiner von uns hat bemerkt, als ihr sie versteckt habt." Nadine nickte erleichtert.

„Ja, als Lehre aus dem letzten unliebsamen Besuch haben wir beide sie halt mal da oben einstweilen versteckt." Steffen sah Andreas an und nickte ihm unmerklich zu.

„So, Freunde, wir sind insgesamt sieben Personen. Antonio und Rodrigo erhalten ebenfalls einen Anteil. Mojito geben wir lieber Bargeld in kleinen Scheinen, damit es nicht auffällt.
Ich mache jetzt genau abgezählt sechs Häufchen mit diesen Steinen hier. Jeder bekommt die gleiche Anzahl, egal wie groß sie sind! Dabei sind zwei Kleine dann ein großer Stein. Damit das Ganze einigermaßen gerecht aufgeht. Die Karat Zahl wird später mal zeigen, wieviel jeder Stein wert ist."
Und schon begann er zu zählen und nach einer halben Stunde konnte jeder seinen kleinen Haufen Steine in Empfang nehmen.

„So Leute, damit ist auch jeder für seinen Anteil selbst verantwortlich.“ So viel Reichtum war aber auch gefährlich, und das
schärfte Andreas allen noch einmal ein. Besonders den beiden
Indios riet er, ihre drei Steine niemand zu zeigen, und sich nur
verlässliche Personen zu suchen, wenn man sie verkaufen
wollte. Denn Indios, die plötzlich viel Geld haben, sind sofort
verdächtig.

James Harrison hatte damit begonnen, mühsam den Schutt vor
dem Felsbrocken beiseitezuräumen. Er musste unbedingt sehen,
was mit den Europäern und dem Ami los war. Außerdem
brauchte er eine Waffe. Seine MPi hatte am Holzpfahl gehangen,
der das Dach des Vorbaus trug. Ob die allerdings heil geblieben
war, bezweifelte er. Und so schaffte er es tatsächlich, nach einiger Zeit sich einen Spalt ins Freie erarbeiten, durch den er dann
hinausklettern konnte. Als er draußen stand und die Zerstörungen sah, fluchte er halblaut vor sich hin. Der ganze Vorbau war
ein einziges Trümmerfeld, auf dem ein riesiger Stein lag, unter
dem alles begraben war, einschließlich Henry Mercury.
Das Erste, was er sah, der Jeep war weg! Das verstärkte seinen
Verdacht, dass die Weiber oder andere Helfer dieser Diamantensucher hier am Werk gewesen waren. Aber wie hatten sie es geschafft, so unbemerkt den Abhang hinaufzukommen und oben
dann diesen Felsen in Bewegung zu setzen?
Missmutig ging er zu der Hütte neben der Höhle. Als er dort ankam, sah er schon, dass der Verschlag weit offenstand. Ein kurzer Blick hinein genügte ihm, um festzustellen, dass diese Gringos abgehauen waren. Ohne Perez und seinen Freund Mercury
stand er denen nun allein gegenüber und dazu noch beinahe unbewaffnet bis auf seine Pistole und das Messer. Wo sollte er jetzt
hin? Er musste unbedingt Leute suchen, die wie er hier im Regenwald lebten und sich durchschlugen. Vielleicht konnte er ja
die Verfolgung der Europäer irgendwann wieder aufnehmen.

Noch am gleichen Vormittag fuhren die Abenteurer dann mit
dem Jeep weiter und setzten unterwegs Mojito ab. Der Indiojunge war nun ein reicher Mann und seine Familie würde zu angesehenen Leuten werden. Vorausgesetzt, sie verhielten sich
klug und überlegten gut, wem sie vertrauten.

Andreas und Steffen wollten schnellstens wieder zurück in die Hauptstadt. Benny und seine Frau Karen wollten nun ihre eigentliche Aufgabe in Angriff nehmen. Mit der Inka-Höhle hatten sie den ersten Anhaltspunkt gefunden. Jetzt galt es festzustellen, seit wann die Inkas hier unten im tiefsten Süden aufgetaucht waren. Und so überließen die Winters das motorisierte Schlauchboot den Deutschen. Damit konnten sie auf den Flüssen schneller in Richtung Hauptstadt kommen. Und so feierten sie an diesem Abend noch ein wenig Abschied und kamen erst spät in ihre Schlafsäcke.

Sie hatten vereinbart, dass sie die Winters mit dem Jeep noch bis zum Ausgang des Canyons mitnehmen würden. Und so begann schon kurz nach Sonnenaufgang das Beladen des Jeeps. Man hatte die Adressen ausgetauscht und sich gegenseitig versprochen, sich auf jeden Fall zu melden. Immerhin waren sie ja Freunde geworden, die gemeinsam eine Menge Abenteuer bestanden hatten. Aber wie das eben manchmal so ist, wenn man zwei Wochen zusammen solche Abenteuer bestanden hatte, so einfach war diese Trennung dann doch nicht. Und so saßen sie noch eine ganze Weile zusammen und unterhielten sich.

Und so nahte gegen Mittag die Stunde des Abschieds. Am Fluss Essequibo angekommen, luden sie das Schlauchboot und ihre Habseligkeiten ab. Durch das Sonnenpaneel, den Motor und die Halterung für beides war das Boot ziemlich schwer, aber immer betriebsbereit. Aber immerhin waren sie ja noch sechs Personen mit den beiden Indios.

Und dann kam der Abschied. Bei den Frauen doch tränenreich, bei den Männern eher schweigsam, aber auch mit Schlucken, sodass Benny dann einfach einstieg, nochmal winkte und den Wagen startete. Karen huschte noch schnell auf ihren Beifahrersitz und sah ihren Mann an.

„Na, war nicht so einfach. sich zu trennen, wenn man so viel erlebt hat. Hoffentlich kommen sie gut nach Hause." Benny nickte nur wortlos, schniefte aber verdächtig und gab Gas. Für sie ging es nun alleine weiter, allerdings waren auch sie ein ganzes Stück wohlhabender als bei der Anreise. Die Deutschen hatten tatsächlich mit ihnen geteilt, und das nötigte ihm Hochachtung ab.

Allein in der Wildnis

Ab sofort waren sie nun auf sich gestellt und hatten sie zwei Mitstreiter weniger im Kampf gegen die Wildnis. Zum Glück aber standen ihnen aber noch die beiden Einheimischen Antonio und Rodrigo zur Seite. Gemeinsam schleppten sie das Schlauchboot zum Flussufer, das hier in großen Windungen recht flach und sandig war. Und während Andreas und Steffen den Motor an die Solarpaneele anschlossen, beluden die beiden Frauen das Boot mit ihrem Hab und Gut. Die beiden Indios waren flussabwärts zu Fuß unterwegs und sondierten das Gelände. Zehn Kilometer weiter flussabwärts musste ein Indiodorf auftauchen. Da die Strömung auf dieser Strecke nur gering war, konnten sie das Boot gut treiben lassen und so die Batterie schonen. Immerhin hatten sie ja Zeit. Und Nadine war die Erste, die das Thema Urlaubsende ansprach. Sie hatten noch neun Tage Zeit, bis sie wieder zum Dienst antreten mussten. Andreas rechnete nochmal die Kilometer aus, die sie noch bis zur Hauptstadt zurücklegen mussten.

„Also wenn ich mich nicht verrechnet habe, haben wir noch gut 760, also fast 800 Kilometer vor uns. Ich glaube, da bleibt wohl kaum noch viel Zeit für ein paar Tage am Strand zum Faulenzen."

Das wiederum enttäuschte die beiden Frauen. Carmen sah nachdenklich auf das Boot und den Fluss.

„Dann war das Ganze also ein Abenteuerurlaub vom Feinsten. Aber das lässt sich nun auch nicht mehr ändern. Sehen wir zu, dass wir nach Hause kommen." Nadine nickte wortlos und die Männer zerrten das Boot ans Wasser.

Endlich konnten sie ablegen. Es war inzwischen 13.00 Uhr geworden. Und alle waren mehr oder weniger in Gedanken über das Erlebte der letzten Tage. Nadine, die neben ihrem Freund saß, sah ihn an. Beide saßen am Heck und Andreas der neben ihr hockte, steuerte das Boot. Für alle vier gab es an Bord Paddel, mit denen sie notfalls eingreifen konnten.

„Hast du schon mal daran gedacht, dass wir auch hierbleiben könnten?", fragte sie ihn. Andreas sah Nadine erstaunt an und zog die Stirn kraus.

„Frau, du erstaunst mich! Stimmt aber. Wir haben zusammen 194 Klunker. Wenn wir die zu Geld machen, haben wir ausgesorgt. Wir kaufen einen Hubschrauber und fliegen Touristen über den Regenwald." Nadine lächelte verhalten.

„Du hast vielleicht Ideen. Sieht das Steffen auch so? Habt ihr schon mal darüber geredet?" Andreas schüttelte wortlos den Kopf. Carmen, die zu ihnen herübergesehen hatte, rief:

„Habt ihr beiden gerade Ehekrach?" Nadine schüttelte den Kopf. „Nee, mein Prinzgemahl überlegt, ob er hier im Land bleiben soll. Er will Touristen mit einem Heli über den Regenwald kutschieren." Steffen lachte herzhaft.

„Meinst du das wirklich im Ernst, Alter?" Schulterzucken war Andreas einzige Antwort darauf. Steffen rutschte vorsichtig über den Bootsrand, bis er neben Andreas saß und sah ihn fragend an.

„Meinst du, das hätte hier Zukunft? Ich meine das mit dem Helifliegen." Andreas atmete tief ein.

„Was weiß ich! War ja nur so eine Idee. Ansonsten müssen wir in acht Tagen wieder zu Hause sein, haben Geld bis unters Dach und rackern uns weiter in Fernflügen ab. In Deutschland aber sowas zu machen, ist witzlos bei diesen Spritpreisen, das steht mal fest."
Steffen nickte nachdenklich und sah hinaus auf den Fluss, der langsam schneller floss. Sie näherten sich den ersten kleinen harmlosen Stromschnellen. Plötzlich meinte er:

„Wir könnten natürlich auch auf die Kanaren gehen und es dort mit dem Heli versuchen. Was meinst du?"

„Lass uns erstmal heil nach Hause kommen, dann sehen wir weiter", war alles, was Andreas noch zu diesem Thema sagte.
Steffen sah auf die Uhr und sah zu Carmen, die gerade versuchte, auf dem schwankenden Boot eine Tasse heißen Tee zu machen.

„Also wenn du mich fragst, die beiden Mädels würden hier wohl kaum glücklich werden. So weit weg von Mama und von Oma und den Freundinnen. Außerdem, die Klunker müssen wir erstmal zu Geld machen, das wird gar nicht so einfach."
Andreas lachte verhalten.

„Hast ja recht, Alter. Wir fahren nach Holland, dort geht das ganz einfach. Wir müssen nur einen guten Händler finden. Und vor allem fragt dort kein Mensch danach, wo die Klunker her sind." Er deutete nach vorn.

„Seht mal, da kommt das Indio-Dorf! Dort müssten wir wieder auf Antonio und Rodrigo treffen. Geh doch mal nach vorne, Steffen, und versuche an Land eine Boje zu finden für das Boot", rief Andreas.

Steffen Urban lachte. „Ei, Ei Käpt'n!", antwortete er und balancierte zum Bug. Das Dorf hatte einen Anleger, das machte die Sache einfacher. Und kaum waren sie angelandet, standen schon ihre beiden Indios auf dem Steg und begrüßten sie mit ernsten Gesichtern.

Doch zunächst galt es erst einmal, das Begrüßungskomitee des Dorfes zu überstehen, bestehend aus mehreren Männern des Stammes. Man führte sie in einen Pfahlbau, der mit Matten ausgelegt war, und Antonio übersetzte ihnen, dass dies ihr Schlafgemach für die Nacht war. Dann gab es einen Begrüßungstrunk beim Dorfhäuptling. Eine Weile tauschten sie sich aus. Und dann kam die Frage des Ältesten, wie lange sie bleiben wollten. Denn man hätte im Moment einigen Ärger mit Leuten von der Holzcompanie, die einfach stammeseigenen Wald abholzen wollten. Der Häuptling deutete auf ihre Waffen.

„Die würden uns sicher helfen, wenn die Arbeiter sehen würden, wie gut wir beschützt werden." Andreas verstand und lächelte. Der alte Fuchs wollte sie als ihre private Wachtruppe ausgeben. Nach einigem Hin und Her wegen der Zeit, die ihnen noch blieb, sagten sie zu, noch einen Tag zu bleiben und dabei zu helfen, die Holzräuber zu finden. Dabei mussten die Indios aber auch mitmachen.

Und so hatten Antonio und Rodrigo am nächsten Morgen zum ersten Mal eine MPi in der Hand und zogen los. Kurz hinter dem Dorf begann nach einer Lichtung das Waldgebiet des Dorfes. Wenige Kilometer danach stießen sie auf erste LKWs mit Langholzhänger. Sofort liefen sie zurück ins Dorf und schlugen Alarm. Andreas, Steffen und die beiden Einheimischen machten sich auf den Weg in den Wald. Schon nach kurzer Zeit hatten sie den Ort erreicht und man hörte schon von weitem die Motorsägen arbeiten. Sie kamen also genau richtig.

Andreas und Steffen gaben sich paramilitärisch und suchten nach dem Boss. Den fanden sie etwas weiter im Wald beim Aussuchen von Bäumen. Sie traten auf ihn zu.

„Sind Sie hier der Boss?“, fragte Steffen barsch. Der hemdsärmelige Kerl mit einer Hakennase und Halbglatze sah ihn erstaunt an und nickte. Andreas brummte:

„Zeigen Sie mal Ihren Auftrag, der Sie berechtigt, hier Holz einzuschlagen!“ Der Mann zog den Kopf ein und brummte dann:

„Hier gibt‘s keinen Auftrag. Das ist freies Land, da kann jeder sein Holz schlagen, wenn er will.“ Urplötzlich hatte Steffen die MPi im Anschlag und der Lauf zeigte auf den Bauch des Mannes. Laut fauchte er den Mann an:

„Ihr Banditen seid hier auf dem Gebiet des Dorfes da hinten! Und wenn ihr nicht in zehn Minuten alle verschwunden seid, schieße ich jeden von euch ein Loch in die Birne. Habt ihr das verstanden? Lasst euch nie wieder hier sehen oder die Armee ist in einer Stunde hier und kassiert euch ein! Und jetzt haut ab!“ Der Abzug des Trupps mit dem LKW dauerte keine zehn Minuten, dann war wieder Ruhe im Wald. Zufrieden gingen sie zurück ins Dorf. Der Häuptling schenkte ihnen zum Dank ein Spanferkel, schon fertig gebraten. Etwas später kam plötzlich Antonio, der sich kurz abgesetzt hatte. Er sah ziemlich ernst drein. Steffen sah es, und fragte ihn, was los sei. Und dann erzählte der Indio, was er in den letzten Minuten erfahren hatte.

„Mister Thaler, dieser Harrison hat sich offenbar neue Freunde gesucht und denen garantiert von den Edelsteinen erzählt. Wir müssen damit rechnen, dass sie uns unterwegs auflauern und einfach abknallen wollen.“ Andreas sah Steffen und die beiden Frauen fassungslos an und Steffen brummte:

„Wir hätten ihn doch gleich umlegen sollen! Dieser verdammte Hund! Und was machen wir jetzt?“ Andreas überlegte einen Moment, dann bat er sie alle mitzukommen. An einer ruhigen Stelle am Waldrand entwickelte er ihnen seinen Plan.

„Also, was vermuten diese Halunken, was wir tun werden?“, fragte er in die Runde. Nadine antwortete:

„Dass wir schnellstens zur Hauptstadt und zum Flughafen wollen!“ Andreas nickte zustimmend.

„Genau richtig! Also machen wir genau das Gegenteil!“ Er holte eine kleine Karte aus der Seitentasche seiner Hose und entfaltete sie.

„Also seht her, wir folgen dem Fleuve Approuague, der ist gute 750 Kilometer lang und bringt uns nach Regina, einer

Kleinstadt mit Polizeiverwaltung. Das heißt aber auch, wir kommen nicht direkt zur Hauptstadt und zum Flughafen. Aber wir sind an der Küste, wo es eine Straße gibt, die nach Georgeton führt. Was meint ihr dazu?"
Die beiden Frauen zuckten mit den Schultern und Rodrigo meinte dann:

„Wir müssten sie ablenken. Dort an diesem Abzweig, wo ein Teil des Flusses in Richtung der Grenze zu Brasilien fließt, dort müssen wir sie in die Irre führen und uns notfalls teilen." Steffen horchte auf.

„Was meinst du damit, teilen?" Rodrigo lächelte. „Wir legen eine gut sichtbare Spur und ihr zieht euern Weg weiter. Wir kennen uns hier gut aus, uns kriegen sie bestimmt nicht!"
Alle waren zunächst nachdenklich, denn ohne die Hilfe der beiden Einheimischen waren sie noch mehr gefährdet als mit ihnen. Doch dann grinste Steffen auf einmal.

„Gut Rodrigo! Es gibt auf einem Stück auf dem Weg zur Grenze von Brasilien entlang nach unserer Karte einen Wasserfall. Dort müsstet ihr einen Teil unseres Boots verunglücken lassen. Und dazu ein paar persönliche Sachen von uns. Danach kommt ihr zurück und wir ziehen gemeinsam weiter. Sie werden eventuell denken, wir sind draufgegangen. Alle nickten. Andreas nahm die beiden Indios Rodrigo und Antonio noch einmal beiseite.

„Hört zu, Jungs, nehmt das Boot und lasst es dort über den Wasserfall in die Tiefe stürzen und verteilt möglichst viel Zeug von uns, so dass es aussieht wie ein Unfall. Wir warten auf jeden Fall auf euch, und ziehen nicht eher weiter, bis ihr wieder zurück seid. Alles klar?"
Die beiden nickten und Andreas umarmte sie beide dankbar. Sie hatten sich in den letzten Tagen als wirkliche Freunde gezeigt, auf die man sich verlassen konnte. Als er zurück zu den anderen kam, hielt ihn Steffen auf und zog ihn etwas beiseite.

„Hör mal, Andy, ich weiß nicht, ob es nicht besser ist, wenn wir unsere Steine alle zusammen in eine kleine Kiste geben und sie gut verstecken. Die Frauen haben offenbar mit der Verantwortung für ihren Anteil ein Problem." Andreas sah seinen Freund nachdenklich an und schien zu überlegen.

„Wenn wir jetzt den Jeep noch hätten, würde ich sagen, kein Problem. Das sind gut zwei Kilo Steine, wo willst du die verstecken? Außerdem, erwischen sie den, der sie hat, ist die gesamte Beute weg. Mir fällt aber auch kein gescheiter Weg ein."
Steffen nickte nachdenklich.

„Na gut, dann lass uns aber mit den Mädels reden." Und so geschah es dann auch. Am Ende behielt jeder seinen eigenen Anteil selbst und musste nun ein gutes Versteck finden. Auf einmal kam Carmen plötzlich eine Idee:

„Jungs, ich habe eine geniale Idee! Nadine und ich könnten die Steine bei jedem von uns in den Hosenbund einnähen. Das ist völlig unauffällig und die langen Hosen behalten wir ja wohl an. oder?" Steffen grinste und meinte dann:

„Also aufgepasst! Beim Sex die Hosen anlassen!" Was ihn auf der Stelle einen leichten Hieb auf den Hinterkopf von seiner Frau einbrachte. Aber die beiden Frauen begannen noch vor Ort mit der Arbeit. Und da es sich um ziemlich stabile Cargohosen handelte, dauerte das eine ganze Weile. In der Zeit vertieften sich die beiden Männer über eine Karte von Guyana. Andreas markierte ihren derzeitigen Standort und fuhr mit dem Filzstift die Strecke entlang, die sie in den nächsten Tagen benutzen wollten. Ihr Manko war, sie hatten keinen Jeep und nun auch kein Boot mehr, um rasch vorwärtszukommen. Mit dem Boot wären sie flussabwärts schneller vorangekommen, wären aber auch immer ein gutes Ziel vom Ufer aus gewesen. Bewegten sie sich im Regenwald, waren sie weniger in Gefahr. Andreas war sich sicher, dass er die richtige Entscheidung getroffen hatte. Seine unerschütterliche Ruhe und Überzeugung vom Gelingen der ganzen Expedition übertrag sich auch wieder auf die anderen.
Auch in dieser Nacht hatten sie auf ein Feuer verzichtet, um nicht aufzufallen. Niemand wusste, ob ihnen Harrison schon auf den Fersen war, und wie nahe er ihnen bereits war. Im Stillen ärgerte sich Andreas, dass er diesen Halunken am Leben gelassen hatte. Aber sie waren eben keine Killer, das war der Unterschied zu Leuten wie Harrison.

Wie recht Andreas Thaler mit seinen Überlegungen hatte, zeigte sich schon allein an der Tatsache, dass Harrison mit drei neuen

Kumpanen bereits nach ihnen suchte. Es hatte nicht lange gedauert und er hatte im Hochland einen Trupp gefunden, der da oben nach Edelsteinen suchte. Eines Abends hatte er ihnen von seinen Erlebnissen der letzten Tage erzählt und dabei erwähnt, dass diese Deutschen eine gute Beute wären. Nicht nur, dass sie drei Weiber dabeihätten, nein sie hatten auch Edelsteine bei sich. Zum Beispiel Rubine, Saphire, Smaragde Topas, Turmalin und Zirkon. Sofort hatten drei von den Kerlen angebissen. Wie es schien, waren sie nicht gerade geistige Größen, andererseits aber brutal und rücksichtslos genug für eine solche Sache.

Igor Romanow, der Russe, Karel Kleist, der Tscheche und Bore Andersson, der Schwede, hatten sich bereit erklärt, ihm zu folgen, wenn die Beute dann auch gerecht geteilt würde. Und so waren sie seit zwei Tagen auf der Suche nach den Deutschen, die auf jeden Fall auf dem Fluss in Richtung Hauptstadt unterwegs sein mussten.

Auf jeden Fall würden die zum Flughafen in Georgetown wollen, um nach Hause zu kommen! Man wollte ihnen unbedingt die Beute abnehmen, notfalls auch mit Gewalt. Bore Andersson hatte es so ausgedrückt: „Wenn sie die Dinger nicht freiwillig rausrücken, dann legen wir sie eben um!“

Drei Tage später erreichten sie dann das Dorf, in dem die Deutschen übernachtet hatten. Doch der Häuptling schüttelte nur den Kopf, als sie ihn wegen der Deutschen fragten. Romanow war sauer und fluchte vor sich hin:

„Was hast du uns da für einen Scheiß erzählt, Harrison? Wenn sie vor uns waren, hätten sie ja hier vorbeikommen müssen, oder?“ Harrison dachte nach und sah seine Begleiter an.

„Oder sie wollen uns linken und wollen gar nicht zur Hauptstadt, sondern rüber zur brasilianischen Grenze.“ Kleist bohrte sich in der Nase und meinte auf einmal:

„Was hocken wir also noch weiter hier herum? Lasst uns aufbrechen. Sie müssen, wenn sie zur brasilianischen Grenze wollen einen Wasserfall überwinden und das Boot herausnehmen.“ Andersson schüttelte den Kopf.

„Wer sagt denn, dass sie ein Boot haben. Ich denke, die sind mit einem Jeep unterwegs gewesen?“ Harrison nickte.

„Stimmt, du hast recht! Auf das Boot bin ich ja nur gekommen, weil wir sie bis zum oberen Flusslauf verfolgt haben. Von da ab

waren sie wie verschwunden. Aber ihr könntet beide recht haben. Ziehen wir also in Richtung brasilianische Grenze."
Romanow knurrte. „Wenn wir in zwei Tagen nichts von ihnen gefunden haben, steige ich aus."

Andreas Thaler und seine Begleiter waren nur gute fünf Kilometer weiter den Fluss heruntergelaufen und warteten nun schon den zweiten Tag auf die beiden Indios Antonio und Rodrigo. Sie wurden langsam unruhig. Was konnte passiert sein? Was hielt sie so lange auf? Waren sie einfach untergetaucht samt Boot? Oder waren sie vielleicht Harrison in die Arme gelaufen?
Steffen hielt das alles nicht für möglich, dafür kannten sich die beiden viel zu gut im Regenwald aus. Er tippe eher darauf, dass der Transport des Bootes sie aufgehalten hatte. Und damit hatte er dann auch recht.
Die beiden Indios hatten das Boot zunächst nach kurzer Fahrt aus dem Wasser nehmen müssen und über zahlreiche Stromschnellen tragen müssen. Erst am zweiten Tag erreichten sie den von Andreas Thaler beschriebenen Wasserfall Reangel, der die Wassermassen aus dem Oberland in sich vereinte, um dann über eine Höhe von 148 Meter in die Tiefebene zu stürzen.
Ihr Unterfangen war nicht ganz ungefährlich, da der Fluss vor der Kante eine äußerst starke Strömung hatte. Zunächst verteilten sie am Ufer einige persönliche Sachen, die ihnen von den Deutschen überlassen worden waren. Den Motor lagerten sie am Ufer auf einem Sandhügel ab, als wenn er ins Wasser gefallen und sich am Ufer eingegraben hätte. Weiter unten hängten sie unmittelbar am Ufer einige Kleidungsstücke in die Äste von Sträuchern und kleinen Bäumen. Als das alles erledigt war, kam der Moment, wo sie das Boot dem Fluss übergaben. Rasch trieb es auf die Abbruchkante zu und stürzte dann in die Tiefe. Durch die Gischt sahen sie, wie das Boot auf mehrere Felsen aufschlug. Und wie auf Bestellung blieb die Gummihaut im weiteren Flussverlauf zwischen mehreren Felsen im Wasser hängen. Antonio und sein Freund Rodrigo klatschten sich ab, lächelten und begaben sich auf ihren Weg zurück zum Treffpunkt.
Sie saßen an diesem Morgen gerade zusammen und beratschlagten, ob sie noch länger warten sollten oder lieber ohne ihre

treuen Helfer weiterziehen sollten. Steffen brachte es auf den Punkt.

„Also ich meine, wir sollten auf jeden Fall noch warten. Ohne die beiden sind wir noch schlechter dran oder besser gesagt, wir bewegen uns dann wie ein Bär ohne Augen vorwärts."
Carmen musste lachen. „Und wer ist dann bitte schön der Bär von euch beiden?" Nadine wollte gerade dazu etwas sagen, als sie plötzlich innehielt und rief:

„He, da kommen doch unsere beiden Helden!" Sie sprang auf und lief den beiden entgegen, um sie zu umarmen und zu begrüßen. Dann mussten sie erzählen, wie sie ihren Job realisiert hatten. Alle waren voll des Lobes und so konnte man endlich aufbrechen. Die beiden Indios bildeten die Vorhut. Besonders Antonio kannte sich hier bestens aus. Das nächste Indiodorf passierten sie in einem großen Bogen, um nicht gesehen zu werden. Doch darüber gab es zwischen Andreas und Steffen die erste ernsthafte Auseinandersetzung. Denn Steffen begriff nicht, warum sich Andreas weigerte, sich ein Boot von den Indios zu leihen oder zu kaufen. Damit würden sie wesentlich schneller vorankommen. Doch der Chefpilot blieb bei seiner Meinung.

„Steffen, überlege doch mal. Wir haben doch unser Boot vernichtet, um zu verhindern, dass sie uns auf dem Fluss erwischen. Wo ist denn da ein Unterschied zu einem Indio-Kanu? Das sehen sie doch genauso und wir fallen doch auf. Schon wegen Carmens blonden Haaren. Wir müssen unsichtbar bleiben!"
Auch die beiden Frauen redeten auf Steffen ein, denn sie waren der gleichen Meinung wie Andreas. Aber das war das erste Mal, dass die beiden Freunde auf dieser Reise uneinig waren. Der Stress zeigte nun wohl doch langsam Wirkung.
Und so marschierten sie, ohne viel zu reden, durch den Regenwald. Inzwischen hatten sie nur noch vier Tage, bis sie zu Hause sein mussten. Und allen war klar, diese Rechnung ging offensichtlich nicht mehr auf. Aus einem Urlaubs-Trip war ein Horror-Trip geworden. Besonders Carmen, aber auch Nadine litten inzwischen darunter, obwohl sie es vermieden, sich die Strapazen anmerken zu lassen. Doch sowohl Andreas als auch Steffen kannten beide Frauen viel zu gut, um es nicht zu bemerken. Und am Abend redeten sie an diesem Tag zum ersten Mal darüber. Steffen wischte sich den Schweiß ab und trank einen Becher

Wasser auf einen Zug aus. Und er spürte es selbst, seine anfängliche Frische war irgendwie verschwunden. Als er mit Andreas darüber sprach, war dieser der gleichen Meinung. Die Strapazen und das Klima zeigten langsam Wirkung. Wie sollte es da erst den Frauen ergehen.

„Ich weiß nicht, wie lange Carmen das noch durchhält. Sie versucht es zwar zu verbergen, aber ich kenne sie viel zu gut, um es nicht zu bemerken. Sie wirkt fahrig, nervös und wenn sie alleine ist, weint sie auch schon mal." Andreas nickte betrübt.

„Ich weiß auch, was wir ihnen hier zumuten. Und ob es das wert ist, darüber kann man vielleicht auch streiten. Aber wenn wir heil durchkommen, muss keiner von uns mehr Angst vor der Zukunft haben. Unsere Fliegerei steht doch schon längst auf der Kippe. Erst diese Pandemie, dann dieser blöde Krieg in der Ukraine und nun die Treibstoffknappheit. Die Saudis drehen doch jeden Öl-Hahn nur noch halb auf. Wir müssen es unbedingt schaffen, Steffen! Aber dazu müssen wir auch alle an einem Strang ziehen!" Der Co-Pilot nickte nachdenklich.

„Ich weiß, Andy, ich war heute im Unrecht. Aber ich habe eine Scheißangst um meine Carmen. Aber im Grunde haben wir im Moment eigentlich gar keine Alternativen. Wenn der Kerl uns erwischt, kommen wir da garantiert nicht mehr lebend raus. Er wird uns beseitigen wollen, um keine Spuren zu hinterlassen!" Andreas nickte nachdenklich.

„Ja, wir hätten diesen Saukerl tatsächlich umlegen sollen. Aber hättest du das gekonnt? Ich bestimmt nicht, aber vielleicht eher noch der Benny. Die Amis sind, was Waffen betrifft, ja weniger zögerlich, wenn ihnen jemand an den Kragen will.

Bore Andersson führte den Trupp seit dem Morgengrauen schon an. Er kannte sich in dieser Gegend im Grenzgebiet zu Brasilien am besten aus. Er war sich sicher, dass die Deutschen den Fluss benutzen würden, um schnell genug bis zu den Stromschnellen zu gelangen und dann den Landweg zur Grenze benutzen wollten. Offenbar hatten sie es sich anders überlegt und wollten nicht mehr zur Hauptstadt. Oder sie hatten auch die Nachrichten erhalten, dass in Georgetown der Ausnahmezustand herrschte und das Militär die Stadt abgeriegelt hatte. Damit war auch der Flughafen derzeit nicht benutzbar. Der Umweg über Brasilien war gar nicht so dumm. Sie hatten sich echt was einfallen lassen, um ihre Spuren zu verwischen. Aber sie waren eben besser, sie kannten sich hier aus.

Also trieb er die anderen zu mehr Eile an. Denn an dem vor ihnen liegenden Wasserfall mussten die Deutschen ihr Boot aus dem Wasser nehmen und das würde sie aufhalten. Und genau darin sah er die eigene Chance. Gegen Mittag erreichten sie dann das Gebiet um den Wasserfall. Die Wassermassen schoben sich unaufhaltsam auf die Abbruchkante zu, dort wo sie dann mit Getöse und aufwallender Gischt gute 148 Meter in die Tiefe stürzte. Wer hier nicht rechtzeitig das Ufer erreichte, war unrettbar verloren.

„Geht am Ufer entlang, solange es möglich ist, und schaut euch um! Irgendwo muss es ja Spuren davon geben, wo sie das Boot herausgehoben haben", schrie er seinen Männern, den Lärm der Wassermassen übertönend, zu. Im Stillen freute er sich schon auf die Beute – und er war nicht gewillt, mit den anderen zu teilen. Und wenn, dann höchstens mit Harrison. Plötzlich schrie ihnen Kleist zu:

„Leute! Hier liegt ein Bootsmotor im Schlamm!" Eilig liefen sie hin und betrachteten ihn. Harrison schnaufte.

„Verdammter Scheiß, das ist ein E-Motor! Sowas hatten die Amis auf dem Schlauchboot und dazu ein Paneel! Vielleicht haben sie das Boot von den Amis übernommen. Seht euch weiter um, kann sein, dass sie hier nicht mehr rechtzeitig aussteigen konnten! Plötzlich hielt Harrison inne:

„He Leute! Kommt mal zu mir. Ich überlege schon die ganze Zeit, was hier nicht stimmt. Wo sind die Amis denn abgeblieben? Wenn das Boot hier liegt und von dem Jeep nichts zu sehen ist, müssen die sich doch von den Deutschen getrennt haben, oder?"

Andersson nickte nachdenklich.

„Da ist was dran! Aber lass uns erst einmal weitersuchen. Über den Jeep können wir uns später Gedanken machen." Und so ging die Suche weiter.

Sie sahen sich weiter um und entdeckten dann einige Meter weiter ein rotes Kleid, einen BH und mehrere Herrensachen, die wild verstreut in Ufernähe lagen. Kleist kratzte sich nachdenklich am Kopf. „Jetzt begreife ich gar nichts mehr! Harrison, du hast recht! Sie fahren mit dem Jeep bis hier kurz vor die Grenze und dann landet ihr Schlauchboot im Fluss? Das reimt sich doch alles nicht zusammen!"

„Sieht aber tatsächlich so aus, als ob ihr Boot gekentert ist!", bemerkte Andersson und sah sich weiter um. Seine Begleiter waren inzwischen an der Kante des Wasserfalls angelangt und dabei etwas höher gestiegen. Romanow sah durch sein Fernglas und deutete plötzlich in die Tiefe. Den Lärm des Wasserfalls übertönend schrie er:

„Da unten! Da unten liegen die Reste eines Schlauchbootes! Da zwischen der Felsengruppe auf der rechten Seite!" Nacheinander sahen sie durch das Fernglas. Was da unten lag, war tatsächlich mal ein Schlauchboot gewesen. Harrison war missmutig. Sollten die tatsächlich den Fluss weiter benutzt haben und dann die Strömung unterschätzt haben? Wenn die Fahrt einmal im Sog des Wassers abgeht, stehen die Chancen bei Null da noch rauszukommen! Und dazu waren die ja auch Stadtleute ohne Ahnung von der Wildnis.

„Scheiße!", brummte er vor sich hin und setzte sich auf einen Baumstumpf. Was sollten sie jetzt tun? Seine beiden Kumpane setzten sich neben ihn. Kleist moserte:

„Zwei Tage für umsonst durch den Busch gelatscht! Mann, da hätte ich schon ein paar Steine finden können!" Andersson feixte anzüglich. „Oder auch nur umsonst Dreck schippen können." Romanow sah auf einmal seine beiden Kumpel an.

„Wer sagt uns denn, dass sie wirklich da unten liegen und abgesoffen sind?" Seine und Harrisons Blicke kreuzten sich für ein paar Sekunden, dann nickte Harrison.

„Iwan, du könntest recht haben! Es gibt absolut keinen Beweis dafür! Genauso gut können die uns auch verarscht haben und ihr Boot hier einfach sich selbst überlassen haben, um dann mit dem Jeep weiter Richtung Grenze zu fahren. Ich bin dafür, wir suchen am Fluss entlang weiter!" Karel Kleist stöhnte:

„So ein Mist, das macht doch kein normaler Mensch! Aber gut, aber dann nur bis zum nächsten Indio-Dorf. Die müssen den Trupp ja gesehen haben. Ist da auch nix, kehre ich um!" Und so machten sie sich auf den Weg und folgten dem Fluss weiter stromabwärts.

Am Abend ging es Nadine nicht gut. Sie schwitzte und fror zur gleichen Zeit. Andreas war sich sicher, dass sie Malaria hatte. Er suchte in seinem Rucksack nach einer kleinen Metallbüchse, und fand sie dann auch ganz unten. Bei einer kurzen Rast gab er Nadine zwei von den Tabletten und etwas zu trinken. Sie beschlossen, zu rasten, damit sich Nadine ein wenig ausruhen konnte.

Am Rastplatz angekommen, verließ Antonio wenig später unbemerkt den Rastplatz und verschwand im Regenwald. Nach drei Stunden kam er zurück und steckte einige grüne Blätter in einen Topf mit Wasser und stellte diesen dann auf ein Feuer, obwohl Steffen dagegen protestiert hatte. Doch Antonio entfachte ein Feuer, von dem kaum Rauch aufstieg. Nachdem die Blätter gekocht waren, gab Antonio dann Andreas einen Becher des Gebräus. Der sah den Becher einen Moment unentschlossen an. „Und das soll helfen?“ Antonio nickte.

„Ja, gib das deiner Frau zu trinken. Wir bereiten es immer zu, wenn einer von uns an Malaria leidet.“ Andreas zuckte mit den Schultern und ging dann doch mit dem Becher zu Nadine.

„Hier, Antonio meint, das würde helfen. Sie nehmen es selbst, wenn sie Malaria haben.“

Nadine kostete das Gebräu und verzog das Gesicht, trank aber alles aus und legte sich wieder hin. Es dauerte nicht lange und sie schlief tief und fest.

Im Morgengrauen wachte Nadine auf und lauschte einen Moment in sich hinein. Offenbar schien sich die Krankheit über Nacht davongemacht zu haben. Zwar war sie noch ein wenig wacklig auf den Beinen, fühlte sich aber schon wesentlich besser und konnte aufstehen. Und so konnten sie dann auch am Morgen weiterziehen. Steffen und Andreas halfen ihr bei schwierigen Stellen, die sie überwinden mussten. Doch sie kamen gut vorwärts an diesem Tag. Und als es wieder dunkel zu werden begann, hatten sie eine beachtliche Strecke zurückgelegt.

Und als ob sie den Tag über nur spazieren gegangen wären, begaben sich Antonio und Rodrigo noch einmal auf eine kleine Erkundungstour rund um ihren Rastplatz. Sie hatten sich vorher mit Steffen und Andreas abgesprochen.

Als Lagerplatz hatten sie diesmal eine kleine Höhle gefunden, die Rodrigo schon kannte und sie hingeführt hatte. Andreas war der Meinung, dass es an der Zeit war, wieder eine heiße Suppe zu kochen und Antonio baute aus Steinen einen kleinen Herd auf, auf den man den Topf stellen konnte.

Dazu öffnete Carmen eine der vier Büchsen, die sie noch im Rucksack und die ganze Zeit durch die Wildnis geschleppt hatten. Sie enthielt Rindfleisch und Gemüse. Eigentlich wäre es ja gut gewesen, sich etwas für den Kochtopf zu schießen, aber sie verzichteten darauf, weil sie unsichtbar bleiben wollten. Jeder Schuss hier in dieser Wildnis war ein Signal, dass Menschen unterwegs waren.

Erst kurz vor dem Morgengrauen kamen Rodrigo und Antonio von ihrem Ausflug zurück. Sie hatten von Harrison nichts gefunden. Offenbar hatten sie den Ganoven tatsächlich abgehängt. Nach Sonnenaufgang ging der Marsch weiter. Steffen und sein Freund Andreas, die hinter den beiden Frauen liefen, unterhielten sich leise.

„Wenn ich mir meine Carmen jetzt so von hinten anschaue, da muss mein Schatz tatsächlich etliche Kilo abgenommen haben. Die ist ja beinahe gertenschlank geworden in den zwei Wochen hier im Busch."

Andreas grinste vor sich hin. Nadine war vor der Reise schon durchtrainiert gewesen, hatte aber inzwischen eine richtig tolle Figur. Rundes Hinterteil, schmale Hüften, und Oberarme wie ein Preisringer.

Antonio und Rodrigo hatten sich indessen einem Abhang genähert, weil dort der Rauch eines Feuers aufstieg. Vorsichtig schlichen sie sich näher heran. Rodrigo stieß Antonio sachte an und deutete auf das Feuer in der Senke. Da sie etwas erhöht im Buschwerk lagen, konnten sie hinunterschauen auf ein Lager, wo vier Indios am Feuer saßen. Die beiden näherten sich ihnen und sprachen sie an.

„He Brüder, wir wollen in Richtung der Hauptstadt. Kennt ihr einen vernünftigen Weg quer durch den Busch?"

Einer der Vier, es musste schon ein ziemlich alter Mann sein, schüttelte den Kopf.

„Was wollt ihr beiden denn in der Hauptstadt? Habt ihr nichts davon gehört, was dort los ist?" Rodrigo verneinte. Der Alte bat

sie, am Feuer Platz zu nehmen. Bei einem Becher Matetee rückte
er dann mit seinen Kenntnissen heraus.

„Man erzählt sich, in der Hauptstadt herrscht Ausnahmezustand. Es gab Schießereien zwischen der Polizei und Banden-
mitgliedern des Drogenkartells. Die Armee hat die Stadt weiträumig abgeriegelt. Keine gute Idee, da jetzt hinzugehen.“
Antonio stieß Rodrigo an und gab ihm mit dem Kopf ein Zeichen.

„Komm, wir müssen zurück und die anderen warnen. Ich
glaube, wir müssen einen Umweg machen. Lass uns schnell mit
Andreas und Steffen reden, komm!“
Sie bedankten sich bei den Indios und machten sich wieder auf
den Weg zurück zu ihrer Gruppe.
Als sie zurück in die Höhle kamen, herrschte dort gespannte Er-
wartung. Rodrigo schilderte, was sie erfahren hatten, und da begann Steffen wieder zu schimpfen:

„Es war eine verrückte Idee, unser schönes Boot zu vernich-
ten! Was hat es uns gebracht? Nichts, rein gar nichts!“, erregte
er sich. Aber Rodrigo meldete sich diesmal zu Wort. Alle sahen
den Indio gespannt an, der ihnen mit seiner Erfahrung schon öfters gute Tipps gegeben hatte.

„Ich denke, Harrison folgt dem Fluss bis zur Grenze nach Brasilien. Unser Boot haben sie garantiert gefunden und glauben
nun, dass wir alle abgesoffen sind. Daher schlage ich vor, wir
ziehen ab morgen früh nordöstlich auf die kleine Stadt Saül zu.
Dort kann man auf ein Schiff gehen und bis zur Nordküste runterfahren. Haben wir dann erst Mana erreicht, könnt ihr gut mit
einem Wagen runter bis zur Hauptstadt fahren. Aber was wollt
ihr dort?“. Und dann erzählte er, was sie erfahren hatten. Als er
geendet hatte, war es diesmal Carmen die gestresst in die Hände
klatschte.

„Klasse! Damit ist unsere pünktliche Heimkehr Geschichte.
Und ich habe nicht mal die Möglichkeit, das Krankenhaus zu
informieren.“ Nadine lachte verhalten.

„Und wir? Wir können die Airline auch nicht informieren, dass
wir später kommen. Was spielt das aber jetzt noch für eine Rolle,
Leute! Unser Urlaub ist dieses Wochenende vorbei. Wir müssen
sehen, dass wir unseren Hintern heil aus dieser Sache retten können. Was interessiert mich da jetzt mein Arbeitgeber, Carmen.

Wenn wir nach Hause kommen, kann es uns egal sein, was unsre Arbeitgeber davon halten. Aber wir müssen erstmal hier herauskommen! Also machen wir eben einen Umweg. Aber keine Ahnung, wie wir aus diesem verdammten Land mal herauskommen wollen!"

Zum ersten Mal hatte sich Nadine konsequent gezeigt, um der Gruppe moralischen Halt zu geben. Andreas sah sie liebevoll an und nickte ihr zufrieden zu. Sie war eben eine tolle Frau, keine Etepetete Tante, sondern eine, die auch mal austeilen konnte und sich ihrer Haut wehren konnte. Gemeinsam studierten sie eine Weile die Karte. Andreas schüttelte den Kopf und stöhnte leise:

„Also, wenn ich richtig rechne, hätten wir jetzt noch rund 350 Kilometer bis zum Ziel, mit dem Umweg werden es aber um die 650 Kilometer." Antonio lächelte Andreas nachdenklich an.

„Das stimmt zwar, Mister Thaler, aber wie mir gerade eingefallen ist, auf halber Strecke in Saül gibt es einen kleinen Flugplatz!" Als er es aussprach, wurden Andreas und Steffen hellwach. Andreas bekam urplötzlich einen fröhlichen Gesichtsausdruck.

„Einen Flugplatz? Mann, warum sagst du das denn nicht gleich! Da sieht die Sache doch schon ganz anders aus. Also, wir brechen morgen früh auf! Lasst aber nichts liegen und löscht das Feuer gut aus."

In dieser Nacht fühlte sich Nadine schon wieder viel besser. Die Tabletten und Antonios Sud hatten Wunder gewirkt.

Schon bei Sonnenaufgang waren die beiden Indios wieder losgezogen, weil sie den Weg erkunden wollten. Als sie am Rastplatz der Indios ankamen, waren die schon weg. Aber die Indios folgten ihren Spuren und erreichten sie nach einer Stunde. Tatsächlich zogen die weiter weg vom Fluss ins Bergland hinein.

Weiter auf der Flucht

Harrison mit seinen Kumpanen hatten eingesehen, dass die Europäer sie offenbar in die Irre geführt hatten. Andersson und er waren sich einig, erneut die Fährte aufzunehmen. Wenn die nicht mehr in die Hauptstadt wollten, gab es nur eine vernünftige Idee, weiter nördlich auf Saül zu ziehen. Allerdings vorausgesetzt, die hatten die gleichen Informationen wie sie selbst. Und so nahm die Gruppe den neuen Weg in Angriff. Die Deutschen hatten zwar eine Menge Vorsprung, aber sie kannten hier jeden Schleichweg.

Seit zwei Stunden zogen sie schon durch das Bergland. In der Ferne sahen sie den Tabulaire, der mit seinen 850 Metern der höchste Berg hier in der Gegend war. An ihm mussten sie vorbei, wenn sie den Fluss Maria erreichen wollten. Und dieser entsprang nicht weit weg von dem kleinen Ort Saül. Insgeheim hofften alle darauf, dass man ein Kleinflugzeug oder einen Heli chartern konnte, wenn nicht, musste man sehen, ein Boot zu bekommen. Aber diese Hoffnung verlieh allen die notwendigen Kräfte, die sie noch brauchten, um ihr Ziel zu erreichen. Wobei die Frage immer noch offen war, wie sie dieses Land verlassen konnten, wenn der Flughafen der Hauptstadt gesperrt war.
Nach zwei Tagen waren sie so weit gekommen, dass man von weitem schon die Kleinstadt Saül sehen konnte. Ausgerechnet an diesem Morgen musste sich Carmen zweimal übergeben. Um keine Aufregung aufkommen zu lassen, winkte sie auf die Fragen der anderen ab.
„Macht euch keine Gedanken, ich habe gestern Abend wohl den Fisch nicht vertragen! Mir geht's doch schon wieder gut."
In den Abendstunden erreichten sie dann endlich Saül. Es war eine der üblichen kleinen Orte in diesen Breiten mitten im Regenwald und hatte kaum 300 Einwohner. Doch zum ersten Mal nach drei Wochen waren sie wieder in der Zivilisation angekommen. Steffen machte den Vorschlag, hier zunächst nach einer Herberge zu suchen, von der man dann alles weitere planen konnte. Wo man aber auch mal gründlich duschen und ein Bier trinken konnte. Außerdem war es langsam notwendig, die Kleidung zu waschen, denn langsam sahen sie aus wie ein paar Landstreicher. Aber selbst die immer auf Sauberkeit bedachte Krankenschwester Carmen hatte sich langsam daran gewöhnt. Und wer nun gedacht hatte, in einer schönen kleinen Stadt angekommen zu sein, sah sich getäuscht. Saül war eine Oase mitten im Regenwald und war an kein Straßennetz angebunden. Von hier konnte man nach Georgetown mit dem Propellerflugzeug zum Einkaufen fliegen. Der kleine Ort war das Ziel von Naturliebhabern, die eine intakte Umwelt lieben. Die Landebahn war eine

einfache Piste, die im Regenwald verlief. Die bewaldeten Hügel ringsum waren nicht höher als 700 Meter. Hier lebten die ungefähr 300 Einwohner abgeschieden von der Außenwelt.
In diesem kleinen Ort mitten in der Wildnis fanden sie tatsächlich ein einfaches Hotel, das einzige im Ort, und bekamen zwei Zimmer für wenig Geld. Der Wirt war ein kleiner rundlicher Chinese mit einem Schnauzer und Glatze. Seine Frau Anita, eine Kreolin, war ebenfalls schön rundlich, aber sehr freundlich. Und als sich Carmen am Morgen wieder übergeben musste, riet Anita ihr, zu Doktor Fuentes zu gehen, ihrem Hausarzt, und grinste dabei spitzbübisch, als sie sagte:
„Junge Frau, ich glaube Sie sind schwanger! Gehen Sie ruhig mal zu Doc Fuentes, er hat meine drei Jungs auch schon auf die Welt gebracht!" Carmen sah sie völlig baff an und meinte dann:
„Schwanger? Um Gottes Willen, das fehlt mir jetzt noch!" Sofort erzählte sie es heimlich Nadine. Und die reagierte sofort und blinzelte ihrer Freundin, um dann an die Männer gewandt zu sagen:
„Wir beiden Hübschen gehen jetzt mal in den Ort bummeln, Jungs! Mal wieder andere Bilder sehen. Mittag sehen wir uns wieder."
Und dann machten sich die beiden auf den Weg. Das Haus des Arztes fanden sie schnell nach zweimal Nachfragen. Und der Doc hatte auch gerade Zeit. Dr. Fuentes war um die 60 Jahre, hager und grauhaarig, und lächelte freundlich. Dann untersuchte er Carmen gründlich, während Nadine im Wartezimmer Platz genommen hatte und eine englischsprachige Zeitschrift zu lesen versuchte. Was sie allerdings las, zerstörte ihre Hochstimmung. In Georgetown waren im Moment Unruhen ausgebrochen, der Flughafen war gesperrt worden und die Armee hatte die Stadt von der Außenwelt hermetisch abgeriegelt. Also genau so, wie es diese Indios erzählt hatten.
Als Carmen nach 20 Minuten das Behandlungszimmer wieder verließ, sah Nadine sie fragend an. Carmen nickte nur, sagte aber kein Wort. Wieder auf der Straße sah sie Nadine an und wedelte mit einem Zettel.
„Ich bin tatsächlich schwanger! Was soll ich denn nun machen? Soll ich es Steffen erzählen? Ich bin etwa in der vierten

Woche. Also muss es passiert sein an dem Abend, bevor wir zu Hause abgeflogen sind. So ein Mist!"

Nadine sah sie fragend an. „Du willst es aber schon behalten, oder?" Carmen zuckte mit den Schultern.

„Ausgerechnet jetzt in dieser Situation? Zu Hause würde ich mich jetzt freuen wie Bolle! Ich glaube, der Steffen fällt aus allen Wolken, wenn ich ihm das erzähle!" Nadine lachte.

„Erzähl es ihm und dann redet ihr darüber, was werden soll. Du kannst es nicht verheimlichen, das geht nicht lange gut. Und jetzt holen wir deine Medizin aus der Apotheke." Carmen nickte und lächelte gequält.

„Das sind alles nur Aufbaupräparate, kenne ich aus dem Krankenhaus bei uns zu Hause." Und so suchten sie den Medizinshop und fanden ihn auch nach zweimal Fragen. Als sie dort ankamen, blieben sie überrascht stehen. Das sah aus wie bei einem Medizinmann der Indios. Gläser mit Tieren, ein Haufen Grünzeug unter der Decke aufgehängt, und ein älterer Mestize, der den Zettel nahm, ihn studierte und dann begann, einige Kräuter zu mischen.

Als er fertig war, zahlte Carmen fünf Dollar und der alte Herr bedankte sich x-mal und brachte sie noch zur Tür.

Und so erschienen die beiden Frauen zur Mittagszeit wieder im Hotel, wo die beiden Männer im Schatten im Garten saßen und sich ein Bier schmecken ließen. Sie setzten sich daneben und Carmen sah ihren Mann von der Seite betreten an. Als er das bemerkte, weil sie so ruhig war, fragte er nach:

„Was ist denn los, Schatzi? Du bist so schweigsam, ist was?" Carmen nickte zunächst wortlos. Nadine wechselte einen kurzen Blick und Andreas und grinste dabei. Carmen holte tief Luft, nahm einen Schluck Bier aus Steffens Glas und meinte dann so ganz nebenbei:

„Ja, es ist was los! Ich bin schwanger!" Steffen, der gerade einen Schluck Bier trinken wollte, setzte das Glas wieder ab und starrte seine Frau an.

„Was bist du? Wie ist denn das passiert?" Alle am Tisch lachten erheitert. Andreas klopfte Steffen lachend auf die Schulter.

„Gratuliere, Papa Urban! Zu viert sind wir losgefahren, zu fünft kommen wir wieder nach Hause!" Steffen aber machte ein Gesicht, als wenn es gerade einen Regenguss geben hätte. Und

Carmen begann auch noch zu schluchzen. Doch plötzlich stand Steffen auf und umarmte seine Frau ungestüm.

„Nun heul doch nicht gleich, sondern freu dich! Wir wollten doch immer Nachwuchs. Jetzt ist es eben so weit! Komm her, meine kleine Schwangere, lass dich knutschen." Und schon gab er ihr einen Kuss. Nach der ersten Aufregung setzte man sich wieder an den Tisch und beratschlagte.

Steffen war für die Variante, mit einem Heli nach Georgetown zu fliegen. Sie hatten erfahren, dass es in diesem kleinen Nest eine private Fluglinie gab, die mit ihren zwei Hubschraubern Passagiere und Gepäck beförderten. Doch Nadine schüttelte den Kopf.

„Das könnt ihr vergessen! Ich habe beim Doc Zeitung gelesen. Die schreiben, dass Georgetown von der Armee abgeriegelt sei und der Flughafen gesperrt ist. Wäre also sinnlos, wenn wir da jetzt hinwollten. Unsere beiden Einheimischen hatten also recht, wir können nicht mehr nach Georgetown."

Andreas und Steffen sahen sich einen Moment ratlos an. Was konnte man jetzt noch tun? Andreas stand auf und sah seinen Freund an.

„Komm, wir gehen jetzt zu diesem Kerl, der hier die Fluglinie betreibt und unterhalten uns mal mit ihm. Und ihr könnt hinter dem Haus in den Pool springen und baden. Dann denkt ihr, ihr seid im Urlaub! Lasst es euch gut gehen, Mädels!" Und schon marschierten sie los.

Die beiden Einheimischen hatten sie am Vormittag entsprechend gut belohnt und sie hatten sich von ihnen verabschiedet. Nun wurden sie ja nicht mehr gebraucht und konnten wieder nach Hause zu ihren Familien gehen. Fliegen kam für die beiden nicht infrage. Ihre Welt war der Regenwald, in dem sie lebten. Andreas und Steffen strebten dem Gelände des Flugplatzes entgegen. Doch wer nun erwartet hatte, einen Flugplatz nach europäischem Standard vorzufinden, wurde herb enttäuscht. Ein Turm, ein Hangar und eine etwa 500 Meter lange Start- und Landebahn aus festgestampfter Erde in einer Schneise im Regenwald, das war alles! Die beiden Piloten sahen sich skeptisch an. Und Andreas nickte.

„Sowas habe ich mir beinahe gedacht! Na gut, schauen wir mal, ob wir da drinnen jemand finden, der uns helfen kann."
Sie liefen zum Hangar. Vorsichtig gingen sie hinein und sahen sich um. Eine Cessna stand ohne Räder aufgebockt da. Ganz hinten stand ein Heli, dem die Tür in der Kanzel fehlte. Steffen sah seinen Freund skeptisch an.

„Na, das sieht ja trostlos aus", kommentierte er gerade, als sie lautes Motorengebrumm vernahmen. Als sie zurückgelaufen waren und am Tor ankamen, rollten gerade zwei Maschinen auf der Landebahn hintereinander aus. Andreas schnalzte mit der Zunge und grinste Steffen an.

„Die Rote da vorn ist eine „XB5" und die zweite dahinter eine „Pacifik" Die Rote kann wohl bis zu acht Personen mit dem Pilot aufnehmen und die zweite kann ungefähr 5 Personen aufnehmen. Die wären beide für uns bestens geeignet. Komm, wir gehen mal rüber zu den Piloten!"
Und schon marschierte er querfeldein los. Piloten und Passagiere waren gerade ausgestiegen, als beide an den Maschinen ankamen. Andreas ging sofort auf den Piloten der „XB5" zu und begrüßte ihn.

„Hallo Mister! Nein Name ist Thaler, ich würde eventuell gerne eine ihrer Maschine chartern." Der Pilot, ein etwa 50-jähriger, grauhaariger Europäer sah ihn schmunzelnd an.

„So, so, Sie wollen uns chartern. Wo soll es denn hingehen?" Andreas überlegte einen Augenblick.
„Also, entweder gleich nach Georgetown zum Flughafen oder eventuell nach Mana." Der Grauhaarige schüttelte leicht den Kopf und sah Andreas bedauernd an.

„Also, nach Georgetown geht derzeit gar nichts, Mister! Sie sind wohl schon längere Zeit im Busch gewesen? Da herrscht im Moment eine Menge Unruhe. Und nach Mana könnte ich Sie höchstens mit dem Heli bringen, dort gibt's keinen Flugplatz. Aber der Heli braucht noch zwei Tage, bis er wieder fliegt. Übrigens, mein Name ist John Fraser. Haben Sie noch zwei Tage Zeit, dann könnte ich Sie rauf nach Mana bringen?"
Andreas und Steffen sahen sich einen Augenblick ernüchtert an. Steffen nickte, wenn auch mit langem Gesicht. Andreas hielt dem Piloten die Hand hin.

„Also abgemacht, Mister Fraser! Wir fliegen in zwei Tagen nach Mana. Wir sind vier Personen plus Gepäck. Wir sind im „Bristol“ abgestiegen. Wenn Sie bereit sind, geben Sie uns bescheid.“ Sie gaben sich die Hand, dann liefen die beiden wieder zurück zum Hotel. Steffen sah zurück zu den beiden Flugzeugen und dann zu Andreas.

„Meinst du, man kann sich auf den verlassen?“, fragte er seinen Freund, aber der zuckte mit den Schultern.

„Was wäre die Alternative sonst?“, fragte der zurück. Steffen nickte.

„Du hast recht, großer Bruder! In Mana nehmen wir uns einen Wagen und fahren dann bis runter nach Georgetown. Bis dahin werden die Unruhen ja vorbei sein. Es wird Zeit, dass wir nach Hause kommen!“ Andreas Thaler sah seinen Freund merkwürdig an.

„Was hältst du davon, wenn wir im Hotel versuchen, unsere Personalabteilung in München zu erreichen? Wir sagen denen, wir sitzen hier fest. Der Veranstalter ist weg und am Flughafen wird gestreikt. Wir brauchen eine Urlaubsverlängerung.“ Steffen nickte erleichtert. „Gute Idee! Wir versuchen, vom Hotel aus anzurufen!“ Und so marschierten sie wieder zurück zum „Bristol“. Carmen und Nadine nahmen die Neuigkeiten mit Erleichterung zur Kenntnis. Steffen sah auf die Uhr.

„Es ist jetzt 14:00 Uhr, fünf Stunden zurück, dann ist es zu Hause jetzt 9:00 Uhr. Lasst es uns mal versuchen.
Gemeinsam saßen sie im Hotelzimmer der Thalers und wählten die Nummer der Personalabteilung in München. Tatsächlich tutete es nach einer Weile und eine weibliche Stimme meldete sich.

„Personalabteilung Wegener, Sie wünschen bitte?“ Andreas räusperte sich kurz.

„Frau Wegener, hier spricht Andreas Thaler. Ich muss Ihnen leider mitteilen, dass Herr Urban, Frau Glauber und ich leider nicht pünktlich wieder zu Hause sein werden. Wir werden hier durch Unruhen am Flughafen in Georgetown aufgehalten. Und unsere Agentur, bei der wir gebucht hatten, hat sich als unseriös herausgestellt. Wir werden uns bemühen, so schnell wie möglich wieder nach Deutschland zurück zu kommen…“ Er wollte noch etwas hinzufügen, da brach die Verbindung ab. Andreas legte nachdenklich wieder auf.

„So, nun wissen die wenigstens, warum wir nicht pünktlich wieder da sind." Er sah Carmen an.

„Und jetzt bist du dran! Versuch dein Glück!" Carmen wählte das Krankenhaus in Berchtesgaden an. Auch sie kam nach längerem Tuten durch und es meldete sich eine Kollegin aus ihrer Abteilung. Carmen erzählte ihr das gleiche, was Andreas schon als Begründung angegeben hatte. Als das Gespräch beendet war, zog sie ein langes Gesicht.

„Marion meint, der Chefarzt würde toben. Sie haben schon jetzt drei Kolleginnen weniger durch einen Darmvirus." Nadine lächelte.

„Was kann dich das jetzt noch interessieren, liebe Schwester Carmen. Wenn du zu Hause bist, legst du deinem Chef die Kündigung auf den Tisch und gehst." Carmen holte tief Luft.

„Nadine, ich habe meinen Job gern gemacht, trotz dem Stress. Es geht hier immerhin um kranke Menschen, die von uns Hilfe erwarten. Wenn du nicht zum Dienst erscheinst, kommt jemand anderes und es fällt kaum auf. Wenn wir nicht kommen, müssen die anderen unsere Arbeit mitmachen. Stell dir vor, deine Mutter läge im Krankenhaus und ist schwer krank, und kein Arzt ist im Moment verfügbar." Nadine nickte langsam. „Entschuldige, das war blöde. Du hast recht." Sie begaben sich gemeinsam nach unten in die Lobby und nahmen an der Bar Platz. Andreas sah seine Mitstreiter mit einer verschwörerischen Miene an.
„Hört mal Leute, wieviel habt ihr noch Bargeld? Ich habe noch 500 US$, und dann ist Sense." Als sie am Ende zusammengezählt hatten, besaßen sie noch 1450 US$. Das konnte knapp werden! Und so beratschlagten sie gerade, wie sie ein paar von den Edelsteinen eintauschen konnten, als plötzlich der Kellner kam und einen Herrn Thaler ausrief. Andreas meldete sich und man bat ihn zum Telefon. Am anderen Ende war John Fraser.

„Hallo, Mister Thaler! Wenn Sie wollen, können wir morgen früh losfliegen! Ich würde sagen 10.00 Uhr. Einverstanden?" Andreas sagte sofort zu. Dann ging er zurück zu Bar, wo ihn seine Begleiter fragend ansahen. Er grinste breit.

„Morgen früh um 10:00 Uhr geht's los! Also zeitig in die Heia heute und schön ausschlafen und keinen Blödsinn machen!", lachte er. Im Zimmer angekommen, legte sich Nadine aufs Bett, und umarmte ihr Kopfkissen leise stöhnend.

„Oh ja, heute nochmal richtig das schöne Bett genießen!" Und ihr Andreas legte sich neben sie, fummelte an den Knöpfen ihres Hemdes herum und bekam prompt eins auf die Finger.

„Der Boss hat gesagt zeitig in die Heia und ausschlafen, nicht schon wieder hoppe, hoppe Reiter spielen!", meinte sie, lachte verführerisch – und begann sich auszuziehen. Andreas lag da und beobachtete sie dabei. Und wieder einmal stellte er fest, dass Nadine eine hübsche junge Frau war. Und auf einmal saß sie doch tatsächlich auf ihm….

Aufbruch ins Ungewisse

Am nächsten Morgen standen die vier gestrandeten Weltenbummler mit ihrem Gepäck auf dem kleinen Flugfeld von Saül. Jim Fraser war gerade dabei, die Maschine aus dem Hangar zu ziehen. Die knallrot-schwarze Farbe des Heli gab ihm ein gefährliches Aussehen. Die fehlende Tür hatte Fraser durch eine alte Ersatztür ergänzt. Carmen sah Nadine fragend und unsicher an. Und die Freundin grinste erst nur, meinte dann aber:

„Mein erster Hubschrauberflug, bin gespannt, wie das wird." Steffen umarmte sie liebevoll und drückte sie an sich und flüsterte ihr ins Ohr:

„Hab keine Angst, mein kleiner schwangerer Angsthase. Es wird alles gut gehen. Die Maschine macht einen guten Eindruck." Dabei blinzelte er Andreas zu, der neben ihm stand.

Fraser verstaute das Gepäck der Reisenden und bat sie, einzusteigen und sich anzuschnallen.

Wenig später startete er den Heli und die Rotoren fingen an, sich erst langsam, dann immer schneller zu drehen. Endlich erreichte das Triebwerk die höchste Stufe und der Helikopter begann, sich vom Boden zu lösen.

Langsam wurden der kleine Airport und der Ort unter ihnen immer kleiner. Begeistert schauten die beiden Frauen hinunter auf den immer kleiner werdenden Ort und den nahen Regenwald. Und tatsächlich, es gab keine größere Straße durch den angrenzenden Regenwald, nur noch eine grün überdachte Fläche.

Fraser nahm Kurs auf die Bergkette, die sie überfliegen mussten. Andreas und Steffen sahen sich beide grinsend an. Endlich mal wieder in der Luft und das Gefühl von Freiheit! Langsam hatten sie doch tatsächlich Entzugserscheinungen von der Fliegerei. Steffen rieb sich das Kinn.

„Wie schön wäre es, wenn wir jetzt gleich nach Georgetown fliegen könnten. In knapp anderthalb Stunden wären wir auf dem Flughafen dort. Und jetzt machen wir wegen diesen Unruhen wieder einen gewaltigen Umweg und müssen dann ja trotzdem noch runter nach Georgetown, wenn wir nach Hause wollen. Einen anderen internationalen Airport gibt's ja hier nicht."
Andreas nickte und sah hinaus auf die grüne Hölle unter ihnen. Bäume und nichts als Bäume, wohin man sah. Wer da mal notlanden musste, hatte bestimmt schlechte Karten.

„Eine Möglichkeit gäbe es schon. Wir fliegen gleich runter nach Französisch-Guyana nach Cheyenne und fliegen von dort nach Hause." Frazer, der mitgehört hatte, lachte.

„Keine schlechte Idee, nur das schaffen wir mit dem Heli nicht ohne Zwischenstopp und ohne zu tanken. Das ist eine ganz schöne Strecke bis da runter. So etwa 900 Kilometer. Da hätten wir dann lieber eins von den Flugzeugen nehmen sollen."
Die Vier sahen sich betrübt an. Das war ja eine glatte Fehlleistung gewesen. Aber jetzt war es zu spät. Sie waren schon eine Stunde unterwegs. Doch Frazer, der die Enttäuschung der Deutschen sah, winkte ab.
„Ich sag's Ihnen ehrlich, ich wäre die Strecke sowieso nicht geflogen. Derzeit haben wir hier rationierten Treibstoff. Es kommt im Moment durch diesen blöden Aufstand kaum Kerosin bei uns in der Wildnis an."
Steffen atmete tief durch. Es half ja alles nichts, sie mussten einfach durchhalten. Es gab immer einen Weg, wenn man wollte. Und sie wollten um jeden Preis!

James Harrison starrte in den Himmel, als plötzlich ein Heli über die Baumwipfel hinwegbrummte. Er sah seinen Kumpanen zornig an.

„Verdammt! Wenn das unsere Kandidaten waren, dann gute Nacht! Verdammte Scheiße! Los, beeilt euch, dass wir endlich diesen blöden Flughafen erreichen!"

Dabei riss er das Pferd herum und ließ es vorsichtig seinen Weg durch das dichte Unterholz finden. Und dabei hatten sie so gehofft, diese verdammten Deutschen nun endlich doch noch in Saül aufzustöbern. Sie waren zwei Nächte fast durchgeritten.

Sie waren einen Tag später, nachdem die vier Deutschen sich aus dem Staub gemacht hatten, darauf gekommen, dass sie genarrt worden waren. Sie hatten unterwegs eine Indio-Familie getroffen und sich erkundigt, ob sie flussabwärts eine Gruppe Europäer gesehen hätten. Der alte Mann hatte den Dollarschein von Harrison eingesteckt und ihnen erklärt, dass er diese Gruppe einen Tag vorher auf den Weg in Richtung Saül im Wald getroffen hatte. Sie seien alle vier ziemlich schlapp und müde gewesen. Auch zwei Frauen waren dabei gewesen, eine blonde und eine schwarzhaarige. Da hatten sie begriffen, dass die Deutschen sie erneut abgehängt hatten, zumal sich herumgesprochen hatte, dass es in der Hauptstadt zurzeit einige Unruhen gab. Also waren sie ihnen gefolgt, und standen nun kurz vor dem kleinen Ort Saül inmitten des Regenwaldes.

Andersson wusste, dass dieser Ort eine Landepiste für Leichtflugzeuge hatte. Also war klar, was die Deutschen vorhatten. Eine halbe Stunde später erreichten sie den Flugplatz und erfuhren enttäuscht, dass der Boss vier Europäer an Bord genommen hatte. Aber wohin sie hatten fliegen wollen, wusste niemand und der Tower war nicht besetzt.

Harrison tobte und brauchte eine ganze Weile, bis er sich wieder einigermaßen beruhigt hatte. Sie beratschlagten, was sie nun tun sollten. Der Schwede war der Meinung, man sollte warten bis die Maschine zurückkam, und dann den Piloten in die Mangel nehmen. Also führten sie ihre Pferde an den Rand der Landebahn und richteten sich auf ein paar Stunden Wartezeit ein. Irgendwann musste dieser Heli ja wieder zurückkommen.

Gleichmäßig brummend überflog der Heli das bergige Land unter ihnen. Wohin man schaute, überall sah man Regenwald. Dazwischen kleine Bäche oder auch etwas größere Flüsse, die alle in Richtung Küste flossen. Die vier Passagiere waren gerade dabei, etwas zu essen, als urplötzlich die Turbine zweimal hintereinander aussetzte, dann wieder mit einer Fehlzündung ansprang, um dann aber unruhig zu laufen. Die vier sahen sich erschrocken an. Fraser im Cockpit fluchte halblaut und sah nach unten. Dann schrie er über die Schulter:

„Wir müssen runtergehen! Wir haben ein Treibstoffproblem!" Und schon sackte der Heli nach unten durch. Die Turbine jaulte und knallte immer abwechselnd. Dann hatte Fraser im letzten Moment doch noch eine Flussniederung im Dschungel entdeckt. Mit rasanter Geschwindigkeit ging es nun auch in Richtung nach unten. Der Heli knallte förmlich mit den beiden Kufen auf dem wassergetränkten Sandboden auf, wobei eine Kufe abbrach, wodurch der Heli in Schräglage geriet, und dadurch rasierten die Rotoren zunächst ein paar Bäume einfach weg, um dann aber mit Wucht auf den Boden aufschlagend zu zersplittern. Sie waren gestrandet, aber auch noch alle heil und am Leben.

Einige Momente herrschte lähmendes Entsetzen bei den Fluggästen und auch Fraser saß fassungslos in seinem Pilotensessel und starrte nach draußen. Sie waren zum Glück alle unversehrt geblieben. Andreas schüttelte wortlos und fassungslos den Kopf. Fraser versuchte, sich bei ihm zu entschuldigen.

„Tut mir echt leid, Mister Thaler. In letzter Zeit gibt es dauernd Probleme durch verunreinigten Treibstoff. Vorigen Monat ist ein Kollege von mir deswegen abgestürzt und ums Leben gekommen."

Mühsam schoben sich Andreas und Steffen aus der schräg liegenden Kabine, standen dann auf der Türseite und sahen sich um. Danach halfen sie den beiden Frauen, die beide leichenblass waren, und dem Piloten aus der Kabine heraus. Gemeinsam umkreisten sie den Heli, der dalag wie ein abgestürztes riesiges Insekt. Ein Rotor war abgerissen und lag etliche Meter weiter im Busch, der andere hatte eine Splitterung an der Spitze. Und zwei waren noch intakt. Andreas schüttelte wieder und wieder den Kopf.

„Diese Kiste kriegen wir nie wieder von hier weg! Die Kufe wäre noch das kleinste Problem, um starten zu können, aber die Rotorblätter muss man durch neue ersetzen." Fraser, der die ganze Zeit still zugehört hatte, sah Andreas fragend an.

„Sie verstehen wohl was von der Fliegerei?", fragte er und die beiden nickten. Steffen meinte:

„Er ist Chefpilot bei der Lufthansa und ich bin sein Co-Pilot. Wir fliegen etwas größere Kisten als die hier!" Fraser kratzte sich verdattert am Kopf.

„Oha, auch noch Kollegen. Ich habe früher auch mal Boeing geflogen, aber hier unten im Süden hat man kaum eine Chance." Andreas sah hinauf in den blauen wolkenlosen Himmel. Sie waren siebzig Minuten lang geflogen. Das waren circa 220 Kilometer Luftlinie, also noch circa 150 Kilometer bis zum Ziel. Fraser zuckte er mit den Schultern und schlug mit der flachen Hand auf die Verkleidung des Heli.

„Das Funkgerät sagt auch keinen Ton mehr! Alles ging so schnell, dass ich keine Zeit hatte, noch einen Funkspruch abzusetzen. Ich hatte alle Hände voll zu tun, damit mir die Kiste nicht aus größerer Höhe abschmierte." Er sah seine Gäste etwas schief grinsend an.

„Ich glaube, wir müssen laufen! Denn hier kommt keiner vorbei. Dafür haben sie aber auch keine Flugkosten!", meinte er noch und wandte sich dann ab. Hastig suchte er noch einige Sachen zusammen, unter anderem auch sein Handy. Als er versuchte, zu wählen gab es keine Verbindung. Auch das noch. Er zuckte mit den Schultern.

„Tut mir leid. Hier gibt es kein Netz, aber das ist nicht ungewöhnlich in dieser Gegend,
Und dann war es Zeit, sich wieder auf den Weg zu machen. Plötzlich meinte Nadine sarkastisch:

„Was ist das doch für ein schöner Urlaub! Erst werden wir ausgenommen, dann jagt man uns durch den Wald und jetzt sind wir auch noch abgestürzt! Das ist der Stoff für einen Film!" Und Carmen verschaffte ihrem Verdruss Luft:

„Schreibe doch ein Buch darüber! „Meine Flucht aus dem Dschungel von Guayana" oder so ähnlich." Carmen sah sie ernst an.

„Vielleicht gar keine so schlechte Idee. Zumindest interessant für die Leute, die wie wir ins Abenteuer gerannt sind, ohne zu wissen was auf uns zukommt. Aber vielleicht schreiben wir es ja gemeinsam, was hältst du davon?" Nadine verzog das Gesicht.

„Dazu müssen wir aber erstmal wieder hier rauskommen aus diesem verfluchten Regenwald!" Andreas versuchte sie zu beruhigen. Die Umstände zerrten bei allen an den Nerven. Waren sie doch noch nie in ihrem Leben solchen Gefahren ausgesetzt gewesen.

Und so herrschte auch trotz des Unglücks eine leicht ironische Stimmung. Inzwischen konnte sie eigentlich kaum noch etwas aus der Fassung bringen.

Sie marschierten bis zum Dunkelwerden den kleinen Fluss entlang. Andreas hatte wieder seine Karte studiert, die sich inzwischen als äußerst hilfreich erwiesen hatte.

„Dann müsste das hier der „Mahaica River" sein nach meiner Karte." Fraser lachte verhalten und nickte.

„Thaler, Sie haben recht! Der Fluss wird zur Küste zu noch ganz schön wild. Aber wenn wir immer an seinem Ufer entlanglaufen, kommen wir unweigerlich bei Mana an die Küste. Und von dort aus kommen Sie mit einem Wagen gut bis zur Hauptstadt. Frazer sah die beiden Deutschen fragend an.

„Es geht mich ja eigentlich nichts an, aber warum sind Sie eigentlich wie auf der Flucht?" Steffen zögerte einen Moment, um zu überlegen, was man dem Mann sagen konnte und was lieber verborgen bleiben sollte.

„Nun, sagen wir mal so, wir wollen von einigen Leuten nicht gesehen werden. Aber wir haben keine Probleme mit der Polizei", setzte er noch hinzu, weil er sah, dass Fraser einen Moment die Augenbrauen hob. Fraser kratzte sich am Kopf, schmunzelte und meinte dann:

„Sie sind doch nicht etwa die Leute, die oben im Hochland was gesucht haben? Bei denen war aber doch noch ein Pärchen aus den USA dabei. Die habe ich Anfang der Woche rüber nach Brasilien geflogen. War ein tolles Weib, diese Lady!" Steffen und Andreas sahen sich kurz an. Dann nickte Andreas.

„Wir waren zwei Wochen zusammen unterwegs. Und jetzt sind uns ein paar böse Buben auf den Fersen, die wir unbedingt abhängen müssen." Fraser lachte verhalten.

„Wegen meiner Person müssen Sie sich keine Sorgen machen, ich werde Sie ganz bestimmt nicht verpfeifen. Denn seit Sie meinen Heli bestiegen haben, werden die auch auf mich scharf sein! Das heißt, wir sitzen hier alle im gleichen Boot! Und den Flugbetrieb kann ich wahrscheinlich erst mal für einige Zeit einstellen. Verflixter Mist!"

Plötzlich drücke Steffen dem Piloten drei kleine Steine in die Hand. „Reicht das einstweilen als Ausgleichszahlung?“ Fraser sah mit großen Augen auf die drei Rohdiamanten in seiner Hand und nickte dann.

„Danke, dafür krieg ich wahrscheinlich einen neuen Heli!“ Und dann umarmte er Steffen plötzlich ungestüm.

„Danke, Mister Urban! Ich hätte nicht gedacht, dass Sie so großzügig sind. Das ist bei uns hier unten eigentlich nicht üblich. Hier kämpft jeder ums Überleben so gut er es eben kann. Also nochmal danke Ihnen allen! Ich werde mich bemühen, Sie heil bis nach Mana zu bringen, das bin ich Ihnen schuldig.“
Nur Andreas sah seinen Freund ernst an und schüttelte unmerklich den Kopf.
Mit diesem Geschenk hatten sie noch einen Mitwisser mehr. Doch Fraser stellte keine weiteren Fragen. Das, was der Deutsche ihm da geschenkt hatte, reichte wirklich aus, um sich einen neuen zumindest gebrauchten Helikopter zu kaufen. Aber dafür mussten sie nun erst einmal aus dem Dschungel heraus. Und er kannte sich hier ganz gut aus.
Mit einem letzten wehmütigen Blick auf den Heli marschierte der Trupp nun endlich weiter und es wurde eine wahre Schinderei, bis sie endlich weiter hinauf in das Hochland kamen. Sie würden dazu ein bis zwei Tage brauchen, aber dann ging es stetig bergab in Richtung auf die Küste zu. Dazwischen lag eine Reihe von kleineren Bächen, ein Sumpf und ein riesiges Waldgebiet. Also alles das, was sie bereits mehr als einmal überwunden hatten, nur um aus diesem Land herauszukommen.
Fünf Tage später hatten die Verfolger das Gebiet erreicht, wo Frasers Helikopter abgestürzt war. Bore Andersson war wie ein Spürhund, nichts entging ihm, nicht die kleinste Kleinigkeit blieb ihm verborgen. Und so erreichten sie das Kiesbett mitten im Fluss und schließlich entdeckten sie das Wrack des Helikopters. Kleist sah ihn zuerst und schrie lauthals:

„Leute! Da liegt ein Heli im Fluss!“ Harrison hätte ihm am liebsten eine runtergehauen, weil er so brüllte. Immerhin könnten die Passagiere und der Pilot ja noch in der Nähe sein.

„Halt die Fresse, du blöder Sack!“, fauchte er den Tschechen an. Der wollte noch etwas erwidern, da hielt ihm Harrison schon seine Pistole an den Kopf.

„Noch einen Ton und du bist tot! Halt dein loses Maul!",
fauchte er Karel Kleist nochmal an. Der sah ihn mit zusammengekniffenen Augen von unten herauf an, sagte aber kein Wort
mehr. Romanow schüttelte den Kopf.

„Was soll denn das, James?" Harrison brummte: „Schon mal
daran gedacht, dass die Leute noch hier sein können!"
Der Russe winkte ab und stapfte durch das Wasser zu dem Helikopter hin. Dann riss er die Tür auf und stieg hinein. Eine
Weile suchte er in allen Ecken und fand dann tatsächlich eine
kleine rote Tasche mit Schminkzeug. Er warf sie aus der offenen
Tür heraus den anderen vor die Füße. Harrison hob sie auf und
besah sich den Inhalt. Dabei entdeckte er ein kleines Schildchen,
auf dem stand: *„Für meinen Liebling Carmen"*. Harrison grinste
und sah die anderen an.

„Jungs, wir sind auf der richtigen Spur! Eine der Deutschen
hieß bestimmt Carmen. Sie sind also hier abgeschmiert. Na,
dann wollen wir sie mal suchen! Los, auf geht's! Es wird Zeit,
dass ich wieder mal ein Weib unter mir liegen habe, das die
Beine breit macht."

Die Deutschen waren sich einig, dass es ohne Weiteres möglich
sein konnte, dass ihnen der Kanadier immer noch auf den Fersen
war. Sie hatten in dem kleinen Nest Raül leider zu viele Spuren
hinterlassen. Was sich anfangs als glorreiche Idee angefühlt
hatte, entwickelte sich nun langsam zu einem Drama. Auch
wenn sie nicht wussten, dass sie immerhin vier Tagesmärsche
Vorsprung vor Harrison hatten. Aber Andreas trieb sie immer
wieder zur Eile an. Das aber wurde langsam für Carmen zu viel.
Sie war zwar sportlich fit gewesen bei der Abreise in Deutschland, aber nun war sie schwanger und brauchte immer wieder
Ruhezeiten.
Nadine half ihrer Freundin, wo es nur ging. Beide hatten inzwischen ein inniges Verhältnis zueinander entwickelt.
Als sie in den frühen Abendstunden eine Berglichtung erreichten, aber noch Licht für eine gute halbe Stunde Marsch hatten,
gebot Andreas kurz entschlossen, eine Weile zu rasten. Carmen
sah ihn dankbar an und setzte sich abrupt auf den Boden. Sie war
vollkommen fertig und am Ende.

Im Nu hatten sie ein gut getarntes Lager in einer Buschgruppe errichtet. Fraser zündete den kleinen Spirituskocher an, den er aus dem Helikopter mitgenommen hatte. Steffen und Nadine versuchten, aus zwei Büchsen Bohnen eine Mahlzeit zuzubereiten. Jetzt erst merkten sie schmerzlich das Fehlen ihrer beiden Indios, die ihnen in solchen Situationen immer geholfen hatten. Aber die beiden waren sicher schon in Brasilien und genossen ihren neuen Reichtum, während sie hier immer noch im Busch herumirrten. Andreas studierte wieder seine kleine Karte und sah dann Fraser fragend an.

„Wieviel Kilometer könnten wir noch bis zur Küste haben? Nach meiner Meinung sind es noch knapp 140 Kilometer." Fraser verzog den Mund und zog die Augenbrauen hoch.

„Häm, wenn Sie mich so fragen, ich meine, es sind noch gut 180 Kilometer. Wir können ja nicht Luftlinie laufen, oder?" Dann hielt er Andreas plötzlich die Hand hin.

„Ich bin John, wir sollten das SIE endlich mal seinlassen!" Und Andreas nickte lächelnd. „Okay, ich bin Andreas, John!" Der deutete mit dem Kopf auf Carmen, die auf einer Decke lag und zu schlafen schien.

„Glaubst du, dass sie durchhalten wird?" Andreas zuckte mit den Schultern.

„Wenn nicht, wird es schwierig. Aber ich lasse niemand zurück, nur um meine Haut zu retten. Wir sind immerhin schon seit fünf Jahren befreundet, das schweißt zusammen." Fraser nickte.

„Ihr Deutschen seid schon ein korrektes Volk! Das findet man in diesen Breiten nicht allzu oft. Ich hatte vor zwei Jahren einen Unfall und lag im Spittal, in der Zwischenzeit ist mein Kompagnon mit der Kasse und meinem besten Flugzeug in Richtung Brasilien verschwunden." Er sah Andreas freundlich an und begann zu lächeln.

„Könntest du dir vielleicht vorstellen, hier zu bleiben? Mit deiner Kohle könntest du bei mir einsteigen, und wenn es sein muss, dein Freund Steffen auch. Mit drei Piloten kann man so richtig viel Geld verdienen. Im Hochland zu Brasilien suchen eine Menge Leute nach kostbaren Steinen aller Art. Die wollen alle dahin und wieder zurückgeflogen werden. Na, was meinst du?" Andreas Thaler lachte verhalten.

„Erzähl das mal meiner Nadine! Wir wollen dieses Jahr noch heiraten. Und sie ist Stewardess auf meiner Maschine."

Fraser verzog das Gesicht. „Oha, na ja, wenn Frauen im Spiel sind, dann wird es kompliziert." Er zuckte mit den Schultern und wandte sich ab.

Wenig später erzählte Andreas auch Steffen von Frasers Angebot. Der reagierte völlig anders als erwartet.

„Mensch Andy! Das wäre doch eine Chance, oder?" Thaler sah ihn mit großen Augen an.

„Was denn? Kannst du dir vorstellen, in einem Kaff wie Raül da dein Leben zu verbringen? Da gibt's nix außer ein paar Rindern, fünfzehn Häuser und eine Bar. Was sollen unsere Mädels denn da machen? Deine Carmen würde dir davonlaufen, samt Kind!"

Steffen sah enttäuscht zur Seite, doch dann nickte er und meinte: „Hast ja recht, großer Bruder!" Und da sie nicht gerade leise diskutiert hatten, hatte auch Nadine mitgehört. Sie zog Andy ein wenig beiseite und sah ihm in die Augen.

„Du denkst doch nicht etwa im Ernst an so einen Quatsch?" Er umarmte sie, zog sie an sich, und gab ihr einen Kuss.

„Du glaubst doch nicht im Ernst, dass ich sowas in Erwägung ziehen würde, oder? Nee, hier würden wir beide versauern! Und du brauchtest kein schönes Kleid mehr, kein Theater und keine Disco. Du den ganzen Tag in Gummistiefeln!" Sie lachte und umarmte ihn wieder. Dabei sahen sie sich in die Augen.

„Wir wollen doch dieses Jahr heiraten, oder?" Andreas nickte. „Ich verspreche dir, dass wir dieses Jahr noch heiraten werden!" Sie schmiegte sich an ihn und seufzte leise.

„Hoffentlich kommen wir bald aus diesem Drama raus! Und alles nur wegen den paar Steinen." Andreas lachte leise. „Wenn wir die paar Steine eingetauscht und zu Geld gemacht haben, brauchst du nie wieder zu arbeiten, mein Schatz!" Sie schüttelte den Kopf.

„Kann ich mir gar nicht vorstellen, den ganzen Tag nur noch faulenzen? Nö, mir gefällt mein Job viel zu sehr, wenn's auch manchmal nervig ist." Gemeinsam gingen sie wieder zu den anderen zurück.

Aus Vorsicht zündeten sie kein Feuer an, obwohl Fraser noch funktionsfähige Streichhölzer in seiner Hosentasche hatte. Aber die Gefahr durch den Rauch etwaige Verfolger auf ihre Spur zu bringen, ließ sie lieber Vorsicht walten.

Diese Nacht war unruhig wie immer im Regenwald. Zahllose Geräusche von Tieren und das Rauschen der Baumwipfel hielten sie noch lange wach. Doch am Ende siegte doch die Müdigkeit und ließ sie traumlos schlafen.

Als sie wieder erwachten, war Fraser schon dabei, eine Art Tee zu kochen und legte dazu ein Dauergebäck, welches er immer auf Flügen bei sich hatte als Notration. Nach diesem gemeinsamen Frühstück zogen sie weiter durch die Wildnis immer Frasers Kompass folgend. Aber sie hatten eine andere Methode eingeführt. Die hieß, zwei Stunden laufen, eine Stunde rasten usw. Und dann überraschte sie zur Mittagszeit ein Gewitter. Zunächst verdunkelte sich der Himmel. Die Wolken schienen die Wipfel der Bäume zu berühren. Dann kam Sturm auf und zu guter Letzt begann es zu schütten. Wahre Wasserkaskaden fielen vom Himmel und verwandelten den Boden zu Matsch. Als das Unwetter losbrach, hatten sie sich unter einen Felsüberhang gestellt und blieben so halbwegs trocken.

Sie entledigten sich gerade ihrer Planen, unter denen sie den Regenguss abgewartet hatten, als plötzlich wie aus dem Nichts vor ihnen ein großer Hund auftauchte. Er stand mitten auf dem Weg und starrte sie neugierig an. Und während sich die Frauen ans Ende der Gruppe verzogen, gingen die Männer langsam auf den Hund zu, der sich demonstrativ mitten auf den Weg gesetzt hatte und sie schwanzwedelnd anschaute. Es war eine Art Retriever, nur braun mit weißem Latz. Er guckte sie treuherzig an und wedelte mit dem Schwanz. Andreas ging langsam auf ihn zu, ging vor ihm in die Hocke und sprach ihn auf Englisch an.

„He, mein Freund! Wer bist du denn? Was machst du hier so alleine?" Schnell kramte er aus dem Beutel ein Stück hartes Brot und hielt es dem Hund hin. Der legte den Kopf etwas zur Seite, getraute sich aber nicht so recht, das Stück Brot zu nehmen.

Andreas warf es ihm vor die Füße. Im Nu war das Brot weg, er schien richtig Hunger zu haben. Fraser kam langsam näher zu Andreas heran. Da begann der Hund plötzlich, leise zu knurren, und Fraser blieb lieber stehen. Andreas sprach wieder mit dem Hund.

„Komm her zu mir, mein Freund! Na komm!" Und tatsächlich! Auf einmal stand der Hund auf und kam langsam zu ihm und setzte sich unerwartet auf seinen rechten Schuh. Carmen lachte hinter ihm.

„Andy, ich glaube du hast einen neuen Freund gefunden! Der könnte uns eigentlich ganz nützlich sein." Sprach's und kam nun ihrerseits auf Andreas zu. Der wollte sie noch warnen, doch der Hund stand auf und ging schwanzwedelnd zu Carmen, schnüffelte an deren Hose und setzte sich neben sie hin. Fraser grinste.

„Ich glaube, der hat gerade die Seiten gewechselt. Frauen sind ihm offenbar sympathischer." Und als Carmen loslief, folgte er ihr und wich von nun ab nicht mehr von ihrer Seite. Als Steffen den Abstand zu seiner Frau aufholen wollte, um neben ihr zu laufen, sah der Hund ihn kurz an und knurrte leise, als ob er ihn warnen wollte.

„Bleib uns ja vom Hals!", meinte Steffen. Alle lachten und Steffen lief nun notgedrungen hinter seiner Frau her. Carmen hatte ihn kurzerhand auf den Namen „Conny" getauft, da es ein Rüde war. Sein braunes Fell und die Mähne um den Kopf herum ließen ihn gefährlicher ausschauen, als er in Wirklichkeit wohl war. Eines aber war ersichtlich, Conny wich von nun an nicht mehr von Carmens Seite. Er folgte ihr auf Schritt und Tritt wie ein Schatten.

Sie liefen nun bereits den zweiten Tag in einem engen Tal entlang, durch das ein schmaler Bach floss. Sauberes klares Wasser, das von den Bergen herunterkam. Fraser machte sie darauf aufmerksam, dass im Falle eines Regenschauers dieser Bach sehr schnell zu einem reißenden Monster werden konnte. Gegen Abend suchten sie sich ein Nachtlager. Notdürftig bauten sie wieder eine Unterkunft, teilweise mit einer der dünnen Planen, die sie mitgenommen hatten, und teilweise mit großen Farnen. Auf jeden Fall schützte sie das Provisorium vor der Nässe der Nacht. Zum Glück hatte Fraser in seinem Heli auch eine Machete gehabt und diese mitgenommen. So konnten sie auch kleinere Bäume fällen, um den Unterstand zu verfestigen.

Steffen hatte damit begonnen, bei den Waffen die Munition zu zählen. Zum Glück hatten sie diese ja bis jetzt nur einmal einsetzen müssen. Aber sicher war sicher, man konnte nie wissen, was einem so im Busch begegnete. Also überprüfte er auch die Pistolen der Frauen sorgfältig. Carmen zog ihn deswegen auf.

„Hast du noch was vor, weil du alles kontrollierst? Diesen Harrison haben wir doch längst abgehängt. Wie sollte der denn noch eine Spur von uns gefunden haben?" Steffen sah seine Frau nachdenklich an.

„Und selbst wenn wir die abgehängt haben, morgen schon können Neue auftauchen. Wir müssen hier immer auf unsere Sicherheit achten. Hörst du! Egal wo du hingehst, deine Waffe hast du bei dir, und wenn es zum Pinkeln ist." Carmen strich ihm über seine wilde Mähne, die bei Abflug maximal 3 Zentimeter lang gewesen war und lächelte ihn an.

„Schön, dass du so besorgt um mich bist, mein Schatz!" Aber Andreas sah auch nicht anders aus. Und Carmen hatte zum Glück eine richtige blonde Wuschelmähne und Nadine dickes langes bis über die Schultern reichendes schwarzes Haar.
An diesem Abend waren sie alle so müde, dass kein großes Gespräch mehr aufkam. Conny lag vorn am Eingang, gleich neben Carmen und Steffen. Dass Steffen zu Carmen dazugehörte, schien er inzwischen begriffen zu haben. Er knurrte Steffen auch nicht mehr an. Die Nacht war wie üblich im Regenwald von den Tierlauten geprägt. So richtige Stille gab es eigentlich nie.
Die Sonne hatte gerade ihre ersten Sonnenstrahlen über den Horizont geschoben und so ein Halbdunkel erzeugt, als Fraser im Morgengrauen wach wurde, weil Conny unruhig geworden war und leise fiepte. Er musste etwas gerochen haben. Vielleicht war es ja nur ein Tier, aber Fraser ging trotzdem los und sah sich um. Und so entfernte er sich ungewollt immer weiter vom Camp und lief einen größeren Bogen durch das Gelände. Mit seiner starken Lampe leuchtete er das Umfeld ab. Gerade als er sich wieder umdrehen und den Rückweg antreten wollte, sah er für einen kurzen Moment einen kurzen Lichtreflex. Also blieb er stehen und leuchtete in dessen Richtung. Plötzlich hallte ein Schuss durch die Dunkelheit und Fraser kippte hintenüber und blieb reglos liegen.
Im Zelt war man durch den Schuss sofort munter geworden. Alle griffen nach ihren Waffen und krochen jeder für sich vorsichtig aus dem Unterstand. Andreas gab leise Anweisungen auf Sichtweite zusammenzubleiben. Er lief ganz links, dann kam

Carmen in fünf Meter Entfernung, die Conny an der Leine festhalten musste.

Neben ihr lagerte Steffen und ganz rechts außen lagerte Nadine. Sie starrten in die Umgebung, konnten aber nichts sehen, weil der Mond von Wolken verdeckt war. Sie hatten sofort gemerkt, dass Fraser fehlte! Also versuchten sie ihn im Umkreis des Lagers zu finden. Vielleicht hatte er ja etwas entdeckt und geschossen. Conny zerrte an seinem Strick und wollte losrennen, doch Carmen hielt ihn zurück. Sie versuchte, den Hund zu beruhigen. Doch plötzlich öffnete sich sein provisorisches Halsband und der Hund jagte mit großen Sprüngen davon. Automatisch folgten ihm nun alle.

Nadine rutschte über einen kleinen Felsen, blieb an einer Wurzel hängen und fiel der Länge nach hin. Gerade als sie sich wieder aufrappelte, wurde sie plötzlich von hinten gepackt. Ein kräftiger Kerl entriss ihr lachend die Waffe und schleppte die sich heftig Wehrende im Laufen in der Dunkelheit davon.

Steffen merkte es als erstes, dass jetzt auch Nadine fehlte. Plötzlich hörten sie den Hund bellen und es fiel wieder ein Schuss. Doch der Hund bellte weiter. Andreas jagte mit Mordswut durch ein Dickicht, gefolgt von Steffen und Carmen. Inzwischen war der Vollmond hinter den Wolken hervorgetreten und beleuchtete die Szenerie vom dunkelblauen Himmel aus.

Und dann sahen sie plötzlich drei bewaffnete Kerle dastehen. Der in der Mitte hielt Nadine von hinten fest und versteckte sich so hinter ihr.

Aber die Gangster hatten ein Problem, sie konnten nicht mehr flüchten, weil sie mit dem Rücken zu einer Felswand standen. Mit überschlagender Stimme brüllte Andreas:

„Gebt die Frau sofort heraus! Ihr habt keine Chance, hier lebend noch mal rauszukommen!" Der linke in der Reihe rief höhnisch zu ihm herüber:

„Dann holt sie doch! Aber lebend bekommt ihr sie nicht mehr zurück, es sei denn, ihr rückt die Steine raus und lasst uns abziehen!" Doch der Mann hatte es kaum ausgesprochen, als Andreas MPi plötzlich zweimal losbellte. Der Kerl fiel um und regte sich nicht mehr. Im gleichen Augenblick hatte wohl Steffen die gleiche Idee gehabt, auch seine Waffe bellte los und traf den rechtsstehenden Gauner ins Bein. Der schrie gellend auf und setzte sich hin. Plötzlich aber zerrte der in der Mitte stehende Nadine seitwärts laufend mit sich fort. Er verschwand mit ihr um eine Felsnase herum in der Dunkelheit. Carmen ließ Conny wieder los und sagte zu ihm:

„Conny lauf! Such Nadine! Such Frauchen, schnell!" Tatsächlich rannte der Hund davon. Rasch liefen sie zu den beiden Gaunern. Der eine, auf den Andreas geschossen hatte, war tot, der andere hatte einen glatten Durchschuss oberhalb des Knies. Andreas zögerte nicht einen Moment und drückte ab. Steffen sah ihn erschrocken mit weit aufgerissenen Augen an.

„Du hast ihn erschossen, Andy!", schrie er plötzlich. Doch auch Carmen zog ihren Mann einfach weiter.

„Komm, wir müssen Nadine auf den Fersen bleiben! Und Andy hat richtig gehandelt, der Gauner wird nie wieder jemand Leid zufügen!", herrschte sie ihren Mann an und zog ihn weiter. In der Ferne hörten sie Conny laut bellen. Er war dem Gauner mit Nadine also immer noch auf den Fersen.

Doch Andreas machte sich ganz andere Sorgen. Denn wenn der Gauner in die Enge getrieben würde, konnte es wohl passieren, dass er sich Nadines entledigen und sie einfach umbringen würde. Aber sie hatten keine andere Chance, sie mussten ihm auf den Fersen bleiben. Doch wo wollte dieser Lump eigentlich hin?

Harrison hatte sich so siegessicher gefühlt, als er die Europäer durch einen Zufall endlich aufgespürt hatte. Und dann baute Kleist so eine Scheiße und erschoss ohne Not einen von denen und verriet ihnen damit, dass sie ihnen auf den Fersen waren. Und ehe sie sich versahen, waren die anderen plötzlich mit einem Hund da, der sie sofort aufspürte und dann standen sie an dieser blöden Felswand! Wenn er alles in Betracht gezogen hätte, aber dass der eine von den Europäern Andersson einfach umlegen würde, daran hatte er keine Sekunde gedacht. Und der Tscheche hatte einen Schuss ins Bein erwischt. Sekundenlang hatte er auch daran gedacht, das Weib nun ebenfalls einfach umzulegen. Doch dann siegte die Vernunft und die Erkenntnis, dass diese Frau auch ein Pfand in seiner Hand war. Also war er mit ihr getürmt. Inzwischen hatte er sie an den Händen gefesselt. Als sie sich weigerte, weiterzulaufen hatte er sie nur angeknurrt:

„Steh auf und bewege deine Haxen oder ich leg dich einfach hier um!“ Nadine hatte die Zähne zusammengebissen und war wieder aufgestanden. Aber sie verzögerte so gut es ging das Tempo. Ihre Hoffnungen ruhten auf Conny, der ihr sicher folgen würde, dessen war sie sich so gut wie sicher.

Und so erreichten sie zur Mittagszeit im bergigen Hochland eine Höhle, die ihr Entführer offenbar kennen musste. Bis jetzt hatte er es vermieden, ihr zu nahe zu kommen. Und Nadine war am Überlegen, ob sie ihm nicht ihren Anteil an den Steinen einfach überlassen sollte und dafür die Freiheit eintauschen konnte. Würde der Kerl ein solches Angebot annehmen? Sie konnte ja behaupten, es seien die Diamanten, die sie gesucht und gefunden hatten. Und sie verwahrte sie nur. Aber was war, wenn er die Diamanten an sich nahm und sie dann doch umbrachte? Also nahm sie davon Abstand und hoffte darauf, dass Conny sie aufspüren würde. Und Harrison war einen Teil der Steine so nahe, und wusste es nicht.

Harrison dagegen musterte die Schwarzhaarige immer wieder. Sie war ein klasse Weib! Lange Beine, gut gebaut mit Vorbau, nicht schlecht. Aber er war sich sicher, dass sie nicht einfach zu überrumpeln war. Und freiwillig würde die nie die Beine breit machen. Aber er musste sie, solange es ging, am Leben lassen, denn sie war seine einzige Versicherung. Diesen blöden Hund hatte er einfach nicht erschießen können. Zweimal hatte er ihn vor dem Lauf gehabt, und beide Male war das Biest untergetaucht, ehe er abdrücken konnte. Dieses Vieh musste sowas wie einen siebten Sinn haben.

Am Abend hatte er Nadine gründlich gefesselt, ihr den Mund zugeklebt und war ein Stück in den Busch hineingelaufen, in der Hoffnung eventuell die Deutschen zu sehen und zu überrumpeln. Nach fünf Stunden erfolgloser Suche war er wieder umgekehrt und zurück zur Höhle gelaufen. Dort angekommen hatte er der Deutschen das Klebeband vom Mund abgezogen und ihr etwas zu trinken gegeben. Und sie hatte ihn nur starr mit ihren braunen Augen angesehen, die ihn innerlich erschauern ließen.

Steffen, Carmen und Andreas berieten, wie sie nun weiter vorgehen wollten. Ihre Hoffnung lag auf Conny, noch lange hatten sie ihn bellen gehört und waren in seine Richtung weitergelaufen. Doch seit ein paar Stunden hatten sie nichts mehr von ihm gehört. Dabei lag der kluge Conny keine fünfzig Schritt entfernt von der Höhle mit Nadine und Harrison und beobachtete sie. Und wenn Hunde tatsächlich logisch denken konnten, dann konnte es ja sein, dass er darauf wartete, dass der Mann einmal wegging. Doch plötzlich rappelte er sich auf, schob sich leise rückwärts aus seinem Versteck und lief dann den Weg zurück, auf dem er gekommen war. Mit langen Sprüngen jagte er durch das Dickicht zurück zu seinem Frauchen.

Sie hatten gerade eine kurze Pause eingelegt, damit sich Carmen etwas ausruhen konnte. Plötzlich raschelte es im nahen Gebüsch und alle griffen rasch zu ihren Waffen! Und dann schob sich Conny schwanzwedelnd aus dem Unterholz heraus, lief dann zu Carmen und legte sich neben sie hin. Carmen streichelte ihn liebevoll und redete auf ihn ein.

„He Conny, weißt du, wo Nadine ist? Führst du uns hin? Oder willst du dich erst ein wenig ausruhen und etwas fressen?"

Sie redete mit ihm wie mit einem Kind und gab ihm ihren halben Apfel, den sie im Latz der Hose noch hatte. Conny fraß rasch alles auf. Carmen umarmte ihn und drückte ihn an sich und der Hund ließ es geschehen. Mit Tränen in den Augen und schniefend sah sie Steffen an und meinte dann leise:

„Ich glaube nicht, dass ich ihn hierlassen kann, wenn wir mal wieder heimfliegen." Steffen nickte ein wenig.

„Ich weiß, Carmen. Das musst du auch nicht! Wir nehmen ihn einfach mit nach Hause. Aber jetzt muss er uns zu Nadine führen. Die Zeit drängt, sonst finden wir sie nie wieder!"

Und so brachen sie wieder auf und Conny lief ohne Zaudern vor ihnen in den Busch hinein. Sie hatten aber einen ziemlich langen Weg vor sich. Und so stand inzwischen schon die Sonne wieder am Firmament und beleuchtete den Regenwald mit ihren wärmenden Strahlen und die Feuchtigkeit der Nacht verdampfte in Nebelschwaden. Die erste Nacht ohne Nadine war vorbei.

Nadine war aufgewacht und spürte, dass sie zur Toilette musste.

„He, hör mal! Ich muss unbedingt mal für große Mädchen! Mit vollgeschissener Hose kommen wir nicht weiter." Harrison fuhr von seinem Lager hoch und sah die Deutsche starr an. Nadine ihrerseits sah ihn fragend an. „Na was ist! Hast du mich

verstanden, oder nicht?" Harrison schob seine Decke beiseite und stand auf. Dann nickte er ihr zu. „Los, komm!" Nadine deutete auf ihre Fußfesseln. „Fliegen kann ich noch nicht!" Harrison schnaufte kurz durch, dann holte er eine Zange und knipste das Band durch. Dafür bekam sie ein langes Seil um die Hüften gebunden. Er lachte. „Nur zur Sicherheit, damit du dich nicht im Gebüsch verläufst. Und nun zieh ab, mach dein Geschäft!"
Nadine lief ins nahe Gebüsch und sah sich um. Von Conny war nichts zu sehen. Trotzdem häufelte sie sich hin. Blätter ersetzten das Toilettenpapier, aber sie fühlte sich wesentlich wohler. Überhaupt hatte sie gemerkt, dass Harrison seine anfänglichen Grobheiten abgelegt hatte und mit ihr normal sprach. Als sie zurückkam, drückte er ihr eine Banane in die Hand.

„Hier, damit du hinterher nicht sagen kannst, ich habe dich hungern lassen." Nadine nahm die Banane und aß sie langsam. Harrison beobachtete sie dabei interessiert.

„Bist du eigentlich mit einem der beiden Kerle verheiratet?", fragte er sie plötzlich. Nadine musste grinsen.

„Bis jetzt nicht, kann aber noch kommen." Harrison feixte. „Der Grauhaarige oder der Blonde?" Nadine holte tief Luft. „Wie du schon sagst, der Grauhaarige. Er ist Pilot bei unserer Airline und ich Stewardess auf seinem Flieger. Der Blonde ist sein Co-Pilot, und die Blonde ist Krankenschwester. So, nun weißt du alles! Kinder haben wir beide noch keine."
Harrison hatte ihr stumm zugehört, und er musste bekennen, er fand sie toll, als Frau. Und hübsch war sie obendrein. Sie einfach so umzubringen, würde ihm wahrscheinlich schwerfallen. Verdammt nochmal, wie hieß das doch gleich? Ach ja, Stockholm-Syndrom nannte sich das. Jetzt wusste er wenigstens, wie sich das anfühlte. Man mochte jemand, konnte es aber nicht zulassen. So eine Scheiße aber auch! Plötzlich stand er wieder auf.

„Komm, wir ziehen weiter." Nach kurzer Überlegung verließ er wieder mit Nadine die Höhle und strebte weiter südlich, wo er ein Camp von Aussteigern zu finden hoffte. Nadine hatte sich inzwischen entschlossen, so langsam es ging zu laufen, und Harrison knurrte sie mehrmals an, sie solle "ihren Arsch bewegen"! Zum ersten Mal wusste er nicht, was er tun sollte. Das Weib hinderte ihn einerseits am Vorwärtskommen, andererseits war sie nun mal seine Lebensversicherung, wenn ihn die Deutschen aufspüren sollten. Nach zwei Stunden machte er eine Rast. Er schälte eine Mango und gab ihr die Hälfte davon. Dabei überlegte Harrison krampfhaft, was er nun mit der Frau machen sollte. Sie hatte bis jetzt noch kein Wort von den Steinen gesprochen. Er stand auf und ging zu ihr, setzte sich mit gekreuzten Beinen vor sie hin und sah sie an. Ihr Blick ging an ihm vorbei ins dichte Unterholz. Er versucht es trotzdem und nahm sich vor, freundlich zu sein. Denn ängstlich schien sie auf keinen Fall zu sein, das spürte er. Denn er hatte ein Gespür dafür, wenn jemand Angst hatte.

„Hör zu Miss, ich würde dich ja freilassen. Aber dann müsstest du mir schon was anbieten. Damit du mich nicht falsch verstehst, ich will nicht mit dir pennen! Da hätten wir wohl beide keine Freude daran. Aber ein paar Rohdiamanten wären mir schon ganz lieb. Denn die habt ihr gefunden, das steht ja nun fest. Und jetzt, wo ich nicht mehr teilen muss, würde mir auch ein kleinerer Anteil genügen."
Er sah, wie es in ihrem Gesicht arbeitete, und Nadines grüne Augen sahen ihn auf einmal starr an. Was für ein Blick! Er erschauerte innerlich darunter. Nadine verzog den Mund ein wenig zu einem Grinsen.

„Glaubst du im Ernst, dass ich mich freikaufen will? Du hast schon einmal versucht, uns umzubringen mit deinen Kumpels. Und jetzt willst du uns wieder den Hals umdrehen. Warum soll ich es also glauben, dass du es ehrlich meinst. Ich schätze, du weißt nicht mal, was das Wort Ehrlichkeit bedeutet. Also, warum soll ich dir glauben? Denn wenn ihr etwas haben wollt, killt ihr doch einfach die Leute. Da ziehe ich es vor, gleich hier zu sterben. Schließlich muss das ja jeder mal!", erwiderte sie kalt.
Harrison sah die Frau beinahe geschockt an, er glaubte sich verhört zu haben. Sowas von Kaltschnäuzigkeit hatte er auf keinen Fall erwartet. Nadine lächelte ihn an.

„Und eins solltest du noch wissen, mein Mann und meine Freunde werden mich suchen und finden. Unser Hund wird uns auf den Fersen bleiben, egal wo du in diesen verdammten Busch hinlaufen willst, sie werden dir folgen wie dein Schatten."
Harrison beeindruckte diese Lady, und das wiederum machte ihn unsicher, aber auch wütend. Er bluffte weiter:

„Ich könnte dich ja auch ganz langsam sterben lassen! Oder ich suche eine der Giftspinnen, und die erledigt dann den Rest", meinte er schmunzelnd. Nadine sah ihn kalt direkt in die Augen.

„Empfindest du eigentlich Freude daran, jemand sterben zu sehen? Das widerspricht eigentlich unserer menschlichen Psyche. Freude daran haben meist nur kranke Typen, bei denen in der Jugend mal was schiefgelaufen ist. Was war es denn bei dir?" Harrison bekam einen roten Kopf und Wut stieg in ihm auf. Was dachte sich diese Tussi eigentlich? Er zog seine Pistole aus dem Holster und lud durch, dann drückte er ihr den Lauf gegen die Schläfe. Sie sahen sich in die Augen. Und wieder musste er feststellen, dass dies auf sie keinerlei Eindruck zu machen schien. Auf einmal sagte sie leise:

„Na, dann drück doch schon ab, dann haben wir es hinter uns! Aber deshalb hast du noch lange nicht einen dieser Edelsteine, und bist ein Mörder. Lohnt sich das? Und meine Leute hast du trotzdem auf dem Hals, denn sie werden nicht ruhen, bis sie dich erwischt haben. Die sind zu dritt plus Hund, du bist alleine!" Mehrmals tief durchatmend steckte er die Pistole mit verkniffenem Grinsen wieder ein. Im Grunde hatte sie ja recht. Also fragte er sie geradeheraus einfach mal ins Blaue hinein:

„Und wo sind die Steine?" Nadine zuckte mit den Schultern. „Mein Schatz hat sie in Verwahrung, aber keiner von uns weiß, wo er sie versteckt hat. Das hat den Vorteil, dass es auch keiner von uns in einer solchen Situation ausplaudern kann. Aber ob er es dir verraten würde, das glaube ich kaum."
Harrison sah ein, dass er so auf keinen Fall weiterkam. Sie würde es nicht verraten, selbst wenn sie es wüsste. Und an ihren Alten kam er nicht heran, dafür waren die zu gut bewaffnet. Und sie hatten bewiesen, dass mit ihnen nicht zu spaßen war. Immerhin hatten sie zwei seiner Begleiter erschossen. Was also war das Beste, was er tun konnte? Er wog alle Möglichkeiten ab. Die Deutschen wussten, wer er war. Sie hatten diesen verdammten Köter. Selbst wenn er sie umbrachte oder einfach liegen ließ, die hatten immer eine Spur von ihm. Dazu hatten sie ja noch zwei Einheimische, die sich im Regenwald auskannten, besser als er vielleicht selbst. Schweren Herzens fasste er einen Entschluss stand kurz entschlossen auf und löste zu ihrer Überraschung ihre Fesseln.

„Du bist frei! Hau ab! Aber ein zweites Mal lasse ich dich nicht lebend laufen. Aber ich denke, wir sehen uns nochmal, irgendwann!"
Dann schob er von ihrem Platz weg in Richtung des Weges, den sie gekommen waren und ging, ohne sich noch einmal umzudrehen, wieder zurück. Sie sah sich um. In welche Richtung sollte sie laufen? Plötzlich aber raschelte es neben ihr und ein großer brauner zotteliger Hund schob sich aus dem Unterholz heraus. Nadine riss die Augen auf.

„Conny! Mein liebster Hund! Hast du auf mich gewartet?" Sie fiel auf die Knie und umarmte das Tier, das geduldig stehen blieb. Nach einer Weile liefen sie beide los. Conny lief vorneweg und sie folgte ihm, sicher dass er den Weg zurückfinden würde. Und so marschierten die beiden eine Stunde quer durch den Regenwald und es begann, langsam dunkler zu werden. Plötzlich blieb Conny stehen und lauschte. Er spitzte die Ohren und begann auf einmal laut zu bellen.
Andreas, Steffen und Carmen hatten gerade schweigend eine Rast eingelegt, als sie plötzlich Hundegebell hörten. Carmen schreckte hoch und zeigte seitlich in den Busch hinein.

„Das kam von da drüben! Das muss unser Conny gewesen sein!" Plötzlich rief sie ganz laut: „Conny!" Steffen zog sie zu sich heran und hielt ihr den Mund zu.

„Bist du verrückt! Da weiß der Gauner doch gleich, dass wir hier sind!", zischte er ihr zu. Plötzlich aber tauchte auf dem schmalen Weg ein dunkler Schatten auf, der bellte und ein zweiter Schatten folgte ihm. War das eine Begrüßung! Nadine fiel ihrem Andreas in die Arme und begann zu schluchzen:
„Er hat mich gehen lassen. Einfach so!" Und dann begann sie zu erzählen. Als sie geendet hatte, sahen sich alle an. Andreas brachte es auf den Punkt.
„Wir müssen zur Küste, so schnell wie möglich!" Doch plötzlich hielt ihn Steffen am Ärmel fest.

„Und was machen wir mit diesem Gauner? Der kann uns überall auflauern!" Andreas sah seinen Freund ernst an.

„Und was willst du machen? Ihn jetzt hier tagelang im Busch suchen? Nee, wir machen uns auf den Weg in Richtung Küste. Aber vorher gehen wir nochmal zurück zu unserem Stützpunkt und holen dort unsere Sachen, die wir zurückgelassen haben."

Steffen schüttelte unmerklich den Kopf.

„Immer musste der seinen Kopf durchsetzen! Langsam kotzt mich das an!", grummelte er leise vor sich hin. Carmen umarmte ihren Mann und strich ihm durch die Haare.

„Steffen, er hat doch recht! Sollen wir jetzt hinter dem Gauner herlaufen und ihn tagelang suchen? Ist es da nicht besser, wir machen uns auf den Heimweg?" Sie hatte ganz bewusst den Ausdruck „Heimweg" gewählt. Plötzlich nickte Steffen.

„Natürlich, du hast recht! Es wird Zeit, dass wir wieder nach Hause kommen. Die zwei Wochen hier im Busch haben mich schon ganz verrückt gemacht. Dauernd lebt man nur in Angst, dass irgendein Schurke einen den Hals umdrehen will. Das muss endlich ein Ende haben."

Und so marschierten sie noch eine knappe Stunde, um sich dann wieder ein Nachtlager zu richten. Aber diesmal ohne Plane und nur mit ein wenig Geäst und Laub.

Nach einem halben Tagesmarsch erreichten sie am nächsten Tag wieder den Ausgangsort und Andreas versuchte, den Weg auf seiner Karte einzuzeichnen. Dazu rief er Steffen zu sich:

„Du hör mal, entschuldige dass ich dich letztens so angeblafft habe. Meine Nerven sind auch nicht mehr die besten. Ich sehe gerade nach, wie wir weitergehen sollten. Bis zur Küste müssen es nach dieser Karte noch gute 180 Kilometer sein. Das müssten wir in gut neun bis zehn Tagen schaffen." Steffen nickte.

„Ja, das kann stimmen. Und bis Georgetown sind es dann nochmal um die 100 Kilometer. Also alles zusammen müssten wir in zwei Wochen in der Hauptstadt sein. Die Frage ist nur, was machen wir, wenn die Stadt immer noch im Ausnahmezustand ist?"

Andreas kratzte sich nachdenklich seinen Dreitagebart und sah seinen Freund an.

„Hast du dir schon mal Gedanken gemacht, wie wir diese Rohdiamanten an den Mann bringen könnten?", fragte er. Der Co-Pilot schüttelte den Kopf.

„Ehrlich gestanden bis heute kaum. Bis jetzt ging es ja nur darum, diese Klunker überhaupt heil aus diesem Land heraus zu bringen. Aber das ist eine gute Frage. Wer macht sowas bei uns zu Hause überhaupt?" Andreas zuckte mit den Schultern.

„Ich hatte ja gedacht, wir finden schöne geschliffene Steinchen, die man dann in Holland zu Geld machen kann. Aber so? Wir sollten morgen früh aufbrechen, damit wir von hier wegkommen. Am Ende findet sich immer noch eine Lösung. Lass uns weiter an einem Strang ziehen, denn nur so kommen wir hier raus." Er hielt Steffen die Rechte hin und der schlug ein.

Froh auch dieses Abenteuer überstanden zu haben, rüsteten sie sich mit dem Hellwerden zum Weitermarsch, und in den Bäumen begannen wieder die Affen, Radau zu machen. Nach einem kurzen Frühstück marschierten sie wieder los. Und diesmal genau nach Kompass, den Fraser, den sie noch beerdigt hatten, zurückgelassen hatte und so folgten sie dem kleinen Fluss. Schade, dass er nicht mehr dabei war. Er kannte sich hier oben im Bergland ganz gut aus. Aber nun war er tot, und seine Steine hatten sie gerecht unter sich aufgeteilt. Um die Mittagszeit sahen sie ein Dorf. Umgeben von hohen bewaldeten Bergen standen ein Dutzend Häuser auf einer flachen Wiesenfläche. Daneben einige Felder und eine Art Plantage. Das war alles.
Als die Einheimischen die Fremden kommen sahen, waren auf einmal alle verschwunden. Die beiden Frauen versuchten, den Kontakt herzustellen, was ihnen nach einiger Mühe auch gelang. Und so erfuhren sie dann, dass die Einheimischen eine Heidenangst vor einer Bande hatten, die hier ihr Unwesen im Busch trieb. Alles ehemalige Waldarbeiter und Holzfäller, angeführt von zwei Europäern. Man führte sie in den Gemeinschaftsraum und Conny hatte bei den Kindern sofort Freunde gefunden. Sie alberten mit ihm draußen herum und lachten herzlich. Und Conny schien es auch zu mögen, denn er sprang und bellte lustig mit ihnen herum.
Der Dorfälteste sah die beiden fremden Männer erst an, dann bat er sie, mit ihm zur Seite zu gehen. Er sprach erstaunlich gutes Englisch.
„Seid ihr der Trupp, der hier Edelsteine transportiert?", fragte er die erstaunten und sprachlosen Europäer. Andreas nickte nur. Der Häuptling sah beide ernst an.
„Ihr seid in größter Gefahr! Man will euch mit einem Suchtrupp fangen. Ich habe die beiden Anführer der Bande vor drei Tagen belauscht. Unter ihnen war ein Mann namens Harrison,

ein Kanadier. Ein brutaler Schurke und ein Mörder! Sie terrorisieren schon seit Monaten unser Gebiet und stehlen einfach unsere Ernte. Wir hatten eine Abordnung vor drei Monaten in die Hauptstadt geschickt, um uns Hilfe von der Polizei zu holen. Unsere drei Leute sind nie dort angekommen, sie wurden alle umgebracht." Andreas nickte nachdenklich.

„Harrisons beiden Kumpanen leben nicht mehr. Die sind alle beide tot." Der Häuptling sah ihn erstaunt, aber doch erfreut an.

„Das ist eine gute Nachricht, Mister. Aber dann bleiben immer noch mindestens vier solcher Strolche übrig."
Andraes Thaler und Steffen Urban sahen sich entsetzt an. Das warf wieder alle Pläne über den Haufen. Etwas ratlos sahen sie den Häuptling an. Der begann auf einmal zu lächeln.

„Ihr seid keine Halunken, das sagt mir mein Gefühl. Wir könnten euch helfen! Ihr müsst schnell unser Gebiet verlassen! Wir bringen euch auf die andere Seite des Flusses. Ihr müsst rauf in die Berge gehen bis an die Grenze zu Surinam. Dort oben lebt ein Stamm von uns. Bei ihnen findet ihr Unterschlupf und seid in Sicherheit. Und wenn ihr noch weiter wollt, kommt ihr von dort aus auch nach Französisch-Guyana und in die Hauptstadt." Andreas nickte nachdenklich und erwog das Für und Wider.

„Tja, da müssen wir wohl umdisponieren. Wer sagt es denn unseren lieben Frauen?" Dabei sah er Steffen an und der feixte:

„Natürlich du, du bist doch der Boss hier!" Andy zeigte ihm einen Vogel und grinste. „Wir gehen beide zu ihnen, klaro!"
Nadine und Carmen sahen sich einen Moment betreten an, als die Männer die Botschaft überbracht hatten. Doch dann reagierten sie mal wieder erstaunlich cool. Selbst Carmen schien sich in den letzten Tagen verändert zu haben.
„Also Leute, ich denke, unsere ganze Planung ist so oder so im Eimer. Wenn wir nicht anders rauskommen, dann eben über Surinam!", meinte sie und packte ihren Rucksack wieder ein.
Während der Abwesenheit der Männer hatten ihnen die Frauen etwas zu essen gebracht. Eine von ihnen gab Carmen eine Tasse mit Kuhmilch, als sie erfahren hatte, dass die Deutsche schwanger war.

„Du musst sehr viel Milch trinken, Frau! Milch hat viel Eiweiß!", radebrechte die ältere Frau, und strich liebevoll über Carmens blonde Haarpracht. Plötzlich nahm Carmen eine

Schere aus dem Rucksack und schnitt sich eine kleine Locke ab. Die gab sie der alten Frau, die sich herzlich bedankte.

„Du bist ein Engel, Frau mit blonden Haaren! Du wirst schönes Kind bekommen!", radebrechte sie weiter und umarmte dann Carmen herzlich.

Nach einer unruhigen Nacht brachen sie mit dem Hellwerden wieder auf. Sie hatten wieder zwei einheimische Führer, die sie bis hoch zur Grenze bringen sollten. Andreas hatte ihnen schon vorher versprochen, sie reichlich zu belohnen. Dem Häuptling hatte er zehn Zehn-Dollar-Scheine gegeben, eine Menge Geld für die Indios. Als Steffen Andreas fragte, warum er ihm so kleines Geld gegeben habe, sah ihn der nur an und meinte:

„Überleg mal, da kommt ein Indio mit einem Hunderter. Wo soll er den denn herhaben? Bei kleinen Scheinen fällt es nicht so auf. Alles klar?"

Steffen schalt sich einen Deppen, die Frage hätte er sich ja wohl auch selbst beantworten können und so nickte er nur wortlos.

Der Weg war weniger beschwerlich als sie gedacht hatten. Aber es ging stetig bergauf. Gegen Mittag überquerten sie mit einem Einbaum der Einheimischen den Fluss. Am ersten Abend hatten sie bereits den Kamm der Berge erreicht. Völlig ausgelaugt und am Ende ihrer Kräfte vom stetigen Berganlaufen rasteten sie.

Aber jetzt konnte man glauben, in der Schweiz zu sein, nur viel wärmer war es. Berge und Täler wechselten sich mit großen Bergwiesen ab. Dazwischen immer wieder Urwald. Bei der Verpflegung hatte sich einiges geändert. Die beiden Einheimischen erlegten mit ihren Pfeilen und dem Blasrohr kleinere Tiere. Die Frauen hatten zuerst gestreikt, Tiere zu essen, aber der Hunger ließ sie dann doch einlenken. Der Not gehorchend aßen sie nun auch Fleisch. Carmen saß auf einem Baumstumpf, die Hände auf den Knien und atmete tief durch. Steffen saß neben ihr und lehnte sich an sie.

„Geht's dir gut, Schatz?", fragte er sie besorgt. Carmen sah zu ihm und mit schweißnassem Gesicht lächelte sie ihn an.

„Ja schon, ich komme mir nur vor, als wenn wir eintausend Kilometer gelaufen wären. Aber ansonsten geht's mir eigentlich erstaunlich gut. Mir ist früh auch nicht mehr schlecht und kotzen muss ich auch nicht mehr. Hoffentlich bleibt das noch eine

Weile so." Steffen beugte sich zu ihr hinunter und gab ihr einen Kuss.

„Brauchst du was zu trinken?" Sie schüttelte den Kopf. Er strich ihr über ihre blonden kleinen Locken, die er so liebte. Was hatte er ihr nur in den letzten zwei Wochen zugemutet. Er zog sie an der Hand hoch.

„Komm, wir können gleich essen, die beiden Indios haben eine heiße Brühe für dich gekocht. Dazu eine Mango und eine Banane, und dann kannst du gut schlafen. Ich bereite schon mal unser Lager zu. Bis gleich, Liebling!"

Sie sah ihm lächelnd hinterher, als er wegging. Ihre in Deutschland noch vorhandene Spannung war inzwischen wie weggeblasen, seit sie hier im Dschungel waren. War die Lage auch mehr als verfahren, aber für ihre Beziehung war dieser Test genau richtig.

Zwei Tage nach Abreise der Deutschen aus dem Dorf rollten plötzlich am Morgen zwei Jeeps in das Dorf der Indios. Die Frauen versteckten sich so gut es ging auf den Feldern, die jüngeren Männer liefen in den Dschungel. Nur die Alten und der Häuptling blieben zurück. Die sechs Europäer schwärmten im Dorf aus und durchsuchten jeden Winkel. Ohne Rücksicht darauf, wenn etwas kaputt ging. Am Ende trieben sie die Männer auf dem Dorfplatz zusammen.

Ein glatzköpfiger Kerl mit Stiernacken, Lederweste und Armeestiefeln baute sich vor ihnen auf.

„Wo sind die vier Europäer?", schrie er die Versammelten an. Doch niemand regte sich. Also ging er auf den ersten in der Reihe zu, sah ihn starr an, und fragte wieder:

„Alter, wo sind diese verdammten Europäer?" Der alte Mann schüttelte den Kopf.

„Hier gibt es keine Europäer. Und hier waren auch keine." Peng, hatte der Alte sich eine Ohrfeige eingefangen, so dass er nach hinten umfiel und liegen blieb. Der Glatzkopf ging zum Nächsten, der in der Reihe stand. Wieder die gleiche Frage, wieder die gleiche Reaktion! Plötzlich meldete sich Harrison zu Wort.

„Szoltan, lass das sein! Aus denen bringst du nix heraus, selbst wenn du sie alle umbringst! Ich kenne da einen besseren Weg!" Sprach's und lud seine Maschinenpistole durch. Dann ging er

über den Platz hinüber zur Weide. Eine Salve peitschte durch den Morgen und eine Kuh hatte ihr Leben verloren.
Der mit Szoltan angesprochene feixte breit und sah dem nächsten Indio in die Augen.

„Na, sagst du mir jetzt, wo die Europäer sind, Alterchen? Oder sollen wir alle eure Kühe umlegen?" Der alte Mann sah den muskulösen Stiernacken angstvoll an.

„Sie sind vorgestern aufgebrochen, sie wollten zum Meer!" Dabei zeigte er in die Richtung, in der die Küste liegen musste. Szoltan nickte zufrieden und brummte:

„Na also, warum denn immer erst solche Probleme machen!" Sprach's, holte aus und gab dem alten Mann ebenfalls eine Ohrfeige, die den von den Füßen holte. Er stürzte in den Staub und Blut sickerte aus seinem Mundwinkel. Szoltan stapfte davon und schwang sich in den Sitz seines Jeeps. Wenig später war die Bande wieder weg.
Laut klagend rannte der Besitzer und sein Sohn zu der Kuh auf der Weide, gefolgt von einigen Stammesmitgliedern, die wieder aus dem Dschungel zurückgekommen waren. Sie mussten die Kuh nun schlachten, ehe sie an den Schussverletzungen starb.
Nach und nach kamen auch die Frauen wieder aus ihren Verstecken zurück. Häuptling Hamiti rief die Dorfbewohner zusammen. Er hatte einen Entschluss gefasst!

„Brüder und Schwestern, hört mir zu! Was heute geschehen ist, kann sich jederzeit wiederholen! Viel zu lange haben wir uns nicht zur Wehr gesetzt gegen diese Gesetzlosen. Und die Polizei hilft uns nicht, also müssen wir uns selber helfen. Wir müssen uns bewaffnen! Aber unsere alten Flinten können nur wenig ausrichten. Der Anführer der Deutschen hat mir einen Stein zum Abschied geschenkt. Den können wir zu Geld machen und uns Waffen kaufen. Ich werde morgen früh mit Augusto in die Stadt gehen und versuchen, diesen Stein gegen Geld einzutauschen."

Währenddessen waren die vier Deutschen mit den zwei Indios weitergezogen und hatten ein Hochtal erreicht. Umgeben von dichtem Dschungel standen einige alte Hütten auf einer Wiese. Es war offenbar ein ehemaliges Lager von Männern, die hier oben im Berg nach Edelsteinen gesucht hatten.

Andreas und seine Begleiter sahen sich an und dann schimpften die beiden Frauen auch schon. Ziemlich fassungslos schauten sie auf die alten baufälligen Hütten.

„Jetzt sagt nur, wir sollen uns hier häuslich einrichten?", rief Nadine schon von weitem. Andreas verschränkte die Arme über der Brust und sah seine Freundin ernst an. Er war ungehalten.

„Entschuldige, dass es nicht zu Badewanne und Sauna gereicht hat! Aber wir sind hier erstmal in Sicherheit!", schnarrte er gereizt zurück. Nadine zog einen Flunsch und zog es vor, lieber zu schweigen. Sie wusste, wie Andreas reagieren konnte, wenn er böse war, also schwieg sie lieber und sah Carmen an.

„Und was meinst du?" Carmen lächelte erstaunlich cool und zuckte mit den Schultern.

„Machen wir hat mal eine Auszeit vom Millionärsleben", erwiderte sie grinsend. Und dann:

„Na, komm schon, wir schauen uns mal unsere Villen an! Mal sehen, was wir daraus machen können." Und so besichtigten sie sich ihre Unterkunft. Selbst Conny schien es hier zu gefallen, denn er legte sich sofort auf die Treppenstufe eines der Holzhäuser. Steffen und Andreas sahen Carmen bewundernd hinterher und nickten leicht. Steffen grinste.

„Hätte nicht gedacht, dass ausgerechnet meine Prinzessin so cool reagieren würde.", meinte er und klopfte seinen Freund auf die Schulter. „Na komm schon, vertrag dich wieder mit deiner Liebsten. Sie sind halt etwas genervt von dem Ganzen."
Andy nickte und brummte dann:

„Was glaubst du, wie genervt ich bin! Alles geht schief in den letzten Tagen. Jetzt hocken wir hier oben und können sehen, wie wir endlich nach Hause kommen." Steffen sah seinen Freund an.

„Ich weiß ja nicht, wieviel du noch Bargeld hast, aber ich bin so gut wie pleite, mein Freund. Wir brauchen unbedingt neue Kohle! Ich habe den Rest meines Geldes den Indios geschenkt, die uns hier heraufgebracht haben." Thaler nickte.

„Einer von uns beiden muss runter in die Stadt. Keine fünf Kilometer von hier ist die Grenze zu Venezuela, und da gibt‘s einen kleinen Ort. Ich glaube, der heißt Penolpete, so eine Art Provinzhauptstadt im Delta Amacuro. Ich habe mir das auf der Karte angesehen." Steffen musterte seinen Freund, dann nickte er nachdenklich.

„Du hast recht, beide können wir aber nicht gehen und die
Frauen hier alleine zurücklassen. Und zu viert fallen wir aber
auf! Die Polizei in Venezuela überwacht das Gebiet, weil man
von hier aus leicht rüber auf die Inseln Trinidad und Tobago
kommt. Und der Schmuggel blüht hier offenbar laut Google."
Andreas Thaler grinste seinen Freund breit an.

„Und was sagt uns das, Freund Glauber?" Steffen grinste nun
seinerseits über das ganze Gesicht. Doch dann wurde er wieder
ernst und meinte: „Gut, und wer geht?" Andreas lachte wieder.

„Immer der, der fragt! Also du! Nimm einen der Indios mit."
Damit war es beschlossene Sache und sie gaben sich die Hand
darauf. Am Abend, als sie alle zusammensaßen, entwickelte auf
einmal Andreas seinen neuen Plan. Das Feuer knisterte in dem
alten Ölfass und spendete Wärme, denn hier oben war es schon
kühler als im Tal.

„Also liebe Freunde und Freundinnen, ich habe einen Plan. Bis
nach Venezuela sind es knapp zehn Kilometer, dann ist man im
Delta Amacuro. Eine Landschaft, die zu Guyana gehört, aber
auch von Venezuela beansprucht wird. Da drüben gibt's einen
kleinen Ort, der sich Penolpete schimpft. Von da aus gibt es ge-
heime Routen rüber nach Trinidad und Tobago mit dem Schiff.
Man muss nur die richtigen Leute finden. Und wir brauchen
Geld. Also haben wir beschlossen, dass Steffen morgen früh mit
einem der Indios rübergeht und sich umschaut. Vor allem müssen wir aber ein paar Steine umtauschen, um wieder flüssig zu
werden. Wenn es klappt, denke ich, dass wir in ein paar Tagen
oder auch Wochen auf diesem Weg nach Hause kommen. Was
meint ihr?"
Die Frauen waren zunächst unschlüssig. Carmen war nicht sehr
wohl bei diesem Gedanken, dass Steffen gehen sollte. Und auch
Nadine hatte die gleichen Bedenken. Am Schluss einigte man
sich doch noch. Steffen sollte mit Agustonas am Morgen aufbrechen und am Abend wieder zurück sein. Es war eine nicht ganz
ungefährliche Mission, das stand fest.

Auf gefährlichen Pfaden

Kurz nach Sonnenaufgang verabschiedete sich Steffen von seiner Frau Carmen und seinen Freunden. Sie wollten unbedingt

zur Mittagszeit schon in Penolpete sein. Allerdings verlief der Pfad, den sie benutzen mussten, in einer wilden Gegend und immer in schwindelerregender Höhe, denn er war in den Berghang hineingetrampelt worden. Wer weiß, wie viele hier schon entlanggelaufen oder gar abgestürzt waren. Sie hätten zwar auch eine schmale Straße nehmen können, doch die wurde von der venezolanischen Polizei überwacht.

Hier oben war die Luft um diese Zeit beinahe kalt und Steffen war froh, dass er auf Carmens Rat gehört und eine Jacke mitgenommen hatte. Er staunte über Agustonas, der barfuß lief. Und der Junge lief ein Tempo, dass Steffen sich anstrengen musste, wenn er mithalten wollte. Kurz vor 11:00 Uhr überquerten sie die Grenze zu Venezuela. Erkennen konnte man das nur, wenn man im Tal unten das kleine grün gestrichene Holzhaus sehen konnte. Es beherbergte den Grenzposten, wenn er mal da war. Und er war sehr selten da.

Sie hatten fast das Tal erreicht, als urplötzlich ein Militärjeep, besetzt mit vier Soldaten den Berg heraufgefahren kam. Steffen und Agustonas verschwanden blitzschnell in einer Senke. Doch die Soldaten hatten sie offenbar doch gesehen, hielten den Jeep an und stiegen aus. Agustonas tippte Steffen auf die Schulter und deutete ihm an, dass sie wieder zurückgehen mussten. Auf allen Vieren krochen sie hinter eine Hecke und liefen dann unter Aufbietung aller Kräfte wieder den Berg hinauf. Oben angekommen sahen sie, wie der Jeep zu diesem Postenhäuschen fuhr. Der erste Anlauf, nach Venezuela hineinzukommen, war also gescheitert. Völlig ausgepumpt erreichten sie wieder das Camp und Steffen erstattete Bericht. Die Stimmung war natürlich entsprechend. Carmen gab Steffen etwas von der warmen Suppe, die sie gekocht hatten. Stoisch löffelte der die Suppe und sah sie auf einmal plötzlich an.

„Ich habe die Nase langsam aber richtig voll! Aber wir müssen da runter, wenn wir Geld holen wollen. Ich werde es morgen früh nochmal probieren. Sag das bitte den anderen beiden. Ich möchte jetzt einfach nur schlafen.“

Carmen brachte ihn in einer Ecke des Raumes, wo sie bereits versucht hatte, ein halbwegs gemütliches Lager zu errichten.

„Leg dich hin Schatz, ich komme auch gleich. Ich rede nur nochmal mit Andreas und Nadine. Andreas hat vorhin angeboten, dass er an deiner Stelle gehen würde." Steffen winkte ab.

„Das braucht er nicht, ich gehe selber und zieh das durch. Die Posten sind ja meist nicht da. Wir hatten halt Pech. Gib mir einen Kuss, meine Prinzessin." Carmen küsste ihn sanft und deckte ihn dann sorgfältig zu. Anschließend ging sie zu den beiden anderen zurück. Andreas sah sie an.

„Und? Was meint er?" Carmen schmunzelte ein wenig. „Er sagt, er geht morgen früh selber nochmal los. Jetzt schläft er erstmal, er war ziemlich fertig. Ich lege mich jetzt auch hin, bis morgen früh also."

Die Sonne schob sich langsam über den Grat der Berge und tauchte die Landschaft in ein eigenartiges Licht, wie man es zu Hause noch nie gesehen hatte. Blau-weiß mit dunklen Punkten und eine Art Hochnebel. Steffen verabschiedete sich wieder von Carmen, Nadine und Andreas.

„Drückt uns die Daumen, dass wir es diesmal schaffen. Wenn es länger dauern sollte, schicke ich Agustonas zurück, um euch zu informieren. Handyempfang können wir hier wohl ausschließen. Also, macht's gut einstweilen." Ein kurzes Schulterklopfen von Andreas und eine Umarmung mit Carmen und Nadine und dann zogen er und Agustonas wieder los. Die drei sahen den beiden noch eine Weile hinterher, bis sie in einer Senke verschwunden waren, und jeder war in Gedanken bei den beiden.

Ausgepumpt erreichten beide vier Stunden später den Ortsrand von Penolpete und Steffen verlangte eine kurze Rast und konnte so das Geschehen beobachten.

„Agustonas, siehst du dich mal um, ob du irgendwo eine Bank findest?", bat er den Indio. Der junge Indio marschierte los und tauchte im Gewühl unter. Steffen sah auf seine Armbanduhr. Es war 12:00 Uhr. Wenn sie Pech hatten, war die einzige Bank um die Zeit geschlossen. Nach einer halben Stunde dann kam der Indio endlich zurück.

„Mister Urban, die Bank hat bis 13:00 Uhr geschlossen. Aber ich habe eine kleine Trinkhalle entdeckt, dort könnten wir uns mal umhören wegen der Steine." Steffen klopfte dem Jungen auf die Schulter.

„Gute Idee, mein Freund! Also gehen wir da hin." Als sie eintraten, waren nur wenige Tische besetzt. Und so setzten sie sich neben dem Ausgang an einen Tisch. Ein junger Kerl näherte sich sogleich und nahm die Bestellung auf. Schon nach wenigen Minuten kam er und brachte das Gewünschte. Steffen hielt ihn kurz auf.

„He, Señor! Kann man dieser Bank hier im Ort sein Geld anvertrauen?", fragte er ihn. Der junge Mann blinzelte ein wenig und meinte dann:

„Ich werde meinen Boss fragen, Señor!", sprach's und ging wieder. Keine zwei Minuten später kam ein kleinerer untersetzter Mann um die Fünfzig und setzte sich auf den freien Stuhl.

„Sie wollen hier Geld zur Bank bringen, Señor?", fragte er Steffen leise. Steffen grinste.

„Na, sagen wir mal so, ich möchte gerne ein paar kleine Steine zu Geld machen. Wir haben oben in den Bergen ein Camp und bauen dort seit ein paar Tagen ab."
Der Wirt musterte Steffen zunächst kritisch. Doch dann meinte er leise nach vorn gebeugt zu Steffen:

„Ich könnte Sie aber auch mit meinem Bruder zusammenbringen. Er ist Händler und kauft Steine auf. Da fahren Sie besser als mit der Bank! Das sind doch alles nur Halsabschneider!" Steffen nickte lachend.

„Da haben Sie allerdings recht, Señor! Aber ich brauche möglichst US-Dollars. Wo finde ich Ihren Bruder?" Der Wirt sah auf die Uhr über dem Tresen und meinte dann:

„Seien Sie um 16:00 Uhr wieder hier. Aber gehen Sie hinten herum durch den Hintereingang, gleich wenn Sie reinkommen, die Tür links, das ist meine Küche. Da können Sie ihn dann treffen." Steffen wollte die Getränke bezahlen, doch der Wirt winkte ab.

„Das geht auf das Haus, Señor. Und seien Sie pünktlich!" Die beiden verließen wieder das Lokal und sahen sich um. Sie hatten jetzt noch knapp drei Stunden Zeit. Steffen war sich im Klaren, dass sie heute wohl kaum mehr zurückkommen würden. Carmen würde sich bestimmt ängstigen. So schlenderten sie durch den

Ort und sahen sich um. Doch plötzlich zupfte Agustonas Steffen beim Laufen am Ärmel und flüsterte:

„Ich glaube Señor, uns verfolgt jemand!" Steffen blieb an einem Verkaufsständer auf dem Fußweg abrupt stehen und sah sich um. Der junge Mann in beigem Anzug, schwarzem Hemd und Sonnenbrille fiel ihm sofort auf. Doch er wandte sich wieder ab und sie gingen weiter. Nach ein paar Minuten begann das Spiel von Neuem. Steffen blieb wieder stehen und sah sich über die Schulter um. Der Kerl im hellen Anzug blieb ebenfalls stehen und besah sich einige der Auslagen.

An einem Torbogen bog Steffen ein und blieb stehen. Inzwischen hatte er seine Pistole in der Hand. Als der Kerl mit dem hellen Anzug auftauchte, schnappte er ihn am Arm und zog ihn zu sich heran. Dem Mann die Pistole an die Schläfe haltend, fragte er ihn, warum er sie verfolge. Einen Moment zögerte der Kerl mit der Antwort und Steffen spannte den Hahn der Waffe. So, nun doch zum Antworten genötigt, sagte der Mann:

„Ich verfolge Sie nicht, Señor! Mein Onkel hat mich beauftragt, Sie im Auge zu behalten. Er will wissen, mit wem er es zu tun hat." Steffen lachte leise.

„Nicht schlecht! Sie verfolgen mich nicht, beobachten mich aber. Sagen Sie ihrem Onkel, ich mag solche Spielchen nicht. Wenn er was von mir will, soll er mich fragen. Okay?"

Der junge Mann nickte und Steffen ließ ihn wieder los. Auf einmal wunderte er sich selber über sich, wie er diese Situation gemeistert hatte. Früher wäre ihm ja nie in den Sinn gekommen jemand mit einer Waffe zu bedrohen. Aber seit sie hier unten im Süden waren, hatte sich alles geändert. Es war wirklich an der Zeit, wieder nach Hause zu kommen.

Pünktlich um 16:00 Uhr betraten Steffen und Agustinos wieder die Kneipe, diesmal durch die Hintertür. Und diesmal hatte er die Pistole in Griffnähe im Hosenbund stecken. Vorsichtig und auf leisen Sohlen näherten sie sich der Tür, die ihnen der Wirt genannt hatte. Ohne anzuklopfen, stieß Steffen die Tür mit dem Fuß auf und blieb auf der Schwelle stehen. Erst als er die Tür gänzlich geöffnet hatte und sicher war, dass niemand dahinterstehen konnte, trat er in den Raum ein.

Auf einem alten Sofa saß ein ziemlich beleibter älterer Herr mit einem Sombrero auf dem Kopf und starrte ihn an. Steffen hatte bewusst die Jacke so weit zurückgeschlagen, dass man den Griff seiner Pistole sehen konnte. Der Mann auf dem Sofa erhob sich etwas schwerfällig und hielt ihm die Hand hin.

„Hallo, Señor! Mein Name ist Antonio Garcia. Sie haben etwas zu verkaufen, wie mir mein Bruder berichtete?"
Steffen nickte, setzte sich an den Tisch und holte den kleinen Stoffbeutel aus der Hosentasche. Dann schüttete er den Inhalt auf die Tischplatte. Dabei beobachtete er genau die Reaktion seines Gegenübers. Der bekam erst große Augen und machte dann auf einmal „Uff!" Dann nickte er langsam und zog einen Diamantenprüfer heraus. Nahm einen der Steine und maß damit die Dichte des Rohdiamanten. Danach nahm er eine kleine Leselupe und besah sich die Steine nochmals gründlich. Zum Schluss träufelte er eine Flüssigkeit mit einer Pipette auf die Steine und nickte anerkennend.
Langsam legte er nachdenklich alles wieder auf die Tischplatte zurück. Steffen saß auf seinem Stuhl, leicht angelehnt und eine Hand lag wie zufällig dort, wo der Pistolenknauf zu sehen war. Señor Garcia lächelte ein wenig.

„Señor, ich habe selten Steine von dieser Qualität gesehen. Ihre Steine sind allererste Güte! Den Wert, der hier auf dem Tisch liegt, schätze ich mal grob auf 100.000 US$. Solche Geschäfte tätige selbst ich nicht allzu oft. Ich brauchte gut zwei Tage Zeit, damit ich das Geld beschaffen kann. Kommen wir ins Geschäft?" Er hielt Steffen seine Rechte hin und der schlug nach kurzer Überlegung ein. Gracia meinte schmunzelnd:

„Señor Glauber, um mit mir Geschäfte zu machen, brauchen Sie keine Pistole. Ich weiß, es gibt viele schwarze Schafe. Aber bei mir herrschen Vertrauen und Verlässlichkeit, sonst mache ich keine Geschäfte. Also, wir sehen uns am Freitag wieder. Haben Sie etwas, wo Sie unterkommen können in der Stadt?"
Steffen schüttelte den Kopf. „Nein Señor Garcia. Ich dachte, dass ich heute Abend wieder im Camp bin. Aber das war wohl etwas blauäugig." Garcia lächelte ein wenig verlegen.

„Sie könnten, wenn Sie wollen, bei mir auf meiner Hazienda übernachten. Dort wären Sie und ihre Steine auch sicherer als hier in der Stadt."
Steffen nahm das Angebot dankend an. Wenig später fuhren sie mit einem offenen Dodge aus der Stadt hinaus. Vorher jedoch

hatte Steffen seinen Begleiter Agustonas zurück zum Camp geschickt, damit sich niemand Sorgen machen musste, wenn er erst in drei Tagen zurück sein würde. Doch Steffens Begleiter, der Garcia von Anfang an misstraute, hatte sich vorgenommen so schnell wie möglich mit Verstärkung zurückzukommen. Jetzt wusste er ja, wo er Steffen finden würde. Die Hazienda lag nicht weit außerhalb der Stadt.

Als Agustonas spät in der Nacht wieder im Camp ankam und berichtete, was Steffen vorhatte, wurde Andreas unruhig. Schlicht, er traute dem Frieden nicht! Aber was sollte er tun? Den Gedanken, nun doch auch noch selbst rüberzugehen nach Venezuela, verwarf er letztlich aus Angst um die beiden Frauen. Aber auch diesmal war es wieder Agustonas, der einen Ausweg wusste. Er bot an, Verstärkung aus dem Heimatdorf holen. Und so saß er beim Morgengrauen auf der Lichtung und begann auf einer Art großer Flöte markerschütternde Töne hinab ins Tal zu schicken. Eine Viertelstunde ging das so, doch dann kam eine Antwort zurück. Wenig später kam er zu Andreas und meinte:

„Señor Thaler, heute gegen Mittag sind mindestens drei oder vier Leute aus meinem Stamm hier! Sie sind alle gut bewaffnet. Dann gehe ich mit ihnen nochmal über die Grenze zu Señor Glauber." Andreas bedankte sich gerührt bei dem Indio.

Und tatsächlich, zur Mittagszeit tauchten plötzlich vier Indios auf, alle bewaffnet mit Schnellfeuergewehren. Andreas sah es mit Erstaunen. Doch Agustonas erklärte ihm, was der Stamm gemacht hatte und dass ihre Verfolger im Dorf gewütet hatten. Sie hatten nun tatsächlich diese Steine eingetauscht gegen Waffen. Andreas versprach ihnen, den Verlust zu ersetzen.

Eine Stunde später marschierte Agustonas mit seinem Trupp ab. Andreas sah ihnen kopfschüttelnd hinterher. Sie gingen das Risiko ein und wollten einem Weißen helfen, sowas nennt man dann wohl Treue und Dankbarkeit.

Agustonas trieb seine Leute an. Er hatte ein ungutes Gefühl, wenn er daran dachte, dass sein Freund bei diesem Garcia auf dessen Hazienda war. Ob der es wirklich ernst meinte, würde sich wohl erst noch herausstellen.

Was keiner wusste, dieser noble Señor Garcia hatte noch eine Geheimwaffe, und die hieß Mercedes. Sie war 21 Jahre alt, hatte langes bis zum Steiß reichendes schwarzes Haar, dichte

Augenbrauen und dunkelbraune, fast schwarze Augen. Ihre Abstammung war unübersehbar. Als ihr Vater mit seinem Gast ankam, stand sie bereits oberhalb der drei Stufen in der Tür und hieß ihn willkommen. Sie begleitete Steffen in ein Zimmer mit einem großen breiten Bett, einem Fenster und einem Balkon, von dem aus man das Gelände gut überblicken konnte. Auf dem Tisch stand eine Erfrischungslimonade aus Früchten. Sie himmelte Steffen an.

„Señor Glauber, in einer Stunde hole ich Sie zum Dinner ab. Bis dahin können Sie ja noch ein wenig ausruhen", gurrte ihre sanfte Stimme und ihre vollen roten Lippen waren leicht geöffnet.

„Señor Glauber, ich bin Mercedes, die Tochter des Hausherrn", erklärte sie vieldeutig. Steffen nickte freundlich.

„Danke für die freundliche Aufnahme, Señorita Garcia", erwiderte Steffen freundlich. Dabei musterte er die Kurven der Lady ausgiebig, und die waren wirklich beachtlich. Sie schien einem Filmplakat entstiegen zu sein. Doch gleichzeitig bimmelten auch alle Alarmglocken bei Steffen. Hatte er doch inzwischen gelernt, dass in diesen Breiten Freundlichkeit nicht immer auch Ehrlichkeit bedeutete.
Eine Stunde später saßen sie gemeinsam im Salon. Zwei einheimische Frauen mit weißen Häubchen und Schürzen bedienten sie. Steffen sah sich verstohlen im Raum um. Alles sah nach viel Geld aus. Ein Reichtum, den sich nur wenige leisten konnten in diesem Land. Und Gracia war begierig, etwas von Steffen zu erfahren. Was er beruflich machte? Wo er lebte und wie er lebte?

„Wissen Sie, Señor Glauber, mit den richtigen Beziehungen kann man in diesem Land schnell vermögend werden. Ist man das, stehen einem viele Türen offen. Oftmals reicht nur eine Heirat und man ist ein gemachter Mann."
Steffen glaubte seinen Ohren nicht zu trauen. Hatte der Kerl ihm gerade seine Tochter als gute Partie angeboten? Offenbar war er sich sicher, dass Steffen und seine Partner stinkreich waren. Davon zu profitieren, konnte ja niemals schaden. Steffen entschloss sich, von Anfang an klare Fronten zu schaffen. Er nickte vor sich hin und meinte dann schmunzelnd:

„Ach wissen Sie, Don Garcia, als Pilot bei einer deutschen Airline sieht man die ganze Welt, ist aber dann auch froh, wenn man

wieder zu Hause bei seiner Frau ist. Meine Frau ist leitende Krankenschwester in einem Hospital. Wir verdienen beide gut, und können uns daher auch solche Ausflüge wie die nach Guyana leisten. Dass wir dabei auf diese Steine gestoßen sind, war reiner Zufall, aber den wollen wir nun auch nutzen, um unser beider unstetes Leben zu verändern."
Aus den Augenwinkeln sah er, wie die junge Dame am Tisch die Lippen zusammenpresste und ihre Serviette auf den Tisch presste. Don Garcia ließ sich nichts anmerken und plauderte munter weiter drauflos.
Am Abend entschloss sich Steffen noch zu einem Spaziergang im hell erleuchteten Innenhof der Hazienda. Und wie aus dem Nichts stand plötzlich Mercedes an eine Säule gelehnt da und lächelte ihn an. Ihre weiße Bluse hatte einen Ausschnitt, den man getrost als „gewagt" bezeichnen konnte, ansonsten steckte sie in hautengen Jeans.

„Holla, Señor Glauber!", grüßte sie ihn liebreizend lächelnd. „Darf ich Ihnen noch unsere Pferde zeigen?" Steffen stimmte zu, und so liefen sie über den Hof zu den Ställen. Was sie nicht sehen konnten, war das Gesicht von Señor Garcia, der hinter einer Gardine stand und lächelnd hinunter auf den Hof schaute.

„Na, geht doch", brummte er und sah, wie seine Tochter und der Aleman im Stall verschwanden. Mercedes führte Steffen an zwei Reihen Pferden vorbei, eines schöner als das andere. Und obwohl Steffen noch nie mit Pferden zu tun gehabt hatte, fühlte er sich wohl in ihrer Nähe. Mercedes stand dicht neben ihm und streichelte das Maul eines Hengstes.

„Ist er nicht süß?", fragte sie Steffen. Der spürte, wie sie sich mit dem Oberschenkel an ihn presste, und hielt dagegen. Mal sehen, wie weit die junge Dame gehen würde. Und ehe er sich versah, stand sie plötzlich vor ihm zwischen der Holzwand und ihm selbst und legte ihren Kopf an seine Brust. Beide Hände um seine Hüften geschlungen, presste sie sich fest gegen ihn.
Steffen wurde es schlagartig heiß. Was würde geschehen, wenn er sie jetzt abwies und sie aus Wut darüber nach Hilfe schrie?
Er hob mit der Hand ihren Kopf an und sah in ihren Augen tatsächlich Tränen.

„Was ist Mercedes?", fragte er erschrocken. Sie schluchzte erst, dann meinte sie:

„Kannst du mich nicht mitnehmen? Ich soll den Sohn eines Geschäftspartners meines Vaters heiraten, einen eitlen Spinner und Aufschneider. Du bist der Mann, den ich mir immer vorgestellt habe!" Mit etwas Mühe hatte er sich von ihr frei gemacht.

„Mercedes, das geht nicht! Wie du weißt, bin ich mit meiner Frau hier auf Urlaub. Ich könnte dich nicht heiraten, selbst wenn ich es wollte!"

Langsam führte er sie wieder nach draußen und ging dann Hand in Hand mit ihr zurück zum Haus. An der Tür verabschiedete er sich von ihr.

„Schlaf gut Mercedes, es war ein schöner Abend mit dir", meinte er und sah, wie sie erfreut lächelte. Als er dann auf seinem Bett saß, atmete er erleichtert auf und konnte schon wieder lachen. Wenn er das Carmen erzählen würde, oder lieber nicht? Beim Nachdenken darüber schlief er aber dann ein.

Garcia hatte Wort gehalten, bereits am Mittag erschienen zwei Herren in hellen Anzügen und einem Sportwagen auf der Hazienda. Man rief nach Steffen, der sich zu dieser Zeit wieder im Stall bei Mercedes aufhielt. Sie zeigte ihm, wie man Hufe pflegte und das Pferd striegelte.

„Señor Urban!", rief der Junge und sah sich im Stall um, bis Steffen aus der Box heraustrat.

„Señor Urban, der Boss erwartet Sie im Büro", rief der kleine Kerl ganz aufgeregt dem Aleman zu. Steffen verabschiedete sich von Mercedes und folgte dem kleinen Kerl, der ihn bis zum Büro brachte. Als er eintrat, waren die drei Herren gerade intensiv in ein Gespräch vertieft. Und Steffen bekam nur noch einen Halbsatz mit „…vorausgesetzt der Kerl ist kein Betrüger oder gar ein Spitzel…" Offenbar hatten sie soeben von ihm gesprochen. Und Steffen stellte sich darauf ein. Er setzte sich so, dass er genau neben der Tür saß. Dort stand zwar ein ziemlich großer einheimischer Kleiderschrank auf zwei Beinen, aber Steffen litt inzwischen nicht mehr an Ängstlichkeit.

„Meine Herren! Mein Name ist Steffen Urban und ich bin bei einer deutschen Airline als Pilot beschäftigt. Zurzeit mache ich und ein Freund mit Frau hier in Guyana Urlaub. Dabei sind uns ein paar kostbare Steine in die Hände gefallen. Da wir Bargeld brauchen, haben wir uns entschlossen, einen Teil unserer Steine zu verkaufen. Sehen Sie bitte her."

Und damit holte er vorsichtig ein kleines Säckchen aus seiner Jackentasche und legte es auf die Tischplatte. Dann öffnet er das Säckchen und erreichte für Sekunden ein „Ahhhh" und „Ohhhh" unter den anwesenden Herren.

Einer von ihnen nahm eine Lupe zur Hand und betrachtete die Steine sehr sorgfältig, dann nickte er erst und meinte dann:

„Eine ausgezeichnete Ware, meine Herren." Er sah Steffen an und fragte ihn dann:

„Was möchten Sie dafür haben?" Steffen ritt der Teufel und so antwortete er eiskalt: „Zweihunderttausend US-Dollar".

Dem, der ihn gefragt hatte, klappte die Kinnlade für einen Moment herunter, die anderen stöhnten auf. Steffen genoss den Augenblick und setzte sich so, dass man, ob man wollte oder nicht, einen Blick auf seinen großkalibrigen Revolver werfen musste. Der sich die Steine angeschaut hatte, lächelte auf einmal.

„Ich denke doch, dass Senor Urban bereit ist, noch ein wenig zu handeln. Ich biete Ihnen 150.000 US$, Señor Urban."

Steffen lachte in sich hinein und nickte dann zur Freude seines Gegenübers.

„Einverstanden, Señor Holder! Bar auf den Tisch des Hauses!" Holder kratzte sich einen Augenblick am Kopf. In diesem Moment klopfte es an der Tür. Garcia ging öffnen. Draußen standen fünf schwer bewaffnete Einheimische, die nach Urban verlangten. Steffen strahlte über das ganze Gesicht. Seine Leute waren wie aufs Stichwort aufgetaucht. Er entschuldigte sich kurz bei ihnen und schloss wieder die Tür. Und wie ganz nebenbei erklärte er den verdutzten Herren:

„Entschuldigen Sie die Störung, meine Herren, das ist meine Leibwache, der Rest der Mannschaft lagert außerhalb der Stadt. Wir wollten nur kein Aufsehen erregen." Dann sah er Señor Holder wieder an.

„Wo waren wir stehen geblieben? Ach so, ja. Wann können Sie das Geld auf den Tisch des Hauses legen?" Holder wechselte einen kurzen Blick mit den anderen beiden und meinte dann:

„Also gut, Mister Urban, morgen früh 10 Uhr treffen wir uns wieder hier. Dann schließen wir das Geschäft ab." Steffen nickte freundlich lächelnd, stand auf, verabschiedete sich wieder von den Herren und verließ den Raum.

Drinnen begann augenblicklich ein ziemliches Gemurmel. Und Holder meinte zu Garcia:

„Ich sagte es Ihnen doch gleich, die Deutschen sind keine angenehmen Geschäftspartner. Jetzt können wir nur warten, bis sie wieder in den Bergen sind. Es sind nach seiner Rede zwei Ehepaare und ein paar Einheimische, das dürfte uns doch nicht aufhalten.“

Agustonas, der sich an der Rückseite des Gebäudes aufgehalten hatte, war es gelungen unter einem offenen Fenster stehend den Wortlaut des Gesprächs mitzuhören. Und so berichtete er sofort Steffen, was er gehört hatte. Steffen nickte missmutig.

„Sowas habe ich mir schon gedacht, mein Freund. Möchte mal wissen, ob es in diesem Land auch noch anständige Menschen gibt. Jedes Mal irgendwelche Halunken, die einen an den Kragen wollen.“

Und wie das Schicksal manchmal so spielt, ausgerechnet an diesem Abend rückte kurz vor dem Dunkelwerden eine Einheit einer paramilitärischen Truppe in den Ort ein und lagerte am Stadtrand. Der Witz war, Garcia musste denken, dass diese Leute zu Steffen gehörten. Als Garcia das erfuhr, nahm er sofort das Telefon zu Hand und begann aufgeregt zu telefonieren. Alle Planungen wurden sofort abgesagt, aber davon wusste Steffen natürlich nichts. Und so löste sich eine aufziehende schwarze Wolke wieder in Nichts auf.

Am nächsten Morgen, Punkt 10 Uhr, stand Steffen mit seinen fünf Leibwächtern mit schussbereiter MPi wieder vor der Tür zum Hinterhof. Als Garcia aus der Tür trat, blieb er erschrocken stehen und schüttelte den Kopf.

„So ein Aufwand, Señor Urban! Bei uns gibt es doch keine Gangster.“ Doch Steffen lächelte nur vieldeutig.

„Ach wissen Sie, Señor Garcia, die Versuchung ist manchmal zu groß bei einigen Leuten. Besser man hat vorgesorgt, als man hätte!“

Zwanzig Minuten später schob Steffen die auf der Tischplatte aufgestapelten 75 Geldpäckchen zusammen und steckte sie alle in einen ledernen Rucksack, den Carmen ihm mitgegeben hatte.

Dann verabschiedete er sich vom Besitzer der Hazienda. Und oben auf dem Balkon des Hauses stand eine hübsche junge Señorita und drückte zwei Tränen in ihr Taschentuch. Steffen hatte Mercedes aus den Augenwinkeln gesehen, sah aber nicht hinauf und ging rasch seiner Wege. Auf einen Schlag hatten sie nun so viel Geld in der Tasche, dass bis nach Hause reichen sollte. Dabei hatte er ja bis jetzt nur ein Achtel seiner Steine umgesetzt. Trotzdem hätte es natürlich auch gut sein können, dass Steffen die Steine unter Wert verkauft hatte. Doch was wollte er machen? Sie brauchten Geld und nun hatten sie es. Dafür hätte er sicher mehr als ein Jahr arbeiten müssen.

Der paramilitärische Trupp war schon am Morgen weitergezogen, als Steffen und Agustinos mit den Steinen die Stadt wieder verließen. Gegen Mittag hatten sie die Grenze zu Venezuela gerade erreicht, als plötzlich wie aus dem Nichts zwei Jeeps mit Soldaten auftauchten und ausschwärmten. Steffen lag mit seinen Begleitern etwa 300 Meter über ihnen in einer Senke. Vorsichtig sahen sie über den Rand. Unten sah einer der Offiziere mit einem Fernglas in ihre Richtung und Steffen zischte:

„Alle Kopf runter und liegen bleiben! Wir sitzen hier wie auf dem Präsentierteller!" Warum die Soldaten plötzlich aufgetaucht waren, blieb ihm unklar. Hatten die einen Tipp erhalten aus dem Umfeld von Garcia? Sie lagen gut eine Viertelstunde auf dem Bauch im Gras. Plötzlich robbte Agustonas an Steffens Seite. „Señor Urban! Wir müssen unbedingt rückwärts aus dieser Kuhle herausrobben. Wenn die noch weiter heraufkommen, sind wir geliefert, und vor allem wir mit unserer Bewaffnung." Steffen stimmte zu, sah aber nochmals vorsichtig über die Rasenkante nach unten. Die Soldaten hatten wieder ihren Jeep bestiegen und fuhren weiter hinunter zu ihrem Grenzhäuschen. Steffen atmete auf, als er das sah, und gab das Zeichen zum Aufbruch.

Carmen saß auf einem kleinen Felsbrocken und schaute hinunter in das vom Dunst eingehüllte Tal, als sie plötzlich eine Bewegung glaubte wahrzunehmen. War das Steffen oder eine Streife der Armee? Und dann erkannte sie ihren Mann an der Spitze der Gruppe, stand auf und rannte ihnen bergab entgegen. In einer

Kehre trafen sie aufeinander und Carmen landete dabei genau in Steffens Armen.

„Schatz, ich habe solche Angst um dich gehabt!“, sprudelte es aus ihr heraus. Steffen hielt Carmen einen Moment ganz fest und atmete den Duft ihrer Haare ein. Dann meinte er:

„Wie geht es euch beiden?“ Sie lächelte. „Alles bestens, wenn du da bist. Mir wird auch nicht mehr schlecht, seit ich den Tee trinke, den mir die Indio-Frau zubereitet hat.“ Sie sah ihn an.

„Und sieh mal, unser treuer Hund ist immer noch bei mir. Er lässt mich nicht aus den Augen und folgt mir überall hin, wo ich hingehe.“ Sie streichelte den Kopf von Conny, der sie mit treuen Augen ansah.

„Und, hast du was erreicht?“ Steffen verzog erst das Gesicht zu einer traurigen Grimasse und Carmen versuchte schon, ihn zu trösten: „Müssen wir es eben woanders nochmal versuchen!“ Doch dann grinste Steffen und zog den prall gefüllten Rucksack herunter.

„Schau mal hier hinein, das sind einhundertfünfzigtausend echte US-Dollars!“
Carmen wechselte innerhalb von zehn Sekunden zweimal die Gesichtsfarbe und boxte ihn lachend in die Seite.
Zehn Minuten später waren sie dann wieder alle versammelt. Andreas gab zunächst Agustonas das Geld für die Waffen zurück. Dann schob er die Scheine wieder in ihren Rucksack und es stand nun die Frage im Raum – wie geht‘s nun weiter?
Nadine machte den ersten Vorschlag und man sah ihr an, dass es ihr nicht leichtfiel.

„Ich meine, direkt kommen wir nie zu einem Flughafen. Wenn die jetzt auch noch streiken, ist die Gefahr noch größer, dass uns dieser Harrison in der Stadt aufspürt und irgendeine Geschichte erfindet, um uns durch die Polizei festhalten zu lassen. Wir sollten versuchen, rüberzukommen auf die Inseln, das dauert zwar noch ein paar Tage, ist aber bestimmt sicherer.“
Steffen sah seine Frau an. „Und, was meinst du dazu, Schatz? Manches hängt auch von dir und deinem Zustand ab.“ Carmen lächelte über die Anrede mit „Schatz“, was eigentlich untypisch für ihren Steffen war.

„Ich bin nicht krank, Leute. Ich bin nur etwas schwanger, aber mir geht‘s derzeit gut. Also bin auch ich für Nadines Vorschlag.“

Die beiden Männer wechselten kurz einen Blick und atmeten auf. Zumindest war dieser Punkt schon mal klar und der Streik am Flughafen Georgetown rückte erst einmal in die Ferne.
Andreas hatte seine Karte ausgebreitet, die ihm Fraser vor dem Abflug gegeben hatte. Der arme Kerl war ja nun leider tot und auch Andreas fühlte sich dabei nicht gut. Doch nun hieß es, in die Zukunft zu schauen. Er strich die Karte glatt und machte mit dem Kuli ein Kreuz.

„So, wir sind jetzt hier. Wir müssen rüber nach Venezuela. Bis zur Bucht und dem Ort Isla Cangreyo sind es ungefähr 145 Kilometer. Von dort legen jeden Tag Schnellboote rüber nach Trinidad und Tobago ab. Fahrzeit 45 Minuten. Und von dort könnten wir dann ohne Probleme nach Hause fliegen." Steffen nickte kurz.

„Das heißt aber, wir bräuchten ein Auto, wenn es nicht endlos dauern soll und wir uns die Füße nicht wundlaufen wollen. Ich denke, wir kriegen so eines unten im Tal. Ich habe da einen Autohof gesehen, nicht sehr groß, aber ein paar ziemlich ansehnliche Karren waren schon dabei." Bevor sie loszogen, teilten sie noch das Geld zwischen den zwei Paaren auf. Beide Frauen trugen das Geld, die Männer die kleine Ausrüstung. Und Steffen machte noch Witze darüber: „Frau, du warst mir noch nie so lieb und kostbar wie jetzt."

Über die Grenze nach Venezuela

Ihre beiden Führer hatten sich angeboten, sie noch bis hinunter ins Tal zu begleiten, die anderen drei Jungs marschierten wieder zurück in ihr Dorf. Agustonas und sein Freund machten den Eindruck, als ob sie sich nur schwer von ihren europäischen Freunden trennen konnten. Und mit dem Geld für die Waffen hatten sie eigentlich für ihre Verhältnisse ein ansehnliches Sparkonto erlangt. Und so nahmen die Vier das Angebot an, sich noch bis ins Tal begleiten zu lassen.
Und so marschierten sie am Morgen, kurz nach Sonnenaufgang wieder hinab ins Tal. Ihre Steine hatten sie wieder fein säuberlich in den Hosenbund genäht, so würden sie jede Kontrolle passieren können. Mit dem Geld war das so eine Sache, aber sie

konnten ja keine Geldkassette durch die Gegend schleppen, und so hatten sie es geviertelt und in kleinere Beutel verteilt.

Den Ort Awali Yalimapo erreichten sie dann kurz vor Mittag. Hier begann nun das erste Problem, denn der Händler sprach nur wenig Englisch. Erst mit Hilfe seiner Tochter kam das Geschäft in Gang. Am Ende hatten sie einen Toyota RAV 4 in Gelb erstanden. Und Carmen schüttelte den Kopf über dieses auffällige Gefährt. Doch da der Preis für die kurze Zeit, in der sie den Wagen brauchten, auch angemessen war, schlugen sie zu und fuhren schon nach einer Stunde vollgetankt vom Hof des Händlers. Der Vorteil dieses Wagens war sein Vierrad-Antrieb, was ja in dieser Gegend nicht von der Hand zu weisen war.

Steffen lenkte den Wagen als erster und fühlte sich schon nach kurzer Zeit wohl mit dem Gefährt. Endlich waren sie wieder unterwegs. Bis zum Abendrot hatten sie wegen der unebenen und manchmal chaotischen Straßen nur 85 Kilometer geschafft und rasteten auf einer Lichtung mit Blick auf das Meer.

Nadine und Steffen saßen am Strand und schauten hinaus auf die kleinen Lichtpunkte, die offenbar von Fischern stammten, die ihre Netze ausgeworfen hatten. Ab und an zischte eine Sternschnuppe über sie hinweg. Carmen kuschelte sich in Steffens Arm und die Decke.

„Schau mal da hinaus, Liebling! Alles könnte doch so schön sein." Steffen nickte und lachte leise, meinte dann aber:

„Ja, das stimmt, wenn man nicht solche blöden Abenteuer plant wie wir. Jetzt sitzen wir hier am Äquator unterm Sternenhimmel und müssen immer noch Angst um unser Leben haben." Nadine, die zugehört hatte, wehrte ab und drehte sich zu ihnen herum.

„Ach, jetzt hört aber mal, dieser Harrison hat uns doch längst aus den Augen verloren. So oft wie wir inzwischen unseren Standort gewechselt haben." Doch auch Steffen blieb skeptisch. Plötzlich raschelte es hinter ihnen und sie fuhren erschrocken herum. Agustonas hockte hinter ihnen und flüsterte:

„Sie sollen sofort zu Mister Thaler kommen, aber leise!" Alle drei sprangen auf und liefen auf kürzestem Weg zurück zum Lagerplatz. Sie kamen gerade an, als Andreas alles zusammenräumte und das meiste bereits im Auto verstaut hatte. „Was ist denn nun los?", fragte Steffen. Andreas sah ihn ernst an.

„Weil irgendein Arschloch dem Händler erzählt hat, dass wir weiter rüber nach Trinidad wollen! Und jetzt haben wir zwei Kerle auf dem Hals, die nach uns suchen. Hol deine MPi und pass gut auf. Wenn die auftauchen, gibt's sofort Feuer! Los ab! Wir fahren weiter!"

Er schob Steffen wutentbrannt zur Seite und verstaute die letzte Tasche im Heck des SUV. Erst jetzt bemerkte Andreas, dass seine Nadine weinte. Er sah sie erschrocken an. „Was ist denn los mit dir?" Sie wischte sich die Augen trocken und meinte dann:

„Das Arschloch, von dem du gesprochen hast, war ich! Ich habe mit der Frau vom Händler gequatscht, und da ist mir das rausgerutscht." Andreas winkte ab und umfasste sie an den Schultern.

„Komm, steig ein, das lässt sich nun nicht mehr ändern. Fahren wir eben weiter." Und so quetschten sie sich zu sechst in den SUV und fuhren in der Nacht los.

Was sie nicht wussten, war die Tatsache, dass etwa eine Stunde nach ihrer Abfahrt zwei Leute mit Motorrädern auftauchten und nach den Deutschen fragten. Sie erzählten der Frau an der Kasse, dass sie auf der Suche nach vier Deutschen waren, die weiter auf die Inseln wollen. Der Beschreibung nach muss eine von ihnen blond sein und die Andere schwarze Haare haben. Deren Männer müssen in Guyana Steine von unermesslichem Wert gefunden haben. Und die Frau erzählte ihnen, dass die Deutschen ein Auto bei ihnen gekauft hatten.

Gemeinsam fuhren die vier Abenteurer mit den beiden Indios nun weiter in die Nacht hinein, immer mit einem Blick nach hinten in den Rückspiegel.

„Wenn die auftauchen sollten, müssen wir sie abschütteln. Wenn alles nichts hilft, müsst ihr beiden durch das Seitenfester hinaus beide abschießen. Wir müssen sie loswerden, passt auf das der Hund unten bleibt!", meinte er nach hinten. Conny saß zu ihren Füßen im Fond und verfolgte das Geschehen um sich herum ziemlich gelassen. Carmen streichelte seinen Kopf und lehnte sich dann über ihn.

Tatsächlich tauchten etwa 20 Minuten später hinter ihnen zwei einzelne Lichter in der Dunkelheit auf. Die Verfolger hatten aufgeholt und waren mit ihren Maschinen natürlich schneller als der vollgeladene PKW. Während Andreas wie der Teufel fuhr und in der Dunkelheit auf dieser unübersichtlichen Strecke aufpassen musste, um auf der Straße zu bleiben, meinte Steffen zu den Frauen:

„Beugt euch runter in den Fußraum, soweit es geht, und bleibt unten!" Plötzlich musste Andreas abbremsen, weil ein Tier in der Größe eines Rehs über die Straße lief. In diesem Augenblick kurbelte Agustonas die Seitenscheibe herunter, schob seine MPi hinaus, beugte sich halb aus dem Fenster, zielte einen Weile und feuerte dann eine Salve auf die Verfolger ab. Die versuchten noch auszuweichen, kamen aber ins Schlingen wegen des hohen Tempos. Gleichzeitig mit seinem Freund hatte auch der andere Indio, Hamiti, die Scheibe auf der anderen Seite heruntergelassen und ebenfalls einen Feuerstoß abgegeben. Mit einem Mal kam eines der Motorräder ins Schleudern, fegte quer über die Straße, prallte gegen einen Baum und überschlug sich mehrmals. Der zweite Verfolger kam ebenfalls von der Piste ab, flog in hohem Bogen durch die Luft und landete neben der Straße, wo er liegen blieb. Andreas sah nach hinten und grinste verbissen.

„Habt ihr gut gemacht, Jungs, ihr habt was gut bei uns!" Die beiden Indios lächelten nur, als wenn es die normalste Sache der Welt sei, jemand vom Motorrad zu schießen. Nur Carmen und Nadine, die in der Mitte saßen, hielten sich krampfhaft aneinander fest und stöhnten leise.

Wenig später erreichten sie den kleinen Ort und Nadine bat anzuhalten. Sie musste unbedingt mal für kleine Mädchen und auch Carmen folgte ihr. Der kleine Ort schien noch zu schlafen. Genau gegenüber gab es ein Hostel, genau das Richtige, um wieder einen Tag auszuspannen. Diesmal waren die Frauen sich einig und forderten vehement eine Rast. Die Verfolger waren ja abgeschüttelt, was sollte schon passieren. Andreas knurrte zwar, aber Steffen, der um Carmen besorgt war, überredete ihn dann auch noch. Und so beschlossen sie, einen Tag und eine Nacht in diesem Kaff zu bleiben. Im Hostel fanden sie zwei leere Zimmer und so konnte man mal wieder richtig in einem Bett schlafen, wenn man von den Spinnen und Ameisen mal absah. Die jungen Wirtsleute machten sogar für die vier Personen ein Frühstück. Agustonas und Hamiti hatten sich wie immer irgendwo draußen ihr Quartier besorgt. Andreas hatte ihnen angeboten, zumindest im Auto zu schlafen, aber das lehnten die beiden lächelnd ab. Am nächsten Tag standen sie erst gegen 9:00 Uhr auf, frühstückten und begaben sich wieder zum Auto. Und während Carmen mit Conny eine kleine Runde machte, ging Nadine schnell in den Shop und kaufte mehrere Flaschen Wasser. Ganz nebenbei nahm sie auch noch eine Zeitung mit und erschrak, als sie auf der Titelseite ein zerbeultes Motorrad und zwei abgedeckte Leichen sah. Schlagartig war ihr klar, dass das wahrscheinlich ihre Verfolger gewesen sein mussten. Als Überschrift stand dick gedruckt:

„Nächtliches Feuergefecht zwischen rivalisierenden Banden auf der Autostrada 111! Zwei Biker sterben im Feuerhagel. Wer Angaben machen kann, meldet sich bitte bei der Polizei! Für sachdienliche Hinweise ist eine Belohnung von 1000 Bolivar ausgesetzt."

Augenblicklich sahen sie sich um, doch keiner schien sie zu beachten. Sofort standen sie auf und gingen zum Wagen zurück. Einsteigen und losfahren war eine Sekundensache. Steffen brach als Erster das Schweigen.

„Jetzt sucht uns auch noch die Polizei! Wir müssen diese Karre wieder loswerden, aber ganz schnell!" Andreas nickte, fuhr auf einen kleinen Parkplatz und hielt an.

„Merkt ihr was! Wir rutschen systematisch immer tiefer in einen Mist hinein, den wir eigentlich gar nicht wollten. Aber nun gibt's auch kein Zurück mehr. Die Karre muss weg, und wie Steffen schon sagt, ganz schnell. Steffen hatte sich die Karte angeschaut.

„Nicht weit von hier kommt eine ziemlich große Hotelanlage mit Rasthof. Da könnten wir eventuell unseren Wagen eintauschen." Die Frauen sahen ihn erstaunt an:

„Wieso denn eintauschen?" Steffen feixte. „Ich meinte, einen anderen klauen und unseren dastehen lassen." Andreas schüttelte missmutig den Kopf.

„Das ist doch Quatsch, dann wissen sie, dass wir es sind und mit welchem Wagen wir weitergefahren sind. Nee, mein Lieber! Du suchst uns einen aus, den du aufbekommst, und ich fahre mit dem hier bis zur nächsten Klippe und übergebe ihn dem Meer."

Carmen lachte leise. „Wenn man euch so zuhört, ihr habt eine kriminelle Energie entwickelt, das ist einfach sagenhaft!“

Steffen umarmte seine Frau, die neben ihm auf der Rückbank saß.

„Ach Schatzi, wenn wir erst wieder zu Hause sind, bist du eine reiche Frau. Du musst dir nicht mehr im Krankenhaus die Nächte um die Ohren schlagen. Dafür müssen wir jetzt eben mal eine gewisse Zeit auch mit Aufregungen leben. Aber das geht vorbei.“ Carmen nickte vor sich hin.

„Wer es glaubt, wird selig. Wer nicht, kommt auch in den Himmel“, murmelte sie und lehnte sich bei Steffen an.

Und so fuhren sie sich öfter abwechselnd Kilometer um Kilometer eine Straße entlang, die beinahe keine Kurven kannte. Plötzlich tauchte ein Schild zur Rechten auf. „Hotel Providence 2km“.

Nach zwei Kilometern tauchte tatsächlich ein großes Schild des Hotels „Providence“ auf. Andreas fuhr langsamer und hielt neben der Einfahrt an.

Steffen und Agustonas stiegen aus und gingen dann gemütlich die Einfahrt hinunter. Der Parkplatz war von der Straße aus zu sehen gewesen und war ziemlich großflächig. Da es aber keinerlei Schranke am Eingang gab, war es ziemlich einfach, hier mit einem Wagen herauszufahren. Aber nun mussten sie sich mit Geduld wappnen und gründlich umschauen. Andreas sah auf die Uhr, es war 12:30 Uhr. Einige Wolken verdeckten die Sonne.

Steffen ging geradewegs auf die Autos zu, die auf dem Parkplatz standen. Für ihn war klar, je älter das Modell, je einfacher war es zu knacken. Und so liefen sie eine lange zweigeteilte Reihe von PKWs aller Klassen ab. Insgesamt waren es 18 Fahrzeuge, und es waren noch Parkplätze frei. Plötzlich blieb Steffen stehen. Ein Honda CRV hatte seine Aufmerksamkeit geweckt, vor allem, weil er so einen Wagen zu Hause schon mal einige Zeit gefahren hatte. Es war ein Benziner, ein 2,0 Elegance, also genau das Modell, das Steffen schon kannte. Agustonas, der Schmiere stand, gab ihm einen gut 50 Zentimeter langen stabilen Draht, den er irgendwo aufgelesen hatte. Sofort begann Steffen damit, die Fahrertür zu öffnen. Das ging auch insofern ziemlich schnell, weil der Fahrer die Seitenscheibe nicht ganz bis nach oben zugemacht hatte. Den langen Draht geschickt eingesetzt und es machte Klick. Die Tür war offen. Steffen huschte hinein, weil er plötzlich Stimmen gehört hatte. Ein Ehepaar lief vorbei zu einem anderen Wagen auf der gegenüberliegenden Seite und fuhr wenig später weg. Steffen atmete tief durch und machte sich an der Zündung zu schaffen, die er mit einem kleinen Schraubendreher überbrücken konnte. Und schon sprang der Motor an. Er legte den Gang ein und fuhr heraus auf den Weg, nahm dort Agustonas mit und fuhr dann zur Toreinfahrt hinaus. Neben dem Toyota mit den Freunden bremste er kurz ab und sie verständigten sich, dass Andreas weiter vornweg fahren sollte. In ungefähr 10 Kilometer Entfernung vom Hotel ging es wieder für ein paar Kilometer in gebirgiges Gelände.

Gegen 14:00 Uhr erreichten sie nach einer kurzen Serpentinenfahrt einen Parkplatz vor einer steilen Kehre, dort hielt Steffen an. Sie stiegen aus und luden ihre Sachen um, nahmen alles mit, was im Toyota von ihnen war, wischten noch einmal alle blanken Teile im Innenraum ab, die man angegriffen hatte. Dann war es so weit! Ihr 1200 US$ teures Fluchtfahrzeug musste verschwinden. Steffen brachte einen ziemlich schweren Stein. Den packte Andreas auf das Gaspedal und legte den Gang ein. Mit aufheulendem Motor schoss der Wagen die wenigen Meter bis zur Spitzkehre, durchbrach einen Holzbalken und kippte dann kopfüber den Hang hinunter. Sich mehrfach überschlagend ging er plötzlich in Flammen auf und landete dann unten in der Brandung. Noch einmal gab es einen Knall und einen Feuerball und die Reste des Wagens brannten nun völlig aus. Conny bellte wie verrückt und zerrte an seiner Leine, doch Carmen versuchte ihn zu beruhigen. In der Zwischenzeit hatten die beiden Frauen den neuen Wagen schon wieder beladen. Plötzlich tauchte Agustonas neben ihnen auf und hielt ihnen zwei andere Nummernschilder hin. Seine Erklärung war kurz.

„Als ich Wache gestanden habe, habe ich die beiden alten Schilder entdeckt und mitgenommen." Andreas lobte ihn für seine Umsicht und sie montierten sie sofort an. Dann war es Zeit, weiterzufahren.

Um Mitternacht überquerten sie endlich die Grenze. In der Zwischenzeit hatte sich Andreas, während Steffen fuhr, im Schubfach des Armaturenbretts umgeschaut und die Wagenpapiere gefunden. Er hielt sie freudestrahlend hoch.

„Seht mal, was ich gefunden habe. Es gibt also nicht nur bei uns zu Hause solche Deppen, die die Fahrzeugpapiere im Auto aufbewahren. Ein absoluter Glücksfall für uns."

Als die Sonne endlich aufging, war es Zeit eine Rast einzulegen, denn Steffen war hundemüde und brauchte eine Pause. Und so fuhren sie auf eine Ausweichbucht und hielten an. Weit unten konnte man das Meer schemenhaft erkennen. Und unter ihnen lag ein kleinerer Ort mit dem Namen La Linea, der wohl eine Art Bezirkshauptstadt war. Während Steffen auf einer Decke liegend schlummerte, versuchten die beiden Frauen, eine Suppe zu kochen. Vier Büchsen Rindfleisch hatten sie ja noch eingekauft und alles andere musste nun ein offenes Feuer erledigen. Mit Rodrigos Hilfe bauten sie einen kleinen Herd aus Steinen.

Als Steffen wieder aufwachte, wunderte er sich, was los war. Alle knieten neben Carmen und redeten beruhigend auf sie ein. Und die war völlig aufgelöst. Als er näherkam, erfuhr er was los war. Carmen hatte vor einer halben Stunde ihr Kind verloren! Sie hatte zwei Steine herbeigeholt, und auf einmal war es losgegangen. Zum Glück war sie ja Krankenschwester und wusste, was zu tun war. Außerdem hatte ihr der Arzt, den sie damals aufgesucht hatte, bevor sie abgeflogen waren und im Busch notlanden mussten, ein Medikament mitgegeben, das Blutungen auslöste und so die Gebärmutter wieder halbwegs in Ordnung brachte. Das hieß aber, sie mussten nun einen Tag lang hierbleiben und Carmen wollte sich unbedingt bewegen und laufen. Also ging sie mit Nadine los und blieb eine halbe Stunde weg. Steffen war speiübel, dieses Ereignis war ihm auf den Magen geschlagen und er überlegte, was er tun konnte, um seine Carmen so schnell wie möglich nach Hause zu bringen.

Als die beiden Frauen zurückkamen, umarmte Carmen ihren Steffen und beide weinten gemeinsam in sich gekehrt. Doch dann sah sie ihren Liebsten an.

„Sei nicht allzu traurig, wir wissen ja noch nicht mal, was es war. Die Strapazen waren einfach zu viel. Mir wäre es aber lieber, wenn wir da runter in den Ort fahren und sehen, ob wir dort einen Arzt finden, der sich das alles nochmal ansieht."

Also fuhren sie die wenigen Kilometer noch bis zu dem kleinen Ort. Zum Glück gab es ein kleines Krankenhaus der Einheimischen. Der Chefarzt Dr. Obskero, ein etwas fünfzigjähriger

Mann untersuchte Carmen gründlich. Als er erfuhr, was sie noch vorhatte, sah er sie ernst an.

„Señora, sie haben eine ausgesprochen gute Vitalität. Ihr Körper ist gestählt wie der eines Leichtathleten. Gönnen Sie sich dennoch zwei Tage richtig Ruhe. Gehen Sie höchstens ein wenig spazieren und dann steht einer Weiterreise nichts im Wege. Ich gebe ihnen zwei Medikamente zur Stärkung Ihres Organismus und ein Antibiotikum, damit wir eine Infektion ausschließen können. Ich wünsche Ihnen eine gute Weiterreise!"
Einigermaßen beruhigt verließen Steffen und Carmen wieder das kleine Krankenhaus und liefen zurück zu den anderen.
Andreas hatte sich inzwischen nach einem Hotel erkundigt, hatte aber nur eine kleine Pension gefunden, die gut zwei Straßen weiter zu finden war, und hatte noch getankt. Ihre Unterkunft stellte sich als schönes Gebäude aus der Kolonialzeit mit einem großen Garten und einen Ausschank im Freien heraus. Die Wirtin war eine typische Matrone, ziemlich rund, aber mit einem Mundwerk gesegnet, von dem Steffen behauptete, dass es nur mit einem festen Pflaster zu stoppen wäre. Die beiden Zimmer waren einfach eingerichtet, aber sauber, und eine kleine Küche gab es auch, wo man sich etwas zubereiten konnte.
Nachdem sie sich eingerichtet hatten, nahmen sie den Ort in Augenschein. An einem Stand kaufte Steffen eine Landkarte der Gegend. Er studierte einen Augenblick die Karte, dann schob er sie Andreas hin.

„Wenn wir mit dem Auto weiterfahren würden, müssten wir noch gute 300 Kilometer am Meer entlangfahren, um Jotojana zu erreichen, wo der nächste Flugplatz ist. Das wäre aber meiner Meinung nach Wahnsinn. Wer sagt uns denn, dass die nicht nur Inlandflüge machen. Dazu würden wir über die Hälfte unbefestigte Straßen fahren und dazu habe ich absolut keinen Bock. Was meint ihr dazu?"
Im Grunde war man sich einig. Und Andreas entschloss sich, mit dem Mann der Pensionswirtin zu reden. Und so verbrachten sie noch zwei Tage in diesem Nest, aber Carmen fühlte sich schon wieder gut und meinte, von ihr aus könne es weitergehen.
Den Pensionswirt traf Andreas auf dem Parkplatz beim Autowaschen. Der Sechzigjährige Mestize war kräftig gebaut und

lächelte eigentlich immer, wenn man ihn traf. Andreas stellte sich dazu und sie unterhielten sich eine Weile.

Und dabei kam auch auf das Thema, wie man rasch aus Venezuela herauskommen könnte, zur Sprache. Er lud Andreas ein, mit ihm ein Bier zu trinken und sie gingen in den Garten zum Ausschank. Sie setzten sich auf eine Bank neben einem kleinen Springbrunnen. Pablo begann das Gespräch:

„Señor Thaler, es ist wirklich ratsam, hier bei uns nicht allzu offen über Geld und Reichtum zu reden. Der eine schnappt was auf, trägt es weiter, und dann hat man plötzlich Probleme. Wenn Sie mich fragen, verzichten sie auf eine Autofahrt über 300 Kilometer. Die hiesigen Straßenverhältnisse abseits der Autostrada sind oft fürchterlich. Und der Flugplatz in Jotojana bietet nur Inlandflüge an." Andreas nickte vor sich hin.

„Und was würden Sie an unserer Stelle tun?", fragte er zurück. Pablo schmunzelte ein wenig.

„Zum Hafen runtergehen und schauen, ob Sie ein Schiff mitnimmt. Kleine Transportschiffe nehmen öfters Leute mit. Oder ich rede mit meinem Schwager, der fliegt gelegentlich Leute durch den Busch. Andreas lachte leise und erzählte ihm dann von ihrem Helikopterflug und der Notlandung im Busch. Pablo zuckte mit den Schultern.

„Das ist nun mal Südamerika, Señor Thaler. Aber vielleicht versuchen Sie es zuerst unten im Hafen. Klappt da nichts, dann rede ich mit meinem Schwager." Andreas stimmte zu, bedankte sich und sie gaben sich die Hand.

Während Carmen und Nadine es sich gut gehen ließen und faulenzten, schlenderten die Männer hinunter zum Hafen und sahen sich um. Von Frachtschiffen war nichts zu sehen. Mit Erstaunen stellten sie fest, dass es aber eine Verbindung von La Linea nach Portosanto gab. Dieses Nest lag etwa 150 Kilometer weiter nördlich, also schon mal ein Stück näher an ihrem Ziel. Die Fähre ging einmal früh um 9.00 Uhr und war um 13:00 Uhr in Portosanto. Kurz entschlossen kauften sie vier Tickets und eine Karte für das Auto, das sie mitnehmen konnten.

Als sie gut gelaunt wieder in ihrer Pension zurückkamen, suchten sie nach den Frauen, aber die waren nicht im Haus. Steffen moserte schon wieder, weil er Carmen ungerne alleine weggehen ließ. Aber die beiden kamen nach zwei Stunden frohgelaunt

wieder in der Pension an und Steffen verzichtete auf eine Straf-
predigt. Die Mädels hatten den Hund mitgenommen, sich was
zum Anziehen gekauft und auch den Männern einen Sombrero
und ein T-Shirt mitgebracht. Die Nachricht vom Aufbruch am
nächsten Morgen nahmen sie ziemlich gelassen hin.
Am Abend saßen sie mit Pablo noch ein Stück im Garten. Und
Andreas hatte mal nachgerechnet, sie waren jetzt genau 26 Tage
unterwegs, und es war unklar, wann sie je wieder zu Hause ein-
treffen würden, das stand schon mal fest. Andererseits waren sie
inzwischen so vermögend, dass sich wohl jeder mit gut 2,5 Millionen Euro zur Ruhe setzen konnte. Das wiederum aber regte
die Phantasie der beiden Männer an und ihre Überlegungen gingen in Richtung einer eigenen Flugschule. Carmen wollte aus
dem Krankenhausalltag heraus und sich eventuell als Hebamme
selbstständig machen. Und Nadine, die überlegte noch. Als Stewardess war das nicht so einfach. Und mittendrin saß immer ihr
treuer Hund und schaute seine Freunde erwartungsvoll und gut-
mütig an. Carmen war sich sicher, dass sie ihren treuen Begleiter
nie zurücklassen würde.
Doch von zwei treuen Begleitern mussten sie sich nun endgültig
verabschieden. Hamit und Agustonas waren am Ende ihrer
Reise angelangt. Andreas belohnte sie mit je einem Stein, die
beide zu wohlhabenden Männern machen würden.

Am nächsten Morgen verabschiedeten sie sich von Pablo und
seiner Frau und fuhren zum Hafen. Die Fähre stand schon bereit
und sie konnten einsteigen.
Das Schiff machte einen guten Eindruck und es gab sogar ein
Restaurant, wegen Conny blieben sie aber im Vorraum sitzen
und sahen auf das Meer hinaus. Pünktlich um 9:00 Uhr legte die
Fähre ab. Sie hatten es etwa 200 Meter vom Kai weggeschafft,
als auf der Zufahrtsstraße ein Motorrad mit zwei Kerlen darauf
in schwarzer Lederkleidung auftauchte und abstoppte. Offenbar
waren sie auch diesmal wieder zu spät gekommen. Andreas sah
Steffen vieldeutig an und der nickte leicht. Die beiden Kerle sahen denen verdammt ähnlich, die sie damals vom Motorrad geschossen hatten. Demnach hatten sie die Verfolger immer noch
nicht abgehängt. Es war langsam zum Verzweifeln.

Doch nun war man erst einmal außer Reichweiter dieser Leute, wobei sich Andreas die Frage stellte, wer denn da eigentlich durch wen beauftragt, ihnen immer noch nachstellte. Ihre gesamte Steine Sammlung hatten Carmen und Nadine in den Bund der langen Hosen eingearbeitet, die jeder mit sich führte. Irgendwie schien die Geschichte von dem großen Reichtum inzwischen kein Geheimnis mehr zu sein. Das regte natürlich die Phantasie vieler Strauchdiebe an. Und die Strauchdiebe hatten nicht immer zerlumpte Kleidung an, das hatten sie inzwischen nun auch feststellen müssen. Hatten sie doch einen halben Tag genäht wie die Weltmeister und eigentlich niemand etwas von diesen Steinen erzählt. Und der, der etwas gewusst hatte, war tot. Blieb also immer noch Harrison übrig. Und trotzdem mussten sie irgendwo einen Fehler gemacht haben und etwas ausgeplaudert haben. Über dieses Thema unterhielten sie sich eine ganze Zeit lang. Die Fähre erwies sich als ein ziemlich flotter Kahn, der mit ca. 45 bis 50 Kilometer pro Stunde die Wellen durchpflügte. Zum Glück war das Wetter paradiesisch warm, die See ruhig wie ein Teich und so genossen sie in ihren Liegestühlen auf dem Oberdeck die Strahlen der Sonne. An Bord waren circa 100 Leute und mindestens zehn Autos. Unterwegs begegneten sie einem gewaltigen Öltanker, der ihre Bahn kreuzte, und laut das Horn tuten ließ, was der Kapitän der Fähre winkend erwiderte.

Carmen lag in Steffens Armen und genoss die Ruhe und die Zweisamkeit, während Andreas und Nadine Kreuzworträtsel lösten und sich über die Zukunft unterhielten.

In diesen unruhigen Tagen hatten sie endlich einmal ein wenig Zeit für sich. Steffen war etwas melancholisch und dachte darüber nach, ob man seine Tage in Zukunft nicht doch in sonnigen Breiten verbringen sollte. Es musste ja nicht unbedingt Südamerika sein. La Gomera war eine wunderschöne Insel, auf der man schön leben konnte. Und mit dem Geld, das ihnen bald zur Verfügung stand, war das auch kein Problem.

Kurz nach 13:00 Uhr tauchte der kleine Hafen von Portosanto auf. Nach dem Anlegemanöver konnten sie mit dem Wagen an Land fahren wo bereits eine Passkontrolle wartete. Jetzt kam es darauf an! Andreas reichte die vier Pässe der Wageninsassen hinaus, die von einem jungen Beamten gründlich geprüft wurden. Dann musste er den Kofferraum öffnen und ausräumen. Als da nichts Interessantes zu sehen war, grüßte der Beamte lächelnd und wünschte ihnen gute Weiterfahrt.

Aufatmend fuhren sie aus dem Hafen. Portosanto lag direkt in einer Bucht am Meer und hatte vielleicht 6000 Einwohner. Sie entschlossen sich zunächst in den Ort hineinzufahren und sich umzuschauen. Dabei fanden sie einen Supermarkt und konnten ihre Vorräte aufstocken.
Andreas aber ging auf die Suche nach einer Landkarte und fand eine, und es war genau das, was er gesucht hatte. Doch insgeheim ärgerte er sich darüber, dass sie nicht das Angebot des Pensionswirtes angenommen hatten und wieder Fliegen ins Kalkül einbezogen hatte. Als er mit den anderen darüber sprach, kam eine lebhafte Diskussion in Gang.
Sie sahen sich gemeinsam diese Karte an und stellten fest, dass sie noch einen langen Weg vor sich hatten. Um an das Ziel ihrer Wünsche zu gelangen, mussten sie mehrere Flüsse überqueren, es war wieder ein Weg durch die Wildnis. Die Frauen äußerten den Wunsch, doch zu versuchen, immer in Strandnähe zu bleiben. Laut Karte gab es da zwar Wege, aber wie gut die waren, wusste niemand. Andreas wagte einen Versuch, als er an eine Tankstelle fuhr. Im Moment war dort kein Betrieb, es war Mittagszeit. Ein junger Kerl mit viel zu weiten Hosen und einem geflickten Hemd schien der Tankwart zu sein.
Während er an der Zapfsäule den Tankdeckel öffnete, kam der Junge neugierig näher und half Andreas. Dieser bedankte sich artig und meinte:
    „Sir, wenn Sie hier die Straße am Meer entlangfahren, müssen Sie drei Flussläufe durchqueren. Wenn es regnet, ist das unmöglich, da kommen Sie mit der Karre nicht durch. Das letzte Stück Weg, etwa 20 Kilometer führt dann über eine Sandpiste. In zwei bis drei Tagen müssten Sie es geschafft haben."
Andreas bedankte sich und gab dem Jungen einen zehn Dollar Schein. Und der Junge bedankte sich überschwänglich bei ihm. Es war an der Zeit, weiterzufahren, und so verabschiedeten sie sich von ihrem jungen Helfer.
Gegen Mittag erreichten sie die erste Flussdurchfahrt. Steffen stieg aus und zog die Schuhe aus, streifte die Hosenbeine hoch

und watete vorsichtig durch das Flussbett. Er räumte einige etwas größere Steine beiseite und suchte so den Weg auf die andere Seite.

Das Wasser stand ihm an den tiefsten Stellen bis knapp unter das Knie. Das durfte eigentlich für den etwas höher gelegten Honda kein Problem darstellen. Drüben ging es durch eine sandige Rampe wieder aus dem Wasser den Hang hinauf. Viel Anlauf konnte man aber leider nicht nehmen.

Auf der anderen Seite angekommen, winkte Steffen seinen Freunden zu, sie sollten es doch versuchen.

„Andy! Mit dem ersten Gang und ständig Gas geben! So müsstest du durchkommen!", rief er herüber.

Andreas stieg ein und gab vorsichtig Gas. Der Honda rollte langsam, aber stetig durch die Furt. Und dann machte es vorne rechts auf einmal Plumps und er stand ziemlich schief in einem Loch. Alle Versuche, rückwärts wieder herauszukommen, scheiterten. Egal, was sie auch taten, die Karre stand wie ein Ziegenbock in dem Loch und die Räder drehten durch. Und das auch noch mit Allrad!

Sie waren schon fast entschlossen, den Wagen stehen zu lassen, als sie plötzlich Motorengebrumm hörten. Ein LKW näherte sich. Als der Fahrer den Honda dastehen sah, lachte er breit und erklärte sogleich, dass er ihnen helfen würde. Er gab Vollgas, preschte ins Wasser, fuhr einen kleinen Bogen und kam wieder vor dem Honda zum Stehen. Dann stieg er aus, brachte ein Stahlseil mit und hängte den Honda an das Seil. Sie verabredeten, gemeinsam nach seinem Hupsignal anzufahren. Und das geschah dann auch. Der Honda ruckte an und dann ging es flugs aus dem Wasser und drüben den Hang hinauf. Andreas standen die Schweißperlen auf der Stirn, weil der LKW-Fahrer ein Tempo angeschlagen hatte, das ihm angst und bange geworden war. Nach wenigen Minuten war alles vorbei. Andreas bedankte sich und gab dem Fahrer des LKW einen 20 Dollar Schein. Der bekam große Augen und bedankte sich mindestens zehnmal. Sie verabredeten, dass sie dem LKW folgen sollten, der brachte sie dann zum nächsten Ort. Das war nur ein kleines Kaff in der Einöde, aber sie konnten einen Kaffee trinken und sich nach dem weiteren Weg erkundigen. Die Frauen machten inzwischen mit Conny einen kleinen Spaziergang, damit er sein Geschäft verrichten konnte. An diesem Nachmittag trafen sie an einer Tankstelle auf einen jungen Mann, der sich die Vorderachse des Honda angesehen hatte und eine kleine Werkstatt betrieb. Er machte ein betrübtes Gesicht.

Señor, die vordere Feder hat was abbekommen. Sie ist gebrochen. Wenn ich ein neues Ersatzteil besorgen muss, dauert das hier mindestens drei bis vier Tage. Hondas fahren hier in der Gegend kaum, also braucht man solche Ersatzteile auch nicht."

Die Stimmung war wieder mal auf dem Tiefpunkt, als Andreas mit dieser Nachricht zurück zu den anderen kam. Steffen sah ihn fragend von der Seite an.

„Und eine andere Karre kaufen, wie sieht es damit aus?" Aber Andreas schüttelte den Kopf.

„Keine Aussicht auf Erfolg, die reiten hier lieber mit Pferden als dass sie Auto fahren." Nadine stöhnte auf.

„Jetzt kommt mir ja nicht auch noch mit einem Pferd! Da gibt's keine Bremse und keine Kupplung", schimpfte sie leise. Carmen mischte sich ein und sah ihren Gatten an.

„Wir müssen unbedingt weg von hier oder wollt ihr den Rest eures Lebens in diesem Kaff verbringen? Also, wie kommen wir weg? Wir müssen vermutlich da drüben über die Berge, da führt kein Weg dran vorbei. Notfalls müssen wir eben den Rest noch laufen." Steffen sah seine Gattin erschrocken an.

„Bist du noch bei Sinnen! Da latschen wir doch noch drei Wochen, bis wir am Ziel sind. Und dann sind wir erstmal an der Küste, aber noch nicht drüben auf den Inseln." Andreas hatte die ganze Zeit die Karte vor sich auf den Knien liegen. Er sah seinen Freund Steffen an.

„Wir müssen nochmal mit dem Kerl von der Werkstatt reden. Der muss doch eine Möglichkeit kennen, zu den Inseln rüberzukommen."

Zu zweit machten sie sich auf den Weg zurück zur Werkstatt und trafen den jungen Mann gerade dabei an, als der mit einem Fremden vor dem Honda stand und redete, der auf der Hebebühne stand. Sie traten hinzu, und der Fremde grinste sie an.

„Señores, der Wagen gefällt mir. Würden Sie mir den verkaufen?", fragte er offen lächelnd. Andreas hob die Augenbrauen. Irgendetwas stimmte hier doch nicht. Er wandte sich an den Monteur und deutete auf die Vorderachse.

„Können Sie mir mal die gebrochene Feder zeigen, Señor?“
Der junge Mann nickte, nahm eine Lampe und leuchtete unter
den Kotflügel. Tatsächlich, man konnte es gut sehen, zwei der
vier Lagen waren im letzten Drittel rechts gebrochen. Andreas
wandte sich an den Interessenten.

„Wenn Sie mir eine Möglichkeit verschaffen, dass ich durch
den Busch bis runter zum nächsten Hafen komme, könnte man
ja darüber reden. Und? Haben Sie einen Vorschlag?“ Der Mann
kratzte sich kurz an seinem grauen Haarschopf, doch dann nickte
er plötzlich.

„Natürlich, Señor, wenn Sie zur Küste wollen, wie Sie vorhin
sagten, dann müssten Sie nur dem Fluss folgen. Sie brauchen
dazu ein gutes Boot. Das bringt Sie direkt bis in den Hafen von
San Benedikto. Wollen Sie dann noch weiter?“ Andreas nickte
nur wortlos und der Alte grinste.

„Ich schlage vor, ich hole Sie in einer Stunde hier ab. Was
wollen Sie für den Wagen?“ Andreas grinste leicht und klopfte
auf den Busch.

„Sagen wir mal, ein guter Wagen gegen ein gutes Boot für vier
Personen mit Gepäck“, erwiderte er ungerührt. Der Fremde
nickte zu seinem Erstaunen und hielt ihm die Hand hin. Andreas
schlug ein. Das Geschäft war perfekt! So schnell konnte man
eben in Südamerika Geschäfte machen.

Wieder ein neues Abenteuer

Pünktlich eine Stunde später fuhr Señor Mendez mit einem Buik
vor der Werkstatt vor.

„Hola, kommen Sie mit. Wir laden Ihr Gepäck auf und bringen
es rüber zum Fluss, da steht auch Ihr Boot. Nehmen Sie Ihre Kanister mit, die werden Sie noch gebrauchen können.“
Wenig später war alles auf dem Kleintransporter verladen und
die Fahrt begann. Während Andreas vorn saß bei Mendez, saßen
die anderen drei hinten auf der Ladefläche und der Hund saß neben Carmen. Im Lauf des Gesprächs erfuhr Andreas, dass Señor
Mendez eigentlich Obstgroßhändler war, nebenbei aber auch
noch das eine oder andere Geschäft tätigte. Ihren Wagen wollte
er seiner Enkelin zum 20. Geburtstag schenken.

Er fuhr hinunter zum Fluss und hielt an einer Anlegestelle an, wo noch mehrere Boote lagen. Die meisten waren Boote, mit denen man Waren transportieren konnte. Ihres aber war ein weißes Stahlboot, umgebaut zum Katamaran mit einer schönen Kajüte und Motorantrieb. Ein Segel war ebenfalls an Bord. Als sie ausstiegen, nahm Señor Mendez Andreas kurz zur Seite:

„Hören Sie, Señor Thaler, Sie müssen ja aus welchen Gründen auch immer rasch zur Küste, und wollen dann sicher von dort aus noch weiter. Geben Sie das Boot einfach in Santa Rosario dem dortigen Hafenmeister, das ist ein Freund von mir. Er wohnt direkt in einem blauen Haus am Eingang zum Hafen. Können wir es dabei belassen?"

Andreas nickte nachdenklich. Das Boot war damit eigentlich nur geliehen, aber für den Honda, den Mendez dafür erhielt, war das natürlich kein Gegenwert. Trotzdem willigte er ein, der Mann saß am längeren Hebel bei diesem Geschäft. Zudem konnte es gut sein, dass der Bestohlene aus dem Hotel irgendwann doch sein Auto wieder fand und seinen Besitz einforderte.

Steffen hatte in der Zwischenzeit die beiden Außenborder untersucht und für gut befunden. Die Reise konnte also weitergehen. Was alle vier aber nicht wussten, Mendez hatte durch einen blöden Zufall eine Zeitung im Büro liegen, in der über vier Europäer geschrieben wurde, die offenbar einen großen Schatz bei sich gehabt hatten, als ihr Hubschrauber im Dschungel zu Bruch gegangen war. Die Person, die das dem Reporter damals erzählt hatte, war niemand anders als die Ehefrau des Piloten gewesen, der dabei auf mysteriöse Weise ums Leben gekommen war. Und es gab ein Bild von den Vieren vor dem Hangar der Flugbasis. Auch das wiederum von einem völlig unbeteiligten Jungen von 14 Jahren fotografiert, der sich dort herumgetrieben hatte. Und Mendez hatte sofort die Chance erkannt, an dieser Sache ordentlich mitzuverdienen. Als er nämlich das Boot vom Ufer abstieß und es langsam in den Fluss hineinglitt, wussten bereits mehrere Personen, wer die Insassen des Bootes waren.

Einer aber hatte die ganze Zeit ein ungutes Gefühl gehabt, und das war Steffen. Aber nun gab es kein Zurück mehr und sie trieben gemächlich auf dem Fluss dahin. Conny saß ganz vorn an der Bootsspitze und schaute hinaus auf den Fluss.

Als sie kurz vor Anbruch der Dunkelheit an einer Sandbank im Fluss festmachten, versuchte Steffen seinen Freund an seinen Gedanken teilhaben zu lassen. Während die Frauen das Abendessen zubereiteten, saßen beide am Heck und unterhielten sich. Steffen kam sofort auf den Punkt und Andreas hörte aufmerksam zu. Als Steffen fertig war, nickte Andreas.

„Du kannst recht haben! Dieser Mendez ist nach meiner Auffassung ein krummer Hund, der krumme Geschäfte macht. Aber welche? Er hat den Wagen mit den Papieren, gut. Wir haben die Papiere für das Schiff per Handschlag gekauft. Was sollte der von uns sonst noch wollen?" Steffen holte tief Luft.

„Der weiß auf jeden Fall, wir wollen zum Meer, wollen dann noch weiter. Er weiß, wir sind Deutsche, also wollen wir wahrscheinlich nach Hause. Und er hat vorhin eine Bemerkung gemacht, die meinen Verdacht bestätigt hat. Er hat gesagt: „Na, dann bringen Sie mal alles schön sicher den Fluss runter."
Andreas sah seinen Freund überrascht an.

„Du meinst, der könnte unsere Geschichte kennen? Aber von wem?" Steffen lachte.

„Dann frag doch mal deine Freundin, Chef! Die hat nämlich auf dem Weg zur Toilette in der Werkstatt Zeitungsausschnitte gesehen mit unserem Konterfei! Aufgenommen vor dem Abflug damals mit dem Helikopter. Irgendein junger Kerl hat uns zufällig fotografiert und das Foto ist auf irgendeinem Wag zur Zeitung gelangt. Jetzt weiß die halbe Welt, dass vier Deutsche mit einem Schatz unterwegs sind. Jetzt wird mir aber auch klar, was die Verfolgung mit dem Motorrad zu bedeuten hatte. Es wird schön langsam ungemütlich. Und die Frage ist, wer verfolgt uns noch außer diesem Schwein Harrison?" Andreas sah auf seine Uhr.

„Wir müssen langsam einen Platz zum Übernachten finden, ehe es dunkel wird. Dann reden wir mit den Frauen."
Inzwischen trieben sie langsam auf der Flussmitte dahin. Es wurde tatsächlich langsam Zeit, einen Rastplatz zu finden, bevor die Sonne unterging. Steffen entdeckte eine Rinne von gut 5 Meter Breite, die vom Fluss landeinwärts führte.

„Lass uns dort reinfahren! Notfalls übernachten wir da drinnen irgendwo, wo uns keiner sieht." Andreas steuerte das Boot zur

rechten Flussseite und es trieb dann genau in diese Ausfahrt hinein. Steffen hob den Daumen. „Klasse gemacht, Kapitän!"
Andreas grinste und sie fuhren nun mit Motorantrieb noch wenige hundert Meter und erreichten plötzlich einen See. Umgeben von Hochwald und Schilf war er das richtige Versteck für die Nacht. In der Mitte des Sees standen zwei hölzerne Plattformen, etwa 5 mal 5 Meter groß auf Holzpfählen. Andreas steuerte auf die erste Plattform zu und sie legten an. Weit genug weg vom Ufer und nicht sehr leicht zu erreichen. Inzwischen war es schon fast dunkel und ein großer Vollmond beleuchtete die Szenerie. Eine halbe Stunde später lagen sie schon eingemummt in ihre Decken und versuchten zu schlafen. Und Conny, der zwischen Carmen und Steffen lag, spähte, mit dem Kopf auf den Vorderpfoten liegend, immer wieder in die Dunkelheit hinaus. Das leichte Wiegen des Bootes und das Plätschern des Wassers ließ die Erschöpften schnell einschlafen. Nicht anders war es auch bei Nadine und Andreas. Er hatte noch leise mit ihr über seinen und Steffens Verdacht diskutiert.
Plötzlich wurden sie mitten in der Nacht munter. Irgendein Geräusch hatte sie aufschrecken lassen. Conny hob den Kopf und spähte über die Bordwand. Im hellen Mondlicht sahen sie in etwa 200 Meter Entfernung auf der anderen Plattform mehrere Gestalten, die etwas aus einem Boot abluden und auf die Plattform stellten. Dann tauchte ein zweites Boot vom Ufer her aus der Dunkelheit auf und nahm ebenfalls Kurs auf diese Plattform. Andreas deutete zur anderen Plattform hinüber.
„Die laden da drüben was um, was offenbar keiner sehen darf. Wir sollten hier ganz schnell verschwinden. Der Mond ist viel zu hell, um nicht aufzufallen."
Steffen erhob sich leise stöhnend und zog seine Sachen aus. Völlig nackt flüsterte er:
„Ich gehe ins Wasser und schiebe das Boot in Richtung Ufer unter die großen Bäume, da sieht uns keiner." Und schon glitt er lautlos ins Wasser, löste den Strick, der das Boot mit der Plattform verband, und schob es mit aller Kraft rückwärts auf das Ufer zu. Nach zehn Minuten stand es im Schatten der großen Bäume und Steffen kletterte wieder an Bord. Andreas hatte die ganze Zeit Sorge gehabt, dass Conny eventuell zu bellen

anfangen würde, doch der kluge Hund lag da und rührte sich nicht, als ob er genau wusste, dass jetzt Ruhe angesagt war.

Den Rest der Nacht verbrachten sie dann im Halbschlaf im Boot. Als sie am frühen Morgen aufwachten, war niemand mehr zu sehen. Die nächtlichen Besucher hatten sich längst wieder davon gemacht. Als die Sonne endlich aufging, lag die Lagune im schönsten Sonnenlicht da und leichte Nebelschwaden zogen über das Wasser. Nadine war richtig gehend begeistert von dieser Szenerie.

„Schaut euch doch das mal an! Jetzt fehlt nur noch eine schwebende Jungfrau mit Flügeln!" Andreas grinste.

„Du kannst dich ja mal ausziehen und dann über den See schweben." Sie schüttelte den Kopf und streckte ihm die Zunge heraus. „Du bist kein bisschen romantisch, Boss!" Steffen lachte nun ebenfalls.

„Mann, Andy, stell dir mal vor, unsere beiden Elfen schweben hier über das Wasser und dazu noch völlig nackt."

Die beiden Frauen nahmen es gelassen, nur Carmen meinte:

„Euch stößt wohl wieder mal was gegen die Hose, oder?"

Unter Gelächter steuerten sie das Boot wieder aus dem Kanal heraus in den Strom. Andreas, der die ganze Zeit in sich versunken dagesessen hatte, meldete sich auf einmal zu Wort.

„Hört mal her, ich glaube dieser Mendez spielt nicht mit offenen Karten. Er überlässt uns so ein tolles Boot gegen ein altes Auto. Warum macht er das? Ganz bestimmt nicht aus Nächstenliebe. Wir sollten uns das Boot mal genauer ansehen. Und zwar jetzt gleich!" Die anderen sahen ihn überrascht an.

„Was soll denn mit dem Boot sein?", fragte Nadine. Andreas ließ sich nicht mehr aufhalten. Er übergab den beiden Frauen das Ruder. Steffen folgte ihm nach unten zu den Kajüten und dem Maschinenraum. Steffen klopfte gegen die Wandverschalung und horchte auf einmal. Was war denn das? Er klopfte nochmal und schüttelte den Kopf. Er sah sich zu seinem Freund um.

„Andreas, kannst du mal herkommen? Das klingt irgendwie komisch, wenn man da dagegen klopft." Andreas trat näher und Steffen klopfte wieder mehrmals gegen die Außenwandverschalung und sah seinen Freund an. Der verzog das Gesicht, seine Hand strich über die gut sichtbaren schwarzen Schrauben.

„Sieh mal, die sind ganz neu. Gib mir mal einen Schraubenzieher." Hastig schraubte er die sechs Schauben auf und löste die
Verschalung aus der Halterung. Was zu ihrer Überraschung darunter zum Vorschein kam, waren vier in Papier und Folie ein-
gewickelte Pakete von je ungefähr 2 Kilogramm Gewicht. Andreas roch daran, konnte aber nichts riechen und gab es Steffen.
Der stieß einfach den Schraubenzieher hinein. Weißes Pulver
trat aus dem Loch. Andreas kostete es vorsichtig und verdrehte
dann die Augen.

„So ein verdammter Schweinehund! Das hier ist garantiert
Stoff für tausende Dollars! Jetzt ist klar, warum er so großzügig
war. Wir sollten seine Fracht sicher bis zum Hafen bringen und
dort dem Hafenmeister übergeben! Was machen wir jetzt?"
Steffen rieb sich das Kinn.
„Und wenn wir nicht bis zum Endziel fahren und das Boot vorher verlassen?" Andreas schüttelte den Kopf.

„Erstens gibt es auf dem Fluss laufend Kontrollen, soweit ich
das in der Werkstatt mitgehört habe. Und zweitens, es gibt einen
Kaufvertrag, der sagt eindeutig, dass wir die Inhaber dieses
Kahns sind. Lassen wir es stehen, haben wir garantiert die Polizei auf dem Hals." Carmen schüttelte verzweifelt den Kopf.

„Das kann doch alles nicht wahr sein! Wegen dieser verdammten Steine versauen wir uns unser ganzes Leben!"
Steffen setzte sich neben seine Frau und legte ihr den Arm um
die Schulter. Dann wischte er ihr zwei dicke Tränen von den
Wangen.

„Schatz, wir sind in einer Gegend, die du nicht mit unserer
Heimat vergleichen kannst. Diese verdammten Steine können
uns aber zu Hause ein fast sorgenfreies Leben garantieren. Das
Risiko war keinem von uns vorher klar. Aber jetzt müssen wir
das gemeinsam durchstehen, und da bringt uns Jammern keinen
Schritt weiter. Wir dürfen unser Ziel nicht aus den Augenverlie-
ren, wir müssen irgendwie nach Hause und wenn wir über den
Südpol gehen müssen."
Andreas und Nadine sahen erstaunt zu Steffen, denn sie hatten
Steffens Worte mit einiger Überraschung gehört. Er hatte so
überzeugend argumentiert, wie man das von ihm vor Tagen
nicht erwartet hätte. Andreas sah sich um.

„Hört zu, ich habe eine Idee! Wir müssen zu den Einheimischen hier am Fluss Kontakt aufnehmen. Ich glaube, die könnten uns weiterhelfen. Wir gehen hier an Land und schauen uns mal um. Die Einheimischen kennen sich untereinander doch meist." Während Steffen und Carmen mit Conny an Bord blieben und das Rauschgift erst einmal ausluden und in eine rasch ausgehobene Erdgrube versenkten, gingen Andreas und Nadine an Land. Es war erst 10.00 Uhr und dennoch brannte die Sonne bereits wieder vom Himmel. Sie liefen einem Brandgeruch eines Feuers hinterher, der durch die Luft wehte. Nach fünfzehn Minuten erreichten sie plötzlich ein kleines Dorf. Die Kinder erspähten als erste die Europäer und kamen lärmend auf sie zu gerannt. Als sie sahen, dass beide eine Waffe am Gürtel hatten, wurden sie plötzlich still und wichen aus. Plötzlich stand eine alte Indiofrau auf dem Weg und rief den Kindern etwas zu, so dass die sofort verschwanden.

Nadine und Andreas grüßten freundlich und fragten nach dem Alkalden. Die alte Frau zeigte auf eine Hütte unter einigen Bäumen. Langsam schlenderten sie weiter und blieben dann vor der Hütte stehen. Andreas rief: „Señor Alkalde! Hier sind Freunde von Agustonas und Hamiti!" Nadine sah Andreas erstaunt an und der zuckte mit den Schultern.

„Vielleicht kennen die sich ja", war Andreas Begründung. Plötzlich stand ein mittelgroßer älterer Mann mit einem Haarschmuck aus bunten Federn vor ihnen und grüßte höflich. Und dann meinte er im schönsten Englisch:

„Sie können mit mir ruhig in Englisch sprechen, Señor. Mein Enkel Hamiti hat uns informiert. Er meinte, wir sollten Ihnen helfen, da Sie aufrechte Menschen wären. Brauchen Sie unsere Hilfe?"

Andreas nickte und der Häuptling lud sie ein, in seine Hütte zu kommen. Unter einem Vordach setzten sie sich auf eine Bank und ein junges Mädchen brachte zwei Plastikbecher mit Ananassaft. Andreas erklärte dem Häuptling ihre Situation. Der Alte hörte wortlos zu und nickte mehrmals.

„Señor Thaler, dieser Mendez ist ein ganz abgefeimter Schurke. Genau wie sein Bruder, dieser Polizeichef in Santa Rosario. Sie haben hier das Geschäft mit Rauschgift unter Kontrolle und verdienen damit Unsummen. Ich rate euch, versenkt das Boot im Fluss, nehmt ein Kanu von uns und fahrt damit nach Santa Rosario. Das Kanu gebt ihr dort auf dem Markt dem Fischhändler Morales zurück, er ist ein guter Freund von uns. Wenn ihr wollt, werden meine Jungs die Sache mit dem Boot heute Nacht erledigen. Und ihr könnt euch bei uns erst einmal richtig ausschlafen."

Nadine und Andreas nahmen das Angebot dankend an. Nadine dankte dem Häuptling gerührt und gab ihm ein paar Geldscheine, die dieser erst nicht annehmen wollte. Doch sie bestand darauf und so nahm er es dann doch.

Einigermaßen wieder zufrieden gingen sie zurück zum Boot. Carmen und Steffen lagen auf dem Deck und sonnten sich unter dem Sonnendach. Als sie erfuhren, wie es weitergehen sollte, atmeten sie erleichtert auf. Sofort packte man die Sachen wieder zusammen in zwei Rucksäcke für jedes Paar, die sie vor Abfahrt noch erstanden hatten. Dann marschierten sie zurück ins Dorf. Andreas übergab dem Häuptling wortlos die Schlüssel für das Boot. Dieser nickte nur, lächelte, und meinte dann:

„Es wird alles gut gehen, Señor Thaler. Die Hütte da drüben haben die Frauen hergerichtet für heute Nacht.

Und so bezogen sie erleichtert ihr neues Domizil im Regenwald und konnten sich wieder einmal ausschlafen.

Etwa um Mitternacht verließen vier junge Männer des Stammes das Dorf und eilten zu dem in der Dunkelheit sich leicht im Wasser wiegenden Boot. Das hängten sie an ihr Kanu und zogen es eine Weile am Ufer stromaufwärts. Dort stiegen zwei von ihnen um, rasch entleerten sie einen Kanister Benzin an verschiedenen Stellen im Boot. Als alle Bullaugen geöffnet waren, warf einer der Männer eine brennende Fackel durch ein Bullauge in das Innere des Bootes. Mit einer Verpuffung stand das gesamte Innenleben des Bootes in Flammen. Da sie auch das Ventil geöffnet hatten, versank das Boot innerhalb von Minuten brennend im Strom. Ein weiteres Kapitel ihrer Flucht war damit abgeschlossen. Das dachten sie zumindest zu diesem Zeitpunkt.

Nach einer halbwegs ruhigen Nacht verließen sie am Morgen ihre Gastgeber wieder und winkten ihnen noch einmal zu. Auch Carmen strahlte über das ganze Gesicht. Eine der Indiofrauen hatte ihr ein Maskottchen geschenkt, welches sie beschützen sollte. Außerdem hatte sie noch rasch einen Sud aus Pflanzen getrunken und fühlte sich pudelwohl. Und Conny verabschiedete sich von einer Hündin, die ihm lange hinterher sah. Andreas hatte es bemerkt und lachte.

„Seht mal, Conny hat offenbar heute Nacht eine Geliebte gehabt. Und jetzt müssen sie sich schon wieder trennen, die Ärmsten." Carmen und Nadine streichelten den kleinen Liebhaber, der sie traurig ansah. Carmen drückte ihn an sich.

„Ja, so ist das im Leben, Conny! Manchmal muss man die, die man liebt, einfach gehen lassen. Das ist bei uns Menschen manchmal genauso. Also, sei nicht traurig, du hattest eine schöne Nacht." Steffen, der es gehört hatte, sah seine Frau nachdenklich an. Eines stand fest, sie mussten diesen Hund um jeden Preis mitnehmen, egal, wohin sie es verschlug.

Gemächlich trieben sie in ihrem Kanu am Rande des Flusses dahin, bis sie plötzlich eine Fähre überholte und eine ziemliche Heckwelle sie arg ins Schwanken brachte. Dazu ertönte noch das Schiffshorn, als wollte sie der Kapitän grüßen. Steffen drohte mit der Faust dem Schiff hinterher, das sich schnell weiter entfernte.

Gegen Mittag hatten sie die ersten Vororte von Santa Rosario erreicht und legten außerhalb des Hafens neben einer kleinen Schiffswerft an. Zu Fuß begaben sie sich nun auf den Weg in den Hafen und dem davor liegenden Markt und sahen sich um. Nadine entdeckte den Fischhändler zuerst. Sie gingen zu ihm und erzählten ihm, wo sie das Kanu geparkt hatten. Der Mann sah sich kurz um und nahm Andreas beiseite. Dann flüsterte er ihm zu:

„Señor, vermeiden Sie die Hafenkontrolle zu den Fähren. Da drüben liegt ein kleiner Frachter aus Trinidad, reden Sie mit dem Kapitän. Vielleicht nimmt die „Aurora" Sie mit."

Steffen runzelte die Stirn, als er sah, dass Andreas diesen Hinweis nachgehen wollte. Andreas bemerkte es.

„Was ist los? Warum guckst du so sauertöpfisch?" Steffen blieb im Laufen stehen.

„Weil ich mich frage, was uns das bringt, Andreas? Glaubst du wirklich, die halten uns hier fest, wenn wir unsere Pässe vorzeigen?" Andreas nickte nachdenklich.

„Vielleicht ja gerade deshalb! Was weißt du denn, was dieser Mendez seinem Bruder den Polizeipräfekten über uns erzählt hat. Wenn beide von unseren Steinen wissen, besteht die Gefahr, dass die uns beide um diese Steine erleichtern wollen und wir im Knast landen. Willst du es darauf ankommen lassen, ob es so ist wie ich sage?" Steffen schüttelte nachdenklich den Kopf.

„Ich glaube, Bruder, du hast mal wieder recht!"
Gemeinsam schlenderten sie zu dem genannten Frachter. Eine breite dicke Bohle war als Zugang befestigt, zu sehen war niemand. Sie wollten schon wieder weggehen, als plötzlich doch ein Matrose an der Reling erschien. Andreas fasste sich ein Herz und sprach ihn an.

„Ist der Kapitän an Bord?" Der Mann schüttelte den Kopf und warf seinen Zigarettenstummel ins Hafenbecken.

„No, Mister, der ist in der Stadt und kommt erst in einer Stunde zurück", rief er nun seinerseits herunter. Andreas winkte mit einer 10 Dollar Note und bat ihn, er sollte doch mal herunterkommen. Der Matrose sah sich kurz um, dann kam er die Bohle heruntergelaufen und sah die beiden fragend an. Und Andreas kam sofort zu Sache:

„Nimmt euer Kapitän manchmal auch Passagiere mit? Wir müssten ganz eilig rüber auf die Insel, wir werden dort erwartet", log er drauflos. Der junge Mann kratzte sich am Kopf.

„Ja, manchmal schon, aber da müssen sie ihn schon selber fragen, wenn er zurück ist. Am besten, Sie sind in einer Stunde noch mal hier, da ist er bestimmt an Bord, denn wir laufen um 18.00 Uhr aus."
Andreas bedankte sich und steckte ihm die Dollarnote in seine Hemdtasche. Der Matrose bedankte sich lachend und ging zurück an Bord. Sie berieten sich einen Augenblick.

„Am besten, ihr geht erstmal nicht mit und ich rede mit dem Käptn alleine. Wir sollten nochmal in die Stadt gehen und ein paar Sachen einkaufen. Ich habe keine Zahnpasta mehr, Nadine fehlt es an Einlagen usw.!" Nadine bekam einen roten Kopf und sie sah ihn verdattert an. „Musst du immer alles ausplaudern, sag mal!" Alle lachten, außer Nadine. Carmen übernahm das Kommando. „Komm, Schwester, gehen wir shoppen!" Steffen trabte mit mürrischem Gesichtsausdruck den beiden Frauen hinterher.

Pünktlich, eine gute Stunde später stand Andreas wieder vor dem Frachter. Der Matrose vom Mittag stand wieder an der Reling und winkte ihm zu. Dann verschwand er. Wenig später erschien ein etwa 45-jähriger, braungebrannter Mann mit Sonnenbrille an der Bohle und kam langsam herunter. Andreas begrüßte ihn:

„Hola, Señor Kapitän! Ich habe eine Frage. Würden Sie eventuell vier erwachsene Personen und einen Hund mitnehmen. Wir bezahlen den Trip natürlich gut, und großen Komfort brauchen wir nicht. Wir müssten nur schnell nach Trinidad, wir werden dort schon seit zwei Tagen erwartet." Der Kapitän sah Andreas an und starrte einen Moment auf das Revers seiner Jacke, wo das Abzeichen der Lufthansa zu sehen war.

„Sie sind Pilot?", fragte der Kapitän. Andreas nickte. „Ja, ich fliege meist Jumbos rund um die Welt und wir haben hier Abenteuerurlaub gemacht. Der andere ist mein Co-Pilot und wir haben unsere Frauen mit dabei. Die Frau meines Freundes ist Krankenschwester und muss schnell wieder nach Hause zu ihrer Arbeit." Der Kapitän sah einen Moment nachdenklich aus, dann meinte er plötzlich lächelnd:

„Warten Sie doch mal hier. Ich rede mit dem Eigner, der mit an Bord ist. Der könnte nämlich ganz dringend eine Krankenschwester gebrauchen, unser Doc ist einfach von Bord gegangen vor zwei Tagen. Ich frage den Alten mal."
Dann ging er rasch über die Bohle wieder nach oben. Andreas überlegte, was man noch tun konnte, wenn das hier mit einer Ablehnung enden sollte und ging langsam nachdenklich auf und ab. Was war das nur für ein Trip geworden! Inzwischen kam er sich vor wie in einem Agentenfilm, wo Leute dauernd auf der Flucht waren. Was hatten sie nur für Vorstellungen gehabt! Sowas nannte man wohl Blauäugigkeit.
Plötzlich erschien der Kapitän der „Aurora" wieder an der Reling und winkte Andreas zu.

„Hören Sie, ich habe mit dem Eigner gesprochen. Er ist im Grunde einverstanden, macht es aber zur Bedingung, dass ihre Krankenschwester sich auf der Überfahrt um ihn kümmert. Und jeder von ihnen zahlt 150 Dollar für die Überfahrt", setzte er noch hinzu. Andreas grinste und nickte zufrieden.

„Okay, dann kommen wir ins Geschäft. Ich hole meine Leute und bin in einer Stunde wieder da. Wir kommen an Bord und melden uns bei Ihnen. Danke Käptn! Sie tun uns einen großen Gefallen.“
Der Kapitän grinste ebenfalls und meinte noch: „Ich schätze, Ihre Pässe haben sie schon, oder?“ Andreas nickte.

„Haben wir, Käptn!“ Dann trabte er los in Richtung Stadt. Da das Kaff nur eine Einkaufsstraße hatte, war es nicht schwierig, seine Leute wieder zu finden. Die saßen vor einem Café und tranken etwas. Sie sahen ihn erwartungsvoll entgegen. Andreas machte ein betrübtes Gesicht und schüttelte den Kopf. Steffen fluchte leise: „So ein Mist!“ Plötzlich lachte Andreas schon wieder.

„Mein Kopfschütteln galt der Tatsache, dass ihr nicht hierbleiben müsst! Wir gehen an Bord! Zahlen aber jeder 150 Dollar und Carmen muss den Schiffseigner auf der Reise in Pflege nehmen.“ Alle atmeten erleichtert auf, nur Carmen sah Andreas an.

„Was ist das für einer, dieser Eigner?“ Andreas zuckte mit den Schultern.

„Weiß ich auch nicht. Auf jeden Fall aber kommen wir endlich hier weg. Ohne dich wäre das schwierig geworden. Also gibt dir schön Mühe, den Alten zu befummeln.“ Carmen verdrehte die Augen. „Na aber, du erst!“
Wenig später balancierten sie alle Vier samt Conny über die Holzbohle an Bord. Zwei Matrosen, die an der Reling standen, pfiffen durch die Zähne, als sie die beiden Frauen sahen und grinsten. Nadine sah Carmen an und flüsterte ihr zu:

„Na, das kann ja heiter werden, am besten wir bleiben nur in der Kabine“.
Wenig später standen sie dem Kapitän gegenüber, der die beiden Ladys ganz Gentleman herzlich begrüßte und tatsächlich waren beide sofort entzückt von diesem Gentleman. Und Andreas und Steffen sahen sich kurz an und grinsten sich zu. Der Kapitän führte sie unter Deck durch einen schmalen Gang, an dessen Ende eine Kabine war, und öffnete die Tür.

„Bitte einzutreten, in Ihre Suite“, meinte er lächelnd. Nadine und Carmen blieben für Sekunden bewegungslos stehen. Und Carmen meinte: „Ohhh, das nenne ich aber mal Komfort!“

Die Einrichtung bestand aus zwei Etagenbetten, einem Tisch mit vier Stühlen und zwei Schränken. In einem kleinen Nebenraum gab es sowas wie eine Toilette mit Dusche. Der Kapitän verabschiedete sich wieder mit den Worten:

„Um 19.00 Uhr sehen wir uns wieder in der Offiziersmesse zum Lunch. Doch vorher möchte der Eigner noch die Krankenschwester sprechen." Carmen trat auf ihn zu.

„Das bin ich, Kapitän. Gehen wir doch gleich zu ihm. Ich nehme zur Vorsicht mal meine Sachen mit."
Der Kapitän sah die Blondine mit Bewunderung an. Dann nickte er und hielt ihr die Tür auf. Die anderen drei sahen ihm nach und grinsten.
Carmen trat nach kurzem Klopfen in die Kabine ein. Auf einem Bett unter einem geöffneten Bullauge lag ein etwa 60-jähriger Mann mit grauen Haaren, einem grauen Kinnbart. Eine dicke Goldkette hing um seinen Hals und das offene Hemd gab einen Blick frei auf die behaarte Brust. Carmen stellte sich vor:

„Hallo, Señor, ich bin Carmen Urban. Ich bin leitende Krankenschwester auf einer Intensivstation in Deutschland. Señor, Sie brauchen meine Hilfe?" Der Mann richtete sich etwas auf und sah sie bewundernd und lächelnd an.

„Und ich bin Alfredo de Montes. Mir gehört dieser Kahn hier und eine Plantage auf Trinidad. Ja, unser Doc hat uns im Stich gelassen und ist vom Landgang nicht mehr zurückgekommen. Ich brauche Sie tatsächlich. Die Wunde an meinem Bein schmerzt beachtlich." Er hielt ihr im Liegen sein rechtes Bein entgegen. Carmen zog ein paar Gummihandschuhe an und öffnete vorsichtig den schmutzigen Verband. Das Erste, was sie sah, war Eiter. Sie schüttelte den Kopf.

„Was hat Ihr Doc denn dagegen getan, sagen Sie mal?" De Montes verzog das Gesicht. „Meist nur etwas Alkohol, mehr hatten wir nicht an Bord." Carmen tupfte die Wunde mit Mull vorsichtig ab. „Wann ist denn das passiert?", fragte sie den alten Herrn. Der schnaufte hörbar durch. „Vor vier Tagen, oben an Bord. Ich bin zwischen zwei Holzpaletten gerutscht."
Carmen schüttelte den Kopf.

„Noch zwei oder drei Tage, dann hätte man Ihnen das Bein abnehmen müssen." Der Eigner sah sie erschrocken an.

„Was, so schlimm ist das schon?" Carmen nickte ernsthaft. Das stimmte zwar nicht ganz, aber so war sie sich sicher, dass der Alte ihre Arbeit umso mehr schätzen würde. Und das kam ihnen allen zugute.

„So, ich trage Ihnen jetzt eine Salbe aus Vaseline und Bienenwachs auf. Dazu ätherische Öle aus Eukalyptus, Rosmarin und Thymian mit Thymol. Das Ganze desinfiziert ihre Wunde und heilt den Entzündungsherd aus." Der Alte sah sie bewundernd an.

„Was Sie alles wissen! Können das alle Krankenschwestern bei Ihnen?" Carmen lächelte und nickte zustimmend.

„Das muss jede Krankenschwester können, Mister." Er sah zu, wie Carmen einen neuen Verband anlegte und lehnte sich bequem zurück. Dann gab sie ihm noch eine Tablette gegen die Entzündung und etwas Wasser.

„So, Mister de Montes, damit wären wir für heute fertig. Morgen um diese Zeit schaue ich mir das wieder an." Der Alte strahlte.

„Ganz herzlichen Dank, Señora Carmen, Sie sind ein Engel!" Sie lächelte und meinte dann mit Spaß: „Aber nicht immer, Herr Eigner!" Der Alte lachte herzhaft und winkte ihr nochmal zu, als sie die Kabine verließ. Wenig später war sie wieder in der eigenen Kabine und alle sahen sie erwartungsvoll an.

„Und wie war er?" Carmen lachte. „Nur damit ihr es wisst, ich bin ein Engel!" Steffen verschluckte sich beinahe.

„Seit wann denn das, sag mal?" Und so beschrieb sie ihnen den alten Herrn. Pünktlich um 18:00 Uhr legte die „Aurora" ab. Sie standen an der Reling und sahen auf die Stadt zurück, in der die ersten Lichter angingen. Alle atmeten befreit auf. Steffen brachte es auf den Punkt: „Das Schlimmste haben wir wohl überstanden, Freunde! Freuen wir uns auf die Heimkehr. Es wird aber auch allerhöchste Zeit."
Hätte er gewusst, was ihnen noch bevorstand, wäre er wohl weniger euphorisch gewesen. Denn der Kapitän war bei seinem Landgang in eine kleine Kneipe gegangen, um sich ein schönes Mittagessen zu gönnen, welches von der Bordküche meilenweit entfernt war. Auf Grund der Eintönigkeit des Bordessens nutzte er jede Gelegenheit, wenn er irgendwo an Land ging, um einmal richtig zu schmausen.

Am Nachbartisch saßen zwei junge Männer um die 25 Jahre in Motorradklamotten und unterhielten sich.

„Der Alte reißt uns den Kopf ab, wenn wir die vier Deutschen nicht endlich einfangen. Er hat seinen Bruder den Polizeichef schon kontaktiert, aber der wusste auch nicht, wo die Vier abgeblieben sind. Und den Alten seinen Kahn haben sie auch noch nicht gefunden. Da war Ware im Wert von 500.000 Bolivar an Bord. Und die Leute, die das Zeug bekommen sollten, verstehen keinen Spaß, denn sie haben schon angezahlt. Ich möchte nicht in der Haut des Alten stecken." Sein Kumpel ein pickeliger rothaariger Kerl mit Bürstenhaarschnitt schmatzte beim Essen und meinte nebenbei:
„Und dabei sollen die Vier ja auch selber einen Millionenschatz mit sich herumschleppen. Und dazu kommt noch, da sind zwei geile Weiber dabei. Eine Blonde und eine Schwarzhaarige. Pedro hat sie mir beschrieben. Das müssen zwei ganz scharfe Miezen sein. Die möchte ich mal ficken." Sein Gegenüber lachte halblaut und sah seinen Kumpel an.

„Träum mal schön weiter, die beiden hat sich unser Boss schon mal reserviert, da kommst du ganz bestimmt nicht ran. Die Sache mit dem Tausch von Auto gegen Boot war doch eine richtig gute Idee! Die sollten das Zeug bis runter zum Hafen bringen. Dann wollte wohl der Polizeichef die vier erstmal festnehmen. Die zwei Weiber wollten sie dann wieder zurück zum Alten bringen." Sein Gegenüber schüttelte den Kopf.

„Verdammte Scheiße, die können sich doch nicht in Luft auflösen! Wobei die aber auch ziemlich gefährlich sein sollen. Sie haben unterwegs zwei von unseren Leuten vom Motorrad geschossen in voller Fahrt!"
Kapitän Sanchez zahlte rasch und verließ die Kneipe. Er musste unbedingt mit seinem Boss reden.
Und so war mit Betreten des Frachters schon klar, wer da an Bord kommen sollte. Als der Kapitän das, was er gehört hatte, erzählt hatte, schüttelte de Montes nachdenklich den Kopf.

„Dieser Mendez ist ein ausgemachter Schurke, dem glaube ich kein Wort. Aber wenn sie die Vier verfolgen, dann muss das auch seinen Grund haben. Aber was wollen die denn für Millionen mit sich herumschleppen, das ist doch ausgemachter Blödsinn! Und wie Gauner sehen die Leute auch nicht aus, eher wie ein paar unbedarfte Gringos, die in Schwierigkeiten geraten sind, dadurch dass der Mendez sie mit seinem Boot voller Hasch auf den Weg geschickt hat. Wir neben sie mit, Pedro! Vielleicht springt ja noch was für uns dabei heraus. Zumindest ich brauche dringend eine Krankenschwester, da es hier ja keinen Arzt und kein Krankenhaus gibt. Was bei uns auf der Insel dann wird, das wird sich zeigen. Also seien Sie freundlich und laden Sie die Leute ein, an Bord zu kommen. Pässe werden sie ja wohl haben, oder?" Der Kapitän nickte. „Ja, die haben Papiere, Boss." Der Alte lachte.

„Weißt du, wenn das Deutsche sind, dann sind sie meist ehrlich und zuverlässig, anders als hier bei uns. Wer weiß wozu es gut ist. Also holen Sie die Leute an Bord. Mein Bein muss versorgt werden, es tut schon wieder höllisch weh. Egal, was die angestellt haben, uns geht das nichts an."

Und nun standen sie in der Dunkelheit des anbrechenden Abends an der Reling und sahen über das Meer. Endlich lag Guyana hinter ihnen, ein Trip, der gut tödlich hätte enden können. Sie waren in ihrer europäischen Blindheit in eine Gesellschaftsordnung geraten, wo immer noch das Recht des Stärkeren galt. Steffen brachte es auf den Punkt:

„Leute, eine Frage, die mich schon die ganze Zeit bewegt. Hättet ihr diesen Trip auch gemacht, wenn ihr gewusst hättet, was mit dem Fund dieser Steine alles auf uns zukommt?"
Einer nach dem anderen schüttelte den Kopf. Carmen schniefte und legte die Hand auf ihren Bauch.

„Da drinnen war ein kleines Wesen, das mal ein Mensch hätte werden sollen. Mit diesem blöden Trip habe ich es umgebracht, das kann ich mir wohl nie mehr verzeihen."
Sie begann zu schluchzen. Die anderen sahen sich betreten an. Sie hatte ja recht, aber nun war es nicht wieder gutzumachen. Steffen legte seinen Arm um ihre Schultern und zog sie an sich. Leise meinte er:

„Vielleicht haben wir ja Glück und bekommen nochmal eins. Oder was meinst du?" Carmen sah ihn liebevoll an und nickte.

„Ich denke, wir sollten es zumindest probieren. Noch sind wir ja nicht zu alt dazu. Das waren eben die Strapazen."

Nadine und Andreas, die eingehängt nebenan standen, sahen sich kurz in die Augen. Plötzlich flüsterte sie Andreas ins Ohr:
„Könntest du dir vorstellen, dass wir auch ein Kind bekämen?“
Andreas nickte und lächelte dabei. „Wenn wir heiraten, dann gehe ich mal davon aus, dass wir auch Nachwuchs in die Welt setzen, oder?“ Sie lehnte sich an ihn und lächelte versonnen.

Gegen Mitternacht wurde Steffen plötzlich munter. Irgendetwas war anders an den Geräuschen, die das Schiff sonst abgab. Er lauschte in die Finsternis und sah hinüber zum anderen Doppelbett, wo sich der Schatten von Andreas bewegte.
„Bist du wach, Andy?“ flüsterte er und es kam zurück: „Na klar, bin wach, möchte wissen, was die treiben. Klingt so, als ob das Schiff steht.“
Leise glitten beide von ihrem Doppelbett herunter und zogen sich etwas über. Derweilen war Nadine auch munter geworden.
„Was macht ihr denn mitten in der Nacht?“ Andreas beugte sich herunter und gab ihr einen Kuss.
„Wir schauen mal nach, was die da draußen treiben. Bleib ruhig liegen.“ Die Einzige, die bis jetzt nichts mitbekommen hatte, war Carmen. Sie schlief fest und regte sich kaum auch, als Steffen ihr über das Gesicht strich. Und Conny lag zu ihren Füßen und sah nur kurz auf.
Vorsichtig schlichen die beiden Männer nun durch den Gang und stiegen die Treppe hinauf, die zum Deck führte. Tatsächlich stand das Schiff auf hoher See und wiegte sich leicht in der Dünung. Ein starker Scheinwerfer strahlte eine Kiste an, die von einem anderen Schiff herübergeholt wurde. Beide Schiffe lagen nebeneinander und wiegten auf den sanften Wellen. Als die Kiste an Bord war, gaben sich vier Männer an der Reling die Hand und verabschiedeten sich. Der Scheinwerfer war erloschen und die Dieselmaschinen beider Schiffe nahmen wieder ihre Arbeit auf. Langsam entfernten sie sich wieder voneinander.
Die beiden Beobachter, die immer noch in der Tür standen, zogen sich wieder leise zurück und gingen den Gang entlang zu ihrer Kabine. Als sie eintraten, brannte Licht und die beiden Frauen sahen ihnen gespannt entgegen.

„Was war denn da oben los?" Steffen zuckte mit der Schulter. „Sah aus, als ob unser Schiff von dem anderen eine Ladung übernommen hat. Aber mitten in der Nacht und auf hoher See?" Andreas trank einen Schluss Wasser.

„Na, vielleicht dürfen die anderen die Waren nicht einführen. Oder es war Ware, die man drüben in Guyana nicht aufladen durfte. Und was fällt uns da ein?" „Rauschgift!", entfuhr es sofort Carmen. Steffen lachte.

„So eine große Kiste mit Stoff, das kann ich mir nicht vorstellen. Kann uns aber auch egal sein. Carmensita, rutsche weiter nach hinten, ich komme jetzt in dein Bett!" Carmen protestierte lächelnd.

„Bist du verrückt, da bricht doch das Bett zusammen!" „Macht doch nix, dann treiben wir es einfach auf dem Fußboden!"
Und so alberten sie noch eine Weile, bis langsam wieder Ruhe eintrat. Auch Andreas war ebenfalls in das untere Bett zu Nadine gekrochen. Eine Weile wurde noch gekichert und die Betten knarrten verdächtig. Und der liebe Conny lag an der Tür wie ein Wachhund und spitzte die Ohren.
Als sie am Morgen in die Messe kamen, empfing sie schon der Steward Alphonso und bot ihnen Spiegeleier mit Speck an. Die Männer sagten sofort begeistert zu, die Damen ließen den Speck weg. Steffen sah auf seine Uhr.

„Es ist 8.00 Uhr, in einer Stunde müssten wir in Port of Spain anlegen. Was machen wir? Sofort zum Flughafen und sehen wann eine Maschine nach Hause geht? Oder nehmen wir das Angebot von de Montes an und sehen uns seine Plantage noch an. Vielleicht machen wir einfach noch eine Woche Urlaub. Kohle haben wir ja genug. Den Bildern nach zu urteilen, die de Montez uns gezeigt hat, muss es ein Stück Karibiktraum sein." Also stand bald fest, man würde noch eine Woche auf Trinidad Urlaub machen.

Als sie in Port of Spain von Bord gingen, stand schon ein kleiner Bus bereits und nahm sie auf. De Montez folgte ihnen mit einem Jeep. Sie fuhren etwa 30 Minuten. Die Landschaft war einmalig schön. Palmenhaine, Bananenhaine, Bougainvilleas in allen Farben und ein Duft in der Luft, der einfach Freude weckte. Das Gelände von de Montezs Plantage lag in dem Wohngebiet von

Wordbrook, einem Viertel, wo die besseren Leute leben. Hinter seiner Plantage ging es hinauf in die Berge. Die Anlage selber bestand aus einem alten Pflanzer-Haus aus der Zeit der Plantagenbesitzer, die noch mit Sklaven ihre Plantage bewirtschaftet hatten, und fünf Bungalows für Gäste. Im hinteren Teil des großen Anwesens erstreckten sich Bananenhaine, Kaffeesträucher und ein paar kleinere Felder mit Gemüse aller Art.

Ihr Bungalow für vier Personen war im alten Stil der Kolonialzeit eingerichtet, hatte aber alles, was man zum täglichen Leben brauchte, einschließlich einer Küche. Etwa 100 Meter von den Bungalows weg leuchtete die Wasserfläche des Pools. Davor standen mehrere Liegen. Die Frauen waren hellauf begeistert, hatten sie doch nun endlich ihren Karibikurlaub, von dem sie so lange geträumt hatten.

Am ersten Abend waren sie im Herrenhaus zum Abendbrot eingeladen. De Montez, der schon wieder vernünftig Laufen konnte dank Carmens Hilfe, erwies sich als redegewandter Gastgeber. Mit anwesend war seine Tochter Dolores, eine junge Frau um die 30 Jahre und ledig, und der Sohn, knapp über zwanzig Jahre alt, der allerdings auf die Deutschen nicht den besten Eindruck machte. Ziemlich vorlaut, überheblich und Besitzer eines Sportwagens der Marke Bentley. Dazu gegelte Haare und ein Monster von Sonnenbrille.

De Montez aber stellte seinerseits einige Fragen zu dem, was die Deutschen denn zu Hause machten. Dabei ruhten seine Blicke immer wieder auf Nadine, die sich nach einiger Zeit genötigt sah, intensiv mit ihrem Mann zu flirten. Auch Andreas hatte schnell das Spiel durchschaut und fing nun seinerseits an zu fragen. De Montez schüttelte den Kopf.

„Eine Ehefrau gibt es hier schon seit 10 Jahren nicht mehr. Ich habe die beiden alleine großgezogen."

„Alles mit Hilfe des Kindermädchens Dominica, die du dann ja auch geschwängert hast", mischte sich der Junior dreist ein. Diese Bemerkung brachte ihm einen eisigen Blick seines Vaters ein. Dolores dagegen zeigte sich als eine belesene junge Dame, die in der Hauptstadt eine Boutique hatte.

Am Ende des Abends fragte sich aber jeder der vier Deutschen, womit dieser De Montez eigentlich sein Geld verdiente. Die Plantage konnte es nicht sein, der Urlauberbetrieb gleich überhaupt nicht, denn von den vier Bungalows war nur einer, nämlich der ihrige belegt. Das Schiff transportierte Waren, das stand fest. Irgendwie wurden sie aber aus dem Mann nicht schlau. Doch nach den rasanten Tagen davor, waren sie froh, endlich wieder einmal die Zivilisation zu genießen, und dazu noch in so einer Traumgegend.

Sie saßen am Morgen zum Frühstück vor ihrem Bungalow und die Frauen hatten den Wunsch, doch wenigstens einmal unten im Meer zu baden. Allerdings fuhr hier kein Bus, höchstens man bestellte ein Bus-Taxi.
Sie debattierten gerade, was sie nun machen konnten, als plötzlich ein schwarzer Honda Van vorfuhr. Der Fahrer, ein Einheimischer sprang heraus und öffnete die Beifahrertür und ließ einen älteren Herrn zwischen sechzig und siebzig Jahren aussteigen. Dieser wurde auf der Freitreppe bereits vom Hausherrn empfangen. Beide begrüßten sich kurz und gingen dann ins Haus. „Vielleicht ein Geschäftspartner", mutmaßte Steffen. Wenig später kam ein Kleintransporter mit einer großen Kiste auf der Ladefläche und fuhr in eine der zwei Hallen und dann schlossen sich die Türen. Andreas lächelte vor sich hin und Nadine sah es und fragte: „Warum lächelst du denn so?" Andreas streckte sich einmal. „Ich wette mit euch um 1000$, dass der Alte krumme Geschäfte macht!" Die anderen sahen ihn erstaunt an. Steffen kniff die Augen zusammen.

„Als ich gestern Nachmittag bei meinem kleinen Spaziergang an der rechten Halle vorbeikam, habe ich eine ziemlich große Destillieranlage gesehen und habe mich schon gewundert." Andreas nickte verstehend.

„Der könnte hier oben ungestört Schnaps brennen. Besser gesagt vielleicht sogar Rum herstellen. Und dazu hat der garantiert keine Genehmigung. Mein lieber Mann! Ich glaube, wir haben wieder mal so richtig in die Kacke gegriffen!" Carmen wehrte ab.

„Das sind doch alles nur Vermutungen! Aber was mir viel mehr Sorgen macht, ist die kurze Bemerkung der jungen Angestellten Sofia. Auf meine Frage, wie lange der Boss schon ohne Frau ist, meinte sie kurz angebunden:

„Na, der nimmt sich doch sowieso alles, was er haben will. Wir haben dann noch eine Weile miteinander gesprochen. Es sieht offenbar so aus, dass kein Rock vor dem Kerl sicher ist. Und das bringt mich zu der Frage, warum er so außerordentlich freundlich zu uns war?" Steffen sah erst seine Frau, dann Nadine ungläubig an.

„Willst du damit andeuten, dass er mit uns etwas ganz Bestimmtes vorhat? Besser gesagt mit euch beiden?" Carmen zuckte mit den Schultern.

„Ich weiß es nicht. Aber vielleicht sollten wir uns doch lieber unten in der Stadt ein Hotel nehmen für die letzten Tage." Andreas sah Steffen fragend an.

„Was meinst du? Wollen wir mal runterfahren in die Stadt und uns nach einem Hotel umschauen? Wir leihen uns den Jeep vom Boss einfach mal aus. Vorausgesetzt, er gibt ihn auch her." Steffen stand auf. „Komm. Lass uns fragen gehen. Mehr als nein kann er ja nicht sagen. Und was habt ihr vor, Mädels?"

„Wir wollten uns mal ein wenig umschauen und uns den Berghang da hinten ansehen. Dort gibt es eine Bananen Pflanzung und ein Bach kommt aus den Bergen herunter."

Andreas und Steffen betraten kurze Zeit später die Diele des Herrenhauses und sahen sich um. Auf einmal stand der farbige Hausdiener Moses vor ihnen. „Sie wünschen, Señores?" Dabei machte der schon stark ergraute Farbige einen freundlichen Eindruck. Sie trugen dem Butler ihr Anliegen vor und der nickte.

„Ich werde den Boss fragen und Ihnen Bescheid sagen." Sprach's und verschwand durch eine Schiebetür. Wenig später kam Alfredo de Montez selbst heraus und begrüßte seine Gäste freundlich.

„Señor de Montez, wir wollten mal anfragen, ob sie uns eventuell für zwei Stunden ihren Jeep überlassen könnten. Wir müssten zur Bank und auch sonst noch ein paar Kleinigkeiten einkaufen." De Montez sah sie durch seine runde Brille und leicht zusammengekniffenen Augen an und nickte dann jedoch lächelnd.

„Das ist kein Problem, meine Herren, natürlich können Sie sich den Wagen ausleihen." Er sah seinen Butler an.

„Moses, sag Stuart Bescheid, er soll den Wagen vorfahren.“
Dann lächelte er wieder und verabschiedete sich mit der Bemerkung, er müsse noch ein wichtiges Telefonat führen.

Als die beiden zwanzig Minuten später abfuhren, sahen sie noch ihre beiden Frauen, die ihnen zuwinkten auf dem Weg zur Bananen Plantage auf einer Anhöhe. Die alte Kiste war Baujahr 1958, wie Steffen schnell festgestellt hatte. Herunterschalten musste man noch mit Zwischengas geben. Sie waren etwa auf halber Strecke, als der Motor plötzlich aufheulte. Steffen fuhr an die Seite und blieb stehen. Als er die Motorhaube öffnete, sah er die Bescherung. Der Keilriemen war viel zu locker und war heruntergesprungen. Andreas begab sich auf die Suche nach Werkzeug und fand es dann unter der hinteren Sitzbank. Steffen zog sein sauberes Hemd aus und rutschte dann mit einem Schraubenschlüssel unter die Vorderachse dahin, wo die Lichtmaschine zu finden war. Zehn Minuten später hatte er den Keilriemen wieder festgespannt und kroch unter dem Wagen hervor. An einem alten Lappen wischte er sich die Hände ab. Andreas grinste anerkennend.
   „Was hätte ich nur ohne dich gemacht, mein Freund!“ Doch Steffen winkte ab. Wenn du nicht gerade so ein blödes E-Auto hast, sind sie alle irgendwie gleich. Lass uns weiterfahren!“
Sie hatten gerade den Stadtrand von Port of Spain erreicht, als plötzlich aus einer Seitenstraße ein Polizeiauto mit aufheulender Sirene herausschoss und sie aufhielt. Die zwei Officer stiegen aus, wobei einer die Pistole gezogen hatte. Andreas sah Steffen an. „Was geht denn hier ab?“ Der Officer grüßte vorschriftsmäßig und bat sie um die Wagenpapiere. Steffen deutete auf das Seitenfach in der Tür, wo eine Mappe herausragte.
   „Die werden sicher da drinnen stecken, Officer!“ Der Polizist zog die kleine Mappe heraus und öffnete sie, sie war aber leer. Andreas versuchte dem Officer zu erklären, woher sie den Wagen hatten und wer der Besitzer sei. Der Polizist griente ergründlich und ging um das Fahrzeug herum, wo sein Kollege sich im kleinen Kofferraum des Jeeps zu schaffen machte. Plötzlich hielt der drei kleine Beutel mit einer weißen Substanz in der Hand und hielt sie hoch. Der Officer wandte sich an die beiden Freunde und meinte:

„Meine Herren, Sie sind einstweilen festgenommen bis zur Klärung dieses Sachverhaltes. Der Handel mit Drogen ist auf unserer Insel streng verboten und wird bestraft. Bitte folgen Sie mir!" Sie wurden in den Fond des Polizeiwagens verfrachtet und ab ging die wilde Fahrt ins Polizeipräsidium. Dort angekommen führte man sie in eine Zelle mit zwei Liegen und schloss wieder ab. Steffen sah Andreas fassungslos an.

„Jetzt sitzen wir auch noch im Knast! Langsam ist das Maß aber auch mal voll! Und nun?" Andreas setzte sich auf eine der Liegen und winkte ab.

„Abwarten und Tee trinken! Ist aber schon eigenartig. Wir leihen uns die Kiste aus und prompt werden wir von der Polizei kontrolliert. Meine Nase riecht ein krummes Ding! Habe mir doch gleich gedacht, dieser de Montez ist nicht ganz koscher." Steffen, rückwärts gegen die Wand gelehnt, meinte plötzlich:

„Sag mal, glaubst du, dass unsere beiden Frauen auf der Plantage in Gefahr sind?"
Andreas sah ihn mit zusammengebissenen Zähnen an und nickte. Was spielte dieser de Montez für ein Spiel mit ihnen?
Nach gut zwei Stunden erschien plötzlich der Officer des Reviers und bat sie mitzukommen. In seinem Büro bot er ihnen einen Platz ab. Erstaunlicherweise war er inzwischen wesentlich freundlicher geworden als am Anfang.

„Mister Thaler, Mister Urban, Sie sind deutsche Staatsbürger und Sie sind beide bei einer Airline beschäftigt. Sie sind über Guyana eingereist. Das ist ein leider sehr mit Drogen behafteter Einreiseweg, der uns viel Sorgen macht."
Er lehnte sich zurück und musterte seine beiden Besucher einen Augenblick.

„Meine Menschenkenntnis sagt mir aber, dass sie keine Dealer sind, die dieses Dreckszeug verkaufen. Außerdem haben Sie den Wagen, wie sich bestätigt hat, ausgeliehen. Ich vermute mal, dass dieses Zeug schon im Wagen war, als Sie ihn ausgeliehen haben. Vor allem bringt mich das deshalb zu meiner Überzeugung, weil wir mit der Plantage des Mr. De Montez schon einige Probleme hatten, unter anderem auch mit Rauschmittel." Er hielt kurz inne, ehe er weitersprach:

„Aber noch viel mehr hatte er es auf ausländische Frauen abgesehen und sie bedrängt. In einem Fall sogar vergewaltigt. Nur leider konnten wir ihm das nicht beweisen. Ich rate ihnen daher, dringend da oben auszuziehen. Was mir allerdings ein Rätsel aufgibt, ist der anonyme Anrufer, der uns ihren Wagen als gestohlen gemeldet hat." Er klappte seinen Hefter zusammen und holte tief Luft:

„Meine Herren, es gibt allerdings noch ein Problem mit Ihrer Einreise. Sie sind nicht offiziell über die Immigration eingereist und nicht bei uns registriert worden. Das heißt, Sie müssen innerhalb von 48 Stunden wieder nach Guyana ausreisen. So sind leider die Vorschriften." Andreas und Steffen sahen sich betroffen an.

„Und da gibt es keine Möglichkeit, die Anmeldung noch nachzuholen? Wir beabsichtigen von Trinidad aus nach Hause fliegen zu können. In Guyana war der Flughafen wegen der Unruhen gesperrt. Also sind wir mit dem Schiff herübergefahren zu Ihnen auf die Insel." Der Officer nickte mit betrüblichem Gesicht und zuckte mit den Schultern.

„Da kann ich Ihnen leider nicht helfen, so sind bei uns nun mal die Gesetze und an die muss ich mich halten, so leid es mir für Sie tut. Hier sind Ihre Reisepässe wieder, Sie sind entlassen. Verpassen Sie bitte nicht die 48-Stunden-Frist! Guten Tag!"

Als beide wieder auf der Straße standen, sahen sie ihren Jeep, der weiterhin auf dem Parkplatz bei der Polizei stand. Andreas stieß Steffen an und sie stiegen ein.

„Los, wir müssen zu unseren Frauen zurück! Dann packen wir zusammen und besorgen uns einen Rückflug nach Guyana oder eine Schiffspassage. Ab geht's!" Mit Vollgas schoss der Jeep aus dem Parkplatz hinaus auf die Straße. Am Fenster stand der Officer und schüttelte den Kopf.

„Diese Ausländer! Die denken immer, sie sind was Besseres und für sie gibt's Ausnahmen."
Als Steffen und Andreas wieder in der Plantage ankamen, blieben sie vor dem Herrenhaus stehen.

„Hör zu, Steffen, ich gehe jetzt rein zu diesem alten Gauner und blase ihm den Marsch. Du gehst schnellstens zu den Frauen und informierst sie. Ich komme gleich nach!"
Und schon stand Andreas mit Wut im Bauch auf der Vortreppe, wo ihm der alte Moses begegnet und ihn höflich mit gesenktem

Blick grüßte. „Moses! Wo ist der Boss?“, herrschte er den Farbigen an. Moses schluckte zweimal und meinte dann:

„Der Chef ist im Salon, er möchte aber nicht gestört werden.“ Andraes lachte. „Das kann ich mir gut vorstellen!“ Und schon war er im Vestibül, zog die Schiebetür zum Salon auf und trat ein. De Montez saß an seinem Schreibpult, sah ihn erstaunt an und lehnte sich mit einem hintergründigen Lächeln zurück.

„Kann ich noch was für Sie tun, Mister Thaler? Sind sie gut in die Stadt und wieder zurückgekommen?“ Andreas platzte der Kragen und er ging einige Schritte auf den Pflanzer zu, der plötzlich die Farbe wechselte.

„Überhaupt nichts ist gut, Mister de Montez! Wir hatten noch nicht mal die Stadt ganz erreicht, da wurden wir schon von der Polizei angehalten und der Jeep durchsucht! Das Ergebnis – drei Beutel mit Heroin! Und was mich noch nachdenklicher stimmt, ist die Tatsache, dass ein anonymer Anrufer uns bei der Polizei gemeldet hatte, weil der Wagen angeblich gestohlen worden sei. Was bitte soll dieser Scheiß? Wollen Sie etwas von uns?“ Plötzlich zog Andreas seine Pistole aus der Jackentasche. Die Augen von de Montez weiteten sich erschrocken. Andreas trat noch zwei Schritte näher an de Montez heran.

„Hatten sie nicht ein dringendes Telefonat zu führen, als wir abfuhren?“, schrie Andreas ihn mit sich überschlagender Stimme an.
De Montez wurde auf einmal ganz ruhig und sah Andreas hämisch lächelnd an.

„Können Sie etwas davon beweisen, was Sie hier andeuten? Mit Unterstellungen wäre ich an Ihrer Stelle als Ausländer sehr vorsichtig. Und das Tragen von Waffen ist bei uns nicht erlaubt. Unter diesen Umständen bitte ich Sie, schnellstens Ihren Bungalow zu räumen.“ Andreas sah ihn zornbebend an.

„Sie sind ein alter geiler Krimineller, der ausländischen Frauen nachstellt. Und das war der Grund, weshalb sie uns überhaupt mitgenommen haben!“ Andreas drehte sich auf dem Absatz und verließ den Raum mit einem Knall der Schiebetür, die fast aus den Angeln sprang. Andreas lief hinüber zum Bungalow und traf dort auf Steffen und Nadine, die in heller Aufregung waren. „Was ist denn bei euch los?“ Nadine begann zu weinen.

„Carmen hat sich vor zwei Stunden von mir getrennt und wollte noch weiter hinauf auf den Berg, wo der Bach entspringt. Ich hatte aber keine Lust und bin umgekehrt. Sie ist noch nicht wieder zurück und ich mache mir langsam Sorgen!“
Sie saß auf dem Bett und knetete ihr Taschentuch mit beiden Händen. Andreas sah Steffen an, der ziemlich ratlos zu sein schien. Plötzlich meinte Nadine:
„Wir haben unterwegs Maria getroffen, die Köchin. Sie hatte Gemüse geholt, als wir ihr begegneten.“ Steffen stand auf.

„Ich gehe sie fragen, kommst du mit?“ Andreas nickte. Im Eilschritt liefen sie hinüber zum Herrenhaus und betraten es durch den Hintereingang, wo die Küche lag. Als sie eintraten, war die Köchin gerade beim Gemüseputzen. Maria war circa 25 Jahre alt, etwa 1,65 Meter groß und etwas rundlich. Aber sie war eine Seele von Mensch und lachte immer. Als die beiden Deutschen eintraten, legte sie das Messer zur Seite und wischte sich die Hände an einem Tuch ab. Steffen sprach sie an:
„Maria, Sie sind heute vor zwei Stunden meiner Frau begegnet, stimmt das?“ Die Mulattin nickte mit erstem Gesicht.

„Ja, Mister Urban, das stimmt. Ihre Frau und ihre Freundin hatten sich aber gerade getrennt. Die blonde Frau ging weiter den Berg hinauf, die schwarzhaarige Frau war auf dem Weg zurück zur Plantage. Ich habe mich schon gewundert, dass ihre Frau alleine weiterging. Das sollte man als blonde Europäerin nicht tun.“ Steffen sah sie irritiert an. „Warum nicht?“ Maria lehnte sich an den Tisch und druckste.

„Boss ist kein guter Mensch! Hat vor zwei Jahren eine blonde Schwedin von seinem Helfer Douglas entführen und mehrere Tage einsperren lassen. Man sagt, er habe sie mehrfach vergewaltigt. Aber der Polizeichef war damals sein Freund und es kam zu keiner Anklage. Die Schwedin hat man dann wohl abgeschoben nach Hause.“ Andreas sah, dass Steffen jeden Augenblick explodieren würde und wandte sich nochmal an die Kreolin.

„Sagen Sie, hatten die Frauen einen Hund dabei?“, fragte er aufgeregt. Doch die junge Frau schüttelte den Kopf.

„Einen Hund hatten sie nicht dabei, den habe ich zu der Zeit drüben im Stall bei den Pferden gesehen. Ihr Hund hat mit unserem Bronco gespielt. Die beiden tobten ausgelassen umher.“

„Maria, wohin führt dieser Weg auf den Berg?“ Die Kreolin nickte verlegen.

„Ja, er führt hinauf zu einer Höhle neben einem Wasserfall. Da hat man damals die Schwedin auch gefunden“, setzte sie noch leise hinzu. Plötzlich meinte sie noch: „Es gibt aber auch noch eine Straße da hinauf, die man befahren kann. Das dauert dann nur zehn Minuten. Zu Fuß brauchen Sie mindestens eine halbe bis dreiviertel Stunde.“ Andreas bedankte sich für die Auskunft und zog Steffen am Ärmel hinter sich her.

„Pass auf, wir machen Folgendes: du nimmst den Jeep und fährst hoch. Nadine ruft die Polizei zu Hilfe und ich gehe zu Fuß da hoch. So können wir ihr vielleicht auf den Fersen bleiben. Denn in zwei Stunde könnte sie hoch- und wieder heruntergehen. Sie ist aber noch nicht da! Verstehst du das?“ Steffen schluckte und nickte. „Diesen de Montez schlage ich den Schädel ein!“, knurrte er. Andreas umarmte seinen Freund kurz.

„Das überlassen wir mal schön der Polizei, sonst landen wir selber noch im Knast. Und wir haben nicht mehr viel Zeit, bevor wir die Insel verlassen müssen.“ Steffen nickte zwar, meinte dann aber noch:

„Ohne Carmen bringen mich hier keine zehn Pferde von der Insel weg. Ich fahre jetzt los! Der Zündschlüssel steckt ja noch!“ Und schon hatten sie sich getrennt und Andreas lief zu Nadine.

„Rufst du bitte die Polizei an und sag ihnen, Carmen ist verschleppt worden. Wahrscheinlich von de Montez. Sie sollen sofort hoch zur Höhle kommen. Ich laufe jetzt zu Fuß los und Steffen ist schon mit dem Jeep weg. Tschüss Schatz! Sollte sie wieder auftauchen, ruf uns bitte an.“
Mit hastigen Schritten eilte er durch die Plantage in Richtung der Berge und begann mit dem Aufstieg.

Doch was war in diesen zwei Stunden passiert? Carmen hatte gerade den Bach übersprungen, als sie sich plötzlich zwei Kerlen gegenübersah. Ein Weißer im Matrosenhemd und Glatze, aber fast zwei Meter groß, und ein Farbiger nicht viel kleiner mit Mütze. Sie grinsten Carmen an, standen aber so auf dem Weg, dass Carmen nicht vorbeikam.

„Hey Lady, wohin des Weges?", fragte sie der Kahlkopf mit hämischem Grinsen. Carmen stand da und starrte die beiden Riesen an.

„Gehen Sie bitte aus dem Weg und lassen mich vorbei!", antwortete sie. Der Farbige grinste breit und zeigte zwei Reihen weißer Zähne. „Und wenn nicht?", fragte er zurück.

„Dann rufe ich meinen Mann an und der ist ganz schnell hier. Und er versteht keinen Spaß!" Im Geheimen bedauerte sie, dass sie jetzt nicht ihre Pistole bei sich trug, die sie ja alle vier behalten hatten. Urplötzlich machte der Glatzkopf eine Wendung und Carmen traf ein Schuh am Kopf, der sie für Sekunden betäubte. Blitzschnell hatte der Farbige ein weißes Tuch zur Hand und presste es Carmen auf Mund und Nase. Obwohl sie anfangs versuchte, sich noch zu wehren, wurde sie auf einmal ohnmächtig und ihre Glieder wurden schlaff. Der Farbige grinste breit.

„Henry, die Kohle haben wir schon so gut wie sicher! Der Boss wird zufrieden sein. Er will in einer Stunde oben sein. Ich glaube, er wird die Lady gleich an Ort und Stelle vögeln wollen. Beeilen wir uns also, damit das Bett in der Höhle fertig ist."
Der Kahlkopf lud sich den schlaffen Körper Carmens auf die Schulter und trabte bergan, dabei lachte er.

„Joe, ich freue mich schon darauf, wenn der Boss mit ihr fertig ist und ich ihr meinen Rüssel in ihre Pflaume schieben kann. Wie damals bei der Schwedin. Dreimal lag ich auf der. Das wird wieder ein Spaß werden!"

De Montez hatte genau fünf Minuten Vorsprung vor Steffen, als sie die Straße hinauffuhren. Da der Weg ziemlich uneben war, kam man nur im Schritttempo vorwärts.
Andreas schwitzte und wischte sich den Schweiß ab. Er war bereits eine gute halbe Stunde unterwegs und unter der sengenden Hitze ging ihm langsam die Kondition aus. Als er hinaufsah, glaubte er es rauschen zu hören. Das musste der Wasserfall sein. Tief einatmend und mit gebückter Haltung sich an einigen Ästen festhaltend, versuchte er weiter bergauf zu steigen.

Währenddessen war de Montez schon oben angekommen, nachdem er etwa einen Kilometer unterhalb der Höhle den schmalen Fahrweg durch einen dicken Felsbrocken versperrt hatte. Was keiner wusste, die Felsbrocken war verschiebbar und ruhten auf Stahlkufen, die in zwei Eisenschienen liefen und so von nur einer Person bewegt werden konnten. Aber dazu musste man erst einmal die am Hang eingebaute Tür öffnen, in die man dann den Felsen hineinschieben konnte. Und diese Tür wiederum war gut getarnt mit Gestrüpp und Holzpfosten.

Und so fluchte Steffen, als er vor diesem Hindernis ankam. Der Brocken versperrte den ganzen Weg. Er musste also den letzten Rest zu Fuß gehen. Wutentbrannt setzte er sich in Bewegung. Die Pistole hatte er im Laufen in den Hosenbund gesteckt. Und so hastete er den schmalen Fahrweg empor.

Carmen war inzwischen wieder zu sich gekommen und bemerkte, dass sie an Händen und Füßen gefesselt auf einem Bett lag. Sie versuchte sich zu erinnern, was geschehen war. Plötzlich wie aus dem Nichts stand de Montez neben dem Bett und grinste sie an. „Na, Miss Urban, wie geht es Ihnen?" Carmen zerrte an den Ketten. „Ist das Ihre Art von Gastfreundschaft, Sie alter geiler Bock?", schrie sie ihn an. Doch de Montez grinste nur. „Machen wir beiden doch ein Geschäft, Miss Urban. Sie lassen sich von mir jetzt vögeln, und ich lasse Sie anschließend frei. Oder Sie verweigern sich mir, ich bumse Sie trotzdem und Ihr Mann muss sie freikaufen! Was hätten Sie denn lieber?"

Carmen spuckte ihm aufs Hosenbein und zischte:

„Sie gehören hinter Gitter, Sie alter geiler Sack! Aber mein Mann versteht keinen Spaß, damit unterschreiben Sie Ihr Todesurteil!" De Montez nickte bedächtig.

„Sieh an, sieh an! Ist er vielleicht bewaffnet? Das ist bei uns nämlich verboten und wird mit Gefängnis bestraft! Aber machen Sie sich keine Sorgen, meine beiden Mitarbeiter sind beide gut bewaffnet. Wenn also Ihre Männer versuchen sollten, Sie hier herauszuholen, werde ich sie eigenhändig erschießen!"

Er schüttelte seine halblangen grauen Haare zurück und zog sein Sakko aus. Als er sich wieder umdrehte, hatte er eine Flasche und ein Tuch in der Hand. Er träufelte bedächtig zählend einige Tropfen auf das Tuch und presste es dann mit Gewalt Carmen auf das Gesicht. Obwohl sie noch versuchte, nicht einzuatmen, ging ihr doch dann die Luft aus und sie musste wieder atmen. Langsam wurde es schwarz um sie, dann spürte sie nichts mehr.

De Montez entledigte sich seiner Hose und begann Carmen langsam, nur noch mit einem Slip bekleidet, mit Genuss auszuziehen.

Seine beiden Wachhunde saßen am Höhleneingang und grinsten sich an, als sie aus dem Inneren der Höhle ihren Boss laut schnaufen und stöhnen hörten. Der Alte versuchte tatsächlich, die Deutsche zu vögeln. Aber offenbar ging das nicht so wie er wollte und deshalb fluchte er halblaut.

Inzwischen hatte Andreas das Plateau erreicht und kauerte im Gebüsch etwa 10 Meter vor der Höhle. Er sah die beiden Gestalten vor der Höhle sitzen und überlegte, wie er sie ausschalten konnte. Aber wie es aussah, musste der Alte bereits da sein und war in der Höhle. Carmen war also in größter Gefahr. Die beiden Kerle vor der Höhle standen auf und drehten sich um, da offenbar jemand sie aus der Höhle ansprach.

Nach einer Weile hörten sie Schritte und de Montez stand schweißüberströmt hinter ihnen. Sein nackter faltiger Oberkörper glänzte im Sonnenlicht. Der Glatzkopf stand auf, legte seine MPi zur Seite und sah seinen Boss an.

„Sind wir jetzt bei ihr dran, Boss?" fragte er siegessicher und schon in Gedanken bei dem, was er gleich mit der Deutschen machen würde. Doch de Montez schüttelte zu seiner Enttäuschung den Kopf.

„Ihr beiden bleibt der Lady vorerst noch vom Hals, damit das klar ist. Ich werde wohl nochmal den Liebhaber spielen, danach könnt ihr von mir aus mit ihr machen, was ihr wollt. Ist das klar?" Der Glatzkopf hatte sich gerade hingesetzt, als plötzlich eine Stimme aus dem nahen Busch ertönte:

„Ihr Saubande, gebt sofort meine Frau heraus oder es ergeht euch schlecht!" Verwundert schauten die beiden den Boss an. Der nahm die MPi des Glatzkopfes lud durch und jagte eine Geschossgarbe in die Richtung, aus der die Stimme gekommen war. Er hatte gerade die MPi wieder dem Glatzkopf übergeben, als ein einzelner Schuss fiel. Der Riese sah erstaunt seinen Chef an, schaute dann auf das Loch in seiner Brust und kippte letztlich stöhnend nach hinten um. Er war tot! De Montez drehte sich auf dem Absatz um und hastete zurück in die Höhle. Zitternd sah er auf die nackte Frau, die dalag. Sollte er sie erschießen? Oder war sie besser ein Pfand? Nach kurzer Überlegung kam er wieder nach vorn, wo der Farbige sein Gewehr im Anschlag auf dem Bauch lag.

„Hören Sie zu, Urban! Sie kriegen Ihre Frau zurück gegen 500.000 Dollar! Kohle haben Sie ja genug, wie man hört!" Die Antwort kam sofort.

„Dann schicken Sie Ihren Bodyguard zur Bank. Er bekommt eine Bestätigung von mir, indem ich dort anrufe, dass er das Geld in Empfang nehmen kann! Er muss das bis zur Schließung der Bank aber geschafft haben!", rief Steffen zurück.

„Dann tun Sie das, aber ohne Tricks Mr Urban, wenn Sie Ihre Frau lebend wiedersehen wollen."
De Montez grinste vor sich hin. Na, wer sagt es denn, alles lief nach Plan. Den Hinterausgang, einen schmalen Felsspalt, kannte nur er und seine Leute. Also konnte einer jetzt runter in die Bank gehen. War die Kohle da, würde er sich sofort mit seinem Speedboot aus dem Staub machen und rüber nach Guyana fliehen. Die ganze Sache hatte diesmal zu viel Staub aufgewirbelt. Er hatte die Deutschen offenbar unterschätzt und musste verschwinden.

Steffen hatte gerade laut und gut hörbar die Bank angerufen und den Auftrag erteilt, dass man das Geld dem Boten aushändigen sollte. Er hatte allerdings vorher keine Wähltaste gedrückt. Doch der Trick schien zu funktionieren.
Plötzlich sah Steffen einen Farbigen aus der Höhle stürmen und im Gebüsch verschwinden. Der Bote war offenbar unterwegs in die Stadt und de Montez war jetzt allein in der Höhle. Es war an der Zeit, zu handeln.
Plötzlich klopfte jemand Steffen auf die Schulter. Er drehte sich erschrocken ruckartig herum, doch hinter ihm kauerte Andreas.

„Gut gemacht, Steffen!", flüsterte er. Ich habe Nadine angerufen und die hat mir gesagt, dass die Polizei bereits unterwegs ist."

„Und was machen wir jetzt?", fragte Steffen. Andreas sah zum Himmel. Die Sonne hatte sich bereits hinter die Bäume verzogen.

„Wir warten jetzt noch, bis die Polizei hier ist. Wenn wir den Kerl jetzt erschießen würden, bekämen wir garantiert Ärger. Sie werden sicher gleich da sein. Ich schleiche mich nochmal rüber zur Straße und sehe, dass ich sie vorher nochmal sprechen kann, bevor sie loslegen."

Und schon war Andreas wieder im Halbdunkel verschwunden. Steffen dachte an ihre Zeit, als sie zusammen geflogen waren. Und jetzt, jetzt krochen sie hier im Busch herum und mussten ihre Frauen befreien. Diese verdammten Steine hatten sich als ein Fiasko herausgestellt, Nicht finanziell, aber menschlich auf jeden Fall. Und er schwor sich, sobald Carmen wieder frei war, die anderen davon zu überzeugen, irgendwie nach Hause zu kommen.

Andreas traf, als er an der Straße ankam, auf die zwölf Polizisten, die eine Befreiung in Angriff nehmen sollten. Geführt wurden sie von Officer Fräzer, einem schneidigen Farbigen in gutsitzender Uniform. Er begrüßte Andreas freundlich:

„So, Mister Thaler, wir werden jetzt rübergehen zur Höhle und alle da drinnen auffordern, ihre Geisel freizugeben und sich den Behörden zu stellen. Gehen sie nicht darauf ein, bleibt uns nur, die Sache mit Gewalt zu Ende zu bringen. Eine andere Möglichkeit sehe ich auf Grund der Örtlichkeit nicht. Im Übrigen wurde mir gerade mitgeteilt, dass der Mann, der das Lösegeld abholen sollte, von uns festgenommen wurde. Selbst wenn sie dem alten Fuchs das Geld ausgehändigt hätten, wäre die Sicherheit ihrer Freundin nicht gewährleistet gewesen."

Officer Fräzer gab seinen Leuten das Zeichen zum Vorrücken. Andreas musste hinter ihnen bleiben. Mit einem Seitenblick auf die Felswand, an der sie entlangliefen, bemerkte er plötzlich einen etwa 60 Zentimeter breiten Spalt in der Wand. Andreas blieb stehen und wollte sich vergewissern, dass das kein Ausgang aus der Höhle war. Seitwärts gehend zwängte er sich tiefer in den Spalt hinein. Nach etwa drei Metern konnte er plötzlich in die Höhle hineinschauen. Im Halbdunkel sah er Carmen auf einem alten Stahlbett liegen. Eine Hand und ein Bein waren am Bett angekettet. De Montez' Leute hatten ihr etwas über den Mund geklebt, damit sie nicht schreien konnte. Andreas überlegte, was geschehen würde, wenn er plötzlich mit vorgehaltener Waffe in der Höhle auftauchen würde. Würden de Montez sich ergeben oder würde er, ohne zu zögern, schießen? Letzteres war wohl wahrscheinlicher.

Vor der Höhle war inzwischen die Polizei aufgetaucht und forderte über ein Megaphon den Gauner auf, sich zu ergeben und die Frau freizulassen. Die Aufforderung wurde zweimal wiederholt.

„Ihr könnt euch ja die Frau holen, aber dann ist sie tot!“, kam de Montez Antwort zurück. Der Alte stand neben dem Bett von Carmen und hatte eine Pistole in der Hand.
Plötzlich fielen zwei Schüsse! De Montez hatte einen Streifschuss in den rechten Arm abbekommen und die Pistole fiel ihm aus der Hand! Urplötzlich drehte sich der Alte um und lief humpelnd auf den Durchgang zu, in dem Andreas stand. Der trat einen Schritt aus dem Durchgang heraus und de Montez schaute in den Lauf von Andreas‘ Pistole.

„Bleiben Sie stehen, Sie Verbrecher oder ich drücke ab!“ De Montez gab auf und ließ sich widerstandslos festnehmen.
Steffen eilte sofort auf Carmens Bett zu und löste rasch ihre Fesseln. Eine Weile lagen sie sich in den Armen. Carmen weinte bitterlich und schluchzte immer wieder.

„Ich will endlich nach Hause, Steffen! Bring mich endlich nach Hause!“ Als sie Andreas sah, lächelte sie schon wieder.

„Ihr beiden Helden seid unbezahlbar! Immer zur richtigen Zeit am richtigen Ort. Danke dir Andy!“, und dann umarmte sie ihn. Wie sie dann erfuhren, hatte de Montez keinen hochgekriegt, als es darauf ankam, und Carmen hatte sich schlafend gestellt. Die Polizei nahm die vier Deutschen wieder mit herunter zur Plantage. Unterwegs im Auto erzählte Carmen dann, was ihr passiert war. Sie hatte sich aber inzwischen schon wieder erstaunlich gut erholt. Die zwei Wochen im Regenwald hatten sie aber alle erheblich verändert. Seit fast zwei Wochen waren sie nun schon in Lebensgefahr und hatten sich daran gewöhnt, ständig bedrängt zu werden. Carmen sah Steffen an.

„Wenn ich meine Pistole mitgehabt hätte, wäre das anders ausgegangen. Ich hätte den beiden ins Bein geschossen.“
Andreas musste lachen. „Na, wenn es nur das Bein gewesen wäre, hätten sie ja noch Glück gehabt.“ Steffen blickte etwas mürrisch drein und sah seine Frau an.

„Hör mal Carmen, du hast bei deinem Ausflug weder deine Waffe noch Conny mitgenommen. Das war leichtsinnig! Beim nächsten Ausflug denkst du bitte daran, ja?" Sie sah Steffen von der Seite an und nickte wortlos.

Auf der Plantage von de Montez waren inzwischen weitere Polizisten eingetroffen und durchsuchten das Haus und das ganze Anwesen. Im Schlafzimmer von de Montez fanden sie dann den Reisepass der Schwedin und noch zwei weitere Pässe, sowie drei Goldketten, vier Barren Gold zu je 100 Gramm und Reizwäsche von offenbar weiteren jungen Damen.
Als der Tross mit Andreas, Steffen und de Montez auf der Plantage ankamen, standen alle Angestellten auf der Freitreppe und blickten unsicher um sich. Nadine stand mit Andreas etwas abseits und sie winkten Maria lächelnd zu. Die Mulattin schien erleichtert zu sein.
Das Gespräch mit Officer Fräzer dauerte dann eine ganze Stunde. Er notierte sich fein säuberlich alle Angaben. Dann winkte er Nadine noch zu sich und bat sie, sich zu setzen.

„Miss Glauber, wie wir inzwischen vom Chauffeur von de Montez erfahren haben, war geplant, sie beide zu entführen, um Lösegeld zu erpressen. Nur weil sie vorzeitig umgekehrt waren, kam es dann nicht dazu." Er blickte sich in der Runde der vier Europäer um und schmunzelte.

„Also, ich verlängere hiermit ihren Aufenthalt hier bei uns auf weitere 48 Sunden in Anbetracht dessen, wie sehr sie uns geholfen haben, diesen Kriminellen festzunehmen. Dabei übersehe ich auch, dass sie alle vier bewaffnet sind, was bei uns verboten ist. Ich hoffe, es gelingt ihnen, bald nach Hause zu kommen."
Dann verabschiedete er sich und der Trupp fuhr mit den Jeeps wieder davon.
Die Vier sahen sich gegenseitig an und waren froh, dass dieses unheilvolle Geschehen doch noch gut ausgegangen war. Aber Nadine brachte es diesmal auf den Punkt. Sie sah die beiden Männer an und schmunzelte dabei.

„Eines steht fest, ihr beiden Helden, kommt mir ja nie wieder mit einem kleinen Abstecher in die Wildnis! Mein Bedarf ist gedeckt, aber restlos! Aber was machen wir jetzt?"

„Sie lassen uns hier auf keinen Fall mit einem Flugzeug weg. Also fliehen ist aussichtslos. Für uns gibt es nur einen einzigen Flug, und der geht wieder zurück nach Georgetown."

„Oder vielleicht mit einem Boot rüber nach Tobago!“, ergänzte Carmen. Die beiden Männer sahen sich einen Moment wortlos an. Nadine deutete auf den Privat-PKW, der einige Meter hinter der Einfahrt zur Plantage stand. In dem Peugeot saßen zwei Männer und unterhielten sich. Steffen stand auf.

„Ich schätze, die überwachen von nun ab jeden unserer Schritte“, ergänzte er. Sie gingen zurück zu ihrem Bungalow. Unterwegs meinte Carmen plötzlich:

„Was haltet ihr davon, wenn wir zu Hause mal anrufen? Vielleicht können die uns ja helfen, hier wegzukommen.“ Dabei betastete sie mit beiden Händen ihre blonde Haarpracht, die ziemlich schmutzig war und schüttelte den Kopf. Nadine sah es.

„Was ist los, hast du Läuse bekommen da oben?“ Carmen grinste verhalten.

„Ich glaube, ich hatte noch nie solche schmutzigen Haare wie hier im Paradies. Ich muss mich jetzt unbedingt duschen.“ Und so gingen die beiden Frauen zurück zum Bungalow, wo sie Conny schanzwedelnd und bellend empfing. Carmen schimpfte mit ihm: „Warum hast du uns denn nicht begleitet, hast wohl wieder eine Freundin gefunden, du Schlimmer“. Conny sah sie an, als wenn er traurig wäre und leckte ihre Hand. Sie konnte einfach nicht anders, kniete sich hin und umarmte ihn liebevoll. Steffen zeigte rüber auf das Herrenhaus.

„Und ich gehe jetzt da rüber zum Telefon und rufe zu Hause die Airline an. Kommst du mit?“ Andreas willigte ein. Nach kurzer Überzeugungsarbeit bei Butler Moses, der nun der Hausherr war, solange de Montez weg war, saßen sie in tiefen Polstern der Ledercouch und wählten München an. Es tutete eine Weile, dann meldete sich eine Frau Seeberger aus dem Büro der Einsatzleitung:

„Mein Gott, Herr Urban, wo bleiben Sie denn nur? Der Chef ist schon außer sich und spricht von Disziplinarmaßnahmen.“ Steffen unterbrach ihren Redefluss.

„Frau Seeberger, ich versuche, es ihnen schnell zu erklären. Weil auf dem Flughafen in Guyana gestreikt und randaliert wurde, haben wir versucht, mit einem Schiff hier rüber nach Trinidad zu gelangen. Leider war das am Ende eine unerlaubte Einreise und wir müssen in zwei Tagen wieder zurück nach Guyana fliegen. Die Behörden lassen sich nicht erweichen. Dazu wurde meine Frau hier noch entführt und wir mussten sie heute noch befreien. Ich bin ehrlich, es kann noch dauern, bis wir wieder in Deutschland sind." Die gute Frau Seeberger war fassungslos und zugleich geschockt, als sie das hörte.

„Ich werde es dem Chef ausrichten. Aber gibt es denn keinen deutschen Honorarkonsul auf Trinidad? Grüßen Sie bitte auch Herrn Thaler und Frau Glauber von mir!"
Steffen bedankte sich für den Tipp und nickte Andreas zu.

„Keine schlechte Idee, schauen wir mal, ob wir hier einen finden. Fahren wir doch morgen früh zu viert mit dem Jeep vom Boss runter in die Stadt und fragen bei der Polizei nach."

Am frühen Morgen fuhren sie hinunter in die Stadt zur Polizei. Im Eingangsbereich wurden sie von einer jungen farbigen Polizistin aufgehalten mit der Frage, wohin sie wollten.

„Wir wollten uns eigentlich nur erkundigen, ob es auf Trinidad einen Deutschen Honorarkonsul gibt", antwortete ihr Andreas. Die junge Polizistin zuckte mit den Schulterm.

„Darüber ist mir nichts bekannt, aber der Chef müsste das wissen. Er sitzt im Zimmer 11. Gehen Sie da lang, die dritte Tür rechts." Andreas bedankte sich mit einem Lächeln. Am Zimmer Elf angekommen klopfte Steffen kräftig an. „Come in!", kam es aus dem Zimmer und sie traten ein. Hinter dem Schreibtisch saß der bekannte Officer Fräzer und schaute ihnen gespannt entgegen.

„Oho, Sie sind noch da! Was kann ich für Sie tun, damit Sie hier wegkommen?" Andreas bereits angefressen, pflanzte sich vor seinem Schreibtisch auf.

„Am besten, indem sie uns einen Flug direkt nach Deutschland buchen, dann sind wir sofort weg!" Der Officer schüttelte betrübt den Kopf. „Sie wissen, das geht nicht." Andreas schaute ihn mit zusammengekniffenen Augen an.

„Was glauben Sie, was das für ein Bild in Deutschland von Ihrer schönen Insel macht, wenn wir nach Hause kommen und von der Presse gefragt werden, was wir hier erlebt haben? Aber eine andere Frage, gibt es einen Deutschen Honorarkonsul auf der Insel?" Der Officer lächelte gequält.

„Ja, den gibt es. Mister Anton Schröder in der Hoover-Street 121. Das ist am Wasserwerk!" Andreas nickte und machte auf dem Absatz kehrt. Auf den Flur kam ihnen auf einmal Fräzer nachgelaufen und meinte: „Ich möchte Sie bitten, mit dieser Angelegenheit diskret vorzugehen."

Andreas sah ihn von oben bis unten mit abweisendem Blick an.

„Wissen Sie was, Mister Fräzer, wir dachten immer in Deutschland wäre die Bürokratie unausstehlich, aber noch unausstehlicher wie bei Ihnen kann sie wirklich nicht sein. Das macht keinen guten Eindruck auf die Touristen, wenn wir das zu Hause erzählen werden. Guten Tag!"

Officer Fräzer sah den Deutschen mit zusammengekniffenen Lippen hinterher. Was bildeten sich diese Ausländer eigentlich nur ein. Nur weil sie einige Wochen die Strände bevölkern, glaubten sie die Größten zu sein. Nicht selten sah man auf die Einheimischen herab. In dem Punkt waren sich alle Europäer gleich. Aber das konnte man auch anders lösen!

Als die Vier das Polizeipräsidium verließen und wieder den Jeep bestiegen, stand ein unscheinbarer blauer Renault nicht weit von ihnen entfernt und folgte ihnen, als sie abfuhren.

Sie erreichten die Hoover-Street 121 schon nach wenigen Minten. Das Haus sah gepflegt aus, typisch deutsche Gartenzwerge im Garten, und auch sonst wie ein Relikt aus der Heimat.

Steffen läutete kurz. Wenig später öffnete sich die Tür und eine Farbige öffnete ihnen. Steffen sagte:

„Hello Miss, wir möchten gern den Honorarkonsul sprechen."

Die farbige Lady war ungefähr 30 Jahre alt, sehr schlank und sah aus, als wäre sie einem Modemagazin entstiegen.

„Oh, das tut mir aber leid, der Herr Honorarkonsul ist für drei Tage nach Tobago geflogen. Er wird also nicht vor Sonntag zurückerwartet."

Steffen bedankte sich enttäuscht. Die anderen folgten ihm wieder zum Jeep. Als Steffen zufällig in den Rückspiegel sah, runzelte er die Stirn. Täuschte er sich? Der blaue Renault hatte doch bereits auf dem Parkplatz des Polizeipräsidiums gestanden.

„Schaut mal unauffällig nach hinten, da steht ein blauer Renault. Ich glaube der verfolgt uns." Andreas lachte.

„He, was ist denn los mit dir! Wer soll uns denn verfolgen?" Steffen sah ihn von der Seite an und startete den Jeep.

„Das werden wir ja gleich feststellen!" Er fuhr los. Tatsächlich folgte ihnen der blaue Renault. Zum Spaß blieb Steffen an der

Tankstelle stehen. Und schon kam der Verfolger nach und blieb in der Einfahrt zur Tankstelle stehen. Diesen Spaß machte sich Steffen noch zweimal, und als der Wagen bis vor die Einfahrt der Plantage an ihnen dranblieb, stand fest, sie wurden beschattet. Aber warum?
Im Bungalow von Andreas und Nadine setzten sie sich zusammen und beratschlagten, was sie nun tun sollten.

„Leute, fest steht, wir müssen morgen früh die Maschine zurück nach Guyana nehmen. Da führt kein Weg daran vorbei. Aber ob die den Hund mitnehmen, ist fraglich."
Steffen lehnte sich zurück. Sein Gesicht, im Laufe dieser wenigen Wochen schon ein wenig verlottert und unrasiert, verzog sich zu einer Grimasse, als er es sagte:

„Was wäre denn, wenn wir am Flughafen erscheinen und die Polizei uns herauszieht? Wir sind nach deren Meinung illegal eingewandert und wollen das Land ebenso illegal wieder verlassen." Andreas sah die anderen fragend an. Nadine war erregt.

„Aber wie wollen wir denn dann sonst hier wegkommen?" Andreas deutete auf einen großen LKW, der im Gelände stand und gerade mit Zuckerrohr beladen wurde. Offenbar machten die Bewohner der Plantage schnell noch ein Geschäft, ehe ein neuer Besitzer auftauchte und sie vielleicht alle entlassen wurden.

„Der fährt runter zum Hafen und das Zuckerrohr wird auf ein Schiff verladen. Und das wird garantiert heute Nacht noch auslaufen. Die Frage ist wohin?" Steffen und auch Carmen nickten auf einmal, sie hatten verstanden, worauf Andreas hinauswollte. Er stand auf.

„Ich gehe jetzt mal rüber zu dem Fahrer und rede mit ihm. Hat jemand von euch zehn oder zwanzig Dollar bei sich?"
Nadine reichte sie ihm mit der Bemerkung: „Aber bitte Quittung mitbringen!" Trotz der angespannten Lage konnten sie sogar noch darüber lachen und Andreas trabte los. Der Fahrer stand in einer der Hallen und wurde von einem etwa 20-jährigen einheimischer Kreolen gefahren. Andreas sprach ihn an.

„Hi! Wo fahrt ihr denn das Zuckerrohr hin?" Der junge Mann sah Andreas abschätzend an. Dann meinte er kurz angebunden:

„Das Zeug kommt auf ein Schiff. Warum interessiert euch das?" Andreas fächelte sich Luft mit einem 20-Dollar-Schein zu.

„Und wohin fährt das Schiff, junger Mann?" Mit begehrlichen Blicken auf die 20-Dollar-Note meinte er:

„Rüber nach La Linea in Guyana zu einer Rumfabrik." Und Andreas dachte kurz nach.

„Nehmt ihr manchmal auch Fahrgäste mit?" Der junge Kerl verzog das Gesicht ein wenig.

„Da müsste ich mit der Chefin mal reden. Wieviel seid ihr?" „Wir sind vier und ein Hund und wir bezahlen natürlich auch dafür." Der junge Kerl nickte.

„Gut Mister, ich telefoniere mit der Tochter des Chefs, die das Sagen auf dem Kahn hat. Kommen Sie am besten in einer halben Stunde nochmal her." Mit einem Blick über den Platz bis zum Eingang der Plantage lächelte er dann.

„Ich gehe mal davon aus, dass die da vorne in dem blauen Renault sie nicht sehen sollen, oder?" Andreas nickte wortlos. Dann steckte er dem jungen Kerl die 20-Dollar-Note in die Hemdtasche und verabschiedete sich. Rasch lief er zurück zum Bungalow, wo er bereits mit Spannung erwartet wurde. Als er eintrat, saßen die drei beisammen, schwiegen sich an und sahen ihn fragend an.

„So Leute, die fahren das Zuckerrohr tatsächlich runter in den Hafen, dort liegt das Schiff. Zielhafen La Linea, also Guyana. Nach meiner Meinung sollten wir den Kahn nehmen, wenn es klappt. Der Fahrer will mit der Eignerin des Schiffes reden und gibt mir Bescheid." Steffen schüttelte missmutig den Kopf.

„Dann sind wir also wieder dort, wo wir vor einer Woche abgehauen sind. Wenn das kein Witz ist, dann weiß ich auch nicht." Die zwei Frauen sahen ihn betreten an, und Carmen meinte:

„Aber immer noch besser als in einem Gefängnis hier auf der Insel zu landen. Und unser Pech war, dass unsere Steine nicht geheim geblieben sind. Und wir haben selber Fehler gemacht, und da schließe ich mich nicht aus." Nadine nickte ebenfalls.

„Carmen hat recht, ich habe ja auch meinen Anteil daran. Aber fakt ist doch, wir haben jetzt genügend Bargeld, so dass wir keine Steine mehr verkaufen müssen. Wenn ich auf die Karte sehe, müssten wir eigentlich nach Französisch-Guyana. Das gehört zur EU und zu Frankreich. Da kann man mit dem Ausweis einreisen." Andreas dachte nach und musste seiner Verlobten recht geben.

„Wenn wir das wollen, müssen wir uns diesmal drüben südlich halten, also über Surinam. Wir sollten uns da unten mal über den Flugverkehr informieren."
Eine Weile schwiegen sie vor sich hin. Im Radio dudelte leise Musik. Plötzlich stand Steffen auf.

„Macht doch bitte mal schön den Fernseher an, in jedem Zimmer das Licht und zieht die Fenster zu. Andreas, wir sollten nochmal zu dem jungen Kerl gehen und sehen, ob das klappt. Und ihr Mädels packt mal schon alles zusammen. Es nützt ja nichts, hier Trübsal zu blasen. Bis Weihnachten will ich wieder zu Hause sein", setzte er noch hinzu und lachte.
Minuten später liefen sie beide rüber zu der großen Halle, wo das Zuckerrohr gelagert wurde. Auf dem Weg dahin trafen sie Sofia, die Köchin vom Haupthaus. Sie blieben kurz stehen.

„Na, Sofia, wie ist die Lage? Wie geht es jetzt weiter, wisst ihr schon was?" Sofia nickte erleichtert.

„Ja, Mister Thaler, der Bruder vom Boss ist vor zwei Stunden eingetroffen. Er will die Plantage einstweilen übernehmen und wir können alle bleiben. Und was machen Sie nun?"
Andreas zuckte mit den Schultern. „Keine Ahnung, Sofia. Wir werden ja noch überwacht." Mit einem Blick auf dem am Haupteingang stehenden PKW nickte sie.

„Das sind die Helfer vom Polizeichef. Ganz üble Burschen."
Als sie die Halle erreichten, telefonierte der junge Kerl gerade. Er sah kurz zu ihnen herüber und reichte Andreas sein Handy.
„Die Chefin ist dran. Reden sie am besten selber mit ihr."
Andreas nahm das Handy und grüßte die Lady.

„Hallo, Miss Perez, mein Name ist Andreas Thaler. Ich bin hier mit meiner Frau und einem befreundeten Ehepaar und wir suchen eine Gelegenheit, rüber nach Guyana zu kommen. Fliegen kommt für uns nicht in Frage, meiner Frau, die schwanger ist, geht es derzeit nicht gut. Wir würden ihnen die Überfahrt natürlich gut bezahlen." Am anderen Ende der Leitung hörte er eine sympathische Frauenstimme, die lachte.

„Mister Thaler, sagen Sie doch einfach, Sie wollen bei der Ausreise nicht gesehen werden, warum auch immer. Ich gehe mal davon aus, Sie haben niemand umgebracht und sind auch keine Gewaltverbrecher. Und einen Pass haben Sie auch, oder?" Andreas musste lachen.

„Das ist alles viel komplizierter, Miss. Weil der Flughafen von Georgetown bestreikt wird und Unruhen sind, konnten wir nicht mit dem Flugzeug weg. Also sind wir schon mal per Schiff hier auf die Insel gekommen. Aber nun fehlte uns der Einreisestempel und wir müssen Trinidad innerhalb von 48 Stunden, also morgen früh verlassen. Nun trauen wir aber den hiesigen Behörden nicht so recht und würden gerne wieder mit einem Schiff zurückfahren." Die Dame auf der anderen Seite lachte etwas.

„Na, das glaube ich Ihnen aufs Wort. Der Polizeichef da drüben ist ein korrupter Idiot. Also kurz und gut, halten Sie sich an den Fahrer. Der bringt Sie zum Schiff. Wir sehen uns ja dann bald."
Andreas sah Steffen kurz an und nickte wortlos. Die Sache klappte also! Mit Pedro vereinbarten sie, dass sie in einer halben Stunde in die Halle kommen würden, um dann auf den LKW aufzusteigen.
Wieder zurück im Bungalow gab es zwar keinen Freudenjubel, aber die Frauen hatten bereits alles gepackt. Steffen öffnete vorsichtig wieder die Tür des Bungalows und schaute hinaus. Es war inzwischen etwas dunkler geworden. Doch weit und breit war nichts zu sehen. Also stiegen sie durch das hintere Fenster hinaus, nahmen ihr Gepäck auf und liefen zur Halle. Pedro erwartete sie schon, die Zeit drängte. Dann bestiegen sie die Ladefläche des großen LKWs und Pedro zeigte auf eine große Holzkiste, in der man vor langer Zeit mal ein Kühlaggregat transportiert hatte. Die schwere Kiste war mit Deckel und hatte zahlreiche Löcher. Pedro lachte.

„Die stand da hinten und wir haben sie mal aufgeladen, damit sie es bequem haben. Nur ihr Gepäck müssen sie draußen ablegen. Dann kommt der Gabellader und bringt noch eine Fuhre von dem Zuckerrohr. Zum Glück ist es schon geschnetzelt und wir müssen nicht die langen Stangen transportieren."
Nacheinander stiegen sie in die Holzkiste und hatten Mühe, sich einigermaßen bequem hinzusetzen. Das größte Problem aber machte Conny. Er wollte erst nicht in das Fahrerhaus einsteigen. Und es dauerte eine Weile, bis der kluge Hund dann doch

nachgab und einstieg. Trotzdem winselte er leise, wusste er doch, dass sein Frauchen in der Nähe war. Der Deckel flog zu und die Vier saßen im Finstern. Nadine stöhnte leise.

„Na hoffentlich dauert das nicht allzu lange." Steffen lachte halblaut.

„Hoffentlich wart ihr alle nochmal pieseln." Sie hörten, wie über ihnen noch einmal Zuckerrohr aufgeschüttet wurde. Dann fing die Kiste an, leicht zu zittern und sie spürten, dass es los ging. Am Tor musste der LKW stehen bleiben. Die beiden Beamten hatten ihn aufgehalten.

„Wo fährst du das Zeug hin?", fragte man Pedro. „Ich fahre es zum Hafen und lade es dort wieder ab. Morgen früh wird es dann verladen, keine Ahnung, wo es hingeht."
Einer der Beamten war nochmal auf den rechten Hinterreifen gestiegen und schaute auf die Ladefläche. Pedro hielt den Atem an, als er es sah. Doch der junge Beamte stieg wieder herunter und nickte.

„Okay, lass ihn losfahren!" Pedro grüßte nochmal und gab Gas. Der LKW verließ das Plantagengelände und nahm Kurs Richtung Hafen. Dort angekommen hielt er neben einem Transportschiff an.
Ein langer Greifarm kam vom Schiff herüber, senkte sich, und Pedro und sein Freund Ignatz schaufelten das Zuckerrohr wieder von der Kiste herunter, um die große Kiste dann an den Greifarm anzuhängen.
Und die in der Kiste merkten plötzlich, wie sich ihre Unterbringung bewegte und leicht pendelte. Dann wurde die Kiste in die Ladeluke erst angehoben und dann hinuntergelassen.
Plötzlich ging die Klappe auf und die Vier starrten einen Mann an, der im Scheinwerferlicht dastand und sie bat, auszusteigen. Steffen reckte sich und stöhnte leise:

„Mein linkes Bein ist eingeschlafen, verdammt nochmal!" Dann führte man sie aus dem Laderaum in die Messe des Schiffes. Dort saß bereits Conny und sprang sofort auf Carmen zu, als sie eintraten. Am Tisch saß eine gut 35jährige Frau mit indigenen Gesichtszügen, einem knallgelben Band um ihr Kraushaar und ein paar Jeans, die auch schon bessere Zeiten gesehen hatten. Sie stand auf, um ihre Besucher zu begrüßen.

„Hola, mein Name ist Mercedes Perez. Das Schiff gehört meinem Vater. Aber der Kapitän ist leider krank geworden und so bin ich eingesprungen. Ich begrüße Sie, bitte nehmen Sie doch Platz." Sie setzten sich an die Eckbank und Mercedes gab einem jungen Mann einen Wink, damit dieser etwas zu trinken brachte.

„So, Sie wollen also rüber nach Guyana. Darf ich fragen, was Sie dazu bewegt hat, aus Deutschland zu uns zu reisen?" Andreas schmunzelte leicht.

„Ja, wir sind auf einem Abenteuerurlaub. Wir waren schon in Guyana und sind mit einem Schiff herüber auf die Insel gefahren. Nur damit hatten wir keine gültige Einreisepapiere und müssen die Insel nun wieder verlassen. Wir haben vermutet, dass man uns, wenn wir fliegen, eventuell am Flughafen Schwierigkeiten machen würde wegen des fehlenden Einreisestempels. Wir wollen noch über Surinam runter nach Französisch-Guyana und von dort dann wieder nach Hause. Also so, wie ich es Ihnen schon erzählt habe."
Insgeheim war Andreas selber auf sich stolz, was er da für eine Geschichte aus dem Bauch heraus zuwege gebracht hatte. Er sah die junge Frau an.

„Was sind wir Ihnen für die Überfahrt schuldig?" Die lächelte leicht und meinte dann:

„Na, sagen wir mal 100 Dollar für jeden und der Hund ist gratis Fahrgast, ist das okay?" Steffen zückte seinen Brustbeutel und zählte das Geld auf den Tisch. Die junge Frau lächelte wieder und strich die Geldscheine zusammen.
„Gut, ich zeige Ihnen jetzt, wo Sie einstweilen mit dem Hund unterkommen. Ist zwar nicht besonders luxuriös, aber für einen Nacht geht das schon. Wir sind ja schon morgen gegen 11.00 Uhr drüben."
Durch einen schmalen Gang führte sie die Eignerin bis zu einer Tür und öffnete sie. Der Raum hatte zumindest ein Bullauge, hatte vier Einzelbetten und einen Tisch mit vier Stühlen. Sie strahlte Andreas förmlich an.

„In einer Stunde bitte ich Sie in der Messe zu Tisch. Jemand wird Sie abholen." Dann verschwand sie wieder. Die vier sahen sich um und Conny schnüffelte in allen Ecken herum. Als erstes schoben sie die Betten zu je zwei Paar zusammen.

Plötzlich begann der Schiffsdiesel zu brummen. Als sie raussahen, glitt gerade die Mole an ihnen vorüber. Sie waren wieder auf dem Meer. Andreas faltete seine Karte wieder zusammen, die er auf dem Tisch ausgebreitet hatte.

„Wenn wir diesen letzten Teil unserer Reise mit dem Auto machen wollen, brauchen wir eine neue Karte. Meine geht nur bis zur Grenze. Ich sage euch was, das wird noch ein schönes Stück Reiseweg! Eintausend Kilometer werden da nicht reichen.“ Nadine lachte verhalten. „War ja auch zu blöde, dass wir das nicht gleich zu Anfang in Betracht gezogen haben. Wir könnten schon zu Hause sein.“ Andreas nickte schuldbewusst. Plötzlich meldete sich Carmen zu Wort.

„Also ich denke, niemand von uns muss sich Vorwürfe machen, wie es gelaufen ist mit Trinidad. Hätte es dieses Mendez nicht gegeben, wären wir bestimmt nicht aufgefallen.“ Plötzlich hörten sie ein Schnarchen. Als sie sich zu den Betten umsahen, lag dort Steffen auf dem Bett und sägte tüchtig. Conny saß neben ihm und starrte ihn die ganze Zeit an und wunderte sich wahrscheinlich, was der Mensch für Töne von sich gab.

In der Messe trafen sie sie dann auf die Mannschaft, die aus acht Matrosen bestand. Der Koch hatte eine kräftige Rindfleischsuppe gekocht und die Gäste bekamen sogar einen fruchtigen Cocktail aus Ananas und Mango.
Der Seegang hatte zugenommen. Offenbar hatte sich das Wetter verschlechtert. Nadine sah etwas grün aus im Gesicht und musste sich hinlegen. Kurze Zeit später musste sie ihren Anteil der Suppe wieder Neptun übergeben. Festgeklammert an der Reling und von Andreas gehalten, übergab sie sich.
Breitbeinig dastehend und die frische Luft einatmend, hielt er Nadine fest an sich gedrückt und redete ihr gut zu. Nadine weinte und schluchzte leise vor sich hin:

„Wann kommen wir denn endlich bald mal wieder nach Hause, Andreas? Ich kann langsam nicht mehr. Jetzt müssen wir wieder zurück in dieses blöde Land.“ Andreas hielt sie fest und gab ihr einen Kuss auf die Wange.

„Schatz, wir können es nicht ungeschehen machen, was wir erlebt haben bis hierher, aber denk bitte daran, wenn wir wieder zu Hause sind, ist das alles nur Vergangenheit. Du hast dir schon Notizen gemacht, wie ich gesehen habe." Nadine nickte.

„Stimmt, ich habe mir vorgenommen über unsere Abenteuer ein Buch zu schreiben." Andreas nickte.

„Mach das, Schatz. Vielleicht wirst du ja auch noch berühmt." Nadine lächelte schon wieder und sah ihren Freund in die Augen.

„Ob ich da unsere Hochzeit noch mit einbauen kann, was meinst du?" Andraes nickte. „Aber hundert pro, Liebling!" Sie gingen wieder zurück in die Kabine. Als sie eintraten, fiepte Conny leise. Familie Urban schlief schon eng umschlungen.

Andreas nahm Conny und ging mit ihm nach oben an Bord. Der arme Kerl musste tatsächlich sein Geschäft verrichten. Andreas kehrte es mit einem alten Besen über Bord. Der Wind zauste Conny das Fell, doch es schien ihm zu gefallen. Andreas streichelte ihn am Kopf und der Hund drückte seine Schnauze dankbar an Andreas' Hosenbein. Der gute Kerl hatte ihnen tatsächlich schon viel geholfen. Ihn zurückzulassen, wäre für Carmen sicher ein Greul. Sie mussten sehen, dass sie das Tier auf jeden Fall mit nach Hause nehmen konnten.

Als beide wieder in der Kabine zurück waren, schliefen schon alle. Andreas legte sich auf das Bett und spürte Nadine neben sich. Der Duft ihrer Haare hatte zwar stark nachgelassen zu früher, aber sie war nach wie vor eine schöne Frau mit Verstand. Er hörte, wie Conny auf das Nachbarbett sprang. Offensichtlich kuschelte er sich wieder in Carmens Decke.

Obwohl das Schiff beträchtlich schaukelte und der Diesel offenbar auf Höchstleistung lief, schlief Andreas doch ein.

Als er wieder wach wurde, saß Nadine bereits halb angezogen neben ihm auf dem Bett. Sie lächelte ihn an und gab ihm einen Kuss. Auf der anderen Seite bei Familie Urban schien Steffen aufgewacht zu sein, denn er stützte sich auf den Händen auf und sah um sich.

„Hi, guten Morgen Landsleute!", grüßte er lächelnd. Inzwischen war auch Carmen erwacht und sie bereiteten sich auf das Frühstück vor.

In der Messe angekommen kam der Koch schon auf sie zu und erkundigte sich nach ihren Wünschen. Und so saßen sie an diesem Morgen gemeinsam beim Frühstück und tauschten sich darüber aus, wie es nun weitergehen sollte.

„Wenn wir keinen Inlandflug kriegen, müssen wir mit dem Auto weiterfahren." Steffen nickte Andreas zu.

„Stimmt, aber das Fliegen können wir uns aus dem Kopf schlagen. In der Hauptstadt ist der Flughafen und alles darum herum auch weiterhin weiträumig abgesperrt. Hat mir gestern Mercedes noch erzählt. Da gibt es seit Wochen Tumulte und Schießereien zwischen der Armee und Drogenbanden." Carmen schüttelte den Kopf.

„Wäre ja auch zu schön gewesen, wenn bei uns mal was sofort klappen würde. Irgendwie muss der ganze Trip verflucht sein." Steffen grinste verhalten.

„Ärgere dich doch nicht, wo hättest du jemals so einen abenteuerlichen Urlaub buchen können? Bei uns gibt's alles, was einen spannenden Abenteuerfilm ausmacht." Carmen schüttelte den Kopf und sah ihren Gatten missmutig an.

„Auf solche Abenteuer kann ich gerne verzichten, das kannst du mir aber glauben."

Plötzlich trat Mercedes Perez in die Messe ein, grüßte freundlich, holte sich einen Kaffee und kam an ihren Tisch.

„Darf ich mich zu Ihnen setzen?" Alle nickten. Sie nippte an ihrem schwarzen Gebräu, von dem Carmen behauptete, den könne man für Wiederbelebungsversuche einsetzen, so stark sei er. Dann sah sie ihre Gäste an.

„Ja, meine Lieben. Sie kommen mir so vor wie ein paar Gestrandete, die sich verlaufen haben. Ich kann mich natürlich irren, aber irgendetwas belastet Sie auch. Sie konnten aus Trinidad nicht abfliegen, weil Sie heimlich eingereist waren. Eigentlich ist das in unseren Breiten kein allzu großes Problem, welches sich meist mit Geld beheben lässt. Ich biete Ihnen meine Hilfe an, wenn auch Sie mir helfen. Ich weiß, Sie sind Piloten. Genau das suche ich derzeit verzweifelt, vor allem aber zuverlässige Piloten. Und was man von euch Deutschen so hört, in dem Punkt seid ihr unschlagbar." Sie hielt kurz inne und trank ihren Kaffee aus.

„Ich suche ein oder auch zwei Piloten, die diesen Monat noch rüber nach Brasilen fliegen und da drüben was abholen. Unser

Pilot, der sonst fliegt, hat sich ein Bein gebrochen und fällt mindestens für zwei Monate aus."

Andreas sah kurz Steffen an und der schmunzelte vor sich hin. Andreas war aber auch klar, dass dies wahrscheinlich auch kein astreiner Auftrag war.

„Und was soll der Pilot in Brasilien abholen?" Mercedes lächelte und sah ihn mit ihren dunkelbraunen Augen an.

„Das verrate ich Ihnen, wenn Sie mir zugesagt haben." Sie hatte ihre dichten Augenbrauen ein wenig angehoben und sah Andreas in die Augen. Diesen Blick registrierte aber auch Nadine und ihre Warnsignale gingen an. Das Luder versuchte, ihren Andreas zu bezirzen, wie es schien. Sie räusperte sich vernehmlich:

„Und wie könnten Sie uns helfen, wenn ich fragen darf?", wandte sie sich an Mercedes. Und auch sie hatte die Augenbrauen hochgezogen. Andreas musste sich das Lachen verkneifen. Er kannte Nadine viel zu gut, um nicht zu wissen, dass sie sich einer Konkurrentin gegenübersah. Das war zwar Unsinn, aber er genoss es einen Moment. Mercedes strich sich mit beiden Händen durch ihre schwarze dichte Haarpracht.

„Nun, sagen wir mal so, ich kann Ihnen die Möglichkeit verschaffen, dass sie schneller runter nach Französisch-Guyana kommen, wo sie ja hinwollen. Wir haben neben zwei Lastschiffen auch zwei Flugzeuge und eine schöne Landebahn im Busch. Unsere Firma transportiert Waren und Menschen zu Lande und zu Luft. Um diese Firma hat sich im Laufe der Zeit ein kleiner Ort angesiedelt, und wir haben eigentlich alles, was man zum Leben braucht. Einen Arzt, eine Apotheke, eine Kneipe und sogar eine kleine Kirche mit einem Pastor. Bei uns kann man sogar heiraten, wenn man will."

Einen Moment begegneten sich Nadines und Andreas' Blicke und er sah, wie sie schmunzelte. Eigentlich wäre ja die Idee gar nicht so verkehrt, hier zu heiraten. Er nickte ihr unmerklich zu und sie schmunzelte still vor sich hin. Andreas sah Steffen und Carmen an.

„Und was meint ihr dazu?" Carmen äußerte sich als Erste dazu: „Wenn Mercedes es ernst meint, wäre ich einverstanden. Und was meinst du?" Sie sah Steffen an. Der nickte kurz.

„Da schließe ich mich meiner Frau an. Auch wenn wir ja schon ein paarmal gelinkt worden sind. Aber ich denke, Miss Perez kann man vertrauen. Also, ich bin dabei!“ Mercedes nickte erleichtert.

„Gut, Señores! Dann lade ich Sie zu uns nach Haus ein. Wir haben immer ein Gästehaus zur Verfügung, das können Sie benutzen. Wenn wir angekommen sind, stelle ich Sie meinem Vater vor und mit ihm besprechen Sie dann alles Weitere. Ich danke Ihnen für Ihr Vertrauen.“ Damit stand sie auf und verließ wieder die Messe. Die Vier sahen sich an. Steffen holte tief Luft.

„Also wenn ihr mich fragte, ist das für uns eine günstige Gelegenheit, endlich ans Ziel zu kommen. Dass wir mal nach Brasilien fliegen müssen, sehe ich nicht als Problem. Aber wir kommen mit ihrer Hilfe garantiert schneller wieder raus.“ Carmen nickte.

„Vorausgesetzt, ihr werdet nicht wieder zum Drogentransport missbraucht. So richtig traue ich dem Frieden noch nicht.“ Nadine richtete sich langsam auf und sah ihre Freundin nachdenklich an.

„Wie sieht denn die Alternative aus, Carmen? Wir müssten uns wieder ein Auto besorgen und uns dann auf eine ziemlich beschwerliche Fahrt machen. Wenn ich mir das auf der Karte anschaue, da wird mir schlecht. Schauen wir doch erst mal, was der Patrone uns erzählt, wenn wir angekommen sind.“ Andreas leckte nachdenklich seinen Löffel ab.

„Wenn ihr mich fragt, der Mann hat ein Flugzeug und fliegt laufend nach Brasilien rüber. Vielleicht kommen wir auf diese Weise schneller nach Cheyenne runter, als wir denken. Es ist jedenfalls die derzeit beste Lösung.“

Es war Freitagmorgen, die Luft war voller Dunst. Es musste geregnet haben. Die „Meteor“ hatte inzwischen an der Pier von La Linea festgemacht. Sofort nach dem Einlaufen begann das Entladen des Schiffes. Mercedes winkte einen Toyota-Bus heran und bat ihre Gäste, einzusteigen. Der Fahrer übergab ihr die Schlüssel und dann begann die Fahrt durch das Delta. Zahlreiche kleine Flussläufe kamen hier aus dem Landesinneren und flossen ins Meer. Die Straße war alles andere als eben und fühlte sich an, als ob man dauernd über Hügel und Senken fahren würde. Mercedes lachte darüber und erklärte ihnen, dass diese Straße noch eine der besseren war. Sie näherten sich einem Waldgebiet und sahen den ersten Tapir, der sich wohl verlaufen hatte und auf der Straße gelandet war. Mercedes erklärte ihnen das Umland und wies sie auf ein Moor hin, das man nicht betreten durfte.

Nach dreißig Minuten erreichten sie die kleine Ansiedlung. Umgeben von dichtem Regenwald standen etwa 30 Häuser und ein großes Herrenhaus aus früherer Zeit. Und darum zahlreiche Rabatten mit Blumen, Sträuchern und kleineren Bäumen. Jedes Haus hatte einen Vorgarten und Nebengebäude. Die Vier waren begeistert und so etwas wie Freude kam auf, als Mercedes vor dem Haupthaus anhielt und ausstieg. Und dann erschien bereits der Patrone. Ein Mann um die Sechzig Jahre, braungebrannt mit kurzen, fast weißen Haaren in einer hellen Hose und einem dunklen Hemd trat aus der Tür. Er lächelte und begrüßte die Gäste herzlich:

„Seien Sie herzlich willkommen in meinem bescheidenen Haus. Bitte, treten Sie doch ein." Mit diesen Worten führte er sie in einen Salon, der mindestens 40 Quadratmeter groß war. Ausgestattet mit alten Möbeln, war nur der Fernseher das einzige Moderne in diesem Raum. Er bat sie, Platz zu nehmen und setzte sich zu seiner Tochter auf einen Zweiersessel. Eine junge Frau, offensichtlich eine Einheimische, brachte ihnen ein kühles Fruchtsaftgetränk. Dann entfernte sie sich wieder wortlos. Mister Perez hob sein Glas und trank ihnen zu.

„Ja, meine Tochter hat mich ja schon vorab darüber informiert, dass Sie einige Tage bei uns verbringen wollen. Und was mich besonders daran begeistert hat, ist die Tatsache, dass Sie beide Piloten sind, und wir dringend einen suchen, da unser Alfredo sich leider ein Bein gebrochen hat und nicht fliegen kann."
Er nahm einen Schluck, wischte sich den Mund mit einer Serviette ab und sprach weiter:

„Ich weiß natürlich nicht, wieviel Zeit Sie haben uns eventuell in dieser Situation zu helfen, und wann Sie wieder zurück in die ihre Heimat wollen. Sie sind Deutsche hat mir Mercedes gesagt. Was machen Sie hier in Guyana?" Andreas übernahm auch diesmal wieder das Gespräch.

„Ja, Mister Perez, wir wollten eigentlich schon vor einer Woche wieder zu Hause sein. Durch unvermeidbare Hindernisse sind wir daran gehindert worden. Eine Rückreise nach Deutschland wurde uns in Trinidad verwehrt, weil wir dort mit einem Schiff eingereist sind und uns nicht bei der Immigration gemeldet hatten. Aus diesem Grund mussten wir Trinidad auch wieder auf dem gleichen Weg verlassen. Jetzt wollen wir über Surinam nach Französisch-Guyana, und von dort nach Hause fliegen. Im Moment haben wir also keinen Zeitdruck mehr, unsere Airline ist informiert, dass wir festsitzen. Und sollte der Flughafen in Georgetown wieder öffnen, könnten wir uns die beschwerliche Reise ja dann ersparen.“
Perez hatte die ganze Zeit, in der Andreas sprach, still zugehört und mehrmals die Augenbrauen angehoben. Als Andreas geendet hatte, nickte er verständnisvoll.

„Ja, Mister Thaler, unsere Verhältnisse hier sind keinesfalls mit denen in Europa zu vergleichen. Oftmals regiert das Recht des Stärkeren und der Polizeiapparat ist mit Vorsicht zu genießen. Also, wenn Sie uns in der geschilderten Situation helfen können, verspreche ich Ihnen, dass wir Ihnen auch helfen werden, wieder nach Hause zu kommen.“ Er sah seine Gäste der Reihe nach an.

„Haben Sie eventuell schon mal darüber nachgedacht, hier bleiben zu wollen? Mit Ihrer deutschen Gründlichkeit könnten Sie als Piloten ohne Weiteres ein eigenes Geschäft aufmachen.“ Die Männer mussten lachen, die beiden Frauen verzogen das Gesicht und Perez nahm es belustigt zur Kenntnis.

„Also, wenn ich die Reaktionen ihrer Frauen richtig deute, dann ist dieser Gedanke wohl schon mal gedacht, aber abgelehnt worden.“ Carmen und Nadine nickten beide.

„Mister Perez, ich bin Krankenschwester in einem großen Krankenhaus und Frau Glauber ist Stewardess. Wir würden uns hier wahrscheinlich zu Tode langweilen. Ich war schwanger und habe mein Kind hier verloren auf Grund der Strapazen. Das ist nicht gerade eine Basis, um hier eine neue Heimat zu finden.“

„Oh, das tut mir sehr leid für Sie und ihren Mann, Frau Urban. Aber das war ja auch nur so ein Gedanke von mir. Sicher haben Sie zu Hause auch noch Verwandte und Eltern. Ich weiß, wie schwierig das ist. Mein jüngster Sohn ist seit einem Jahr in den

Staaten und studiert dort. Wir haben uns schon ein ganzes Jahr
nicht gesehen. Und ich habe beide, Juan und Mercedes großzie-
hen müssen, da meine Frau ein Jahr nach Juans Geburt gestorben
ist. Ein Jaguar hatte sie angefallen und schwer verletzt.“
Perez stand langsam auf und lächelte verbindlich. Als er wegg-
ging, meinte er noch:
„Madelaine wird Ihnen Ihr kleines Häuschen zeigen, welches
hier auf dem Grundstück steht. Wenn Sie etwas brauchen sollten, wenden Sie sich bitte an meine Hausdame. Sollten Sie einen
Jeep benötigen, steht einer drüben in der Halle zu ihrer Verfügung. Ich hoffe, dass Sie sich hier bei uns wohl fühlen. Wenn es
Ihnen recht ist, sehen wir uns zum Abendbrot um 19:00 Uhr wieder hier im Haupthaus. Dann könnten wir ja nochmal über meinen Wunsch reden, der Sie etwa zwei Wochen noch hier festhalten würde.“
Die Hausdame Madelaine war eine etwa fünfzigjährige Kreolin,
die ihr wucherndes Kraushaar mit einem gelben Band bändigte.
Sie war aufgeschlossen und summte die ganz Zeit eine Melodie,
während sie zu dem Bungalow liefen. Dann schloss sie die Tür
auf und ließ die Besucher eintreten. Conny rannte plötzlich
durch alle Zimmer und schnüffelte, als wollte er erst einmal alles
prüfen. Carmen rief ihn zu sich und er setzte sich brav neben sie
hin und sah sie, den Kopf leicht geneigt, an.
Ihr Häuschen war ein Bungalow mit zwei Schlafzimmern, einem
Wohnzimmer, einer Küchenzeile und zwei Bädern mit Toilet-
ten. Eine überdachte Terrasse und ein Pool komplettierten die
Anlage. Und so richteten sie sich zunächst erst einmal ein. Da es
auch einen Fernseher gab, konnte man sogar wieder einmal sehen, was in der großen weiten Welt so los war. Nach dem Ta-
schenauspacken ging es als erstes in den Pool mit seinem klaren
Wasser und sie planschten nach Herzenslust. Conny rannte erst
aufgeregt und bellend am Rand entlang, bis er plötzlich einen
Satz machte und ebenfalls im Wasser war. Sofort paddelte er zu
Carmen, die ihn festhielt.
„Komm, mein mutiger Conny! Frauchen schwimmt jetzt mit
dir!“ Und schon brachte sie ihn wieder an den Rand des Pools
und schob ihn hinaus.
John Perez und seine Tochter Mercedes standen im Oberge-
schoss ihres Hauses und schauten hinunter auf das Grundstück

und den Bungalow, wo sich gerade ihre Gäste im Pool vergnügten.

„Was hältst du von den Deutschen?", fragte er seine Tochter.
Mercedes lächelte etwas, ging vom Fenster weg und setzte sich
auf einen Stuhl.

„Also, so wie ich sie einschätze, sind die Vier ehrliche Leute.
Was die vorher erlebt haben, und warum sie überhaupt hier gelandet sind, darüber haben sie nie gesprochen in der Zeit der
Überfahrt. Auf jeden Fall wollten sie die Kontrollen auf der Insel
drüben umgehen. Warum auch immer. Das mit der Einreise kann
schon stimmen. Wir haben das ja auch schon mit anderen Leuten
erlebt, die wir mit rüber genommen haben. Arme Leute scheinen
sie aber nicht zu sein, denn sie haben mir die 600 $ anstandslos
auf den Tisch gezählt." John Perez nickte vor sich hin und sah
weiter aus dem Fenster.

„Wir müssen schnellstens die Steine drüben in Tumeremo abholen. Unser Händler hat mich schon zweimal gemahnt, sonst
sucht er sich jemand anders. Und das wäre blöd, immerhin entgehen uns dann 15 Prozent vom Wert der Ware. Wir müssen die
beiden dazu kriegen, dass sie fliegen - noch diese Woche! Und
du nimmst dich bitte der Frauen an. Zeige ihnen den Wasserfall,
das Delta und vielleicht die alte Festung, da sind sie beschäftigt."
Mercedes lachte verhalten. „Geht klar, Boss! Wir sollten aber
nicht den Fehler machen, die zu unterschätzen, Dad. Ich habe
gesehen, alle vier, also auch die Frauen, sind bewaffnet. Das ist
bei Europäern, die auf Urlaub hier sind, eigentlich selten. Also
irgendein Geheimnis müssen die haben." Perez nickte nachdenklich.

„Solange sie keinen Ärger mit der Polizei haben, kann uns das
egal sein. Nur Polizisten können wir auf keinen Fall hier bei uns
gebrauchen. Geht die Schnüffelei erste einmal los, gibt es meistens Ärger. Aber ich werde mich mal umhören, vielleicht erfahren wir noch, wer diese Vier in Wirklichkeit sind. Dass sie Piloten sind, glaube ich ihnen sofort, sonst könnten sie unsere Kiste
ja nicht fliegen. Schauen wir mal. Wenn das mit den Flügen
klappt, können wir sie ja runter nach Cheyenne bringen."

Hinter einem Wandbild hatten währenddessen die vier im Bungalow einen kleinen Safe entdeckt. Der Schlüssel hing hinten am

Bild im Rahmen. Steffen schloss auf und stutzte. Denn so leer wie er sonst war, lagen doch zwei daumennagelgroße Steine, also Rohdiamanten, drinnen. Sofort rief er nach den anderen. Als die neugierig eintraten, zeigte er ihnen den offenen Safe mit den beiden Steinen. Sie sahen sich einen Moment verblüfft an. Andreas nahm sie in die Hand und besah sie sich näher. Die waren weitaus größer als die, die sie gefunden hatten. Also waren sie entschieden teurer als ihre. Er sah die drei an.

„Wenn uns das Schicksal nochmal mit solchen Steinen zusammenbringt, sollten wir sehen, ob wir das nicht noch nutzen können. Aber sieh dir mal die Liste an, eine Aufstellung! Rubin mit roter Farbe 3,5 Karat Preis circa 60.000 €, und die Hälfte der Summe mal unsren 622 Steinen!"

„Das sind ja um die 19 Millionen €", meinte Nadine plötzlich und klappte ihr Smartphone wieder zu.

„Und die müsste man schon hier absetzen können! Dann zur Bank gehen und Konto eröffnen. Zugang für Carmen und mich zum Beispiel." Steffen grinste breit.

„Und Verkauf nur mit Zustimmung der anderen Partei. Das wäre dann sicher." Andreas sah ihn starr an.

„Glaubst du etwa, wir würden euch bescheißen, Steffen?" Der schüttelte den Kopf. „Nee, das war doch nur Spaß, du Spaßbremse!" Andreas grinste auf einmal.

„Ich habe da eine Idee! Gebt mir die zwei Steinchen. Ich gehe jetzt zu Perez und bin völlig unbedarft und halte sie für normale Steine, die jemand in den Safe gelegt hat. Mal sehen, wie er reagiert. Geben wir sie nicht ab, könnte das nämlich auch ein Test sein. Warum auch immer."

Mercedes holte sie zum Abendessen ab. Madelaine tänzelte summend zwischen Tisch und Anrichte hin und her.

Perez trat ein und bat sie, Platz zu nehmen. Er hatte sich umgezogen und sah aus, als ober er noch zu einer Feier gehen wollte. Doch als Mercedes wiederkam und in ihrem bunten kurzen Kleid die Männeraugen zum Leuchten brachte, war klar, dass man hier auf Etikette achtete. Zum Glück hatten sich die vier Deutschen ebenfalls etwas zivilisiert angekleidet und die Männer hatten sich endlich mal wieder rasiert und rochen beide gleich anders. Andreas legte die beiden Steine vor Perez auf den Tisch und lächelte arglos.

„Mister Perez, wir haben uns erlaubt, den Safe im Bungalow zu benutzen. Und da lagen diese zwei Steine drinnen. Ich wollte sie erst wegwerfen, aber dann habe ich sie Ihnen lieber mitgebracht. Vielleicht sind das ja Andenken für jemand, der da mal gewohnt hat."
Perez starrte für Sekunden auf die beiden Steine. Dann lachte er plötzlich:

„Oh ja, die gehören sicher Mister Arvidson, der da zwei Wochen gelebt hat und jede Art Steine sammelte für seine Sammlung, wie er mal erzählte. Dieser Norweger war sowieso ein sonderbarer Kautz. Ich werde sie aufheben. Falls der gute Mann mal wiederkommt, wie er versprochen hat, kann ich sie ihm ja dann übergeben. Danke für Ihre Ehrlichkeit."
Dabei hatte Perez sofort erkannt, was das für Steine waren. Und er hatte sofort begriffen, dass man ihn hier offenbar auf die Probe stellen wollte. Also hatten die Deutschen wohl tatsächlich Steine bei sich, wie man sich erzählte. Ein gewisser O`Hara, den er kontaktiert hatte, war sofort interessierter Zuhörer gewesen. Und er hatte ihm einiges über diese Deutschen erzählt. Sie mussten ein bewegtes Leben hier unten gehabt haben, und konnten sich offenbar auch gut ihrer Haut erwehren.
Steffen und Andreas hatten sich kurz angesehen und jeder der Vier dachte wohl das Gleiche. Perez handelte offenbar mit Steinen aus Brasilien. Vielleicht konnten sie das sogar nutzen.
Nach dem Essen ließ Perez endlich die Katze aus dem Sack:

„So, meine Herren, ich glaube, dass ich Ihnen vertrauen kann. Unsere Fluglinie nach Brasilien nutzen wir auch zum Transport von Edelsteinen jeder Art. Diese werden drüben aufgekauft und bei uns dann geschliffen, um sie letztlich dann in den Handel zu bringen, vorwiegend in die USA." Steffen grinste.

„Und deshalb studiert ihr Sohn auch in den USA, oder?" Perez lächelte und nickte. „Sehr gut kombiniert, Mister Urban. Und deshalb brauche ich auch schnellstens Piloten, die diese Strecke einmal die Woche fliegen. Natürlich gegen gute Bezahlung, das versteht sich von selbst. Also, wie sieht es nun mit Ihnen aus?"
Als Andreas und Steffen sahen sich kurz an und nickten dann.

„Gut, Mister Perez, wir sind einverstanden. Wir übernehmen für zwei Wochen ihren Flugbetrieb. Wann soll der erste Flug sein?" Perez atmete sichtbar erleichtert auf.

„Okay, heute ist Freitag, am Montag sollten Sie fliegen. Ihr Vorgänger wird sie genau einweisen, aber der Flugplatz in Tumeremo ist ziemlich leicht zu finden. Es ist eine Landebahn oben in den Bergen. Sie brauchen höchstens eine Stunde und sind am selben Tag wieder zurück."
Damit war klar, Perez war ein Händler, der diese Steine illegal ins Land und wieder hinausbrachte, und daran gut verdiente.
Als sie dann wieder in ihrem Bungalow beisammensaßen, brachte Nadine zunächst für alle etwas zu trinken. Dann sah sie Andreas ziemlich ernst an.

„Weißt du, dass mir mein Bauchgefühl sagt, dass wir wieder in einer krummen Sache landen!" Carmen stimmte ihr zu, nur die Männer waren mal wieder anderer Meinung und Steffen brachte es auf den Punkt:

„Was hätten wir denn nach eurer Meinung anders machen können? Hätten wir riskieren sollen, in Trinidad am Flughafen aufgehalten zu werden? Also gab es doch nur diese eine Lösung, oder?" Er sah die beiden Frauen an.

„Ich würde sagen, zu unserem Glück haben wir diesen Perez kennengelernt. Vielleicht können wir mit seiner Hilfe unsere Steine schneller zu Geld machen, anstatt sie erst zu Hause mühselig zu Geld zu machen. Also sehen wir doch die ganze Sache mal positiv. Wir fliegen für den zweimal rüber nach Brasilien und dann könne wir unser Ding machen." Carmen sah ihren Mann an. Das war nicht mehr der Steffen, mit dem sie in Deutschland abgeflogen war. Er hatte sich zu seinen Gunsten ziemlich verändert. Die ganzen Querelen zu Hause waren vergessen, sie war wieder richtig verliebt in ihn.

An diesem Wochenende fühlte es sich wie Urlaub an. Urlaub von verrückten Verfolgungsfahrten, Schießereien und Lebensgefahr. Carmen und auch Nadine kamen langsam wieder zur Ruhe. Sie nutzten die Zeit, um mit Conny spazieren zu gehen, zu baden oder am Abend vor dem Grill zu sitzen, also fast wie zu Hause. Nadine lehnte sich an Andreas an.

„Also, an das Leben hier könnte ich mich bestimmt gewöhnen. Jeden Tag Sonne und leben ohne Sorgen. Und was machen wir? Wir wollen wieder unbedingt zurück in unser kaltes Deutschland und den Stress. Das ist doch eigentlich blöde, oder?"

Sie sah sich in der Runde fragend um. Doch Carmen widersprach ihr energisch:

„Nadine, ich bin mir fast sicher, dass du dich nach einem halben Jahr langweilen würdest. Dauerurlaub ist doch auch kein Leben. Jeder braucht eine Aufgabe, und wenn er einen Gnadenhof für Tiere aufmacht. Das könnte ich mir zum Beispiel auch vorstellen!"

Die beiden Männer hatten mit Interesse zugehört. Andreas nickte verhalten und sah seine Nadine an.

„Habt ihr schon mal daran gedacht, dass bei uns zu Hause schon mittlerweile wieder Schnee liegen könnte? Schade, dass wir hier keine Deutsche Welle empfangen können."

Steffen hustete kurz, weil er sich beim Trinken verschluckt hatte.

„Nicht so hastig trinken, Steffen!", meldete sich Nadine. Er hustete noch einige Male.

„Vielleicht sollten wir mal versuchen, die Antenne auszurichten, vielleicht sehen wir dann die Deutsche Welle. Oder natürlich auf Kurzwelle, das geht auch." Nadine schüttelte sich.

„Brrr, wenn ich daran denke! Wieder dicke Jacken, Schnee schippen, Heizkosten." Andreas lachte.

„Wenn man euch so zuhört, klingt das, als wenn ihr viel lieber hierbleiben würdet." Carmen protestierte sofort wieder energisch.

„Ich habe nix vom Hierbleiben gesagt. Ich habe nur den Schnee erwähnt. Immerhin haben wir heute den 22. November. In vier Wochen ist Weihnachten. Wenn wir heimkommen, müssen wir wieder einen Baum besorgen. Ich will Weihnachten unter dem Tannenbaum sitzen." Steffen lachte.

„Ja, ja mit x goldenen Armreifen, Diademen auf dem Kopf, goldenen Kettchen mit Saphiren um den Hals!" Carmen zeigte ihm einen Vogel.

„Du spinnst wohl auch schon, oder? Das wird bei mir nie der Fall sein. Aber du kaufst dir bestimmt ein richtig teures geiles Auto, stimmt's?" Andras hob sein Glas.

„Trinken wir auf die Zukunft! Und überlegen mal, ob wir Weihnachten nicht gemeinsam zu Hause feiern können. Jeder für sich alleine, das ist doch tröge. Oder? Jetzt wo wir uns so schön aneinander gewöhnt haben." Nadine nickte.

„Finde ich gut! Feiern wir doch bei euch, ihr habt eine schöne kleine Ferienwohnung. Oder ist die an Weihnachten belegt?" Steffen schüttelte den Kopf.

„Nicht, dass ich wüsste, wir nehmen doch schon eine ganze Weile niemand mehr auf. Carmen hat genug mit ihrem Dienst und ich bin auch genug ausgelastet. Da will ich meine Ruhe, wenn ich heimkomme." Bei dem letzten Satz sah Carmen ihren Mann sonderbar ernst an.

Und so redeten sie noch bis spät in die Nacht hinein, bis plötzlich Mercedes Perez aus der Dunkelheit auftauchte, und sie schien ziemlich beschwingt zu sein.

„Entschuldigt bitte, aber ich sah noch Licht bei euch, Ich habe mich gerade von einer Geburtstagsfeier verdrückt. Da waren mir zu viele brunftige Ochsen zu Gast, die am Ende auch noch anfingen Speed zu rauchen. Wie das endet, habe ich einmal erlebt", erzählte sie und nahm das Glas Rotwein von Steffen mit kecken Augenaufschlag entgegen.

„Wisst ihr, ich freue mich immer, wenn ich mal vernünftige Menschen um mich habe. Wärt ihr Amerikaner gewesen, hätte ich euch in Trinidad nicht an Bord genommen." Auf Carmens Frage nach dem „Warum", schmunzelte sie ein wenig.

„Zu großkotzig, zu laut, die tun immer, als wenn ihnen alleine die Welt gehört." Andreas musste lachen.

„Du sprichst mir aus der Seele, Mercedes!" Gegen zwei Uhr am Morgen gingen sie dann endlich zu Bett, nachdem sie Mercedes versprochen hatten, dass sie am nächsten Abend zu ihr nach vorn ins Haupthaus kommen würden. Es sollte ein Grillfest nach südamerikanischem Muster geben.

Am nächsten Morgen fuhr Mercedes, die noch ein wenig von der Nacht gestresst war, mit ihnen zum nahen Flugplatz. Wobei die Bezeichnung Flugplatz schon stark übertrieben war. Das Ganze bestand aus einer großen überdachten Halle mit Büro und 500 Meter Landebahn bzw. Startpiste. Und auch die bestand nur aus festgewalztem Boden, war aber ziemlich eben.

Ihr Vorgänger Alfredo Gonzales empfing die beiden Männer mit zwei Krücken laufend und führte sie in die Halle. Der Pilot musste um die Vierzig Jahre sein, war hager, beinahe dürr, hatte offenbar lausig viel Brusthaare, was den Frauen sofort in die

Augen fiel. Er brachte sie zu einer knallroten Cessna 173B. Im Hintergrund der Halle stand noch eine ältere Maschine.
Steffen und Andreas' Augen leuchteten und sie gingen eine Runde um das Flugzeug, stiegen dann ein und starteten kurz. Andreas nickte anerkennend.

„Gut, sieht ordentlich aus und läuft auch wunderbar rund. Wie sieht es bei Ihnen mit verunreinigtem Treibstoff aus?" Gonzales nickte nachdenklich.

„Ja, das ist immer wieder mal ein Problem, aber wir beziehen unseren direkt vom Flughafen in Georgetown. Wir hatten bis jetzt noch nie ein Problem damit. Aber ansonsten ist schon so mancher abgestürzt. Vor Wochen erst ein Hubschrauber mit Touristen an Bord. Vom Piloten und seinen Passagieren hat man nie wieder etwas gehört."
Andreas und Steffen sahen sich kurz an und atmeten tief durch. Hoffentlich blieb das auch so.

„Also, die Maschine ist erst zwei Jahre alt und ist top in Schuss. Ich bin sonst jede Woche da rüber geflogen und hatte nie Probleme, zumal auch die technische Ausrüstung vom Allerfeinsten ist." Steffen nickte Andreas bejahend zu.
Zufrieden verließen beide wieder den Hangar und gingen zurück zum Wagen. Dort trafen sie auf ihre Frauen und Mercedes im angeregten Gespräch. Es ging gerade um Männer und so hörten sie noch, wie Mercedes meinte:

„Wenn eure beiden Männer nicht schon vergeben wären, würde ich sie aber vielleicht anbaggern. So was findest du hier bei uns kaum. Das sind alles Machos, sage ich euch. Ich bin jetzt 38 und hatte schon zwei davon, aber nie länger als ein oder zwei Jahre. Zur Hochzeit kam es nie. Und mein Dad liegt mir dauernd in den Ohren. Er will endlich mal Enkel haben. Ich will aber keinen, der draußen herumzieht, mit seinen Kumpels säuft und andere Weiber anmacht. Da bleibe ich lieber eine alte Jungfer."
Steffen und Andreas grinsten, als sie hinzutraten, und Mercedes bekam einen roten Kopf. Andreas klopfte ihr sanft auf die Schulter und meinte: „Nicht die Hoffnung aufgeben, Mercedes. Der Prinz auf dem Weißen Pferd kommt schon noch."
Und schon nahmen die beiden deutschen Frauen die Gelegenheit wahr, Mercedes auf dem Weg zurück zum Bungalow über die deutschen Machos aufzuklären. Die beiden Männer gingen

danach eine Runde in den Pool und hatten ihren Spaß. Wie schön konnte doch das Leben sein! Steffens Feststellung ließ Andreas innehalten.

„Hör mal, ich muss mal mit dir reden, Steffen. Was meinst du, sollten wir nicht ernsthaft versuchen, unsere Steine hier unten schon zu Geld zu machen, mit Hilfe von Perez?" Steffen kniff die Augen zusammen, weil die Wasseroberfläche die Sonne reflektierte.

„Du wirst lachen, da habe ich auch schon darüber nachgedacht. Einfacher wäre es für uns, als wenn wir die Steine erst mit nach Hause nehmen und dann versuchen müssen, sie loszuwerden. Und ich kann endlich diese Hose wegwerfen!", setzte er noch hinzu und grinste." Andreas nickte.

„Man müsste mal zusammenrechnen, wieviel Karat wir eigentlich haben. Die hauen uns sonst über die Ohren. Du weißt doch, wie das hier läuft." Andreas nickte nachdenklich.

„Wir reden mal mir unseren Frauen darüber, damit die sich nicht ausgegrenzt fühlen. Meistens hatten sie ja immer gute Ideen parat." Und so beschlossen sie, den kommenden Grillabend zu nutzen, um mit Perez mal darüber zu reden.

Am Abend saßen sie dann hinter dem Herrenhaus auf der Terrasse und sahen zu, wie Perez am Grill hantierte. Dicke Fleischscheiben aus Rind, Maiskolben, Fische, alles war da. Und gleich nebenan spielte ein junger Kerl auf der Marimba und er spielte so manchen Welthit. Nadine war restlos begeistert, das war ihr Musikgeschmack. Perez nahm es zur Kenntnis und grinste, und Nadine wich seinen Blicken aus. Auch Andreas merkte es und trat ihr unter dem Tisch auf den Fuß. Sie sah ihn an und schmunzelte augenzwinkernd. Es machte ihr eben Spaß, zu sehen, dass auch andere Männer als ihr eigener mit ihr flirten wollten. Aber Nadine stammte aus einer Pfarrersfamilie, der die Ehe heilig war, und so war sie auch erzogen worden. Fremdgehen war in ihren Augen Verrat am anderen Partner. Und das war auch der Grund, weshalb sie sich kaum mal stritten und immer zärtlich zueinander waren. Irgendwie kam dann das Thema Heiraten auf den Tisch. Perez nickte lachend.

„Wenn Sie hier heiraten wollen, Mrs. Glauber, ist das kein Problem. Wir haben sogar einen Pfarrer und einen Bürgermeister im Ort, die Sie trauen könnten.“
Nadines und Andreas‘ Blicke kreuzten sich und Nadines Blicke sprachen Bände. Andreas, so in die Zwickmühle gebracht, versuchte es mit einem Lächeln zu meistern. Doch da kannte er Nadine ja gut genug, die blieb am Ball, sagte aber im Moment nichts mehr. Nur das Lächeln in ihrem Gesicht wich keine Sekunde mehr an diesem Abend.

Pünktlich um 10.00 Uhr am nächsten Morgen bestiegen Andreas und Steffen die Maschine. Die Cessna stand bereit zum Abflug vor der Halle. Die beiden Motoren sprangen an und zogen die Maschine langsam zum Startpunkt, dort angekommen meldeten die beiden Piloten sich nochmal per Sprechfunk bei Mercedes, die in dem kleinen Tower saß.

„Na, Jungs, dann gebt mal Gas!“, kam es zurück und Andreas ließ die beiden Triebwerke aufheulen. Langsam setzte sich die Maschine in Bewegung, wurde immer schneller und hob nur wenige Meter vor Ende der Startbahn ab. Andreas zog die Maschine hoch, legte sie in eine leichte Rechtskurve und nahm Kurs auf Tumeremo jenseits der Grenze in Brasilien.

„Na, wie fühlst du dich mal wieder in der Luft?“ Steffen lachte.

„Einfach nur ein geiles Gefühl! Mann, hat mir das langsam gefehlt. Wieder liegen!“ Andreas nickte.

„Stelle dir mal vor, wir könnten jetzt durchfliegen bis rüber nach Cayenne. In zwei Stunden wären wir dort.“ Steffen sah ihn etwas erschrocken an.

„Du würdest doch niemals deine Nadine hier alleine zurücklassen, oder?“ Andreas lachte schallend über Steffens erschrockenes Gesicht.

„Um Gottes Willen, die käme dann bestimmt nach und würde fürchterliche Rache nehmen. Schau mal auf die Karte, ich glaube wir müssten gleich die Grenze überfliegen. Das muss dieser kleine Fluss sein!“
Und während sie die Karte und den Kurs verglichen, zog unten die unendliche Weite des Regenwaldes dahin. Immer wieder unterbrochen von kleinen Ansiedlungen. Bei Bochinche

überflogen sie die Grenze und nahmen Kurs auf Esperanza, eine
kleine Stadt inmitten der Wildnis.

„Sieh dir mal da unten diese Brandrodungen an, Steffen!"
Und Andreas deutet hinunter auf eine Fläche mehrmals größer
als ein Fußballfeld, von der noch Rauchschwaden aufstiegen. Er
schüttelte den Kopf. „Überall der gleiche Unsinn! Am Ende
bauen sie Mais oder sonstigen Mist an, der dann nach Europa
verkauft wird."
Unter ihnen tauchte Esperanza auf und sie sahen eine durchgehende Straße. Steffen deutete darauf.

„Der Straße müssen wir jetzt nur noch folgen, Gonzales hatte
sie auf der Karte markiert. Wir sind also auf Kurs."
In der Ferne sahen sie plötzlich ein größeres Flugzeug, das seine
Bahn zog. Es musste eine Boeing 747 sein. Andreas verfolgte
sie mit begehrlichen Blicken.

„Schau mal, da drüben, da fliegt unser Kätzchen!", meinte er
wehmütig. Steffen nickte.

„Und du willst tatsächlich damit aufhören, wenn wir wieder zu
Hause sind?" Andreas verzog leicht das Gesicht.

„Wird mir bestimmt schwerfallen, und du?" Steffen holte tief
Luft. „Wenn du mich so fragst, Carmen zuliebe auf jeden Fall.
Endlich mal mehr Zeit füreinander haben, ist doch nicht verkehrt, oder? Außerdem sind wir ja nun nicht mehr darauf ange-
wiesen."
Sie überflogen Las Elinas und gingen auf Kurs Südost. Unter
ihnen war das Gelände inzwischen ziemlich hügelig geworden.
Kleinere Berge kamen in Sicht. Gleich hinter dem Berghang
musste Tumeremo liegen und dort musste es eine Landebahn geben. Andreas begann zu lachen.

„Stell dir mal vor, du willst hier bei Nacht landen. Keine Be-
feuerung, nichts. Da hast du aber ein Problem, mein Lieber."
Steffen deutete nach links unten.

„Da ist die Landebahn! Hurra, wir haben es geschafft! Erster
Flug über dem Regenwald erfolgreich bestanden!"
Andreas legte die Maschine in eine leichte Linkskurve und nahm
dann Kurs auf die Landebahn, die sich rasch näherte. Sanft setzte
er die Maschine auf und ließ sie langsamer werden. Die Brems-
klappen verringerten abrupt die Geschwindigkeit und die

Maschine rollte auf ein zweistöckiges Gebäude zu. Andreas reckte sich und sah seinen Co-Pilot grinsend an,

„Na, wie sieht es auch, fliegst du die Maschine zurück? Immer nur Co-Pilot spielen macht doch auch kein Spaß, oder?"
Steffen sah seinen Freund erstaunt an. „Du meinst wirklich, ich soll die Kiste fliegen?" Andreas nickte und stieg aus seinem Pilotensitz, um die Tür zu öffnen. Jetzt mussten sie warten, bis sie jemand ansprach. Ein paar Monteure liefen vorbei, aber von ihnen wollte niemand etwas. Andreas sah auf die Uhr. Es war 11.28 Uhr. Sie waren knapp eine Stunde und dreißig Minuten geflogen. Aber wie ging es nun weiter?
Plötzlich kam eine junge Frau auf sie zu, schaute erst auf das Flugzeug und dann lächelte sie. Sie trat näher.

„Hallo! Sind Sie die Vertretung von Gonzales, die uns avisiert wurde?" Die beiden nickten und die Dame gab ihnen die Hand.

„Ich bin Susan Blackword, ich bringe Sie jetzt ins Camp, dort treffen Sie dann auf Mister George Sullivan. Mit ihm müssen Sie die die Übergabe bzw. Übernahme machen. Ich muss Sie nicht darauf hinweisen, dass die Ware auf keinen Fall deklariert wird."
Steffen und Andreas sahen sich kurz an. Das ging ja schon gut los! Sie waren mal wieder in eine krumme Sache verwickelt. Sie schlossen die Maschine ab. Einigermaßen missmutig bestiegen sie den Jeep, mit dem die Frau gekommen war. Die war aber redselig und erzählte, wie sie zu diesem Geschäft gekommen war, was wiederum unsere beiden Piloten verwunderte. Und so hielten sie sich einigermaßen bedeckt.
Sie hatten inzwischen die Stadt verlassen und fuhren durch eine bergige Wildnis. Die Straße wurde immer schlechter. Das letzte Stück rumpelten sie auf einer Schotterpiste, ehe plötzlich vor ihnen eine Baracke und ein Stolleneingang sichtbar wurden. Sie waren am Ziel und stiegen aus. Plötzlich erschien ein älterer Mann um die Sechzig mit Glatze, Arbeitshosen und Stiefeln. Er schirmte mit der Hand seine Augen ab, als sie ausstiegen.
„Hello! Willkommen in unserem Camp, meine Herren! Wie mir Mister Perez mitgeteilt hat, sind Sie Deutsche und vertreten den armen Gonzales. Kommen Sie bitte ins Haus."
Er führte sie in die Baracke, wo er sein Office hatte. Dann bat er sie, Platz zu nehmen und setzte sich hinter seinen Schreibtisch.

„So, Mister Gonzales kommt sonst mit einem Wagen, den wir am Flugplatz abstellen zu uns heraus. Da sie sich aber hier noch nicht auskennen, habe ich Ihnen diesmal meine Sekretärin, Miss Blackword geschickt, die übrigens auch meine Schwiegertochter ist. Mein Name ist George Sullivan, ich bin Besitzer dieser Mine."

Er stand auf, ging zu seinem Safe, holte eine Metallkiste heraus und stellte diese auf den Schreibtisch. Lächelnd schloss er die beiden Schlösser auf und klappte den Kistendeckel auf. Er sah seine Gäste an, sicher dass die jetzt in „Ahhh" und „Ohhh" ausbrechen würden. Doch nichts dergleichen geschah und Sullivan wunderte sich insgeheim.

Was da drinnen lag, waren Smaragde in verschiedenen Farben von Rot über Grün und sie waren meistens oval. Dazu aber auch Rubine in Pinkrot." Andreas sah Sullivan fragend an.

„Und welchen Wert hat dieser Inhalt da?" Sullivan sah ihn erstaunt an. „Warum interessiert Sie das? Sie sind ja eigentlich nur für den Transport zuständig. Und Leute, die das machen, fragen nicht danach, welchen Wert ihre Sendung hat."

„Reine private Neugier, Mister Sullivan. Aber ich habe noch eine Frage. Kann man die Steine hier im Land schleifen lassen oder vielleicht sogar verkaufen?" Sullivan lächelte hintergründig.

„Höre ich da ein leises Interesse an diesem Geschäft? Ich meine, man behauptet ja von den Deutschen, dass sie gute Geschäftsleute sind. Vor allem zuverlässig." Andreas überging die Bemerkung von Sullivan.

„Können wir dann bitte die Übergabe machen?" Sullivan nickte und holte ein Blatt Papier aus seinem Schreibtischkasten.

„Bitte hier unten unterschreiben, damit übernehmen Sie die Fracht und die Verantwortung darüber."

Andreas las sich den Text durch, so weit er alles verstand, dann unterschrieb er und füllte die Angaben zur Person aus, aber nur von sich, und nicht von Steffen.

Sullivan stand wieder auf, klappte die Kiste zu und stellte sie in eine größere Kiste hinein. Er kippte dann eine Ladung Papayas darüber, so dass von der kleinen Kiste nichts mehr zu sehen war.

„So, meine Herren, hat mich gefreut auch einmal Deutsche kennenzulernen. Bringen Sie die Früchte gut nach Hause. Meine

Schwiegertochter bringt Sie jetzt wieder zurück zu ihrer Maschine. Er gab Ihnen die Hand und rief nach Susan Blackword, die wie auf ein Stichwort plötzlich neben der Tür stand. Steffen und Andreas trugen die Kiste zum Jeep. Beim Einsteigen sah Susan plötzlich auf Andreas' Gürtel, da die Jacke offen war.

„Sie sind bewaffnet?" Steffen grinste. „Ist in diesen Breiten doch nicht verkehrt, besonders wenn man Papayas transportiert, oder?" Wortlos startete sie den Wagen und sie fuhren wieder auf der Schotterpiste hinab auf die einigermaßen glatte Hauptstraße. Auf dem Flugplatz angekommen, kam sie direkt neben der Maschine zum Stehen.

Andreas und Steffen luden die Kiste in ihre Maschine und verabschiedeten sich von Miss Blackword.

„So, dann kommen Sie mal schön wieder zurück. Das Wetter ist ja in diesen Wochen richtig angenehm. Guten Flug!" Sie winkte ihnen nochmals zu und ging dann zurück zu ihrem Jeep. Wieder zurück im Camp ging Susan sofort zu ihrem Schwiegervater und erzählte ihm von den bewaffneten Deutschen. Der zuckte nur mit den Schultern.

„Warum sollen sie nicht? Hier in dieser Gegend ist das doch normal." Susan schüttelte den Kopf.

„Die beiden sind mir nicht geheuer. Die Kiste mit den Steinen hat sie überhaupt nicht gerührt. Aber Perez wird schon wissen, wem er vertrauen kann. Stell dir mal vor, die verschwinden mit der Ladung Steine." Sullivan sah seine Schwiegertochter erschrocken an. „Susan, mal den Teufel nicht an die Wand! Das wäre eine Katastrophe!" Er schüttelte den Kopf und sah aus dem Fenster. Aber wie Susan schon sagte, Perez wusste bestimmt mit Sicherheit, dass er die Steine den Deutschen anvertrauen konnte. Steffen hatte den Rückflug übernommen und ließ die Maschine langsam zum Startplatz rollen. Andreas kommunizierte mit dem kleinen Tower und holte sich die Startfreigabe. Dann rollte die Maschine zum Startpunkt, die Triebwerke heulten auf und dann schoss die Maschine wie von einem Pfeil abgeschossen über die 500 Meter lange Startbahn und hob ab.

Gerade in dem Augenblick, als er die Maschine in eine Linkskurve legte und Kurs nehmen wollte, kam ihnen ein alter Doppeldecker entgegen. In Bruchteilen von Sekunden drückte Steffen fluchend die Maschine mit der Nase wieder nach unten. Der

Doppeldecker schoss über sie hinweg in Richtung Landebahn. Rot im Gesicht tarierte Steffen die Maschine wieder aus und zog sie dann wieder höher.

„Das kann doch nicht wahr sein! Welcher Idiot war denn das?", fluchte er. Andreas, selber noch leicht schockiert, versuchte, ihn zu beruhigen.

„Ist doch nochmal gut gegangen, du hast Klasse reagiert!" Doch Steffen konnte sich noch nicht beruhigen.

„Ja, aber wir könnten jetzt auch da unten auf dem Feld liegen und krepieren. So ein blöder Hund!"
Aber das war eben Südamerika. Da flogen Leute, die in Europa oder speziell in Deutschland niemals eine Lizenz erhalten hätten. Der Rückflug wurde dennoch zu einer ruhigen entspannten Angelegenheit. Und so kamen sie auch pünktlich um 16.20 Uhr wieder in La Linea unbeschadet an.
Da sie sich über Funk angemeldet hatten, stand bereits am Landeplatz ein Jeep mit Mister Perez und wartete auf sie. Sie luden die Kiste aus und Perez prüfte fachmännisch die Früchte. Dann nickte er zufrieden.

„Gute Ware, meine Herren. Ich danke Ihnen für Ihre Hilfe. Bitte seien Sie doch heute Abend mit Ihren Frauen meine Gäste."

Froh, alles gut überstanden zu haben, kamen sie wieder auf der Plantage an. Nach kurzem Suchen fanden sie Carmen und Nadine bei der Destillationshalle. Da wo das Zuckerrohr bereits verarbeitet wurde, und Mercedes erklärte ihnen gerade den Unterschied zwischen Zuckerrohr von Trinidad und dem hier aus Guyana. Das aus Trinidad hatte höhere und bessere Zuckerwerte als das einheimische Zuckerrohr. Und offenbar hatten die drei Damen auch schon eine Verkostung vorgenommen, denn sie lachten belustigt aus vollem Herzen. Steffen nahm Carmen in den Arm.

„Hauch mich mal an, Liebling!" Doch sie schüttelte den Kopf und lachte. „Das würde dir nicht guttun, mein Schatz!"
Und so kam Mercedes mit zwei neuen Bechern herbei und gab sie den Männern. „Damit ihr nicht zu viel nachzuholen habt."
Gemeinsam gingen alle zurück zu ihrem Bungalow und Steffen erzählte unterwegs, was ihnen beim Abflug passiert war.

„Das war kein alltäglicher Vorfall, aber dein Göttergatte hat
vorzüglich reagiert", beruhigte Andreas Carmen.

„Was? Er ist geflogen? Na, seit wann denn das?" Andreas
lachte erheitert.

„Warum denn nicht, er ist ja immerhin Pilot und mein Stell-
vertreter, da muss er die Kiste auch selber fliegen können."
Nach einer kurzen Dusche saßen sie vor dem Bungalow beisammen und erzählten sich gegenseitig, wie der Tag verlaufen war.
Nadine kniff die Augen ein wenig zusammen.

„Leute, das gibt mir das Gefühl, dass die ganze Sache hier eine
nicht ganz koschere sein könnte? Was meint ihr?" Steffen nickte
nachdenklich dazu.

„Das ist doch längst klar. Fakt ist, Perez handelt unter der
Hand mit Steinen. Wir haben sie heute gesehen. Da sind unsere
dagegen ein Fliegenschiss. Wir beide haben aber schon überlegt,
wie wir unsere Steine in diesem Geschäft zu Geld machen könnten. Das erspart uns zu Hause die Suche nach einem Käufer.
Aber wie rangehen?"

„Die wir in der Kiste gesehen haben, waren garantiert einige
Millionen Dollar wert. Da müssten doch unsere nur ein Neben-
geschäft für Perez sein." Während er so sprach, hatte sich Conny
neben ihn gesetzt und ließ sich den Kopf kraulen. Carmen sah es
und lachte. „Mach mir ja meinen Freund nicht abspenstig."
Andreas hielt kurz inne und Conny wechselte seinen Platz zu
Carmen. Er reckte sich im Sitzen und atmete einmal tief ein und
wieder aus. „Riecht ihr das, wie gut das hier riecht?" Steffen
lachte. „Ja, nach Grillfleisch! Wir sollten doch rüberkommen."
Die Frauen machten sich mal wieder chic und die Männer auf
leger. Als sie ankamen, saß Mercedes schon am Tisch und
winkte ihnen zu. Sie hatte vor einer halben Stunde noch ein län-
geres Gespräch mit ihrem Vater gehabt.

„Mercedes, hast du dir überlegt, mal mit den Frauen zu reden.
Sie scheinen der Hemmschuh zu sein, der ihre Männer nicht zum
Verweilen animiert. Erkläre ihnen doch mal die Vorteile, die
man bei uns hier hat. Der Thaler scheint mir noch am geneigtes-
ten zu sein, sich darauf einzulassen. Rede mit seiner Frau, aber
bald."
Und so saß nun Mercedes am Tisch und dachte darüber nach,
wie sie es anstellen konnte. Am Nachmittag in der Destillerie

hatte sie es schon versucht. Aber weder Carmen noch Nadine waren auf das Thema angesprungen.

An diesem Abend lernten sie auch den Sohn von Perez kennen. Juan war 24 Jahre alt, sportlich gebaut und schien ziemlich introvertiert zu sein. Vor allem aber schien er, zu seinem Vater nicht gerade das beste Verhältnis zu haben. Auf sein Verhältnis zu seinem Bruder angesprochen, der in den USA studierte, winkte er nur ab: „Der ist ein Streber! Der hält sich schon für ein Finanzgenie.“

Und so fragte er anfangs Andreas und Steffen über die Fliegerei aus, während der Patron am Grill stand und Fleischstücke wendete. Nadine musste lachen. Zuhause hatte man kleine Stücke zu je 200 Gramm auf dem Grill, hier wog ein Stück schon 500 Gramm und schmeckte vorzüglich. Sie erkundigte sich bei Mercedes nach der Marinade. Die entnahm ihrem Notizbuch einen Zettel und schieb alles auf.

Juan berichtete, dass er bei dreimal Umsteigen nur Inlandsflüge bekommen hatte. Der Flughafen in Georgetown war immer noch gesperrt. Es hatte am Vorabend wieder eine Schießerei gegeben. Im Laufe des Abends saßen die vier Männer dann bei Rum und Cola zusammen und Andreas brachte das Gespräch auf die Steine.

„Mister Perez, ich will ja nicht neugierig sein, aber werden die Steine hier im Inland schon bearbeitet?“ Perez schüttelte den Kopf. „Nein, Mister Thaler, wir sind hier nur so etwas wie eine Zwischenstation“. Andreas nickte.

„Kann man Steine generell hier im Land zu Geld machen, ohne übers Ohr gehauen zu werden?“ Perez lehnte sich zurück und sah die beiden Deutschen lächelnd an.

„Sie fragen mich das doch nicht nur so aus Spaß, habe ich recht?“ Steffen und Andreas nickten, sagten aber noch kein Wort. Perez schmunzelte erst ein wenig und sah dann die beiden ernst an.

„Meine Herren, was wir hier an diesem Tisch bereden, bleibt auch hier. Könnte ich Ihnen irgendwie behilflich sein?“ Seine braunen Augen waren leicht zusammengekniffen, als er seine beiden Gegenüber ansah. Steffen blinzelte Andreas zu und nickte leicht.

„Gut, Mister Perez, lassen wir mal die Katze aus dem Sack, wie man bei uns so schön sagt. Wie Sie wissen, kamen wir ja aus Guyana über Trinidad zu Ihnen. Warum das scheiterte, wissen Sie ja bereits." Er nahm einen Schluck Rum und dachte kurz nach. Was konnte er dem Alten erzählen? Doch am Ende entschloss er sich, den Stier bei den Hörnern zu packen.

„Also, die Geschichte ist folgende. Vier unbedarfte Deutsche haben in einem Buch aus den vierziger Jahren gelesen, dass ein Alan Windhorst 1944 aus Surinam kommend hier in den Bergen abgestürzt war." Andreas wollte gerade weiterreden, als Perez schon herzhaft zu lachen anfing.

„Oh je! Und Sie haben den Quatsch geglaubt und sind extra hier heruntergeflogen? Au weia, das muss aber eine Enttäuschung gewesen sein, das glaube ich Ihnen gerne. Was glauben Sie, wie viele da schon danach gesucht und nichts gefunden haben. Zwei Gruppen Engländer waren in den siebziger Jahren hier auf der Suche und haben sich gegenseitig umgebracht."
Er schüttelte belustigt den Kopf. Plötzlich stand Andreas auf.

„Sorry, Mister Perez, ich muss mal schnell zurück in den Bungalow, ich komme sofort zurück." Und schon war er weg. Perez unterhielt sich mit Steffen weiter.

„Sagen Sie mal, wieviel haben Sie denn eigentlich dafür bezahlt, wenn Sie das über eine Reiseagentur gebucht hatten?" Steffen grinste verhalten.

„Runde 10,000 € waren das. Nur die waren dann weg, weil es dieses Unternehmen bei Ankunft hier nicht mehr gab."
Perez schüttelte entsetzt den Kopf. „Das kann doch nicht wahr sein! Also außer Spesen nix gewesen?"
Steffen schmunzelte wieder, wollte aber nicht eher etwas sagen, bevor Andreas wieder da war. Doch der kam schon wieder zurück und enthob so Steffen einer Antwort.
Andreas nahm ein Tablett mit hohen Rand, zog einen größeren blauen Samtbeutel heraus, öffnete ihn und schüttete dann den Inhalt vorsichtig aus. Als er sich zurücklehnte und Perez anschaute, blitzte seine silberne Pistole aus dem Hosenbund hervor.
Perez starrte vom Inhalt des Tabletts zum Hosenbund und dann sah er sie beide an und lächelte leicht.

„Was ist das? Woher haben Sie die?“ Andreas musste schmunzeln und lehnte sich mit beiden Unterarmen auf die Tischplatte.

„Das ist das, was Sie vorhin als Quatsch bezeichnet haben. Das sind Windhorts Steine! Wert ca. 20.000.000€ oder auch etwas weniger, da sie ja noch nicht geschliffen sind.“ Perez grinste.

„Jetzt verstehe ich Ihre Frage, meine Herren. Und Sie wollen die Steine verkaufen, bevor Sie nach Hause fliegen?“ Beide nickten ernsthaft. Perez überlegte kurz.

„Gut, ich muss morgen früh mit jemand in Paramaribo telefonieren. Der Mann ist Großhändler, und soweit ich das beurteilen kann, ein ehrlicher Mann. Ich bin sicher, er kann Ihr Problem lösen. Er arbeitet eng mit der Barkleys Bank zusammen.“ Andreas nickte erfreut. „Sehr gut, auf dieser Bank haben meine Lebensgefährtin und ich ebenfalls ein Konto.“ So nach und nach erzählten sie dann Perez, wie ihre Reise ausgegangen war, und warum sie nun bei ihm saßen. Er saß da und lauschte der Erzählung und schüttelte immer wieder den Kopf. Als Andreas fertig war, hielt ihm Perez plötzlich seine Hand hin. „Ich bin John, wir sollten das Sie endlich weglassen.“ Das gleiche machte er auch mit Steffen. Als sie gegen1.30 Uhr ihren Bungalow aufsuchten, blieben sie noch einen Moment vor der Tür stehen. Andreas sah hinauf in den Sternenhimmel. Drinnen hörten sie Conny leise wuff, wuff machen. Steffen ließ ihn heraus und Conny machte noch eine kleine Runde im Mondlicht. Andreas stöhnte leise an die Wand gelehnt.

„Also entweder haben wir heute den größten Mist aller Zeiten gebaut oder wir sind tatsächlich dem Ziel etwas nähergekommen.“ Leise betraten sie den Bungalow, wo Nadine schon schlief. Und Conny legte sich wieder wie ein treuer Wachhund an die Tür. Sicher würde er dann mitten in der Nacht seinen Platz wechseln und lieber mit auf dem Bett schlafen.

Den Morgen begann John Perez während des Frühstücks mit einem Telefonat. Mercedes hatte ihr Besteck bereits abgeräumt und hatte den Raum verlassen. Papa war mit ihr unzufrieden, weil sie bei den Deutschen noch nichts erreicht hatte. Aber vielleicht hatte ja er noch ein Ass im Ärmel.

„Hallo Señor Bolivar! Guten Morgen! Ich hätte Sie gerne so rasch wie möglich gesprochen. Möglichst noch heute."
Der Mann auf der anderen Seite hatte eine tiefe Stimme und war wohl so ziemlich gleichaltrig.

„Worum geht's denn, John? Du klingst so aufgeregt. Hast du ein Problem?" Perez holte tief Luft und verdrehte die Augen. Der Alte war manchmal schwierig.

„Ja, Fernando, ich habe hier ein kleines Problem, aber das möchte ich nicht am Telefon erörtern. Sehen wir uns doch in einer Stunde im Pub bei Elena. Einverstanden?" Sein Gegenüber lachte verhalten. „Na gut, wenn es so dringend ist, komme ich natürlich sofort rüber."

Die Vier Deutschen hatten sich entschlossen, den Tag mit einem Abstecher zum nahen Corodo-Wasserfall zu verbringen. Und so hatten sie sich von Perez am Morgen einen Jeep geliehen und waren auf dem Weg zum gut 15 Kilometer entfernten Wasserfall.
Die Fahrt dorthin ging über Stock und Stein und ausgewaschene Pfade. Doch als sie dort ankamen, waren sie mit den Unbilden der Anfahrt versöhnt. Aus einer Höhe von 100 Metern stürzte das Wasser in einer Breite von gut 50 Metern in die Tiefe und sammelte sich unten in einem Wasserbecken, um dann als Strom weiterzufließen.
Sie ließen den Wagen stehen und kletterten auf eine kleine Anhöhe, wo ein Schwall warmes Wasser aus der Erde kam und ebenfalls nach unten in das Becken strömte. Carmen probierte als Erstes, wie heiß es war, winkte aber dann ab.

„Kein Problem, kommt rüber. Das ist eine Wonne, so richtig Badetemperatur wie zu Hause in der Wanne." Und schon saß sie unter dem Wasserschwall und ließ das warme Wasser über ihren Körper laufen. Schon kurze Zeit später saßen alle vier zusammen da und genossen das warme Wasser. Die Luft war erfüllt vom Rauschen des Wassersfalls, Vögel zwitscherten, und es roch wie ein buntes Blumenbeet. Andreas streckte sich und umarmte dann Nadine, die neben ihm saß.

„Na, Schatz, sieht doch fast aus wie Urlaub, oder? Und wenn wir wollen, können wir unser Leben damit verbringen, solche herrlichen Plätze auf unserer Erde zu besuchen. Mir gefällt es hier!" Carmen sah ihn einen Moment fragend an.

„Du hast dich doch wohl nicht von Mercedes einwickeln lassen, hier zu bleiben, oder?" Alle drei sahen ihn auf einmal an und Andreas schmunzelte.

„Na, sagen wir mal so, ich würde niemals ohne meine Nadine irgendwohin gehen. Außerdem, was willst du hier denn machen? Diese beiden Kisten nach Brasilien fliegen und wieder zurück!" Er schüttelte den Kopf.

„Nee, ich will nur endlich diese Steine zu Geld machen. Und dabei kann uns Perez helfen, ich vertraue ihm." Steffen rutschte unter dem warmen Wasserschwall hervor und sah seinen Freund ernst an.

„Wenn ich auch gestern Abend der gleichen Meinung war wie du, trotzdem vertraue ich hier unten eigentlich niemand mehr. Überzeugt bin ich erst, wenn wir im Flugzeug Richtung Heimat sitzen. Wir sollten trotzdem vorsichtig sein. Er weiß, dass wir Steine haben. Er sagt, Schätzwert gut 30 Millionen. Wer hat so viel Kohle, uns die zu bezahlen? Schon mal darüber nachgedacht?" Andreas rutschte nun ebenfalls unter dem Wasserschwall hervor, stand auf und sah hinüber auf die andere Seite des Wasserfalls. Er schloss die Augen und nahm das Rauschen und Zirpen in sich auf. Plötzlich spürte er eine Hand in der seinen, es war Nadine, die neben ihm stand und ihn anlächelte.

„Wollen wir nun hier noch heiraten oder lieber erst zu Hause?" Sie lehnte ihren Kopf an seine Schulter. Andreas wusste, was er mit dem Ring, den er ihr geschenkt hatte, für Hoffnungen bei Nadine geweckt hatte.

„Würdest du mir böse sein, wenn ich sage, dass es besser wäre, zu Hause zu heiraten. Mit unsren Freunden und der Familie?" Sie schüttelte den Kopf.

„Warum sollte ich dir denn böse sein. Das läuft uns doch nicht weg. Hauptsache ist doch, wir haben uns, oder?" Andreas lächelte. „Du bist eine kluge Frau Nadine Glauber!"
Gerade als er das sagte, sprang Conny plötzlich mit einem Satz in den Wasserpool und schwamm zu Carmen, die ihn in Empfang nahm. Eine Weile plantschten sie, Steffen und Conny in dem warmen Wasser, sehr zur Freude des Hundes.

Zur gleichen Zeit als die Vier ihren Ausflug genossen, trafen sich Perez und Bolivar im Pub bei Elena Walsh. Die etwa vierzigjährige Engländerin war schon seit 15 Jahren hier in La Linea. Man munkelte hinter vorgehaltener Hand, sie habe ihre Heimat nicht ganz freiwillig verlassen damals.

Bolivar saß bereits an einem Ecktisch, als Perez eintrat und winkte ihm zu. Sie begrüßten sich kurz und Perez setzte sich. Elena kam an den Tisch und sie bestellten beide ein Bier. Bolivar sah sein Gegenüber fragend an. „Na, wo brennt es, John?" Der kratzte sich am Hinterkopf.

„Also hör zu. Bei mir sind vor einer Woche vier Deutsche, zwei Frauen und zwei Männer abgestiegen. Sie sind von Trinidad mit unsrem Schiff rübergekommen. Sie hatten dort Probleme mit der Ausreise, weil sie keinen Einreisestempel vorweisen konnten. Wir sie mir erzählt haben, waren sie nach Guyana gekommen, um nach etwas zu suchen. Ein Flugzeug, das 1943 abgestürzt sein sollte. Und sie haben tatsächlich was gefunden. Ich habe die Steine selber gestern Abend gesehen. Ich schätze mal, Handelspreis gute 30 Millionen oder etwas weniger."

Bolivar hatte die ganze Zeit zugehört und war von Satz zu Satz unruhiger geworden. Er hatte große Augen bekommen und nickte Perez zu.

„Ach, du heiliges Kanonenrohr! John, ich habe davon bereits vor Wochen gehört. Die Leute machen den Eindruck von biederen Zeitgenossen. Aber täusche dich nicht, die wissen sich ihrer Haut zu wehren. Sie zu erledigen, ging wohl schon mehrmals schief. Die haben sich mit einigen einflussreichen Leuten hier im Land angelegt. Du wärst gut beraten, die so schnell wie möglich wieder loszuwerden." Perez verzog das Gesicht und schüttelte den Kopf.

„Mercedes reißt mir den Kopf ab, wenn ich die dem Kartell melde. Sie hat die Deutschen mit unserem Schiff wieder mit rübergebracht. Die wollen nur Kohle sehen, dann verschwinden sie wieder." Bolivar grinste breit.

„Was hältst du davon, wenn wir mit dem Baron reden?" Perez schüttelte abwehrend den Kopf.

„Seit der Sache mit dem Franzosen vor drei Jahren habe ich mir geschworen, mit dem keine Geschäfte mehr zu machen. Und

wenn wir den Deutschen die Steine für 20 Millionen abkaufen
könnten, blieben uns 10 Prozent, die wir teilen könnten."
Bolivar grinste wieder. „Fünf Prozent ist ein guter Verdienst,
mein Freund. Also gut, ich rede mit Brown. Der Bankchef ist
mir noch einen Gefallen schuldig. Er kann die Steine zunächst
in seinen Safe einschließen und sie schätzen lassen. Er hat genug
Beziehungen, um das nicht offiziell machen zu müssen."
Perez sah kurz auf seine Uhr und zog seine Jacke wieder über.

„Gut, ich muss wieder zurück. Was glaubst du, wieviel Zeit du
brauchst? „Bolivar lächelte wieder. „Sagen wir mal zwei bis drei
Tage. Ich rufe dich an, wenn es so weit ist." Perez nickte und
meinte dann:

„Aber ich hoffe, der Brown kommt nicht auf die Idee, das Geschäft dann ohne uns zu machen." Bolivar nickte nachdenklich.

„Er müsste sich in diesem Fall mit dem Kartell anlegen. Denn
die waren von Anfang an hinter den Deutschen und ihren Steinen her. Er muss es am Ende mit uns durchziehen und kein
Mensch erfährt was davon. Im Übrigen, das Kartell ist auch deshalb hinter den Deutschen her, weil sie eine beträchtliche Ladung Heroin verschwinden lassen haben. Keiner weiß, wo das
Zeug abgeblieben sein soll. Wir müssen sehen, dass wir die
Deutschen so schnell wie möglich loswerden können, und uns
niemand mit ihnen in Zusammenhang bringt. Das wäre tödlich!"
Als Perez den Pub wieder verließ, war er nachdenklicher denn
je. Es konnte ein gutes Geschäft werden. Die Deutschen wären
garantiert auch mit 20 Mille zufriedengestellt. Nur durfte das
Kartell nichts davon erfahren. Und so ging er guten Mutes wieder zu seinem Wagen und fuhr nach Hause.
Als er dort ankam, herrschte einige Aufregung. Mercedes hatte
ihn gesucht und nicht gefunden.

„Wo warst du denn verdammt noch mal, Dad? Vor einer
Stunde kam ein Anruf aus Tumeremo, wir sollen schnellstens
noch eine Lieferung abholen. Die brasilianischen Behörden
scheinen offenbar Wind von der Mine bekommen zu haben!" Er
sah seine Tochter einen Augenblick nachdenklich an.
„Gut, wo sind unsere beiden Deutschen jetzt?" Mercedes holte
tief Luft.

„Die wollten ausgerechnet heute einen Ausflug zum Wasserfall machen." Perez nickte. „Gut, schicke ihnen Cäsar hinterher, er soll sie sofort holen! Die müssen heute noch fliegen!" Mercedes sah auf ihre Uhr.

„Dad, es ist jetzt 11.30 Uhr. Ehe sie hier sein können, vergehen bestimmt zwei Stunden. Sie könnten maximal 13.00 Uhr abfliegen. Das reicht aber nicht mehr für den Rückflug. Sie kommen dann in die Dunkelheit." Perez winkte ab.

„Kein Problem, wir stellen wieder längs der Startbahn unsere Fässer auf und zünden die an. Das reicht, um zu landen, das sind zwei erfahrene Piloten, die besten, die wir je hatten! Eigentlich jammerschade, dass die wieder wegwollen." Von dem Gespräch vor einer Stunde erzählte er ihr nichts. Zehn Minuten später preschte ein Jeep hinein in die Wildnis.

Unsere Vier planschten zu diesem Zeitpunkt im Wasserbecken des Wasserfalls. Hier unten mischte sich warmes mit kaltem Wasser. Es war eine Wohltat. Die Frauen hatten inzwischen eine Decke am Ufer ausgebreitet und eine Menge Köstlichkeiten darauf ausgebreitet. „Jungs, kommt raus! Es gibt was zu essen!", rief Nadine gerade, als plötzlich Motorengebrumm hörbar wurde. Steffen und auch Andreas holten schnell ihre Sachen, unter denen auch ihre Pistolen lagen. Da tauchte ein Jeep auf und bremste scharf ab. Sie erkannten einen der Fahrer von Perez. Der schob sich aus dem Sitz und rief:

„Señores! Der Boss schickt mich! Sie möchten bitte sofort zurückkommen. Er braucht sie ganz dringend!" Carmen verzog das Gesicht.

„Da hat man schonmal das Gefühl von Urlaub, und dann pfeift plötzlich einer! Kommt mir irgendwie bekannt vor!" Andreas schnappte sich schnell ein Stück kaltes Fleisch, bevor es wieder in der Kühltasche verschwand. Er ließ Steffen abbeißen, weil der fahren musste. Er grinste ihn an.

„Wir teilen auch den letzten Bissen, Bruder Steffen!" Dabei spürte er hinter sich das Hecheln von Conny, der das Fleisch gerochen hatte. Andreas brach ein kleines Stück vom Fleisch ab und gab es dem Hund, der es schmatzend verdrückte. Er war eben einer von ihnen geworden, der gute Conny.

Fünfzig Minuten später fuhren sie wieder am Haupthaus vor. Mercedes kam angerannt.

„Mister Thaler! Mister Urban! Sie müssen schnellstens rüber fliegen nach Tumeremo und eine Sendung abholen!", rief sie schon von weitem. Steffen und Andreas sahen sich einen Moment erstaunt an, bis Andreas meinte:

„Na komm, fliegen wir halt nochmal. Ist ja bald vorbei." Und eine überglückliche Mercedes umarmte sie beide und gab ihnen ein Kuss. Sehr zur Verwunderung von Nadine und Carmen. Die Maschine war aufgetankt und abflugbereit. Sollten sie in die Dunkelheit kommen, standen die Fässer auch für die Landebahnbeleuchtung bereit. Mercedes erklärte ihnen, wie sie in der Dunkelheit den Flugplatz anfliegen sollten.
Steffen und Andreas nahmen ihre Plätze ein. Wenig später rollte die Maschine zum Start. Andreas gab richtig Gas und schon schoss die Cessna wie von einer Sehne geschnellt über die Startbahn hinweg und hob ab. Plötzlich lachte Steffen.

„Ich habe mir gerade vorgestellt, wie das wäre, wenn das unser künftiges Leben wäre." Andreas nickte nachdenklich.

„Wenn das nicht ein so beschissenes Nest wäre, könnte ich mir das auch vorstellen. Doch unsere Ladys wären wohl die unglücklichsten Menschen. Einen Sack voll Geld haben und dann in einem solchen Nest verschimmeln. Nee, das will ich meiner Nadine nicht antun. Außerdem mache ich mir derzeit mehr Sorgen um Perez. Er muss irgendetwas wegen unserer Steine angekurbelt haben." Steffen nickte.

„Sehe ich auch so. Aber sag mal, wolltet ihr nicht hier noch heiraten? Nadine hat gegenüber Carmen so etwas angedeutet."

„Ja, das stimmt, aber wir haben uns entschlossen, das doch lieber zu Hause zu machen. Wegen Familie und Freunden. Ich finde es selber auch besser so."
Wieder passierten sie den ersten Kontrollpunkt auf ihrer Karte. Die Maschine lief wie ein Uhrwerk. Auch eine Sache, die man hier unten selten fand. Meist flog man wacklige Kisten, die in Deutschland keinen TÜV mehr bekommen hätten.
Pünktlich landeten sie wieder auf der Landebahn von Tumeremo. Andreas stellte die Maschine so ab, dass man sofort wieder auf die Startbahn fahren konnte. Dann gingen sie zu dem Jeep, der an der Abfertigungsbaracke stand. Der Zündschlüssel

steckte in der Seitentasche der Tür. Sie wunderten sich, weshalb sie heute niemand abholte. Zum Glück hatten sie die Strecke ja schon einmal gefahren und fanden schnell die Piste wieder, auf der sie hoch ins Gebirge fahren mussten. Steffen war irgendwie unruhig und sagte es auch Andreas. Doch der lachte nur.

„Was soll denn anders sein, sag mal! Beim ersten Mal haben sie uns doch nur abgeholt, weil wir noch nie hier waren."
Und tatsächlich hatten sie nach knapp 40 Minuten das Camp erreicht. Allerdings herrschte dort eine unerklärliche Unruhe, als sie ankamen. Ein paar der Mineros rannten herum und schafften irgendwelche Gerätschaften weg. Andere beluden zwei Pickups. Und dann kam plötzlich auch Sullivan angerannt. Er schwitzte.

„Kommen Sie schnell! Hier am Eingang steht die Kiste. Laden Sie die auf und verschwinden Sie schnellstens! Die Bullen haben uns wohl im Visier!" Er hatte es noch nicht mal ausgesprochen, als plötzlich aus dem Busch mindestens zehn Polizisten auftauchten und in die Luft schossen. Sullivan war plötzlich von der Bildfläche verschwunden und die beiden Deutschen hockten mit ihrer Kiste im Busch. Steffen knurrte:

„Also doch wieder eine krumme Geschichte! Und wir mal wieder mittendrin! Ich könnte ausflippen! Wem kann man hier unten eigentlich noch vertrauen?" Die Polizisten hatten bis auf einen die Mine betreten. Steffen stieß Andreas an.

„Los! Jetzt müssen wir zum Jeep rüber, ehe die wieder herauskommen!" Und schon war er aufgestanden, hatte die kleine Kiste unter den Arn geklemmt und sprintete los. Andreas folgte ihm sofort. Doch plötzlich rief sie jemand an:

„Stopp! Stehen bleiben, Hände hoch!" Doch statt der Aufforderung Folge zu leisten, zog Andreas seine Pistole heraus und feuerte zweimal auf den Polizisten. Der griff sich an den Arm und ließ sein Gewehr fallen.
Andreas musste sich festhalten, weil Steffen den Jeep um zwei Schlaglöcher herumgesteuert hatte und sie eine Weile auf der Straße dahinschlingerten wie auf einer Eisbahn, bis er ihn wieder in der Spur hielt.
Was beide nicht wussten, war die Tatsache, dass man die Mine verraten hatte, und nun kamen sie, um die Leute festzunehmen.

Sie fuhren gerade eine ziemliche lange Gerade hinunter. Links und rechts war die Wildnis. Zu Hause wäre das wohl ein Hochwald gewesen, hier war es eine Wand aus Bäumen zu beiden Seiten der Straße. Am Ende dieser Geraden kam eine kleine Kreuzung. Steffen nahm das Gas weg, bremste den Jeep ein wenig ab, als plötzlich wie aus dem Boden gewachsen ein Uniformierter auftauchte, mit beiden Händen wedelte und sie zum Anhalten aufforderte. Steffen trat kurz auf die Bremse und sah in den Augenwinkeln, wie Andreas seine Pistole wieder aus dem Hosenbund zog und den Sicherungshebel umlegte. Der Uniformierte, der offensichtlich alleine mit seinem Jeep dastand, kam langsam auf sie zu und fingerte beim Laufen an seinem Gewehr herum. Auf einmal gab Steffen Vollgas, umkurvte den Mann, der nun sein Gewehr hochriss. Doch Andreas hatte schon abgedrückt und den Kerl offenbar ins Bein geschossen. Der lag jetzt schreiend auf der Straße. Doch Steffen fuhr unbeirrt weiter. Sie sahen sich tief durchatmend kurz gegenseitig an.

„Die hatten den einzelnen Kerl wohl hier unten abgestellt, um zu verhindern, dass jemand da hochfährt." Andreas nickte mit verbissenem Gesichtsausdruck und stecke seine Pistole wieder ein. Er wunderte sich über sich selbst. Nie im Leben hätte er unter normalen Umständen so gehandelt, aber hier galten nun mal andere Regeln. Jetzt war natürlich die Frage, wie sah es auf dem Flugplatz aussah.

„Was machen wir, wenn die unser Flugzeug blockiert haben?" Andreas zuckte ratlos mit den Schultern, denn diese Frage hatte er sich soeben selbst gestellt.

„Wenn wir das mit dem Jeep hier erledigen wollen, brauchen wir gut zwei Tage, bis wir wieder jenseits der Grenze sind. Außerdem haben wir kaum Geld dabei. Ich habe vielleicht 100 Dollar einstecken. Und du?" Steffen zuckte mit den Schultern.

„Keine Ahnung, aber bestimmt nicht viel mehr. Wir haben ja alles im Safe." Sie erreichten wieder den Ortsrand und bogen in die Zufahrtsstraße zum Flugplatz ein. Steffen fuhr auf einmal langsamer und sie spähten auf den nun folgenden Flugplatz. Sie sahen ihre Maschine, aber keine Leute. Andreas sah Steffen an.

„Gib Gummi, damit wir hier wegkommen!" Steffen trat wieder das Gaspedal durch. Das Tor zum Flughafen war zum Glück offen. Mit Schwung fuhr er den Jeep neben ihre Maschine und bremste ab. Rasch nahmen sie die kleine Kiste und luden sie in den Flieger. Dann stiegen sie ein und starteten die Maschine. Diesmal saß Andreas im Pilotensessel und Steffen öffnete die Bremsen. Die beiden Triebwerke begannen auf Hochtouren zu laufen, und Andreas steuerte die Maschine zum Startpunkt und gab wieder Vollgas! Der Vogel beschleunigte und jagte über die Startbahn. Dann zog er die Maschine wenige Meter vor Ende der Startbahn hoch und ging in eine leichte Linkskurve.

Im Moment des Abhebens sahen sie unten drei Jeeps auf die Landebahn fahren, abbremsen und einige hoben ihre Waffe und schossen noch auf die Maschine in der Luft. Andreas zog die Maschine höher und wischte sich den Schweiß ab. Er grinste Steffen an.

„Das war allerhöchste Zeit! Mein lieber Mann, eine Viertelstunde später und sie hätten uns hopsgenommen.“

Steffen nickte mit verbissenem Gesichtsausdruck. Mit einem Blick in den Rückspiegel sah er plötzlich einen Hubschrauber, der ihnen offenbar folge. „Andreas, hinter uns ist ein Hubschrauber! Der will offenbar was von uns!“ Andreas drehte sich halb um und nickte.

„Keine Angst, den hängen wir spielend ab!“ Er erhöhte die Schubkraft der Triebwerke und steuerte die Maschine direkt in die Sonne hinein. Mit gut 300 Kilometern pro Stunde entfernten sie sich von ihrem Verfolger. Nach wenigen Minuten flogen sie wieder auf ihre alte Reisehöhe zurück, vom Heli war nichts mehr zu sehen. Sie hatten offenbar eingesehen, dass sie gegen die schnellere Maschine keine Chance hatten.

Sie hatten die Grenze gerade erreicht, als es bereits dunkler zu werden begann. Andreas versuchte, Mercedes im Tower zu erreichen, doch niemand meldete sich. Er fluchte halblaut.

„So ein Mist, wenn du die schon mal brauchst, ist keiner da! Die wissen doch, dass wir kommen!“ Steffen sah ihn von der Seite ernst an.

„Und wenn sie überhaupt nicht mehr damit rechnen, dass wir zurückkommen?“ Andreas sah ihn überrascht an.

„Du spinnst doch! Glaubst du, dass die sich so viel Kohle entgehen lassen? Das ist Quatsch!“

Inzwischen war es wie in diesen Breiten üblich mit einem Male schon fast dunkel. Andreas flog nach Kompass und Karte. Auf einmal begann das Triebwerk auszusetzen, sprang wieder an und setzte wieder aus! Sie verloren sofort an Höhe. Andreas und Steffen spähten nach unten.

„Wir müssen eine möglichst freie Fläche finden, verdammt nochmal! Wahrscheinlich hat uns doch ein Geschoss noch erreicht und den Tank getroffen. Der Treibstoff nimmt rapide ab!“ Andreas versuchte alles, dass sie in Schleifen tiefer gehen konnten und so bekamen sie Zeit, sich weiter umzuschauen. Noch einmal gab es eine Spätzündung, dann schwieg der Motor endgültig.

Steffen deutete vor ihnen auf eine Art langgezogene Lichtung.

„Da drüben auf zwei Uhr, da wäre was!“ In Gleitflug schwebte die Maschine dem Erdboden entgegen, setzte einmal kurz auf, wurde wieder emporgehoben und setzte ein zweites Mal auf. Dann gab es einen Knall und sie wurden fast aus den Sitzen gerissen. Die Kiste stand und qualmte.

„Los raus, Steffen! Nimm die Kiste mit!“ Doch Steffen reagierte nicht auf Andreas. Der rüttelte ihn und gab ihm zwei Ohrfeigen. Endlich schlug Steffen die Augen auf.

„Los komm, Junge! Wir müssen hier raus, schnell!“ Er langte noch kurz nach hinten zu ihrer Fracht, klemmte sich die kleine Kiste unter den Arm und wollte die Kabinentür öffnen. Doch die gab nicht nach. Inzwischen war Steffen wieder halbwegs fit, schob sich aus seinem Sitz und sah Andreas an.

„Los, zur gleichen Zeit! Bei drei! Eins, zwei und drei!“ Gleichzeitig traten sie mit voller Wucht gegen die Tür, die urplötzlich aufflog. Rasch sprangen sie auf den Boden und entfernten sich von der Maschine, bei der es unter der rechten Triebwerksverkleidung zu brennen begonnen hatte. Zuerst kleinere Flammen, dann schon größere und die beiden Piloten machten, dass sie wegkamen. Plötzlich gab es einen Knall und eine Stichflamme! Die Druckwelle schob sie förmlich in das Gebüsch hinein. Als sie sich wieder aufrichteten, sahen sie, dass die Maschine lichterloh brannte.

Sie sahen sich um. Ringsum nur Bäume und nochmals Bäume.

„Steffen, wir sollten warten, bis es hell wird. Jetzt in der Finsternis durch den Busch zu rennen, bringt nix. Wir wissen ja nicht mal, in welche Richtung wir gehen müssen.“

Ohne Licht, nur vom Mond beleuchtet, sah der Wald geheimnisvoll aus. Sie machten sich eine Kuhle aus Blättern und Zweigen und setzten sich darauf. Andreas hatte das kleine Kästchen auf den Knien und begann zu lachen. Steffen sah ihn fragend an.

„Stell dir das mal vor, du hast hier sicher wieder ein paar Milliönchen und doch nützen sie dir gar nix. Hier gibt's nur Urwald und sonst gar nichts." Steffen winkte ab.

„Ich mache mir im Moment eher um unsere Frauen Sorgen. Wenn wir nicht zur vereinbarten Zeit ankommen, fangen die doch an zu rotieren. Und das verdammte Smartphone hat auch keinen Empfang." Andreas nickte zustimmend.

„Und Feuer können wir auch keins anmachen, weil wir keine Streichhölzer haben. Wir könnten uns zwar was schießen, können es aber nicht braten. Mein Gott, jetzt sind wir schon innerhalb von vier Wochen zum zweiten Mal abgestürzt!" Er sah zu seinem Freund, der mit dem Rücken an einen Baum gelehnt nun offenbar eingeschlafen war. „Na, der hat die Ruhe weg!", brummte Andreas und machte sich lang, legte den Kopf aber auf die Kiste, über die er die Jacke gelegt hatte und schlief dann ebenfalls ein.

Steffen wurde plötzlich wach, weil unmittelbar neben ihm ein Tapir stand und ihn anglotzte. Er richtete sich langsam auf. Das war ein Stück Fleisch, verflixt nochmal! Doch es nützte ihnen nichts und der kleine Kerl schien das zu wissen, denn er trottete gelassen weiter und verschwand wieder im Gebüsch. Steffen sah zum Himmel empor, der sich schon wieder im strahlenden Blau zeigte. Andreas schlug die Augen auf und sah auf seine Uhr. Es war 7:13 Uhr. Dann sah er zu Steffen hinüber, der grinste ihn an.

„Morgen! Hast du auch solchen Hunger?" Steffen schüttelte den Kopf. „Nö, im Moment noch nicht. Aber das kommt bestimmt noch." Sie richteten sich auf und sahen sich um.

Andreas umkreise noch einmal das Wrack des Flugzeuges, von dem nicht viel mehr übrig war außer Blechteilen und die beiden Triebwerke natürlich. Ansonsten fanden sie nichts Brauchbares mehr. Bis Steffen mit dem Fuß gegen etwas stieß und sich bückte. Er hielt ein Erste Hilfe Set hoch.

„Hier! Falls du dir die Ohren brichst!" Mit einem Blick zurück liefen sie los und erreichten die breite Schneise, in der sie gelandet waren. Dann hatte sie ein Gewirr aus starken Ästen aus der

Fahrtrichtung gebracht und so waren sie zwischen die Bäume geprallt. Wäre das nicht passiert, hätte die Maschine den Crash halbwegs gut überstehen können. Und so folgten sie der Schneise und waren gespannt, wohin die führen würde.

Als Andreas und Steffen um 22:00 Uhr immer noch nicht da waren, gingen Carmen und Nadine ins Haupthaus zu Perez. Den fanden sie dann im Büro sitzend, neben ihm Mercedes. Sie sahen die Eintretenden an und schüttelten die Köpfe.

„Noch keine Meldung von unserem Flugzeug. Von Sullivan auch keine Spur. Ich fürchte, sie mussten unterwegs runtergehen. Wenn sie kein gerades Stück Fläche gefunden haben, sehe ich schwarz“, meinte Perez halblaut. Mercedes bat die beiden Frauen, Platz zu nehmen.

„Unsere Leuchtfeuer sind inzwischen ausgebrannt. In dieser Dunkelheit kann kaum ein Mensch landen, wenn nicht gerade Vollmond ist und die Piste glatt ist.“ Wo waren die zwei? Das war die Frage, die Nadine und Carmen fast wahnsinnig machte. Nach einer weiteren Stunde gingen sie mit Conny zurück zu ihrem Bungalow.

Nadine konnte nicht schlafen und nahm Andreas‘ Landkarte zur Hand. Sie versuchte zu ergründen, wo die beiden die Grenze passiert haben mussten, falls sie diese noch erreicht hatten und in welche Richtung sie hätten fliegen müssen. Carmen stellte ihrer Freundin ein Glas Rotwein hin.

„Was hältst du davon, wenn wir uns heute früh mit Conny auf den Weg machen und sie suchen?“ Nadine nickte.

„Genau die gleiche Idee hatte ich auch schon. Das kann natürlich völliger Blödsinn werden. Aber Hunde haben manchmal so ein Gespür. Bis zur Grenze sind es 80 Kilometer.“ Nadine nickte wieder. „Du hast recht. Wenn sie den Absturz überlebt haben, dann müssten sie hier auf diesem Weg gehen, um wieder rüberzukommen.“ Nadine begann ein paar Sachen zusammen in einen Rucksack zu stecken. Plötzlich sah sie auf.

„Was machen wir mit unseren Steinen?“ Carmen sah sie einen Moment unschlüssig an, dann meinte sie:

„Am besten wieder dorthin, wo wir sie die ganze Zeit hatten.“ Nadine lachte. „Du meinst in den Hosenbund?“ Carmen nickte und holte die Steine und ihre Hose. Und dann begannen sie mit dem Einnähen. Eine Stunde später waren sie fertig und beschlossen, sich bis zum Hellwerden hinzulegen.

Um 7:00 Uhr schaute Carmen auf ihre Uhr und weckte Nadine.

„Komm, wir gehen rüber zum Frühstücken und reden nochmal mit Perez." Gesagt, getan, zehn Minuten später betraten sie das Haupthaus, wo bereits ein Radio dudelte. Als sie eintraten, trafen sie auf Mercedes, die sie ernst anschaute und meinte:

„Ich wäre jetzt gleich zu Ihnen rübergekommen. Ich hatte vor einer halben Stunde einen Anruf von Sullivans Schwiegertochter. Die Polizei hat gestern in dem Augenblick, als eure Männer angekommen sind, das Camp gestürmt, aber sie konnten sich davonschleichen. Die Maschine ist aber auf jeden Fall noch gestartet, ehe die Polizei auf der Landebahn war. Sie sind also abgeflogen."

Andrea und Carmen sahen sich an und etwas Hoffnung keimte auf. Sie erzählten Mercedes, was sie vorhatten. Die sah sie skeptisch an.

„Ihr beiden alleine? Das halte ich für keine gute Idee. Ich könnte ja mitkommen, ich kenne mich hier einigermaßen aus." Die beiden waren einverstanden.

„Gut Mädels, ihr frühstückt jetzt erst einmal kräftig. Ich gehe zu meinem Vater und erzähle ihm alles. Dann packen wir ein paar Sachen, nehmen zwei Gewehre mit und ziehen dann los."

Als Perez erfuhr, was seine Tochter vorhatte, versuchte er es ihr auszureden. Doch Mercedes ließ sich nicht beirren und so gab der alte Herr nach.

Eine Stunde später zogen die drei Frauen mit Conny los. Carmen hatte ihn vorher noch an Steffens Socken schnuppern lassen, und die auch eingesteckt. Perez sah den drei jungen Frauen hinterher, als sie das Grundstück verließen. Was für einen Scheiß doch manchmal das Schicksal so bereit hielt. Aber jetzt konnte er nur warten. Zum Glück war Mercedes hier aufgewachsen und kannte sich aus.

Steffen und Andreas schlugen sich nun schon seit Stunden durch den Urwald. Nach dem Stand der Sonne hatten sie die Richtung ermittelt, in die sie ziehen mussten, wenn sie praktisch auf der ehemaligen Flugroute zurück nach Hause kommen wollten. Zu Mittag erreichten sie einen kleinen Fluss, der die Grenze wischen Brasilien und Surinam darstellen musste und den sie auch überflogen hatten. Durch eine sandige und weit ausladende Furt erreichten sie das gegenüberliegende Ufer. Hier gab es eine Art Transportweg, wo man offenbar Holz transportierte. Sie waren indessen wieder guten Mutes heil das Camp zu erreichen. In einem kleinen Tal am Rande des Flusses stießen sie auf eine kleine Ansiedlung. Das war eine bunt gemischte Truppe jeden Alters, die hier lebten und das Leben in der Wildnis genossen. Mit Maik, einem Engländer kamen sie zuerst ins Gespräch. Ihm erzählten sie, dass sie im Busch abgestürzt waren und Berufspiloten waren, die Menschen und Waren von einem Land ins andere transportierten. Mike bat sie, mitzukommen und führte sie in eine der sieben Holzhütten. Als sie eintraten, roch es gut nach Essen. „Kommt rein, setzt euch hin. Miranda gibt euch was zu essen, ihr müsst ja ausgehungert sein."

Und so bekamen sie eine warme Suppe mit Gemüse und Fleisch und einen Becher Rotwein. Was den beiden aber sofort auffiel, war die Tatsache, dass die Männer und die Frauen ungeniert ziemlich hüllenlos herumliefen. Maik lachte auf die Frage der beiden Deutschen.

„Das ist hier ganz normal. Egal ob siebzig oder siebzehn, hier laufen alle so herum. Und um eure nächste Frage auch gleich zu beantworten, ja hier schläft praktisch jeder mit jedem. Ihr könnt euch gerne uns anschließen! Die Mädels würden euch hier sofort willkommen heißen. Europäer sind nämlich gefragt. Ich habe auch eine Kreolin und eine Chinesin." Andreas und Steffen winkten schmunzelnd ab.

„Danke für das Angebot, aber unsere Frauen warten schon auf uns. Wir müssen noch rüber bis nach Anapi, dort gibt's eine Farm und da warten unsere beiden Mädels auf uns." Andreas zeigte es Mike auf seiner Karte, die er immer in der Seitentasche seiner Hose mit sich trug. Der Engländer nickte.

„Da habt ihr noch gute 40 Kilometer vor euch. Ist in drei Tagen zu schaffen. Bleibt am besten heute Nacht noch hier und schlaft euch aus. Drüben in dem kleinen See könnt ihr problemlos baden, da gibt's keine wilden Tiere. Der Fluss speist ihn, das ist für die Tierchen zu kalt." Und so gingen sie zunächst sich erst einmal wieder gründlich waschen, dann legten sie sich in das Zelt, das man ihnen angeboten hatte. Nach einem Frühstück verabschiedeten sie sich und zogen weiter. Zum Abschied hatte Mike ihnen noch eine Schachtel Streichhölzer geschenkt.

Die drei Frauen hatten am ersten Tag etwa15 Kilometer geschafft. Der Weg war aber auch sehr uneben und sie mussten sogar kleine Hindernisse überwinden. Doch wie von einer geheimen Kraft gezogen, marschierte Conny mit der Nase auf dem Boden durch den Urwald.
Am Abend schlugen sie ein Biwak auf und aßen Fladenbrot und eine Art Salami aus Hirschfleisch. In der Nacht lagen sie dicht beieinander und Conny natürlich zwischen drinnen, Und er ließ sich sogar mit einer Decke zudecken. Und so verbrachten sie eine ziemlich ruhige Nacht zu viert.

Am Morgen aßen sie wieder etwas Fladenbrot mit Obst, brühten sich auf einem kleinen Kocher etwas Tee. Dann zogen sie weiter. Immer in Richtung Grenzfluss, der in etwa 10 Kilometern auftauchen musste.
Doch dann wurde es plötzlich windig, schwarze Wolken zogen am Himmel auf, Blitze zuckten im Sekundentakt mit ohrenbetäubendem Krach. Und dann öffnete Petrus seine Schleusen. Unter einem Überhang fanden sie noch Schutz, ehe ein Wasservorhang herniederging. Mit dem Regen in europäischen Gefilden überhaupt nicht zu vergleichen. Es schüttete förmlich. Der Regen dauerte eine halbe Stunde an, dann strahlte wieder die Sonne und der Regenwald dampfte wie ein Waschkessel.
Und so brachen sie wieder auf. Conny, der an der Leine lief, zog sie immer weiter, als wenn er den Weg kennen würde. Sie hatten gerade eine Anhöhe erreicht und sahen sich um, wie sie nun weiterlaufen wollten, als es vor ihnen gut 50 Meter breit einen Hang hinunterging, auf dem unzählige Büsche und Bäume standen. Vorsichtig Schritt für Schritt, um ja nicht auszurutschen, stiegen sie langsam hinunter. Plötzlich spitzte Conny die Ohren und begann mit einem Mal laut zu bellen. Die drei Frauen blieben abrupt stehen und Mercedes nahm das Gewehr in die Hand. Kam da wer?
Nadine zog ebenfalls ihre Pistole heraus und entsicherte sie. Nach kurzem Zögern tat Carmen das gleiche und wunderte sich im gleichen Moment über sich selbst. Das wäre vor Wochen

noch undenkbar für sie gewesen. Aber diese vier Wochen im Busch hatte sie alle verändert.

Steffen und Andreas liefen in einer Art Canyon entlang. Auf beiden Seiten ging es steil bergauf. Plötzlich hörten sie einen Hund bellen. Sie sahen sich gegenseitig verwundert an. Das hörte sich doch tatsächlich wie ihr Conny an! Sollte das gar ihr Hund sein? Aber wo sollte der jetzt plötzlich herkommen? Andreas wirkte kurz abgelenkt.

„Lass uns weitergehen, Hunde gibt's noch mehr auf der Welt. Wer weiß, wer da herumstreunert." Vorsichtig näherten sie sich einer Wegkehre und sahen plötzlich drei Frauen und den Hund dastehen. Andreas rief: „Conny!" Der Hund drehte sich um und kam mit großen Sprüngen auf ihn zu gerannt und sprang ihn an. Im Nu lagen sie sich in den Armen. Endlich waren sie wieder zusammen! Carmen hielt Steffen an den Hüften umfangen, legte ihren Kopf auf seine Brust und begann zu weinen. Steffen versuchte, sie zu beruhigen.

„Ist doch nochmal alles gut gegangen, Schatz! Schön, dass ihr uns gesucht und nun auch noch gefunden habt."

Sie beschlossen, sich nach einem schönen Ruheplatz umzuschauen. Mercedes hatte bald eine kleine Höhle im Berg entdeckt, in der sie die Nacht verbringen konnten. Und Mercedes machte sich den Spaß und meinte:

„So, jetzt habt ihr eure Männer wieder, und mit wem schlafe ich jetzt?" Worauf Nadine meinte: „Nimm dir doch Conny, der wärmt dich wenigstens."

„Ach Mädels, ihr seid sowas von ungerecht!", alberte nun auch Mercedes, bis Steffen auf einmal rief.

„Komm rüber und leg dich zwischen uns. Dann wirst du von beiden Seiten gewärmt." Dabei dachte er an die barbusigen Frauen in dieser Kommune, die sie im Wald getroffen hatten, die hatten das Problem wahrscheinlich nicht.

Am nächsten Morgen zogen sie wieder vereint zurück in Richtung Plantage. Am Abend hatten sie den Frauen noch erzählt, wie ihre Aktion gelaufen war und was für ein Glück sie gehabt hatten. Nadine hatte zugehört, den Kopf geschüttelt und gemeint: „Glaubt ihr nicht, dass unser Schutzengel langsam überfordert wird? So viel Glück, wie wir schon hatten, das ist mir langsam unheimlich."

„Es gibt halt Menschen, die leben auf der Sonnenseite des Glücks, und wir gehören wahrscheinlich dazu", meinte Carmen. Guten Mutes marschierten sie die nächsten beiden Tage noch, ehe sie wieder in heimischen Gefilden ankamen. Perez empfing seine Tochter mit Tränen in den Augen.

„Schön, dass du wieder gesund da bist, meine Kleine! Ich habe mir Sorgen gemacht. Er sah die kleine Kiste an, die Andreas auf den Tisch gestellt hatte. Und Andreas meinte:

„Hier, das ist wahrscheinlich die letzte Lieferung. Offenbar hat jemand was dagegen, dass Sie da Steine ausfliegen. Wir waren schon in der Luft, als die Polizei am Flugplatz ankam."
Und Steffen ergänzte: „Und einen musste Andreas sogar ins Bein schießen bei unserer Flucht!" Mercedes sah sie beide entsetzt an. Und dann erzählten beide nochmal die ganze Geschichte und Perez holte mehrmals tief Luft. Dann meinte er:

„Die Maschine ist zu ersetzen, denn ich habe ja noch eine im Hangar stehen, aber ihr habt euren Hals für mich riskiert, das werde ich euch niemals vergessen."
Gemeinsam gingen sie zurück zum Haupthaus. Als die Kiste dann auf seinem Tisch stand, drückte er den beiden Piloten nochmal dankbar die Hand.

„Ich danke euch ganz herzlich, meine Herren! Ihr habt uns einen großen Gefallen getan. Dafür werden wir uns erkenntlich zeigen. Ich habe gute Nachrichten für euch. Aber das besprechen wir lieber in einer Stunde bei mir auf der Terrasse?"
Die beiden nickten und gingen dann mit den Frauen wieder zurück zu ihrem Bungalow

„Lasst uns erstmal duschen. Wir haben die letzten Tage besonders geschwitzt." Nadine sah ihn erstaunt an.

„Mann, was habt ihr euch da wieder aufgeladen! Damit ist aber nun endgültig mal Schluss. Aber zum Glück braucht ihr nicht nochmal zu fliegen. Im Übrigen muss Perez irgendetwas erreicht heben wegen unserer Steine. Er hat so Andeutungen gemacht. Ich habe das Gefühl, er betrachtet uns als eine Art Geschäftspartner. Habt ihr ihm was zugesagt?"

„Nein, haben wir nicht!", kam es von der Tür her, wo Steffen gerade mit einem Handtuch um den Bauch aus der Dusche kam.

„Wir haben allen Verlockungen von Mercedes widerstanden", ergänzte er noch schmunzelnd und blinzelte seinem Freund, der nun zur Dusche ging, zu.

Nadine sah ihre Freundin einen Augenblick an und nickte leicht. Hatten sie doch richtig vermutet, die schöne Mercedes hatte versucht, ihre beiden Männer umzustimmen. Nadine winkte ab.

„Alles halb so wild, solange ihr nicht mit ihr ins Bett gestiegen seid." Für diesen Satz erntete sie von Andreas einen scharfen Blick, der das an der Tür noch mitgehört hatte. Carmen sah sie an und schüttelte unmerklich den Kopf. Aber so war Nadine eben manchmal, ins Fettnäpfchen treten, war ihr nicht fremd.

Eine Stunde später saßen sie wieder auf der Terrasse des Herrenhauses. Perez saß diesmal mit ihnen am Tisch, zum Grillen hatte er seinen Sohn angestellt. Er war sichtlich guter Laune trotz der Pleite in Brasilien drüben.

„Also, meine Herrschaften, ich will euch nicht länger auf die Folter spannen", begann er das Gespräch und alle sahen ihn erwartungsvoll an.

„Ich habe heute Morgen mit einem guten Freund gesprochen und ihm eure Lage erklärt. Er könnte sowas wie ein Vermittler sein." Steffen horchte auf. „Heißt das, er verdient mit?"

„Nun sagen wir mal so, er bekommt seine Provision vom Käufer. Wir haben es hier mit einer Menge Steinen zu tun, wie auch wir sie nur selten gesehen haben. Dazu ist die Qualität erstklassig, wie wir ja wissen. Hier ist übrigens eure Probe zurück."

Er schob Andreas einen fingernagelgroßen Stein über den Tisch. Andreas nahm ihn, drehte ihn ein paar Mal in der Hand und sah Perez an.

„Und wie geht es nun weiter?" Der Boss rieb sich einen Augenblick das Genick.

„Ihr müsst euch nächste Woche am Mittwochvormittag in Paramaribo auf der Barkleys Bank bei Mister Jonathan Brown einfinden. Mit euren Steinen und euren Pässen. Ihr werdet dort eure Steine gegen Geld eintauschen, nachdem diese nochmals überprüft worden sind, und das Geld wird euch sofort auf euer Konto bei der Bank überwiesen. Damit wäre das Geschäft gelaufen.

Man wird euch natürlich eine Provision abziehen, aber das dürftet ihr bei dieser Summe wohl verschmerzen können."

Die Vier sahen sich einen Moment an und so etwas wie Freude kam auf. Perez sah auf seine Uhr.

„Ich muss mich kurz einmal verabschieden, bin aber in einer halben Stunde wieder zurück. Lasst es euch einstweilen gut schmecken. Meine Tochter wird euch noch Gesellschaft leisten." Und tatsächlich erschien Mercedes im luftigen Sommerkleidchen und setzte sich zu ihnen an den Tisch. Sie hatte ausgehen wollen und war aber versetzt worden. Sie lachte.

„Ja, die Männer sind hierzulande nicht gerade die Verlässlichsten. Alles Machos, und je größer das Auto und die Rolex, um sie widerlicher der Charakter." Sie schien tatsächlich etwas angefressen zu sein.

„Hört man da so etwas wie Männerhass heraus, Mercedes?" Andreas, der neben ihr saß, spürte, wie sie ihr Knie gegen das Seine drückte. Doch sie winkte ab.

„Und was hätte ich davon? Aber ich bin jetzt 38 Jahre alt, da wird es doch langsam Zeit, oder nicht? Ihr beiden seid ja leider schon vergeben."

Und während sie so lustig sich austauschten und sich den Wein und das Essen schmecken ließen, saß Perez in seinem Office hinter einer gepolsterten Tür und telefonierte hastig.

„Ich kann Ihren Unmut doch verstehen O`Kelly! Aber die Leute haben endlich Vertrauen zu mir aufgebaut. Ich halte mich da völlig heraus, das muss von Anfang an klar sein. Und natürlich bin ich an meinem Anteil der Steine interessiert, wer wäre das nicht. Aber eins steht fest, die Deutschen haben kein Heroin bei sich gehabt, als sie hier ankamen. Das steht fest. Nur ich wiederhole es nochmal, ich muss mich da raushalten. Die Deutschen haben bis jetzt eine wahre Odyssee hinter sich gebracht, um die gefunden Steine aus dem Land bringen zu können. Und sie haben mir zweimal geholfen, die Steine aus Brasilien zu holen."

„Perez, nun halten Sie mal die Luft an. Die Leute haben zwei von unseren Männern vom Motorrad geschossen, das sind keine harmlosen Kleinbürger! Wer mitverdienen will, muss auch was riskieren! Haben wir uns da verstanden? Und halten Sie unbedingt diesen Banker von der Barkleys Bank raus! Der Kerl steht sowieso schon lange auf der Liste des Kartells!"

„O`Kelly, ich habe Sie schon verstanden. Die sind am Mittwoch beim Banker. Also müssen Sie noch am Dienstagabend vor dem Abflug die Sache auf die Reihe bekommen. Deren Steine sind mindestens 20 bis 25 Millionen wert. Ich habe sie selbst gesehen. Okay, ich informiere Sie, falls es Änderungen gibt. Tschau!"
Schnaufend legte er den Hörer zurück auf die Station und sah das Bild seiner verstorbenen Frau an. In was hatte er sich da reinziehen lassen? Als seine Frau noch da war, hätte er solche Geschäfte garantiert nicht gemacht. Aber ihm stand das Wasser bis zum Hals. Die laufenden Kosten überstiegen derzeit die Einnahmen um ein Vielfaches, da kamen ein oder zwei Millionen gerade zur rechten Zeit. Aber dass er die Deutschen nun hintergehen musste, verursachte ihm doch Bauchschmerzen. Und dass er Bolivar sein Wort gegeben hatte, das Kartell rauszuhalten, beunruhigte ihn noch mehr. Doch die hatten ihn in der Hand mit dem Kredit, den sie ihm beim Anfang hier zur Verfügung gestellt hatten, damit er die Plantage kaufen konnte. Es gab kein Zurück.

Was Perez allerdings nicht wahrgenommen hatte, war das offene Fenster seines Büros. Und dort war rein zufällig Antonio, der Mechaniker vorbeigelaufen, dem die Deutschen vor Tagen 200 Dollar in die Hand gedrückt hatten, nachdem er erzählt hatte, dass er dringend Medizin für seine kranke Frau kaufen musste, dafür aber kein Geld hatte. Aber was der Boss da gerade von sich gegeben hatte, konnte nur mit den Deutschen zusammenhängen. Der Alte wollte sie wohl betrügen. Antonio nahm sich vor, mit den Deutschen zu reden, die so freundlich zu ihm gewesen waren, nachdem der Boss einen Vorschuss abgelehnt hatte. Er nahm sich vor, die Deutschen zu warnen.
Mercedes hatte inzwischen vorgeschlagen, doch gemeinsam noch einen Trip in den Ort zu machen. Die einzige Bar war zwar immer gut besucht, aber einen Platz würden sie schon noch bekommen. Doch Carmen war die, die zur Verwunderung der anderen ablehnte. Steffen sah seine Frau an und die sah ihn direkt in die Augen und hob leicht die Augenbrauen an. Das war ihr Zeichen, wenn etwas nicht in Ordnung war und man nicht reden konnte.

„Also wenn meine Frau keine Lust hat, dann bleibe ich auch hier. Aufregung hatten wir ja heute schon genug." Während er sprach, hatte er Andreas in die Augen geschaut. Auch hier gab es die gleiche Abmachung. Andreas dehnte sich und gähnte verhalten.

„Also, ich für meinen Teil bin auch ziemlich müde. Die ganze Fliegerei und die Flucht haben doch gezehrt. Gehen wir halt heute gleich zu Bett, aufgeschoben ist doch nicht aufgehoben." Er trat Nadine unter dem Tisch auf den Fuß. Kurze Zeit später verabschiedeten sie sich von der enttäuschten Mercedes und strebten ihrem Domizil entgegen. Steffen, der Carmen im Arm hatte, sah sie an und meinte dann: „Sag mal, was ist denn mit dir vorhin los gewesen? Du bist doch sonst für solche Feiern." Carmen blieb stehen und die anderen auch.

„Wolltet ihr wirklich unseren Schatz so einfach alleine im Safe zurücklassen? Wie stabil ist der denn, wenn den jemand öffnen will?" „Scheiße, da hab ich gar nicht daran gedacht", bekannte nun Steffen und die anderen beiden waren ebenfalls unsicher.

„Eigentlich hast du recht, Carmen. Bis jetzt war ja immer jemand da, wenn wir weggeflogen sind."

„Und was haltet ihr von dem Vorschlag, den Perez gemacht hat?" Sie sah sich in der Runde um.

„Ich denke, wir sollten erstmal zurück zum Bungalow gehen, dann können wir ja noch quatschen. Es ist ja erst 22.00 Uhr." Wenig später saßen sie vor dem Bungalow und unterhielten sich leise. Carmen nippte an ihrem Glas mit einer Rum-Cola-Mischung.

„Warum habe ich bei diesem Perez immer so ein ungutes Gefühl?" Steffen und Andreas schüttelten zunächst den Kopf.

„Was soll an dem Deal falsch sein?", stellte Andreas die Frage. Steffen räusperte sich.

„Ich muss Carmen recht geben. Nach dem, was wir bis jetzt erlebt haben, wäre das wirklich ein Wunder, wenn der wirklich mal ehrlich wäre. Nur an Wunder glaube ich nicht. Es geht immerhin um mindestens zwanzig bis dreißig Millionen Dollar. Und da will keiner was davon haben? Auch Perez nicht?" Andreas war unruhig geworden und schien nachzudenken.

„Was willst du uns damit sagen, Steffen?" Andreas sah ihn ernst an.

„Das ich der ganzen Sache nicht traue, und dass wir wahrscheinlich wieder einen Fehler gemacht haben, als wir ihn eingeweiht haben", entgegnete Steffen schnell. Andreas lehnte sich zurück und sah seinen Freund ernst an.

„Und was sollten wir deiner Meinung jetzt noch tun? Die Steine mit uns nach Deutschland schleppen und dort jemand suchen, der so ein Geschäft mit uns abschließt?"

„Perez ist für uns die beste Lösung", bemerkte Nadine plötzlich. Die abendliche Stimmung war durch diesen Disput ein wenig angeheizt. Eigentlich waren sie doch alle mehr als erfreut, auf diesen Perez getroffen zu sein. Plötzlich hörten sie leise Schritte, die den Weg heraufkamen. Sie sahen sich um. Antonio tauchte auf und grüßte.

„Mister Thaler. Kann ich Sie einmal kurz sprechen?" In dem Glauben, Antonio wollte ihn nochmal anpumpen, stand er etwas genervt auf und ging mit ihm ein paar Schritte beiseite. Antonio sah sich kurz um, ehe er sprach:

„Mister Thaler, Sie haben mir aus einer großen Not geholfen. Durch Ihre Hilfe konnte ich meiner Frau die Medikamente kaufen und nun geht es ihr schon wieder besser. Ich bedanke mich nochmal dafür." Andreas wollte den jungen Mann beruhigen, doch dieser fiel ihm ins Wort:

„Mister Thaler, ich habe heute Abend ein Gespräch von Mister Perez belauscht, als er mit jemanden telefonierte. Sein Bürofenster stand offen. Da habe ich gehört, wie er mit einem O`Kelly gesprochen hat. Sie müssen wissen, dieser O`Kelly ist hier ein Spitzbube im Anzug. Oder besser gesagt, er ist ein Gangster vom Kartell und selbst die Polizei traut sich nicht an ihn ran."
Andreas war mit jedem Wort Antonios unruhiger geworden.

„Und was hat Perez gesagt?" Antonio holte kurz Luft.

„Dass sie inzwischen viel Vertrauen zu ihm aufgebaut hätten. Und wenn er, also O`Kelly, das Geschäft noch machen will, dann müsste das am Dienstagabend über die Bühne gehen."
Andreas verschlug es für einen Moment die Sprache. Alles hatte er erwartet, aber nicht das. Er sah den Einheimischen einen Moment an.

„Antonio, du hast uns einen Riesendienst erwiesen. Kannst du dafür sorgen, dass morgen im Laufe des Tages der Jeep voll aufgetankt ist und wir noch zwei Ersatzkanister dabeihaben? Du bekommst von uns noch eine gute Belohnung!" Der Indio nickte.

„Sie können sich auf mich verlassen. Ich lege Ihnen auch eine Karte in den Wagen. Nach Paramaribo brauchen Sie mindestens drei Tage. Wenn Sie allerdings fliegen könnten, wären Sie in zwei Stunden dort. Gonzales hat mir erzählt, dass es außerhalb von Paramaribo, gleich neben einer Ölraffinerie, einen kleinen Feldflugplatz gibt. Den zu finden, ist leicht, die Türme der Raffinerie sind weithin zu sehen. Soll ich Ihnen lieber das Flugzeug fertig machen, welches im Hangar steht? Es steht sowieso immer unbenutzt im Hangar. Aber ich habe es heute betankt und startklar gemacht. Der Boss wollte morgen Nachmittag rüber nach Brasilien fliegen, da Gonzales wieder einsatzbereit ist. Er wird erst am Donnerstag zurückkommen."

Andreas umarmte den jungen Mann nochmal herzlich. „Gut, wir machen das so. Und du weißt von nichts, klar! Sei bitte morgen früh um 6.30 Uhr am Flugzeug, wenn es hell wird."

Antonio entfernte sich wieder und verschwand in der Dunkelheit. Andreas musste erst zweimal tief durchatmen. Das war eigentlich das Schlimmste, was ihnen hätte passieren können, außer sie wären bei Nacht überfallen und ausgeraubt worden. Er ging zurück zu den anderen, die ihn fragend anschauten. Einen Moment musste er sich sammeln, doch dann erzählte er ihnen, was ihm Antonio anvertraut hatte. Steffen sprang wütend auf.

„Ich habe es doch gewusst, dieser Kerl ist nicht astrein! Und jetzt? Was machen wir jetzt?", fauchte er aufgeregt.

„Du setzt dich wieder hin und bist bitte leise! Und dann erkläre ich euch, was ich mit Antonio abgemacht habe", fauchte Andreas ihn an. Und dann entwickelte er leise sprechend seinen Plan.

„Wir fliegen morgen früh 6:30 Uhr, sobald es hell wird, mit Perez' Ersatz-Maschine nach Paramaribo. Dort gehen wir zur Bank zu diesem Direktor Jonathan Brown, der das Geschäft abwickeln will. Haben wir das erledigt, fliegen wir weiter nach Cheyenne und von dort fliegen wir nach Hause! Wir lassen uns doch nicht so kurz vor Schluss dieses Geschäft noch versauen!"

Andreas hatte eindringlich gesprochen und sah jeden einzelnen an. Alle drei Köpfe nickten. Plötzlich nahm Carmen Andreas' Hand zur Linken und Nadines zur Rechten.

„Macht bitte einen Kreis! Last uns eindringlich schwören, dass wir immer im Leben füreinander da sind, egal, was noch passiert." Man sah ihr an, dass sie es ernst meinte. Und Steffen, der erst eine witzige Bemerkung machen wollte, schwieg lieber. Und so schworen sie ihren Eid unter einem sternenübersäten Himmel.

Andreas stand auf.

„Lasst uns einpacken, aber nur das Notwendigste! Wir müssen unbedingt Gewicht sparen."

„Und was machen wir mit Conny?" Die Frage von Carmen kam unverhofft. Sie sahen sich gegenseitig an, bis Steffen meinte:

„Was soll denn mit ihm sein, er kommt natürlich mit. Das war doch ausgemacht und dabei bleibt es auch. Ich lass den guten Kerl jetzt nicht zurück."

Carmen küsste ihn dankbar. Und so verbrachten sie noch eine unruhige Nacht. Was hatte Perez gemeint, als er sagte, dieser O'Kelly müsse das noch am Dienstagabend durchziehen. Hieß das, dass man sie hier im Bungalow überfallen wollte? Nadine wusste auch keine andere Auslegung als Andreas. Und weil sie nicht schlafen konnten, diskutierten sie noch eine Stunde. Der nächste Tag würde wieder aufregend werden, das stand für alle fest.

Langsam schob sich die Sonne an den Horizont und es wurde ein wenig heller. Der richtige Sonnenaufgang würde erst in einer halben Stunde sein. Fünf dunkle Gestalten kamen aus dem Dunkel des Regenwaldes und strebten dem Flugzeug entgegen, das vor dem Hangar stand. Antonio schloss schnell die Tür auf und gab Andreas den Schlüssel. Dann luden sie ihre Sachen ein. Der Sechssitzer hatte genügend Platz. Andreas und Steffen saßen vorn, Carmen, Nadine und Conny in der zweiten Reihe. Ihr Herz klopfte zum Zerspringen. Inzwischen hatte Andreas schon das Höhenruder und die Seitenruder gecheckt. Sie waren startklar. Steffen steckte Antonio einhundert Dollar in kleinen Scheinen in die Hand.

„Hier mein Freund! Danke für die Warnung und stell dich bei Perez dumm, du weißt von nichts. Wir haben dir die Schlüssel geklaut. Mach's gut und bleib gesund!"
In diesem Augenblick trat die Sonne über den Horizont. Grelle Lichtstrahlen erhellten die Natur. Andreas drückte den Startknopf. Die Propeller begannen sich erst langsam, dann immer schneller zu drehen. Als sie auf Vollgas liefen, ließ Andreas die Maschine anrollen. Hinter ihm war absolute Stille, die beiden Frauen hielten sich den Mund zu und die beiden Piloten taten alles, damit sich die Maschine am Startpunkt stehend endlich in Bewegung setzte, schneller und immer schneller wurde, schließlich über die Landebahn fegte und dann steil in die Luft aufstieg. Im Nu hatten sie ihre Reisehöhe erreicht und nahmen Kurs nach Süden. Sie waren wild entschlossen, auch dieses Kapitel ihrer ganzen Reise noch erfolgreich abzuschließen, auch wenn sie deswegen wieder einmal gegen die Gesetze verstießen. Aber wer hatte diese Gesetze gemacht? Zwielichtige korrupte Politiker, Landbarone und Bandenchefs. War man da im Unrecht, wenn man dagegen verstieß? Diese Frage hatten sie gestern Abend noch erörtert.
Perez hatte in dieser Nacht wirklich sehr gut geschlafen. Der Rotwein und der warme Körper der kleinen Juanita, die gerade mal neunzehn Jahre alt war, hatten ihn sanft schlummern lassen. Er sah auf die Uhr. Es war 8:30 Uhr und so schälte er sich leise stöhnend aus seinem breiten Bett und gab Juanita einen leichten Klaps auf den Hintern, der unter der Zudecke hervorschaute.

„Komm aufstehen! Mach uns in der Küche ein Frühstück." Als sie dann beim Essen saßen, sah er die junge Frau an.

„Irgendwie habe ich heute früh ein Flugzeug gehört. Hast du auch was gehört?" Die junge Frau mit asiatischen Gesichtszügen schüttelte den Kopf.

„Nein, Boss, ich habe nichts gehört, ich habe wie tot geschlafen. Kein Wunder nach dieser Nacht", meinte sie und grinste Perez dabei an.

Zu dieser Zeit hatte die Maschine die Grenze zu Surinam längst überflogen und nahm Kurs auf die Hauptstadt Paramaribo. In etwa zwanzig Minuten mussten sie da sein. Nadine griff in die

Tasche und gab jedem eine Banane, immerhin war das Frühstück ausgefallen. Steffen drehte sich zu ihr um.

„Hast du die Kiste gut verstaut?“ Nadine sah ihn an. „Welche Kiste?“ Steffen fuhr in seinem Sitz herum. „Na die Kiste mit den Steinen, Mensch! Sag nur, du hast sie im Bungalow vergessen?“ Nadine sah ihn entsetzt an. „Oh Gott!“ Sie sah, wie sich drei Gesichter schlagartig veränderten und sie anstarrten. Dann griff sie in ihre Reisetasche und brachte die kleine Kiste zum Vorschein.

„Na, da ist sie doch! Ich habe gestern Abend noch den Bund eurer Hosen aufgemacht und alles herausgenommen. Schließlich hätten wir ja nicht erst in der Bank unsere Hosen ausziehen können, oder?“ Carmen grinste und die Herren waren still. Andreas sah ihr durch den Rückspiegel in die Augen, und der Blick sagte alles. Steffen ließ schlagartig Luft ab und Carmen begann wieder zu lachen. Steffen sah den Piloten an. „Macht sie das öfters?“ Andreas grinste.

„Wenn wir zu Hause sind, lege ich sie übers Knie, versprochen!“ Conny hatte die ganze Zeit still zwischen Carmen und Nadine gesessen. Ihm schien das Fliegen zu gefallen. Plötzlich sahen sie drei große Schornsteine in der Ferne, die im Morgenlicht dastanden wie erhobene Finger. Langsam näherten sie sich der Raffinerie. Immer tiefer gehend flog Andreas erst eine Runde, sah die freie Start- und Landebahn und drückte die Maschine nun tiefer. Rasch näherten sie sich dem Erdboden, und Carmen hielt die Luft an. Nadine war das schon gewohnt und blieb gelassen. Sie lächelte:

„Bleib gelassen, Schwester, die beiden haben das schon tausendmal gemacht und da waren die Flugzeuge wesentlich größer.“ Sie hatte kaum ausgesprochen, als es laut hörbar ruckte und die Maschine aufsetzte. Andreas bremste sie ab und rollte dann zum Hangar, wo mehrere Maschinen standen. Das war nicht der Hauptstadtflughafen, das sah man sofort. Als sie einparkten, kam ein älterer Mann mit gelber Weste und Helm zu ihnen. Andreas grüßte freundlich:

„Können wir die hier stehen lassen, Señor? Wir wollen heute noch weiter und müssen in der Stadt was erledigen.“ Dabei drückte er ihm einen 10-Dollar-Schein in die Hand. Der Mann grinste, bedankte sich und meinte:

„Okay, wenn Sie wieder losfliegen wollen, dann melden Sie sich bei mir im Hangar, damit ich die Bahn freigeben kann." Andreas sah sich um.

„Können Sie mir sagen, wie wir am schnellsten in die Stadt kommen?", richtete er noch eine Frage an den freundlichen Mann. Der lächelte und zeigte mit der Hand auf ein Schild mit einem Pfeil.

„Gehen Sie einfach die Gasse entlang, dann gelangen sie an einen kleinen Platz. Von dort sind Sie in zehn Minuten im Zentrum." Steffen wollte gerade die Maschine abschließen, als auf einmal Carmen meinte:

„Wie wäre es denn, wenn ihr zu zweit in die Stadt geht und wir mit Conny hierbleiben. Wie ich gerade sehe, haben wir hier sogar ein Netz und können die Handys benutzen. Wenn es länger dauern sollte, sagt ihr uns einfach Bescheid. Wir passen hier auf die Maschine auf."

Andreas und Steffen sahen sich kurz an und nickten dann. Die Steine trugen sie jetzt jeweils in einem Brustbeutel unter der Jacke. Sie verabschiedeten sich von den Frauen und marschierten los.

Carmen, Nadine und Conny machten es sich in der Maschine bequem. Nadine sah auf ihre Uhr.

„Es ist jetzt 10.16 Uhr, hoffentlich brauchen sie nicht allzu lange und es geht alles gut." Carmen holte tief Luft, auch sie war natürlich unruhig.

„Na, wenn wir weiter solches Glück haben wie bisher, dann wird mir angst und bange. Bis jetzt kam doch immer wieder was dazwischen, wenn wir dachten, am Ziel zu sein. Wie kann man aber auch auf so eine verrückte Idee kommen wie wir! Wir jagen ein Phantom und finden es sogar, und dann geht alles schief. Das ist wie ein Fluch, der über dieser Sache zu liegen scheint."

Nadine schälte sich eine Banane, brach ein Stück ab und gab es Conny, der es sofort verschluckte und sie bettelnd ansah. Nadine musste lachen.

„Was regst du dich denn auf, Schwester. Du hast einen wunderbaren Hund gefunden, der dir ewig treu sein wird. Und wenn das Geschäft jetzt klappt, hast du auch ein paar Sorgen weniger. Oder wolltest du bis zum dreiundsechzigsten Geburtstag noch im Krankenhaus deine Nächte verbringen? Ich sehe die Sache positiv. Und dass es dabei auch mal Probleme gibt, ist doch normal. Es wird schon alles klappen." Carmen nickte.

„Das glaube ich erst, wenn wir im Flugzeug nach Deutschland sitzen." Nadine schmunzelte. „Alte Unke, du siehst überall Gespenster und Probleme." Carmen sah ihre Freundin von der Seite an. „Und wie oft hatte ich recht damit? Einige Male denk ich."

Währenddessen hatten die beiden Männer das Zentrum vom Paramaribo erreicht. Plötzlich kamen sie zu einem größeren Platz und auf der anderen Seite stand ein blaues Glasgebäude. Sie waren am Ziel, das war die Barkleys Bank.
Mit Herzklopfen betraten sie die weiträumige Schalterhalle. An einer Fahrstuhltür stand ein Farbiger in Livree und weißen Handschuhen. Das Ganze hatte eine gewisse Ruhe und feudales Ambiente. Sie traten an den Mann in Uniform heran.
„Sorry Mister, wir müssen zu Direktor Brown, wir werden erwartet." Der Mann nickte freundlich, drückte den Knopf und die Fahrstuhltür ging auf.

„Bitte eintreten, wir fahren in den fünften Stock", meinte er seelenruhig. Die beiden sahen sich kurz an, als sich der Fahrstuhl summend in Bewegung setzte. Kurze Zeit später stoppte er ab und die Tür öffnete sich.

„Bitte gehen Sie bis zur dritten Tür auf der rechten Seite. Dort ist das Office des Direktors.
Andreas und Steffen marschierten los und Steffen meinte leise:

„Irgendwie habe ich jetzt Gummi in den Knien." Andreas lachte verhalten und klopfte an. Ein „Come in" ertönte und beide traten ein. Ein Mann um die Sechzig mit Glatze und moderner Brille im grauen Anzug kam hinter seinem Schreibtisch hervor. Andreas stellte sie beide vor. Da ging ein Leuchten über das Gesicht von Brown.

„Aha, Sie sind also die berühmten Deutschen mit den Steinen! Freut mich, Sie endlich kennen zu lernen. Mister Perez hatte Sie bereits angekündigt, aber erst für Mittwoch. Daher wird unser Experte auch erst am Mittwoch früh hier sein. Ohne ihn kann ich das Geschäft leider nicht abschließen. Sie werden das sicher verstehen." Er bat sie, Platz zu nehmen und setzte sich mit ihnen in eine Sitzecke mit einem Tisch und vier Sesseln.

„Mister Thaler, Mister Urban! Wir sind immer bestrebt, solche Steine aufzukaufen und sie dann gewinnbringend wieder zu verkaufen. Da Sie diese Steine ja gefunden haben, wie mir geschildert wurde, brauchen Sie keinen Eigentumsnachweis vorzulegen. Denn Fundsachen muss niemand nachweisen." Er lehnte sich leicht zurück.

„Und Sie kommen aus Deutschland. Darf ich fragen, was Sie dort beruflich machen. Haben Sie ein Geschäft?" Andreas schüttelte den Kopf.

„Nein, Mister Brown, wir sind beide Piloten bei der Deutschen Lufthansa und fliegen zumeist eine große Boeing auf internationalen Routen. Wir beide fliegen schon seit fünf Jahren zusammen auf einer Maschine." Man sah, dass Brown beeindruckt war.

„Ja, was machen Sie nun bis Mittwoch? Haben Sie schon ein Hotel hier in der Stadt?" Die beiden schüttelten den Kopf.
„Ich könnte Ihnen das „Hotel Palacio" empfehlen, das ist nur zwei Querstraßen weiter. Ich kenne den Chef dort ziemlich gut, da er immer Gäste aufnimmt, die mit uns geschäftlich verhandeln. Soll ich ihn anrufen?" Die beiden waren sofort einverstanden. Brown griff zum Telefon, wählte kurz und lauschte.
Während der Anruf noch durchgestellt wurde, vergewisserte er sich, wie viele Zimmer sie bräuchten und Steffen erklärte, dass sie ihre Frauen und einen Hund dabeihätten.

„Hallo Ferdinand! Ich habe hier zwei Deutsche mit Ehefrauen und einem Hund, die eine Bleibe suchen bis Mittwoch. Hast du zwei Zimmer frei?" Er lauschte und nickte dann.

„Okay, ich schicke sie dir rüber! Danke für deine Hilfe." Er legte wieder auf und sah seine beiden Besucher an.

„So, alles ist geregelt. Melden Sie sich drüben in der Rezeption, die wissen inzwischen Bescheid. Wir sehen uns dann am Mittwoch früh um 9:00 Uhr." An der Tür blieb Andreas nochmal stehen und sah den Banker an.

„Wäre es möglich, unsere Steine bei Ihnen zu deponieren? Dann müssen wir nicht länger damit durch die Stadt laufen." Er legte sein Säckchen auf den Tisch und Steffen zog seines ebenfalls unter der Jacke hervor.
Direktor Brown nickte aufgeschlossen.

„Natürlich können wir diese Steine hier bei uns einlagern. Dann müssen wir aber die beiden Säckchen verplomben. Ich rufe schnell Miss Thomas, die wird das machen, und dann schließen wir die Steine gemeinsam im Tresorraum ein."

Während er sprach, hatte er einen Knopf gedrückt und eine junge Frau betrat das Office. Brown erklärte ihr, worum es ging und die junge Frau verließ nochmal das Büro und kam dann mit zwei gelben Plomben zurück und befestigte sie an den Säckchen. Als sie fertig war, nickte Brown zufrieden.

„So, jetzt fahren wir in den Tresorraum hinunter und Sie bekommen dann den Schlüssel."

Zehn Minuten später verabschiedeten sie sich von Brown. Und damit waren sie dann entlassen. Wieder auf der Straße angelangt, berieten sie, wie sie nun weiter vorgehen wollten und entschlossen sich, zuerst ihre Frauen abzuholen.

Perez sah zu dieser Zeit auf die Uhr. Wo blieb denn nun wieder sein Pilot? Gonzales war sonst immer zuverlässig und pünktlich. Eigentlich wollte er in 15 Minuten rüber nach Brasilien fliegen, um sich mit dem Minenbetreiber heimlich zu treffen. Sullivan hatte sich gemeldet und um das Treffen gebeten, nachdem die letzte Lieferung gerade noch so geglückt war. Offenbar hatte er nun noch etwas in petto.

Plötzlich klopfte es an der Tür. Perez stand auf und ging zur Tür. Als er sie öffnete, stand ein atemloser Gonzales vor ihm und sah ihn entsetzt an.

„Boss, unsere Maschine ist nicht mehr da! Einfach spurlos verschwunden!" Perez stand einen Augenblick starr und sprachlos da. Im nächsten Augenblick meinte er zu Gonzales: „Hast du die Deutschen gesehen?" Gonzales verneinte.

„Komm mit! Wir müssen sie finden!" Und schon stürmte er aus dem Raum, über den Platz und lief zu den Bungalows.

„Hallo, Mister Thaler! Mister Urban!", rief er zweimal, doch nichts regte sich. Kurz entschlossen ging er zum Eingang des einen Bungalows und riss die Tür auf. Niemand war da! Er schaute in die Schränke, auch die waren leer!

„Das gibt es doch nicht! Hatten die sich mit seiner Maschine aus dem Staub gemacht? Aber wohin? Sie konnten rüber auf die Inseln, nach Paramaribo oder nach Französisch-Guyana geflogen sein. Er dachte nach und beruhigte sich langsam wieder. Die Polizei einzuschalten, war sinnlos. Er dachte nach. Wie hieß doch die Bank, mit der sie verhandeln wollten? Und wie hieß der Chef dieser Bank? Verdammt! Er musste notgedrungen O`Kelly anrufen, der kannte den Namen der Bank und des Direktors. Wütend stapfte er zurück ins Herrenhaus und ging zum Telefon. Er wählte O`Kellys Nummer. Es tutete, dann meldete sich der Anrufbeantworter. Perez legte wütend wieder auf. Er konnte nur warten. Er dachte nach. Es war Montag, die sollten am Mittwoch diesen Banker treffen. Das waren noch zwei Tage. Aber warum waren sie denn eigentlich abgehauen? Hatten sie Wind davon bekommen, was da geplant worden war. Aber von wem?

Schnaufend ließ er nach Antonio rufen. Der kam wenig später.

„Antonio, wie konnte man die Maschine klauen? Du hast doch die Schlüssel im Hangar unter Verschluss?" Antonio nickte.

„Ja, Boss, ich wollte gerade zu ihnen kommen. Irgendjemand muss heute Nacht in den Hangar eingestiegen sein und den Schrank mit den Schlüsseln aufgebrochen haben. Ich habe es auch erst jetzt gemerkt, weil Gonzales bei mir war. Wir haben beide nachgesehen. Der Kasten ist aufgebrochen worden."

Perez sah die Einheimischen an und nickte. „Ist gut, du kannst wieder gehen. So eine Scheiße, so eine verfluchte Scheiße", wütete er. Diese Deutschen waren also doch ganz abgebrühte Burschen, die er unterschätzt hatte. Was sollte er nun O`Kelly erzählen? Er überlegte hin und her. Eigentlich waren ihm Vier ihm ja sehr sympathisch gewesen, aber jetzt ging es um seinen Kopf. Eigentlich konnte er auch schweigen und auf sein schönes Flugzeug verzichten. Dann würden die Deutschen ihr Geschäft abwickeln und für immer verschwinden. Aber es ging auch um gut zwei Millionen Dollar, die er unbedingt brauchte, damit das Kartell ihn nicht auf den Zahn fühlte. Zu oft hatte er schon Geschäfte an denen vorbei gemacht. Und die waren nicht zu unterschätzen mit ihrem Einfluss.

Steffen und Andreas waren wieder am Flugzeug angekommen, doch da rührte sich nichts. Vorsichtig umkreisten sie die Maschine und stiegen auf die Treppe vom Einstieg, um hineinzuschauen. Conny lag zwischen den beiden Frauen, und alle drei schliefen selig. Nur Conny fuhr auf einmal hoch und meldete sich: „Wuff, wuff, wuff!" Die beiden Frauen fuhren hoch und erkannten ihre Männer.

„Na, ihr Schlafmützen, habt ihr schön geschlafen, während wir Geld verdienen waren", meinte Steffen. Nadine gähnte. „Habt ihr schon …?" Weiter kam sie nicht. Andreas schüttelte den Kopf.

„Nö, der Gutachter kommt erst am Mittwoch. Bis dahin quartieren wir uns im Hotel Palacio gleich neben der Bank ein." Rasch räumten sie ihre Sachen heraus und Andreas ging zum Hangar, wo er wieder auf den freundlichen Herren traf.

„Mister, wir bleiben bis zum Mittwoch. Könnten wir die Maschine bis dahin hier stehen lassen?" Dabei wedelte er mit einem 50-Dollar-Schein. Der Mann sah ihn begehrlich an und nickte.

„Kein Problem, Sir, ich passe auf das gute Stück auf. Und ich sage dem Nachtdienst, dass sie ebenfalls ein Auge darauf werfen sollen." Andreas lachte.

„Wenn alles klappt, gibt's bei Abflug noch so einen Fünfziger!" Andreas wusste genau, dass einhundert Dollar für die meisten hier in diesem Land eine Menge Geld war. Und so marschierten sie in Richtung Hotel. Dort angekommen, meldeten sie sich an der Rezeption bei einer jungen Dame. Als sie die Vier mit dem Hund kommen sah, lächelte sie schon.

„Hallo! Ich bin Anna und bringe Sie gleich zu Ihren Zimmern. Ich hoffe aber, der Hund macht keinen Lärm", meinte sie unsicher. Steffen beruhigte sie:

„Miss, Sie werden von dem Tier keinen Laut hören, es sei denn, jemand bricht in unsere Zimmer ein, dann macht er Radau."
Sie fuhren mit dem Lift in den zweiten Stock hoch. Zimmer 113 war das von Andreas und Nadine, Zimmer 114 von Steffen und Carmen. Steffen stichelte sofort lachend.

„Oh je 113, wenn das mal Glück bringt!" Nadine streckte ihm die Zunge heraus. „Um 18.00 Uhr unten im Restaurant, du Looser!" Wenn sie zum Abendbrot hinuntergehen würden, musste Conny im Zimmer bleiben. Er würde gut aufpassen.

Eine Stunde später saßen sie an einem gemütlichen Vierertisch am Fenster. Das Hotel war nur spärlich belegt, wie man sehen konnte. Etwa fünf ältere Paare und ein Tisch mit drei Herren ohne Frauen waren die einzigen Gäste an diesem Abend. Gegen 20.00 Uhr gingen sie wieder hoch. Ausschlafen war angesagt, und Nadine wollte unbedingt die Badewanne ausprobieren. Als sie wieder aus dem Bad kam, schlief Andreas bereits tief und fest. Sie legte sich daneben und sah durch die geöffneten Gardinen hinaus in den sternenübersäten Himmel.

Das Leben konnte doch so schön sein. Aber entweder man hatte genug Geld, dann hatte man meist keine Zeit, oder man hatte viel Zeit, dann aber meist kein Geld. Aber das konnte sich bei ihnen nun schnell ändern. Dann würden sie Zeit und Geld haben, das Leben zu genießen. Sie dachte an ihre Eltern, die in der Nähe von Ramsau das „Haus Hintermühle" betrieben. Ein Appartementhaus mit Ferienwohnungen. Auf jeden Fall würde sie einen Teil vom Geld auch ihren Eltern geben, damit sie kürzertreten konnten. Sie ließ noch einmal alles, was sie bisher in diesem Land erlebt hatte, in Gedanken Revue passieren. Und über diese Gedanken schlummerte sie langsam ein.

Den Dienstag verbrachten sie damit, sich die Stadt anzuschauen. Sie verbrachten einige Zeit im Zoo, besuchten das Fort aus Holländischer Zeit und die wunderschöne Kathedrale, bis dann Steffen auf die Idee kam, doch mal zum Flughafen „Johann Adolf Peugel" zu fahren. Also mieteten sie sich ein Auto und fuhren die wenigen Kilometer bis zum Internationalen Flughafen, stellten den Wagen auf dem Parkplatz ab und gingen zu Fuß bis zur Eingangshalle. „Wellcome to Surinam" stand über der Eingangstür. Sie betraten die saubere große Halle mit den Schaltern. Steffen deutete auf einmal auf eine beleuchtete Anzeige. Gut zu lesen, stand dort „KLM", also die holländische Fluggesellschaft. Sie gingen zu den Flugplänen. Andreas studierte die Abflüge und die Tage.

„Kommt mal bitte her! Schaut mal!" Er deutete auf eine Abflugzeit am kommenden Donnerstag. Paramaribo nach Amsterdam Abflugzeit 10:30 Uhr.

„Was meint ihr? Wir fliegen nicht erst nach Cheyenne, sondern fliegen hier ab nach Amsterdam und von dort nach München?" Steffen kratzte sich am Kopf.

„Das heißt aber, wir müssten heute schon buchen?" Alle drei nickten und Carmen strich Conny über das Fell.

„Und er muss in eine Transportbox, der arme Kerl" Steffen nickte. „Aber das war doch von Anfang an klar. Natürlich wird das problematisch. Zwölf Stunden in einer Kiste und er kann nicht pieseln. Aber anders geht es nicht, wenn du ihn mitnehmen willst." Carmen nickte bekümmert.

„Ich möchte ihn aber auch auf keinen Fall zurücklassen. Wo soll er denn hier in der Stadt hin? Nein, er muss mit. Zu Hause kann er sich dann wieder austoben." Andreas nickte verständnisvoll lächelnd.

„Gut, dann kommt. Ich hoffe, jeder hat seinen Pass dabei." Und so gingen sie zum Abfertigungsschalter.

„Hallo Miss, wir wollten gerne vier Plätze für den Flug nach Amsterdam am Donnerstag buchen. Und einen Hund dazu." Die junge Dame erhob sich und sah durch ihr Fenster auf Conny.

„Hat er eine Impfbescheinigung des Veterinäramts? Ohne diese Bescheinigung können Sie ihn nicht mitnehmen." Andras war erst einmal ratlos?

„Und wo ist dieses Amt?" Die junge Dame zeigte auf die andere Seite der Halle. Da drüben können sie ihn untersuchen lassen." Carmen und Steffen rannten mit Conny los, während die junge Dame schon mal die Buchungen notierte und ausdruckte. Für den Hund gab es ein Extraticket. Andreas bezahlte einstweilen in bar. Doch schon nach zehn Minuten war die beiden mit Conny wieder da.

„War kein Problem, er hat ihn angeschaut und gemeint, er sei gesund und schon hatte ich die Bescheinigung. Er reichte sie der jungen Dame, die nun auch Connys Flugticket ausstellte. Sie waren tatsächlich reisefertig – bis auf den Umtausch der Steine. Jetzt kam also der letzte Akt dieses Dramas. Den Abend verbrachten sie dann erwartungsfroh an der Hotelbar und feierten ein wenig.

Mittwoch 10:00 Uhr

Mit deutscher Pünktlichkeit, genau fünf Minuten vor 10:00 Uhr, klopfte Steffen an die Bürotür von Mister Brown. Schritte näherten sich hinter der Tür und sie wurde geöffnet. Brown empfing die beiden Deutschen herzlich und stellte sie dem Gutachter Mister Kerrsrade vor, der bereits anwesend war. Der Mann war

Holländer und sprach sogar ziemlich gut Deutsch. Sie setzten sich an den kleinen Vierertisch mit den Sesseln. Andreas und Steffen holten den Brustbeutel heraus, den sie zuvor aus dem Tresor geholt hatten, und Brown brachte eine viereckige Schale mit Rand und stellte sie auf den Tisch. Steffen öffnete einen Beutel und kippte die Steine vorsichtig auf die Schale. Dabei wurden die Augen von Kerrsrade immer größer. „Uff", machte er und sah die beiden Deutschen an.

„Das sind ja vorzügliche Steine, und alle durch die Bank bestens zum Schleifen geeignet. Ich werde sie jetzt prüfen und fein säuberlich auflisten. Das kann aber gut eine Stunde dauern". Andreas winkte ab. „Kein Problem, Mister Kerrsrade, wir haben Zeit und Geduld." Dabei streckte er sich und da schaute plötzlich der Knauf seiner Pistole heraus. Der Kerl tat so, als wenn er sie nicht gesehen hatte, und wandte sich den Steinen zu. Und nun begann er einen Stein nach dem anderen zu wiegen, und alles was notwendig war, um die Karatzahl zu ermitteln.
Nach kurzer Zeit standen ihm Schweißperlen auf der Stirn und er sah die Deutschen an, die gerade einen Kaffee tranken.

„Ihre Steine haben im Durchschnitt 50 Karat, das sind jetzt hochgerechnet 34 Millionen Dollar, abzüglich der 10%, die wir berechnen. Dann sind wir bei 30,6 Millionen Dollar. Wären Sie damit einverstanden?" Beide mussten zunächst erst einmal schlucken, dann nickten sie. Direktor Brown nahm die Steine in Verwahrung, brachte dann einen doppelten Vertrag und setzte die Summe und die Kontonummer ein.

„So meine Herren, da Sie ja ein Konto bei unserer Bank haben, ist es eine Frage von ein bis zwei Tagen, bis das Geld auf Ihrem Konto gebucht ist. Da Sie aber abreisen wollen, werde ich veranlassen, dass man diese Buchung jetzt sofort ausführt. Bitte geben Sie mir nochmal Ihre Karte zum Vergleich und warten Sie bitte, bis ich wieder zurück bin." Sprach's und verschwand aus dem Raum. Nach einer Viertelstunde kam er zurück und legte Steffen die Karte und einen Kontoausdruck auf den Tisch. Andreas griff danach und besah den blau umrandeten Auszug mit der Zahl 30.600.000 Dollar Guthaben. Gigantisch! So viel Geld! Er wechselte einen Blick mit Steffen, der dasaß und Tränen in den Augen hatte.

Gemeinsam verließen sie nach zwei Stunden wieder die Bank. Doch bevor sie die Halle verließen, blieb Andreas plötzlich stehen und lehnte sich gegen die Wand.

„Entschuldige, ich muss etwas im Schuh haben", und dann schob er seine Kreditkarte unter die Einlagensohle und zog den Schuh wieder an. Steffen hatte ihm zugesehen und schüttelte den Kopf. „Was war das denn jetzt?" Andreas grinste.

„Schon mal was davon gehört, dass Ausländer in diesen Breiten öfter mal überfallen und ausgeraubt werden?" Steffen lachte.

„Und wenn sie dir nur die Schuhe klauen, was dann?" Andreas verzog das Gesicht. „Das nennt man dann Künstlerpech!" Und dann verließen sie die Bank.

Sie waren ab sofort stinkreiche Leute. Was für ein Gefühl! Mit einem Hochgefühl gingen sie die Straße entlang bis zum Hotel, wo sie ihre Frauen auf der kleinen Liegewiese am Pool fanden. Als sie auftauchten, sahen sie die Frauen fragend an. Andreas und Steffen setzten sich mit betrübten Mienen auf die Liege ihrer Frauen und schüttelten den Kopf. Carmen holte tief Luft und Nadine schien jeden Moment explodieren zu wollen.

„Was stimmt denn diesmal nicht?", fragte sie mit heißerer Stimme. Man sah ihr an, dass sie mühsam versuchte, die Fassung zu wahren. Nicht anders ging es Carmen, die ins Nirgendwo stierte. Dann zog Andreas den blauen Kontoauszug aus der Tasche und legte ihn auf Nadines nackten Oberschenkel. Die sah einen Augenblick darauf und dann lag sie mit einem Satz auf ihrem geliebten Andreas und schluchzte:

„Du Sauhund, du verfluchter! Mich so zu erschrecken! Ich müsste dir doch tatsächlich jetzt eine knallen! Aber ich lasse es lieber und küsse dich!"

Währen dieses Disputes hatte Carmen mit langen Fingern den blauen Zettel von Nadines Oberschenkel genommen und starrte einen Moment darauf. Ihre Augen weiteten sich und sie sah ihren Steffen mit Tränen in den Augen an, und der nickte nur wortlos. Sie bekam vor Aufregung einen Schluckauf.

„Ich bin platt!", war alles, was sie zunächst sagte. Steffen ging los, um eine Flasche Champagner zu bestellen. Die Kellnerin brachte sie und öffnete sie, dann schenkte sie die vier Gläser ein. Andreas hob sein Glas. „Auf unsere Zukunft! Prost, Leute! Ab heute beginnt ein neues Leben für uns! Was haltet ihr davon, wenn wir uns auf La Gomera ansiedeln?" Die beiden Frauen nickten sofort. Ein Leben lang Sonne und Meer, was wollte man mehr?

John Perez wollte gerade sein Büro verlassen, als das Telefon läutete. Missmutig setzte er sich wieder in den Sessel und hob ab. Am anderen Ende war ein Fremder, den er nicht kannte.

„Mister Perez, mein Name ist Billy Wilder. Ich bin hier in Paramaribo auf dem Flugplatz der Raffinerieanlage der Werkstattchef. Bei uns steht seit drei Tagen eine gelbe Cessna mit der Kennung JP187456, ist das Ihre Maschine?"
Perez musste erst mehrmals schlucken, ehe er antworten konnte.

„Natürlich ist das meine Maschine, sie wurde mir von vier Deutschen gestohlen. Sorgen Sie dafür, dass die Leute nicht wegfliegen können. Lassen Sie sich was einfallen, wie Sie deren Flug verhindern können. Sie machen das nicht umsonst! Okay, ich kümmere mich sofort um die Rückholung der Maschine."
Zornbebend wählte er erneut eine Nummer. Es tutete kurz, dann meldete sich eine Stimme, die er sofort erkannte.

„Hören sie zu O`Kelly, meine Maschine steht in Surinam auf einem Flugplatz der Raffinerie in Paramaribo. Die müssen also dort vor Ort sein. Ich denke mal, die wollen zur Bank, um ihre Steine zu verscherbeln und dann in Richtung Heimat verschwinden! Beeilen Sie sich, wenn Sie die noch erwischen wollen!"
O`Kelly bedankte sich bei Perez, legte auf und wählte dann wieder neu.

„Geht klar, John, du hast was gut bei uns! Ich kümmere mich sofort darum und schicke einen Heli los mit unseren Jungs."

Den Nachmittag verbrachten sie dann im Hotel am Pool und ließen es sich gut gehen, bis Andreas auf die Idee kam, nochmal zur Maschine zu gehen, um nachzuschauen, ob sie nichts liegen gelassen hatten. Morgen 10.15 Uhr ging endlich ihre Maschine nach Amsterdam.
In dem anbrechenden Abend hinein liefen sie den Weg vom Hotel bis zur Raffinerie und betraten den Flugplatz. Nirgendwo war ein Zaun oder ein Tor, jeder konnte hier ein- und ausgehen, was Steffen auch sofort monierte.

„Das ist wieder mal typisch Südamerika. Alles offen, keine
Kontrollen, nichts. Wäre bei uns zu Hause unmöglich."
Sie hatten gerade die Maschine erreicht, die noch so dastand, wie
sie vor Tagen abgestellt worden war. Was ihnen dann aber sofort
auffiel, waren zwei Betonklötze vor und hinter den Rädern, die
mit Eisenketten am Fahrwerk befestigt waren. Dazu ein ziemlich
großes, monströses Sicherheitsschloss. Argwöhnisch gingen
Steffen und Andreas um die Maschine herum.

„Was ist denn hier los? Wer hat die Maschine denn angehängt?
Schau doch mal rein, Steffen." Der kletterte hinauf, öffnete die
Kabine und trat ein. Er sah sich kurz um, sie hatten nichts liegen
gelassen. Gerade als er wieder die Kabinentür zuschloss, schlug
Conny an und bellte wie verrückt. Und plötzlich wie aus dem
Nichts standen ihnen vier Schwerbewaffnete mit Sturmhauben
und Gesichtsmasken gegenüber! Conny bellte und zerrte an der
Leine, so dass Carmen Mühe hatte, ihn festzuhalten. Einer der
vier Vermummten sprach sie an:

„So, Herrschaften, hier ist euer kleiner Ausflug wieder zu
Ende!". Plötzlich fuhr ein kleiner Bus auf den Platz.

„Los, einsteigen!", brüllte der Bewaffnete wieder. An der Tür
des Busses standen zwei Maskierte und durchsuchten sie vor
dem Einsteigen. Ihre Pistolen waren im Nu einkassiert. Sie
mussten einsteigen, sich hinsetzen und schon ging die nächtliche
Fahrt los. Steffen knurrte. „Welcher Sauhund hat uns diesmal
wieder verpfiffen?" Andreas sah ihn ernst an.
„Garantiert einer der Leute hier auf den Platz. Vielleicht sogar
der, dem du 50 Dollar geschenkt hast!"
Er überlegte, was nun kommen könnte. Bargeld hatten sie ziemlich wenig dabei. Jeder vielleicht ein paar hundert Dollar, die
Frauen wahrscheinlich gar nichts. Die Fahrt nahm kein Ende.
Sie waren inzwischen schon zwei Stunden unterwegs. Wo ging
die Reise eigentlich hin? Zurück nach Guyana, vielleicht sogar
zu Perez? Doch sie näherten sich einem ziemlich großen Waldgebiet mit ziemlich hohen bewaldeten Bergen. Traurig sah auf
einmal Nadine Andreas an:
„Unsere schönen Flugkarten liegen nun auch im Zimmersafe,
und der Flug fällt aus. Ich überlege die ganze Zeit, wer uns diese
Halsabschneider hier geschickt hat. Könnte es der Banker gewesen sein?" Andreas schüttelte den Kopf.

„Glaube ich nicht, aber vielleicht die Leute, die uns von Anfang an verfolgt haben. Bei Perez bin ich mir nicht mehr ganz sicher, der könnte sauer sein, dass wir ihm sein schönes Flugzeug geklaut haben." Plötzlich stand einer der Bewaffneten im Gang und fauchte sie an. „Schnauze halten, verstanden!"
Andreas sah ihn in seine Augen, die ihn zwischen zwei Schlitzen in der Sturmhaube anschauten. Er setzte ein Lächeln auf, um zu zeigen, dass er keine Angst hatte. Dann lehnte er sich zurück und schloss die Augen.
Um Mitternacht fuhren sie plötzlich an einem See vorbei und erreichten einige kleine Holzhäuser. Der Bus hielt auf einem Platz an und sie mussten aussteigen. Sie sahen sich um. Insgesamt sechs Holzhäuser in einem Viereck errichtet, das von einem Zaun umschlossen wurde und eine breite Toreinfahrt hatte. Steffen stieß Andreas an, der neben ihm stand.

„Sieht aus wie ein paramilitärisches Camp oder so was ähnliches." Plötzlich tauchte ein Hüne von einem Kerl auf. In Lederklamotten mit Lederstiefeln und reichlich tätowiert. Er baute sich vor den Vier auf und stemmte die Arme in die Hüften.

„So, ihr Strauchdiebe, jetzt haben wir euch doch tatsächlich noch erwischt. Wo sind unsere drei Kilo Stoff?", fragte er barsch. Steffen und auch Andreas schüttelten den Kopf. Steffen antwortete:

„Wir haben keinen Stoff von euch. Oder habt ihr was gefunden?" Der riesige Kerl näherte sich Steffen und blieb vor ihm stehen. Er verschränkte die Arme vor der Brust und grinste ihn an. „Du Knilch willst mich wohl verscheißern, he?" Steffen war auf der Hut, er wusste was wohl kommen würde und grinste nur. Der Riese sah ihn an und holte tief Luft.

„Ich frage dich jetzt nochmal, du kleine Laus, wo ist unser Stoff?" Diesen Satz hatte er beinahe geflüstert. Steffen lächelte süffisant.

„Hast du was an den Ohren, Kumpel? Wir haben euren Stoff nicht, aber vielleicht fragst du mal den Bootseigner, der uns damals den Kahn vermietet hat." Der Riese holte auf einmal kurz aus und schlug zu! Steffen reaktionsschnell war mit einem Seitschritt und dem Wegdrehen seines Kopfes dem Schlag größtenteils aus dem Weg gegangen. Die Wucht des Schlages riss den Riesen fast von den Beinen und er musste zusehen nicht zu fallen. Als er wieder auf den Beinen stand und sich wieder auf Steffen stürzen wollte, fing plötzlich Conny an, die Zähne zu fletschen, und Carmen musste ihn mit aller Kraft zurückhalten. Der Riese sah auf den knurrenden und zum Sprung bereiten Hund und wollte seine Pistole herausziehen. Andreas sprach ihn an.

„Das würde ich an Ihrer Stelle nicht tun! Dieser Hund ist darauf ausgebildet. Ehe sie zum Schießen kommen, hängt er ihnen schon an der Gurgel!" Der Riese nahm von seinem Vorhaben Abstand. Er drehte sich zu seinen Kumpanen herum, die in einiger Entfernung standen.

„Sperrt die Bande ein! Die Kerle da links in die Hütte, die Weiber da drüben in die Hütte." Dann grinste er wieder.

„So, wir kommen morgen früh wieder und fragen euch nochmal nach dem Stoff. Gibt's keine Antwort, vögeln wir eure Weiber besinnungslos! Aber abwechselnd und wir sind acht Leute, ist das klar!"
Als sie die beiden Frauen mit dem Hund wegführten, sahen sich Andreas und Nadine nochmal kurz an und Nadine nickte leicht. In ihrer Hütte angekommen, setzten sie sich auf das alte Holzbett.

„Warum hat Nadine dir zugeblinzelt?" Steffen sah seinen Freund an. Andreas schmunzelte:

„Sie hat, seit wir in der Stadt angekommen sind, einen kleinen Elektroschocker irgendwie versteckt für den Fall, dass sie überfallen werden, was hier unten ja jederzeit möglich ist."
Steffen nickte einigermaßen beruhigt. Mit dem Schocker und dem Hund waren sie einigermaßen sicher vor Übergriffen. Was er nicht wusste, war, dass Carmen das gleiche Gerät auch hatte. Aber wo hatten sie das versteckt, als sie kontrolliert worden waren? Andreas sah auf seine Uhr. Es war 1:28 Uhr.

„Ich wette, sie werden schon längst unser Zimmer und den Safe kontrolliert haben. Da lagen rund 1000 Dollar drinnen, die sind bestimmt weg. Aber was machen wir jetzt? Unser Heimflug fällt auch aus, auch umsonst bezahlt", schimpfte Steffen.
Andreas lachte verhalten. „Sagt einer der 15,3 Mio. Dollar auf der Bank hat. Gewöhne dich mal dran, du hast jetzt genügend Kohle." Steffen nickte.

„Und was nützt die dir, wenn du hier festsitzt?" Steffen hob die Augenbrauen an.

„Abwarten und Tee trinken. Sie werden begreifen müssen, dass wir ihren Stoff nicht mehr haben. Der ist schön eingebuddelt, und nur wir wissen, wo. Also, Info, wo das Zeug liegt, gegen Freiheit! Sollen sie doch diesen Mendez killen." Steffen nickte.

„Wieder einmal keine schlechte Idee, aber wir brauchen eine Geschichte, wie der Stoff verloren gegangen ist." Andreas dachte nach.

„Was hältst du davon? Mendez wollte uns den Fluss runterbringen, dort aber waren plötzlich Kontrollen. Also liefen wir mit dem Katamaran in die Lagune ein und Mendez vergrub die Päckchen dort am Strand, um sie dann später wieder zu holen." Steffen grinste. „Keine schlechte Idee, aber wie bringen wir das den Mädels bei? Damit wir gleiche Aussagen haben." Andreas lachte wieder.

„Erinnerst du dich an eine gewisse Karen Winter und deren Mann?" Steffen griente. „Und wo hast du es, sag mal? Warum habt ihr nichts gesagt, dann hätten wir das doch auch machen können." Andreas nickte.

„Wollten wir euch nach dem Besuch auf der Bank eigentlich noch sagen, haben das aber dann vergessen. Tut mir leid."
Er holte sein Handy aus dem Schritt und schaltete es ein. Zwei Balken zeigten ein Netz an. Und er schrieb.
„Mendez begleitete uns auf den Fluss. Unterwegs Polizeikontrolle. Einfahrt in Lagune und Mendez vergrub dort den Stoff! Merkt euch das! Alles gut?"
Wenig später kam schon eine Nachricht zurück. *„Alles verstanden, sonst alles gut. Küsse!"*
Andreas schaltete das Handy wieder aus und versteckte es wieder. Steffen sah ihm dabei zu und grinste. Sie legten sich auf ihre Betten und versuchten, zu schlafen.
Carmen hatte Nadine angeschaut, weil es bei ihr dreimal gefiept hatte. „Was ist das?" Nadine grinste, griff unter ihren Pullover und brachte ein kleines Handy zum Vorschein.
„Eine Nachricht von Andreas!" Sie las kurz vor, was er geschrieben hatte, und tippte die Antwort ein. Dann steckte sie das Gerät

wieder ein. „Wir haben uns das damals von Karen und Benny abgeschaut, und uns entschlossen, das auch zu machen."

„Und warum habt ihr da nichts zu uns gesagt? Wir hätten es auch machen können." Nadine schüttelte den Kopf.

„Wir wollten euch nicht der Gefahr aussetzen, wenn wir erwischt werden, und sie uns kontrollieren. Denn dann wäre es nur uns schlecht ergangen." Carmen schüttelte den Kopf.

„Verstehe ich aber trotzdem nicht. Aber gut, jetzt ist es eben so, wie es ist. Hauptsache, wir können uns so abstimmen, wenn sie uns befragen."

Wie wichtig das war, zeigte sich schon am nächsten Morgen, als plötzlich eine Frau auftauchte und sie bat, mitzukommen. Sie führte sie vor eine der Hütten. Dort saß der Riese auf einer Bank vor der Hütte. Er sah die beiden Frauen an. Im Stillen stellte er fest, dass beide doch verdammt hübsch waren. Aber offenbar hatte er sich wohl vorgenommen, es heute mal auf die freundliche Tour zu versuchen.

„Setzt euch da hin!" Er zeigte auf zwei Holzstühle. Eine Weile beobachtete er die beiden Frauen.

„Ich wisst, warum ihr hier seid? Carmen und Nadine schüttelten die Köpfe. Der Riese brannte sich eine Zigarette an.

„Gut, dann frage ich euch, wo ist der Stoff abgeblieben, der damals auf diesem Boot war, das euch über den Fluss zum Hafen bringen sollte?" Nadine sah Carmen kurz an, ehe sie antwortete:

„Also, dieser Mendez oder wie er hieß, wollte uns mit dem Boot runter zum Hafen bringen. Als Gegenleistung bekam er unseren PKW. Unterwegs stießen wir aber auf eine Polizeikontrolle und fuhren in eine Lagune. Dort hat er dann an Land einige Päckchen vergraben. Danach fuhren wir unbehelligt weiter. Keine Ahnung, ob der das Zeug dann noch geholt hat. Mehr kann ich nicht dazu sagen, wir hatten damals andere Probleme und mussten weiter. Allerdings haben wir uns dann gewundert, warum uns dauernd jemand auf den Fersen war." Der Riese dachte einen Moment nach. Dann nickte er.

„Gut, soweit zu diesem Thema. Wie man so hört, tragt ihr eine ganze Menge kostbare Steine mit euch herum. Wo sind die?" Carmen lachte verhalten und sah den großen Kerl direkt in die Augen.

„Hat man das gehört, ja? Dazu gibt's nicht viel zusagen, wir haben keine Steine mehr. Wir waren nur die Transporteure, die sind inzwischen auf einer Bank in Paramaribo. Dort haben wir sie abgegeben, natürlich gegen eine kleinen Freundschaftslohn. Da muss dieser Perez und ein anderer Kerl wohl ein gutes Geschäft gemacht haben, ohne euch. Für uns kam die kleine Belohnung gerade recht, denn wir wollen wieder nach Hause fliegen." O`Kelly starrte einen Moment auf Conny, der neben seinem Frauchen saß und den Bandenchef musterte.

„Was habt ihr denn dafür bekommen?" Carmen verzog das Gesicht. „Na ja, eintausend Dollar, also nicht gerade viel."
Der Riese nickte langsam. „Na gut. Bis wir das alles überprüft haben, bleibt ihr unsere Gäste und könnt euch frei bewegen. Aber versucht nicht, abzuhauen, wir finden euch immer wieder. Ihr könnt jetzt gehen!" Er drehte sich zu einem jungen Kerl herum.

„Tony, gehe bei Nancy vorbei! Die soll uns was kochen, und dann holst du die Männer der beiden Ladys her!"
Kaum waren Nadine und Carmen in der Hütte gab sie die Info sofort an Andreas weiter, noch ehe sie abgeholt wurden.
Die weitere Befragung der Männer erbrachte nichts anders als das, was die Frauen schon ausgesagt hatten. Aber sie konnten sich nun im Camp frei bewegen und saßen wenig später schon beisammen.

„Das habt ihr super gemacht, Mädels. Das mit den Steinen war eine gute Idee. Aber was machen wir nun?" Carmen holte tief Luft. Sie hatte inzwischen Augenringe bekommen und war wohl auch so ziemlich lustlos. Der andauernde Stress zeigte seine Wirkung. Nadine war eigentlich noch die Alte. Aber sie hatte ziemlich abgenommen. Steffen legte den Arm um Carmens Schulter und sah sie an.
„Du darfst nicht den Mut verlieren, Schatz. Wir haben schon so viel durchgestanden, da werden wir auch die Hürde noch nehmen. Fest steht, wir müssen rüber nach Französisch - Guyana!" Andreas stand auf.

„Wisst ihr, was? Wir schauen uns jetzt mal das Camp ganz genau an. Nach meiner Karte, die ich noch habe, weiß ich ungefähr, wo wir sind. Wir müssen nur sehen, wie wir hier wegkommen. Also schauen wir uns mal um."

Und schon schlenderte sie pärchenweise los. Sie liefen entgegengesetzt los, so dass sie sich irgendwo im Camp wieder treffen mussten.

Steffen entdeckte zwei Jeeps hinter einer der Hütten. Als er näher hinsah, steckten die Zündschlüssel. Na ja, logisch, wer sollte hier auch klauen?

„Schau mal, ob jemand kommt!", flüsterte er Carmen zu und ging schnell zum ersten Jeep. Als er von dem Blechkasten am Heck den Deckel hochhob, atmete er tief durch. Da lagen doch tatsächlich zwei Maschinenpistolen drinnen. Er schüttelte den Kopf. Die mussten sich aber sicher fühlen, wenn sie so mit ihren Schießeisen umgingen. Im zweiten Jeep entdeckte er im Handschuhfach eine großkalibrige Pistole mit Schalldämpfer, die er sofort einsteckte.

Rasch entfernten sie sich wieder und trafen dann wenig später auf Andreas und Nadine. Die hatten eine Ausfahrt in den Regenwald entdeckt. Und das Tor hatte kein Schloss.

Langsam schlenderten sie wieder zurück bis zu den Hütten. Im Camp war inzwischen allerhand Betrieb. Frauen mit kleinen Kindern, die umhertollten und zum größten Teil indigener Abstammung waren. Die Herren Gangster hatten sich also hier mitten im Regenwald ein schönes gemütliches Camp errichtet. In der Hütte der Männer studierten sie die Karte, während Nadine an der Tür stand und aufpasste.

„Hier gibt es von Moengo nach Cheyenne eine durchgehende Autostrada. Das müssen runde 450 Kilometer sein. Also rund fünf bis sechs Stunden Fahrzeit. Wir sind unten im Ort über eine Kreuzung gefahren im Dunklen. Aber da stand eine Laterne und daneben ein Verkehrsschild. „Grenze 20 Kilometer". Die Straße muss zur Autostrada führen. Nach meiner Karte hier ist der Fluss die Grenze. Bleibt die Frage, wie wir da hinkommen." Steffen lachte.

„Habt ihr vorhin nicht zugehört? Ich habe doch von den zwei Jeeps erzählt, wo in dem einen zwei Maschinenpistolen lagen. Das wäre doch was, oder?" Andreas nickte.

„Oh ja, keine schlechte Idee! Mit dem Jeep abhauen, unterwegs wieder eintauschen gegen einen PKW und ab bis Cheyenne."

Trotz des schönen Planes blieb aber immer noch die Frage, wann konnte man unbemerkt verschwinden? Denn bisher standen sie, wenn auch kaum bemerkbar, doch unter Aufsicht.
Aber wie das Schicksal manchmal so spielt, der Zeitpunkt sollte schneller kommen als gedacht. In der Nacht war Steffen nochmal zu den beiden Jeeps geschlichen und hatte festgestellt, dass beide vollgetankt waren und auch einen Zwanzig-Liter-Kanister an Bord hatten. Von dem Jeep mit den MPis zog er den Zündschlüssel ab und steckte ihn ein.

Am nächsten Morgen herrschte ungewohnte Unruhe im Lager. Irgendetwas lag in der Luft. Um ihre Gefangenen kümmerten sie sich kaum, bis auf zwei Jugendliche, die ihnen die Mahlzeiten brachten. Die beiden Mädchen waren nicht älter als 18 und waren Einheimische. Ihre schwarzbraunen Augen sahen die beiden Europäer immer lächelnd an. Nadine, die es bemerkt hatte, lachte.

„Männer, passt auf, die beiden Gören wollen euch verführen, so wie sie euch immer anhimmeln." Steffen winkte ab und murmelte etwas. Andreas lachte nur belustigt.

„Das fehlt uns jetzt noch! Eine Ehekrise im Busch! Ich spiel doch nicht mit meinem Leben. Und wer weiß, wer an den beiden schon dran war. Geschlechtskrankheiten sind hier unten keine Seltenheit." Carmen grinste.

„Wo du das nur her weißt, Liebling. Ich würde dir deine blauen Augen auskratzen, da kannst du dich drauf verlassen." Und so alberten sie noch eine Weile hin und her. In der ganzen Zeit hatte Andreas die Karte auf den Knien und suchte eine Route. Doch dieses Camp war natürlich auf keiner Karte vermerkt. Sie mussten zusehen, noch weitere Informationen über das Camp zu erhalten. Und das klappte einfacher als gedacht, denn Steffen war mit einem jungen Kerl, der vielleicht siebzehn oder achtzehn Jahre alt war, ins Gespräch gekommen. Der junge Kerl hieß Mariso, stammte aus Surinam, gleich hinter der Grenze. In dieses Camp war er gekommen, weil ein Onkel hier schon seit Jahren lebte und allerlei krumme Geschäfte machte. Das wiederum fand der junge Mann aber völlig normal. Und so trafen sie wieder aufeinander. Der Junge war sauer, weil man ihn nicht mitgenommen hatte. Die Bosse waren in den frühen Morgenstunden aufgebrochen, um irgendeinen Deal zu machen.

„Du stammst also von drüben, von Surinam? Kommst du öfters mal rüber zu deiner Familie?" Mariso schüttelte den Kopf.

„Mein alter Herr hat mich rausgeworfen, seit ich hier bin. Er meinte, ich sei ein Gangster geworden. So ein Blödsinn, aber ich schufte doch nicht auf einer der Plantagen für einen Hungerlohn. Da mache ich lieber hier mit." Steffen nickte nachdenklich.

„Und wie fährt man dann, wenn du nach Hause fahren würdest? Ich habe hier eine Karte, kannst ja mal draufschauen." Steffen schob Mariso die Karte über den Tisch. Der junge Mann sah einen Moment darauf, dann tippte er auf eine Stelle mitten im Busch.

„Na, hier sind wir jetzt. Und wenn ich nach Hause wollte, müsste ich von hier von Moengo, wo unser Camp ist, bis da zur Grenze und dann auf die Autostrada bis Alphensdop fahren, da bin ich zu Hause." Steffen sah den jungen Kerl von der Seite an. Jetzt wusste er, wo sie im Moment waren. Das Schild, was sie in der Nacht gesehen hatten mit der Aufschrift „Zur Grenze 20km" musste also stimmen. Er faltete seine Karte zusammen und verabschiedete sich von dem Jungen.

An der Hütte angekommen, erwartete ihn schon Conny, der vor der Tür saß und mit dem Schwanz wedelte. Aber wo waren die anderen? Er fand sie in der Nähe des Jeeps, wo sie offenbar beratschlagten. Als sie Steffen wahrnahmen, winkten sie ihm zu. Dann erklärte Steffen ihnen, was er gerade von dem Jungen erfahren hatte.

Ein erneuter Fluchtversuch

Am nächsten Abend kurz vor Anbruch der Dunkelheit war plötzlich Geschrei auf dem Platz! Einige der Bewaffneten bestiegen einen Brabus-Jeep mit Platz für acht Personen und preschten mit einem Höllentempo davon. Jetzt war es so weit! Die wenigen Sachen waren bereitgelegt, viel hatten sie ja nicht mehr, bis auf das, was sie auf dem Leib trugen. Hastig liefen sie hinter die Hütten zu den beiden Jeeps und blieben entsetzt stehen. Die Jeeps waren weg! Andreas fluchte, Steffen stieß mit dem Fuß wutentbrannt einen alten Rucksack beiseite.

„Verdammt noch mal! Gestern Abend standen die beiden doch noch hier!", wetterte Andreas und sah sich in der Dunkelheit um. Die Stimmung war wieder einmal auf dem Tiefpunkt. Carmen aber war nun diejenige, die diese Enttäuschung auffing. Mit einer unglaublichen Ruhe nahm sie Steffen bei der Hand und zog ihn dorthin, wo Nadine und Andreas standen.

„Leute, nun seid doch nicht gleich total am Boden! Was heute nicht geklappt hat, kann schon morgen funktionieren. Wir wollen Weihnachten zu Hause sein, das sind noch reichlich vier Wochen und drei Tage. Lasst uns zurückgehen und schauen, was kommt." Steffen sah seine Frau erstaunt an.

„Ich weiß nicht, woher nimmst du nur diese Ruhe?" Sie lächelte Steffen an.

„Wenn eine Operation nicht geklappt hat, muss man eben manchmal auch noch eine zweite machen. Also, die lassen uns hier in Ruhe, weshalb auch immer. Wir sind also nicht in unmittelbarer Gefahr."

Nebeneinanderlaufend gingen sie zurück zu ihrer Hütte und verstauten wieder ihr karges Gepäck. Die Nacht verlief ruhig und der Morgen kam. Sie saßen gerade beim Frühstück, als plötzlich die Jeeps wieder zurückkamen von ihrem nächtlichen Streifzug. Und sie hatten einen Verwundeten in einem der beiden kleinen Jeeps. Als sie den Verletzten aus dem Wagen hoben, starrte plötzlich Nadine auf die etwa 50 Meter entfernt stehenden Wagen und schnaufte hörbar. „Schaut mal da rüber, wen sie da gerade ausladen!" Alle Köpfe fuhren herum. „Das ist doch Harrison oder ich fresse einen Besen!", entfuhr es Steffen.

„Jetzt ist dieser Halsabschneider auch noch hier! Das gibt garantiert Ärger, das sage ich euch.

Vier Leute trugen die Trage mit Harrison in eine der Hütten. Wie es aussah, hatte es ihn ganz schön erwischt. Auf einmal kam der Boss des Lagers auf sie zugelaufen und setzte sich ungefragt mit an den Tisch. Er sah ziemlich abgehetzt aus und stank nach Fusel wie eine Schnapsfabrik. Er sah Carmen an, die ihm genau gegenübersaß.

„Hör mal Püppi, du bist doch Krankenschwester. Unser Freund hat heute Nacht einen Treffer abbekommen. Wie es aussieht, ein Steckschuss hier oben unter dem Kugelgelenk." Er zeigte auf die linke Seite seiner Brust, zum Gelenk des Oberarmes. Kannst du das Ding rausholen, Püppi?" Er gähnte ungeniert und stierte dabei Carmen auf den Busen, was sich bei ihrer Körbchengröße ja auch lohnte unter dem dünnen T-Shirt. Und Carmen nickte.

„Püppi, kann das nicht, aber Carmen oder Miss Urban, die kann das!" O`Kelly grinste breit.

„Also gut, Carmen, kannst du das Ding rausholen?" Carmen stand auf und ging mit ihm mit. Steffen sah seiner Frau hinterher. Hoffentlich lässt das Schicksal diesen Gangster jetzt nicht abkratzen!" Die anderen verstanden, was er damit sagen wollte und nickten nur still mit dem Kopf.

Carmen betrat die Hütte. Auf einer mit Kissen ausgelegten Bank lag Harrison und starrte sie erstaunt an. „Sie auch hier?", kam es rau aus seiner Kehle. Carmen lächelte provokant.

„Tja, so sieht man sich wieder! Sie und ihre Spießgesellen sind uns ja lange genug hinterhergerannt, aber immer zu spät gekommen", setzte sie noch lächelnd zu. Sie nahm eine Schere und schnitt ihm den Ärmel vom Hemd bis hinauf zum Kugelgelenk auf und besah sich das Loch. Vorsichtig führte sie ihre flache Hand unter seinem Schulterblatt entlang, doch es gab kein Ausschussloch. Das Geschoß steckte also noch drinnen und musste schnellstens raus. O`Kelly trat wieder ein und sah sie fragend an.

„Und, wie sieht es aus? Kriegen Sie das Ding heraus?" Carmen sah ihn ernst an.

„Ich bin kein Arzt, ich bin nur Krankenschwester. Ich weiß zwar, wie das ungefähr geht, aber ich kann keine Garantie übernehmen, ob es auch wirklich klappt. Wenn Sie hundertprozentig sicher gehen wollen, müssen Sie ihn in ein Krankenhaus bringen." O`Kelly schüttelte den Kopf.

„Das geht nicht." Er sah Harrison an. „Und was meinst du? Soll sie es versuchen?" Harrison stöhnte schmerzvoll:

„Ist mir scheißegal, Hauptsache, die Patrone kommt bald raus. Wenn sie mich verrecken lässt, legst du sie eben um und ihren Alten gleich mit!" Carmen biss die Zähne zusammen, um nicht zu explodieren. Kurze Zeit später hatte sie sich wieder gefasst.
„Okay, ich brauche sauberes heißes Wasser, ein ganz sauberes Tuch und ein kleineres spitzes, aber scharfes Messer und etwas zum Verbinden. Und dann muss er was nehmen, damit er nichts

mitbekommt! Also Knüppel auf den Kopf, Schnaps bis zum Abwinken oder ein Opium." O`Kelly schüttete sich aus vor Lachen.

„Na, du hast vielleicht einen Humor, Püppi!", röhrte er und ging kopfschüttelnd aus der Hütte, um das Gewünschte zu holen. Wenig später kam eine alte Frau mit einer Schüssel heißem Wasser und was sie sonst noch gewünscht hatte. Sie gab Carmen ein Glas Wasser, nahm eine kleine Flasche aus ihrer Schürzentasche und tropfte zwanzig Tropfen in das Wasser. Sie sah Carmen lächelnd an und offenbarte dabei ihre vier Zähne, die sie noch hatte.

„Gib ihm das zu trinken, warte fünf Minuten, dann kannst du anfangen. Gott beschütze dich, blonde Frau!" Sprach's und verschwand wieder aus der Hütte. Zwei Kerle blieben aber an der Tür stehen. Carmen nahm das Glas und führte es an Harrisons Lippen.

„So, jetzt schön austrinken und dann schlafen!" Harrison schluckte brav die Tinktur und sah Carmen dabei in ihre blauen Augen. Als er fertig war, meinte er: „Ist deine Freundin auch hier?" Carmen grinste nur, sagte aber kein Wort. Carmen begann sofort die Wunde zu reinigen, damit kein Schmutz hineinkam. Harrison schloss die Augen, man sah, wie er sich langsam entspannte. Nach fünf Minuten fing Carmen an und fuhr mit dem Messer in die Wunde. Sofort stieß sie auf einen Widerstand. Das war sie, die Kugel! Da sie kein ansonsten nötiges Hilfsmittel besaß, versuchte sie die Kugel mit einer größeren Pinzette herauszuziehen. Einer der Kerle, die an der Tür standen, riss plötzlich die Tür auf, sprang hinaus und musste sich übergeben.
Nach weiteren zwei Versuchen hatte Carmen das Geschoss endlich heraus und legte es aufatmend auf einen Tisch. Die Wunde desinfizierte sie mit klarem Schnaps, machte ein großes Pflaster über die Wunde und verband sie kunstgerecht. Dazu machte sie noch eine Schlaufe, damit Harrison, wenn er aufstand, wieder laufen konnte und der Arm ruhiggestellt war.
Sie sah auf die Uhr, eine Stunde war vergangen. Sie sah einen der beiden Türsteher an.

„Habt ihr starke Schmerztabletten? Wenn ja, gebt ihm zwei Stück, wenn er aufwacht. Und heute Abend nochmal zwei. Ich komme heute später nochmal vorbei. Dann verließ sie wieder die

Hütte und ging zurück zu den anderen. Die sahen sie fragend an, als sie eintrat. Carmen nickte lachend.

„Alles klar, Gangster lebt noch. War überhaupt nicht schwierig. Eine alte Frau brachte irgendwelche Tropfen, danach war er nach fünf Minuten weg und ich konnte anfangen. Er hat sich übrigens nach dir erkundigt, Nadine." Die verzog das Gesicht.

„Der soll mir ja vom Hals bleiben, sonst kriegt er es mit meinem Elektroschocker zu tun!"
Danach setzten sie sich zusammen vor die Hütte und redeten darüber, wie es nun weitergehen sollte. Wie lange wollten diese Banditen sie noch festhalten? Carmen verzog das Gesicht.

„Ich hätte meine Hilfe von unserer Freilassung abhängig machen sollen. Aber jetzt ist es zu spät." Steffen schüttelte den Kopf. „Das hätte gar nichts gebracht außer noch mehr Ärger. Vielleicht kann uns das nochmal einen Vorteil bringen. Die müssen doch mittlerweile gemerkt haben, dass wir den Stoff nicht haben."
Wie recht er hatte, zeigte sich einige Tage später, als nämlich zwei aus O`Kellys Truppe plötzlich kurz vor Sonnenuntergang im Lager auftauchten. Im Gepäck hatten sie drei Päckchen, die den Stoff enthielten. Sie hatten ihn also tatsächlich noch gefunden. Und O`Kelly kam wieder in ihre Hütte, gerade als sie beisammensaßen und etwas aßen. Er setzte sich wie immer uneingeladen mit an den Tisch.

„So, ihr Deutschen, ich soll euch schöne Grüße von Mendez ausrichten, bevor er das Zeitliche segnete. Er hat abgestritten, etwas von dem Stoff vergraben zu haben. Am Ende haben wir die von euch beschriebene Lagune und auch den Stoff gefunden."

„Dann könnt ihr uns ja weiter unseren Weg ziehen lassen, oder? Wir wollen langsam mal wieder in einer zivilisierteren Gegend leben." Der das gesagt hatte, war Andreas. Doch bei O`Kelly kam das irgendwie nicht gut an. Er sah Andreas von unten herauf an.

„Du meinst also, wir sind hier alles unzivilisierte Zeitgenossen, oder wie?" Andreas schüttelte den Kopf.

„Das wollte ich damit nicht gesagt haben. Ich meinte nur dieses Land mit all seinen lebensgefährlichen Aspekten. Hier ist doch niemand sicher, nicht plötzlich abgeknallt zu werden, oder? Bei uns darf ein Zivilist nicht mal eine Waffe oder ein Messer tragen. Wird er damit erwischt, geht's ab in den Bau!" O`Kelly lehnte sich zurück und verschränkte seine muskulösen und tätowierten Arme über der Brust. Er schmunzelte vor sich hin. Dass die Deutschen Angsthasen waren, konnte man beileibe nicht behaupten und das beeindruckte ihn irgendwie.

„Hört mal, ihr werdet hier von uns gut versorgt, bekommt genug zu essen. Niemand behandelt euch schlecht. Was haltet ihr denn davon, wenn ihr als Bezahlung uns ein paar von euren Steinen überlasst, he? Dann könnt ihr von mir aus abhauen." Dabei legte er, während er sprach, plötzlich seinen Arm über Carmens Schulter, so dass seine Hand genau bis zu ihrem Busen reichte, und sah ihr grinsend in den Ausschnitt.
Plötzlich öffnete sich die Tür der Hütte und Harrison kam herein. Und während sich Harrison neben Nadine setzte und mit dem gesunden Arm über ihren Rücken strich und grinste, glotzte er ebenfalls in Carmens Ausschnitt. Andreas sah Nadines Reaktion, trat ihr unter dem Tisch auf den Fuß und hob die Augenbrauen an. Was nichts anderes hieß als - bleib ruhig, lass dich nicht provozieren!
Carmen schob O`Kellys Hand mit einem Ruck von ihrem Busen weg und plötzlich hatte sie das Steakmesser in der Hand und das stand mit der Spitze auf seinem Oberschenkel und dabei lächelte sie ihn an.

„Nimm deine Pfoten weg!", meinte sie halblaut. Steffen und Andreas sahen sich Sekunden lang an. Weder O`Kelly noch Harrison waren bewaffnet und Harrison war sowieso kein ernst zu nehmender Gegner in seiner Verfassung. O`Kelly grinste süßsauer und nahm seinen Arm von Carmens Schulter.

„Also, was ist nun mit den Steinen? Wir können euch auch die Bude hier auf den Kopf stellen, bis wir alle gefunden haben. Verstanden, ich sage a l l e!" Andreas und Steffen fingen an zu lachen und die Frauen stimmten ein. Andreas sah O`Kelly über den Tisch hinweg an.

„Hier gibt es keine Steine! Die liegen inzwischen alle in einem Tresor bei einer Bank. War doch lästig, immer so einen Spürhund wie ihren Freund hier auf den Fersen zu haben. Der Kerl rennt uns nun schon seit mehr als drei Wochen hinterher, das nervt."

Dann wandte er sich an Harrison und grinste ihn belustigt an.

„Weißt du, wenn wir genau solche Strolche wären wir ihr, hätten wir dich damals einfach umgelegt. Und anstatt uns dankbar zu sein, hast du nichts anderes übrig, als dir neue Freunde zu suchen und uns weiter zu verfolgen. Und nun bist du sogar noch hier, Harrison! Und alles leider wieder vergeblich! Deine ganze Mühe war umsonst." Harrison, puterrot im Gesicht knurrte:

„Na dann kriegen wir eben deine Geldkarte! Ist doch ganz einfach, du deutscher Trottel!" Andreas schüttelte mitleidig lächelnd den Kopf.

„Du glaubst doch nicht etwa selber, ich renne mit einer Geldkarte hier durch den Busch? Die liegt wohl verwahrt zu Hause in Deutschland, weil wir ja wussten, dass es solche Strauchdiebe wie euch hier gibt." Und dann geschah plötzlich etwas völlig Unerwartetes!
Neben Carmen hatte nun auch Nadine einen Elektroschocker in der Hand. Carmen drückte ihren O`Kelly gegen den Hals und Nadines Schocker zielte genau dort auf die Hose von Harrison, wo es Männer am meisten schmerzt.
Andreas stand auf genau wie Steffen, dann nahmen sie den Frauen ihre Schocker aus der Hand und hielten diese nun selber fest.

„Carmen, zieh ihm seine Pistole aus dem Holster! Nadine, du bei dem auch!" Und damit waren beide zunächst entwaffnet, aber wie nun weiter? Steffen deutete mit dem Kopf auf O`Kellys Hütte. Dazu mussten sie aber ein Stück über den Platz laufen. Doch zum Glück schliefen die meisten wegen dem nächtlichen Einsatz noch.

„Los, ab da in deine Bude! Und keine Mätzchen, unsere Mädchen drücken sofort ab. Rasch liefen sie mit den beiden Gaunern bis zu O`Kellys Hütte und traten ein. Steffen deutete auf zwei Stühle.

„So, da hinsetzten! Und schön ruhig, Jungs, sonst seid ihr sofort im Himmel oder in der Hölle." Und während die Frauen die beiden Gauner mit deren Pistolen bedrohten, nahmen Andreas und Steffen jeder ein langes Seil, die an der Tür hingen und für die Pferde bestimmt waren. Dann banden sie beide samt Stuhl an einem Holzbalken, der die Decke stützte, fest. Mit je einem Shirt banden sie beiden den Mund zu.

Aufatmend sahen sie sich einen Moment gegenseitig an. Plötzlich deutete Andreas auf die zwei Maschinenpistolen, die in einer Ecke des Raumes lehnten. Damit waren sie wieder ziemlich gut bewaffnet. Ihr Glück war natürlich, dass die ganze Truppe nach dem nächtlichen Ausflug jetzt in den Betten lag und pennte. Steffen sah eine Handgranate, die auf dem Fensterbrett lag. Kurz entschlossen schickte er alle aus der Hütte, klebte die Handgranate mit einem breiten Klebeband so fest, dass man beim Öffnen der Tür den Sicherungsstift herauszog und das Unheil seinen Lauf nahm. Mit einem kurzen Winken zu den Eingeschlossenen schloss er die Tür. Dann liefen alle Vier rasch zu einem der Jeeps, bei dem natürlich wieder der Zündschlüssel steckte. Niemand hatte sie bis jetzt gehindert, das Camp lag da wie ausgestorben, nur eine alte Frau kehrte vor ihrer Hütte.

Nachdem die Frauen und Conny im Jepp saßen, startete Andreas den Motor. Steffen rammte schnell noch sein Messer in die beiden Vorderräder der zwei anderen Jeeps, aus denen pfeifend die Luft entwich, dann sprang er auf und Andreas fuhr los, kurvte hinter zwei Holzhütten entlang und jagte dann zum Tor hinaus. Sie waren wieder unterwegs! Nadine und Carmen überprüften ihre kleinen Handtaschen, in deren Futter beide Reisepässe steckten. Im Stillen dankte sie ihrem Gott, dass sie das vor Tagen so gemacht hatten, ehe sie in die Stadt gegangen waren. Diese kleinen Taschen hatten die Gangster nicht kontrolliert.
Der Weg führte nach einem Kilometer tatsächlich zu einer Hauptstraße. Und tatsächlich kamen sie dann an der benannten Kreuzung an und bogen ab in Richtung Grenze. Dreißig Minuten später passierten sie den Ort Saint Laurent – du Maroni. Der Jeep lief wider Erwarten ziemlich gut und so fuhren sie Kilometer um Kilometer. Die Autostrada glich den Bundesstraßen zu Hause und führte an der Küste entlang.

Im Camp war indessen das Leben erwacht. Die Männer gingen zum Waschen oder bereiteten sich ihr Frühstück. Bis einem von ihnen auffiel, dass der Boss und sein Freund noch nicht zu sehen waren. Der Koch Jacobo, der für die Verpflegung verantwortlich war, schickte seinen Helfer Ramos zu O`Kellys Hütte. Der klopfte erst zweimal an, da sich aber nichts regte, öffnete er die

Tür. In diesem Augenblick gab es einen Blitz und es knallte fürchterlich, und O`Kellys Hütte war urplötzlich in tausend Einzelteile zerfallen. Alles rannte schreiend zum Ort des Geschehens. Doch sie fanden nur den toten Ramos und die beiden toten Gauner O`Kelly und Harrison. Das Dach hatte sie erschlagen. Das Chaos war perfekt. Um die Deutschen kümmerte sich in diesem Moment niemand. Erst viel später fiel es einigen auf, dass die nicht mehr da waren. Ein paar wollten sich auf die Verfolgung machen, doch dann hätten sie zu Fuß gehen müssen.
O`Kellys Stellvertreter Ernesto Suarez versuchte wieder Ordnung zu schaffen. Dabei fiel ihnen auf, dass ein beigefarbener Jeep fehlte. Er fluchte kräftig:

„Den haben bestimmt diese verdammten Deutschen geklaut. Bringt den großen Jeep wieder in Ordnung, dann versuchen wir, diese Saubande zu finden!“

In Iracoubo fuhr Steffen den Jeep in die Innenstadt auf der Suche nach einer Internationalen Bank. Tatsächlich fanden sie nach einigen Fragen und Suchen die „Surinam National Bank“, die auch mit der Barkleys Bank zusammenarbeitete. Gemeinsam standen sie in der weitläufigen Halle und gingen dann zu den Automaten. Andreas holte tief Luft, sah die anderen drei nochmal an und schob die Karte in den Schlitz. Dann wählte er 5000 Dollar. Sie hielten den Atem an. Was würde geschehen, wenn der Automat sich weigerte? Und er weigerte sich tatsächlich, weil das Limit bei 1000 Dollar lag.
Gemeinsam gingen die Männer zum Schalter, die Frauen blieben mit Conny im Vorraum. Man sah, dass sich der Hund bei dem Lärm nicht wohl fühlte. Immerhin waren das alles unbekannte Töne und eine unbekannte Umwelt für ihn.
 Eine junge Dame in blauer Uniform nahm die Karte und tippte sie dann in ihren Computer ein. Wieder hielten die vier die Luft an. Doch die junge Dame gab die geforderten 10.000 Dollar ein, wartete einen kleinen Moment und ging dann in ein Nebenzimmer. Wenig später kam sie wieder zurück und zählte Andreas das Geld auf den Tresen. Überglücklich, endlich wieder genügend Bargeld zu haben, verließen sie die Bank. Im Jeep gab Andreas dann Steffen die Hälfte davon.

„So, mein Freund, damit du wieder Kohle in den Fingern hast. Wenn wir zu Hause sind, klären wir das dann mit einer Überweisung auf dein Konto. Und jetzt fahren wir weiter!"
In freudiger Stimmung verließen sie wieder die Stadt und fuhren zurück auf die Autostrada. Am Nachmittag erreichten sie endlich die Grenze zu Französisch-Guyana und begaben sich auf die Suche nach einer Unterkunft. Sie hatten sich entschlossen, nicht durchzufahren und lieber wieder eine Nacht gut zu schlafen. An eine Verfolgung durch O`Kelly glaubte niemand mehr.
Im Grenzort fanden sie das „Hotel Atlantis" und nahmen zwei Doppelzimmer. Jedes für 970 € pro Nacht. Andreas musste lachen, als er Nadines erschrockenes Gesicht sah, als es um den Preis ging.
„Liebling, gewöhne dich daran, dass du dir das jetzt leisten kannst." Und so bezogen sie ihre geräumige Suite.
Als Nadine die Gardine beiseite zog, konnte man das Meer sehen und frische Seeluft wehte ins Zimmer. Nur Conny war unruhig.
Am Abend trafen sie sich nach einer kurzen Ruhepause in der Pool-Bar des Hotels und studierten die Speisekarte. Carmen schwärmte von den Meeresfrüchten, doch Steffen war dagegen.
„Schatz, wir sind im Süden. Wie sauber die Küche arbeitet, kannst du nie beurteilen. Stell dir mal vor, du bekommst jetzt hier noch eine Fischvergiftung, was das bedeuten würde."
Dabei erinnerte er sie daran, was sie auf einem Flug nach Dubai und wieder zurück erlebt hatten. Zwei Fluggäste mit Fischvergiftung, die eine Zwischenlandung notwendig machten. Carmen sah das Argument ein und lächelte ihren Mann an.
„Schön, dass du dir so viel Sorgen um mich machst. Aber ich hätte ja selber darauf kommen können als Krankenschwester."
Nach dem Essen zogen sie sich in den Außenbereich der Pool-Bar zurück. Nur Conny musste auf dem Zimmer bleiben und pennte. Andreas war nachdenklich und sprach die anderen drei darauf an:
„Wir haben noch 120 Kilometer bis nach Cheyenne, das heißt, wir sind morgen gegen 11.00 Uhr dort. Worüber ich mir allerdings den Kopf zerbreche, ist die Frage, ob diese Gangster im Camp uns einfach so laufen lassen wollen." Er sah Steffen an.

Der wollte gerade einen Schluck nehmen und setzte das Glas wieder ab, dann nickte er nachdenklich.

„Du hast recht, die wissen genau, wo wir hinwollen. Und sie könnten nach ihrem Jeep suchen. Wenn wir am Flughafen ankommen, könnte es noch brenzlig werden. Das bedeutet aber auch andererseits, dass wir den Jeep wieder loswerden müssen." Nadine rieb sich missmutig die Nase. „Du meinst also wieder ein Auto klauen oder so?"

„Oder ein Taxi nehmen und damit die 120 Kilometer noch fahren", warf Carmen ein. Dann sah sie auf die Uhr. Ich muss hoch zu Conny, der muss noch seinen Abendspaziergang machen." Steffen sah sie ernst an. Da gehst du aber nicht alleine! Wir gehen alle mit, dann bist du sicher. Hier in diesen Breiten weiß man doch nie, was sich für Gesindel abends auf der Straße herumtreibt." Carmen musste lachen.

„Bist du aber wieder besorgt um mich, ich habe doch Conny dabei, der verteidigt meine Unschuld." Steffen winkte genervt ab. „Hör doch auf mit diesem Quatsch! Du weißt es doch selber!" Carmen umarmte ihn und gab ihm einen Kuss. „Ist ja schon gut, mein Romeo! Ich weiß doch, dass du dich um mich sorgst. Genau wie ich mich um dich sorge", setzte sie noch hinzu.

Als die Leute vom Camp endlich wieder Ordnung geschafft hatten, rief Suarez die Männer zusammen. Er hatte lange überlegt und war zu dem Entschluss gekommen, die Deutschen zu suchen. Deren Ziel war ja klar, die wollten zum nächsten Flughafen, von dem Fernflüge abgingen. Und davon gab es nur zwei.

„Hört zu, Leute, die haben einen von unseren kleinen Jeeps geklaut und werden dann vielleicht versuchen, weiter nach Süden zu fahren, um dann in Cheyenne den Flughafen zu erreichen. Ich denke aber, sie werden den Weg nach Paramaribo nehmen. Das sind nur 90 Kilometer. Wie ihr wisst, sind das reiche Säcke, die eine Menge Steine transportiert haben. In der Hütte haben wir keine gefunden, als müssen diese Steine mit sich tragen. Wir fahren nach Paramaribo. Wir brauchen nur nach unserem Jeep zu suchen. In einer Stunde fahren wir ab. Richtet euch auf ein paar Tage ein!"

Unsere vier Abenteuer hatten sich mit Conny auf den Weg gemacht, um noch seine Morgenrunde zu drehen.
Neben ihrem Hotel wurde gebaut, offenbar sollte dort ein Neubau entstehen und zahlreiche Handwerker waren auf der Baustelle, die teilweise sogar nachts besetzt war. Und so hatten sich Andreas und Steffen entschlossen, sich diese Baustelle mal anzuschauen. Ganz am Rand auf einem ziemlich großen Parkplatz stand ein braun-gelb gespritzter Toyota, dessen Ladefläche man überdacht hatte, also ein richtiges Handwerkerauto zum Transport von Leuten und Material. Unter der überdachten Ladefläche standen an der Hinterseite der Fahrerkabine die Rückbank eines PKWs. Steffen grinste Andreas an. Beide dachten in diesem Moment das Gleiche.

„Schau dir das mal an, da steckt doch tatsächlich der Zündschlüssel wieder. Das kann doch nicht wahr sein! Pass du mal auf, ich überprüfe mal, ob der Tank halbwegs voll ist."
Sprach's, öffnete die Fahrertür und drehte den Zündschlüssel herum. Dann strahlte er. „So gut wie voll!" Andreas nickte.

Wenn der Schlüssel noch steckt, kann das aber auch heißen, dass der Fahrer gleich wiederkommt!" Steffen nickte.

„Also, müssen wir sofort handeln. Los komm!" Andreas hatte sich inzwischen mit diesem Gedanken angefreundet.

„Okay! Heute müssen wir nochmal kriminell sein! Ich fahre mit den Frauen ein Stück raus, dort wo es auf die Autostrada geht. Du holst die Kiste hier und kommst nach. Dann wechseln wir die Kennzeichen und ab geht die Post." Der Plan gefiel Steffen nicht so recht.

„Andreas, ich denke, wir fahren mit dem Jeep bis hierher und steigen dann um. Das ist doch einfacher!" Andreas nickte.

„Gut, machen wir es so! Aber dann mit Tempo!" Und schon trabten sie zurück zum Hotel. Die beiden Frauen und Conny fanden sie im Hof des Hotels. Sie hatten sich ein Getränk geordert und waren aber ziemlich ernst.

„Ladys, es geht weiter. Geht inzwischen zum Jeep, ich zahle noch und dann ziehen wir weiter."
Minuten später stiegen alle in den Jeep ein und Steffen gab Gas. Sie verließen den Parkplatz des Hotels, fuhren 500 Meter weiter und bogen in die Baustelle ein. Zum Glück stand der Pick-up

noch da. Die Frauen sahen sich gegenseitig an. Was sollte denn das nun wieder? Hinter dem Pick-up hielt Steffen an und grinste. „Umsteigen, Ladys! Wir wechseln nur mal schnell das Fahrzeug." Und schon war er ausgestiegen und wechselte die Nummernschilder zwischen beiden Fahrzeugen aus. Die Handwerker würden sich wundern, wenn ihr Nummernschild plötzlich an einem Jeep hing. Die beiden Frauen und Conny setzten sich auf die bequeme Bank auf der Ladefläche. Und dann ging die Fahrt weiter. Steffen kam mit dem Toyota ziemlich gut zurecht, hielt sich aber konsequent an die Geschwindigkeitsbegrenzung von 120 km/h. Eine Stunde später hatten sie fast Macouria erreicht und mussten nur noch eine Brücke überqueren, die über den gleichnamigen Fluss führte. Doch sie kamen nicht mehr weit. Die Brücke war wegen Hochwassers gesperrt worden. Es musste in der vergangenen Nacht oben im Gebirge heftig geregnet haben und der Fluss war so hoch angeschwollen, dass er bereits das Geländer der Brücke überspült hatte. Sie standen da und sahen sich ratlos an. Was jetzt?

Als die von Suarez entsandte Suchmannschaft wieder aus Paramaribo zurück war, herrschte zunächst Nachdenklichkeit, weil sie nichts entdeckt hatten. Keiner hatte vier Deutsche mit einem Hund und einem Jeep gesehen. O`Kellys zweiter Stellvertreter Ernesto sah Suarez missbilligend an. „Wir hätten sie alle Vier anketten sollen und die Döhle erschießen sollen! Aber nein, wir wollten ja mal freundliche Leute sein. Und, was haben wir jetzt davon?"
Suarez fuhr herum und knurrte Ernesto an:
„Kannst du nicht mal deine Fresse halten! Überleg lieber, wo sie noch hin sein könnten!" Suarez lehnte sich zurück und überkreuzte seine dicken Arme.
„Und wenn sie nach Cheyenne wollten? Das gehört zu Frankreich und damit zur EU, genau wie Deutschland. Und von dort gehen die meisten Flüge nach Europa ab." Suarez dachte nach. War das nicht Unsinn? Hier hatten sie 90 Kilometer bis zum Flughafen, nach Cheyenne waren es über 400 Kilometer. Tief durchatmend sah er seine Männer an, die sich inzwischen alle um ihn versammelt hatten.

„Gut, nehmt die zwei Jeeps mit je drei Leuten und klappert die Autostrada ab. Morgen früh bei Sonnenaufgang geht's los. Die Deutschen sind uns noch ein paar Antworten schuldig. Schnappt sie euch!"
Im Morgengrauen verließen zwei Jeeps das Camp mit Kurs in Richtung Süden.

Am Straßenrand weiter südlich lief derweil ein älteres Paar mit einer Kuh entlang. Die sah Steffen und stieg aus. Er hielt die beiden Alten auf.

„Hello! Sprechen Sie Englisch?" Der alte Mann zeigte mit den Fingern, dass er nur ganz wenig Englisch konnte. Mit Händen und Gesten brachte er ihnen nahe, dass sie über den Fluss und dann nach Cheyenne wollten. Der alte verzog das Gesicht.

„Oh, oh, die nächsten zwei Tage kein Durchkommen. Aber dort abbiegen, 20 Kilometer fahren bis zu einer Furt, dort gibt es eine Fähre. Vielleicht geht die!" Steffen bedankte sich herzlich, drückte dem Mann eine Fünf-Dollar-Note in die Hand und verabschiedete sich wieder. Er stieg wieder ein.

„Also, wenn ich den Alten richtig verstanden habe, sollen wir dort rechts abbiegen und 20 Kilometer weiter fahren bis zu einer Furt und da geht eine Fähre rüber – wenn sie geht! Er meinte, die Brücke wäre bestimmt noch zwei Tage nicht passierbar."
Allgemeines Seufzen war die Antwort. Doch was gab es für Alternativen? Offenbar keine, außer hier stehen und warten. Gerade als er losfahren wollte, überholte sie ein kleiner Bus und bog vor der Brücke in den Fahrweg ein, der am Fluss entlangführte. Andreas zeigte auf ihn. „Der fährt bestimmt auch dahin. Also los, folgen wir ihm."
Der Weg war ziemlich gut befahrbar für die Verhältnisse und ging in Windungen immer am Fluss entlang. Nach fast zehn Kilometern fuhren sie plötzlich in ein kleines Dorf. Vor einer Art Bodega hielt Steffen an. Nadine atmete erleichtert auf.

„Gott sei Dank! Ich brauche unbedingt ein Klo!" Und Carmen schloss sich natürlich an. Während Steffen sich auf den Weg in den kleinen Laden machte, blieb Conny bei Andreas im Auto. Und Steffen erlebte eine neue Überraschung. Als er seine vier Getränke bezahlen wollte und US-Dollars auf den Tisch legte, schüttelte die junge Verkäuferin den Kopf.

„Mister, hier bei uns wird mit Euro bezahlt. Genau wie in Frankreich." Steffen schüttelte den Kopf, stellte seine Flaschen wieder ab und zuckte mit den Schultern. Die junge Dame lächelte ihn an.

„Einen Moment, Mister!" Dann ging sie hinter den Laden in einen Raum und man hörte sie mit einem Mann sprechen. Wenig später kam ein älterer Herr hinten heraus. Er lächelte Steffen an. „Sie haben keine Euros?" Steffen schüttelte den Kopf. Der ältere Herr nickte.

„Ich könnte Sie mit einem Bekannten zusammenbringen. Der führt ein größeres Handelsgeschäft. Der könnte Ihnen sicher helfen." Steffen nickte zustimmend.

Gemeinsam mit dem Ladenbesitzer kam Steffen wieder heraus und lief kommentarlos mit ihm die Straße hinunter und bog dann in eine Art Autohof ein. Der Ladenbesitzer rief laut: „Alphons! Alphons!" Plötzlich öffnete sich eine Tür und eine junge schwarzhaarige jungen Frau um die Dreißig erschien.

„Was ist, Jean? Wen bringst du da mit?" Sie begrüßten sich mit Küsschen links und Küsschen rechts und Steffen gab sie die Hand. „Ich bin Madeleine!" Jean erklärte ihr, worum es ging. Sie nickte nachdenklich.

Alphons ist drüben auf der anderen Fluss-Seite. Aber ich kann nachschauen, was wir an Euros zum Wechseln derzeit im Hause haben. Kommen Sie bitte mit herein."

Mit ihren kurzen Hotpants lief sie vor den beiden Männern her, und Steffen bewunderte heimlich diesen wohlgeformten Hintern. Sie betraten eine Art Büro. Die junge Frau ging zu einem Bild, klappte es zur Seite und öffnete den Safe. Sie brachte 1200 Euros zutage. Steffen strahlte und legte ihr 1200 Dollar auf den Tisch. Das war zwar etwas mehr als der Kurs, aber das war egal. Sie hatten endlich wieder Euros. Wieder ein Stück näher an der Heimat dran!

Als Steffen zurück zu den anderen kam, wurde er gefragt, wo er so lange gewesen war. Er grinste und brachte ein Büdel Euroscheine zum Vorschein.

„Bei einer hübschen jungen Frau mit heißen Hotpants Geld umtauschen, denn mit Dollars geht hier nichts. Jetzt gehe ich nochmal in den Laden und hole uns etwas zu trinken. Dann sollten wir weiterfahren, bevor es dunkel wird."

Wenig später kam er mit vier Flaschen Wasser zurück und die Fahrt konnte weitergehen. Die schmale Fahrstraße war wohl früher mal der einzige Übergang über den Fluss gewesen, bis man dann diese Brücke gebaut hatte. Das Wetter schien allerdings ein wenig unruhiger zu werden. Schwarze Wolken zogen vom Westen her in Richtung Fluss. Dann begann es zu regnen. Aber was bedeutet in diesen Breiten schon „regnen", es goss wie aus Kübeln und die Scheibenwischer, von denen nur der des Fahrers ging, schafften kaum noch die Wasserflut.

Als sie endlich am Ziel ankamen, lag die Fähre am Ufer fest vertäut, aber keine Menschenseele war mehr zu sehen. Der Fährmann hatte wohl auf Grund des Wetters die Arbeit eingestellt. Sie saßen also fest!

Nadine und Carmen, die mit Conny auf der Pritsche des Toyotas unter der Plane saßen, konnte der Regen nichts anhaben. Die Frage war, was tun? Die kleine Scheibe an der Rückwand des Fahrerhauses ließ sich zum Glück verschieben und so konnten sie reden, ohne dass jemand nass wurde.

„Könnt ihr euch da hinten irgendwie hinlegen? Schaut mal, ob die Sitzgruppe aufklappbar ist." Tatsächlich ließ sich ihre Bank verschieben und auseinanderklappen. So konnten die beiden Frauen zumindest eine Liegemöglichkeit nutzen. Die beiden Männer versuchten, in der Fahrerkabine halbwegs bequem zu lagern. Der Regen hatte inzwischen aufgehört. Hinten auf der Ladefläche wurde plötzlich leises Schnarchen vernehmbar und Steffen wusste, das war Carmen, aber beide Frauen da hinten hatten einen sicheren Beschützer.

Mit der aufgehenden Sonne wurden sie von Brüllaffen geweckt, die nicht weit weg von der Fahrstraße in den Bäumen hingen. Als die Frauen aufwachten und an den Fluss zum Waschen gehen wollten, rief Andreas sie zurück.

„He, seid ihr nicht gescheit? Schon mal was davon gehört, dass es hier in den Flüssen Krokodile und Schlangen gibt? Mein Gott…", brummte er und schüttelte den Kopf. Die Ladys machten wieder kehrt und Nadine meinte lax:

„Na gut, dann stinken wir eben weiter! Ich muss jetzt mal für große Mädchen. Will jemand mitkommen?" Andreas sah kurz auf und grinste. „Nimm Conny mit, der passt auf!" Und schon zogen beide los ins nächste Gebüsch. Als Nadine zurückkam, lachte sie. „Conny hatte es auch nötig, er hat es mir nachgemacht." Die beiden Männer lachten schallend.

„Das hätten wir sehen müssen! Stell dir das mal bildlich vor." Nadine streckte ihnen die Zunge heraus.

Inzwischen war es schon richtig hell geworden und die Sonne strahlte wieder vom blauen Himmel. Plötzlich näherte sich ein älterer Herr mit Fahrrad dem Flussübergang, schloss das kleine Holzhäuschen auf und hängte eine gelbe Fahne heraus. Steffen deutete auf den Mann.

„Das muss der Fährmann sein!" Carmen lachte verhalten. „Ich hoffe aber, dieser Fährmann bringt uns gesund über den Fluss und nicht ins Totenreich." Steffen verdrehte die Augen.

„Wirst du jetzt auch noch mystisch? Wir wollen jetzt endlich in die Freiheit und unser altes Leben fahren, Frau Urban!" Andreas war inzwischen hinunter zum Fährmann gegangen und sprach ihn auf Englisch an:

„Hello Mister! Können Sie uns mit unserem Fahrzeug jetzt rüberbringen? Wir sind etwas in Eile, weil unser Flug um 15.00 Uhr nach London geht." Der Mann, ungefähr um die Sechzig Jahre in Leinenhosen, Sandalen und einem Sombrero auf dem grauen Haar nickte freundlich.

„Kostet mit Auto fünfzig Euro!" Andreas musste erst kurz schlucken. Das war schon mehr als unverschämt, aber von reichen Touristen nahm er es offenbar ganz gerne etwas größer. Er lächelte den Alten an und gab ihm den Geldschein. Dann winkte er Steffen zu. „Komm langsam runtergefahren, wir können rüber!"

Langsam fuhr der Pick-up auf die gut fünf Meter breite und mindestens zehn Meter lange Plattform aus Holz. Andreas deutete in den Fluss. „Gibt's hier Krokodile?" Der Alte lachte.

„Mehr als genug, also nicht reinfallen Mister!" Dann legte die an ein Stahlseil gehängte Fähre in die Strömung gestellt ab. Langsam glitten sie über den Fluss an das gegenüberliegende Ufer. Dort angekommen, wurde die Fähre wieder befestigt, die Klappe heruntergelassen und Steffen konnte ans Ufer und ein paar Meter hinauffahren. Sie waren endlich auf der anderen Seite. Jetzt hieß es, den Weg in die Hauptstadt zu finden.

Suarez und sein Suchtrupp hatten inzwischen Kourou erreicht und waren mehr als missgelaunt. An einem Imbiss hielten sie an. Der junge Mann, der hier Esswaren verkaufte, schüttelte auf die Frage, ob er vier Europäer mit Hund und Jeep gesehen hätte, den Kopf. Und so kauften sie sich jeder eine Cola und ein Weißbrot. Plötzlich knatterte aus der Richtung kommend, woher sie gerade kamen, ein gelber Jeep mit vier Leuten vorbei! Suarez warf sein Weißbrot weg und schrie die anderen an, sofort wieder einzusteigen. Dann gab er Vollgas, wendete auf der Straße und jagte dem Jeep hinterher.

Die jungen Leute im Jeep hatten inzwischen bemerkt, dass sie verfolgt wurden und gaben Vollgas. Plötzlich verließen sie die Hauptstraße und jagten auf einem schmalen Weg in den Busch hinein, wo sie verschwanden. Wahrscheinlich kannten sie sich hier gut aus. Nach wenigen Minuten gab Suarez die Verfolgung auf und fluchte lautstark:

„Scheiße! Wo wollen denn diese verrückten Deutschen eigentlich hin? Da sind sie schon kurz vor Cheyenne und kehren wieder um?“ Er schüttelte den Kopf und holte sich ein Bier aus dem Auto, das er in langen Zügen auf einen Zug leerte.

Er war ratlos. Wutentbrannt über diesen Misserfolg stiegen sie wieder ein. „Wir fahren zurück!“, war sein einsilbiger Kommentar.

Andreas hatte das Autoradio eingeschaltet und summte zu der Melodie mit. Wieder näherten sie sich einer großen Brücke. Der Fluss war endlos breit, genau wie die Brücke. Doch nach dem Verkehr zu urteilen, waren sie kurz vor der Hauptstadt. Plötzlich kam ein großes Schild mit einem Hinweis zum Flughafen.

Andreas fuhr in den Kreisverkehr ein und die zweite Ausfahrt wieder heraus. Sie waren auf dem richtigen Weg! Nach fünf Kilometern tauchte erneut ein Hinweisschild auf. „Aeroport International Felix Ebeouè 2 Km.“

Andreas sah Steffen neben sich an und grinste. „Leute, wir sind am Ziel!“ Und durch die kleine Luke nach hinten rief er: „Mädels, wir sind gleich da, macht euch fertig!“

Fünf Minuten später bremste Andreas den Pick-up auf dem großen Parkplatz ab und stellte sich in eine der Boxen. Die Zahlbox betrachtete er nur kurz und ging aber daran vorbei.

Steffen lachte verhalten. „Jetzt muss der arme Besitzer auch noch Parkkosten zahlen. Du bist vielleicht einer!" Andreas winkte ab. „So machen das halt Kriminelle."
Sie sahen sich an und atmeten tief durch. Es war genau 10.30 Uhr. Steffen half den Frauen und Conny von der Ladefläche. Gepäck hatten sie so gut wie keines, nur zwei Taschen, die sie sich im Camp besorgt hatten. Plötzlich lachte Andreas.

„Verdammt, wir sind schon so daran gewohnt, dass es uns schon nicht mehr auffällt. Steckt die Pistolen in den Werkzeugkasten unter eurer Bank da hinten, Mädels!" Steffen atmete auf und sah seinen Freund dankbar an.

„Hätte ich jetzt wohl nicht gleich daran gedacht! Verflixt!" Sie halfen den beiden Frauen und Conny von der Ladefläche. Der gute Hund nutzte die Gunst der Stunde und benutzte sofort die schmale Grasfläche hinter den Autos als Hundeklo. Das war aber auch unbedingt notwendig, denn er hatte einen langen Flug vor sich. Hoffentlich klappte das auch. Zurücklassen wollten sie ihn auf keinen Fall. Und der Hund schien etwas zu spüren, denn er drückte seinen Kopf gegen Carmens Bein und fiepte leise. Dachte er, dass jetzt der Abschied von seinen Freunden kam? Haben Tiere so etwas wie einen siebten Sinn wie man immer behauptet?
Sie betraten die großräumige Flughafenhalle. In durchsichtigen großen Glasröhren standen Modelle der Raketen, die im nahen Raumfahrtbahnhof Kourou gestartet worden waren. Sie sahen sich um und Andreas entdeckte eine Anzeigetafel. Er zeigte darauf. „Seht mal dort! Nach München um 18.30 Uhr, Ankunft morgen früh 10.00 Uhr!" Die Frauen hatten Tränen in den Augen und die beiden Männer schluckten auch mehrmals.

„So, Leute, ich gehe jetzt unsere Flugkarten holen und eine für Conny! Wartet am besten hier an der Bank." Dann ging er zum Schalter. Eine Frau mittleren Alters in ihrer hellblauen Uniform sah ihn freundlich lächelnd an, als er die vier Reisepässe durch die Glasscheibe schob.

„Wo wünschen Sie zu sitzen, Mister Thaler?" Andreas lächelte zurück. Vier zusammenhängende Plätze möglichst am Fenster." Sie sah in ihren Computer, dann nickte sie und druckte die Flugkarten aus. Als sie fertig war, meinte Andreas:

„Miss, wir haben auch einen Hund, der unbedingt mit uns fliegen muss! „Sie nickte. „Haben Sie ein Impfzertifikat?“ Andreas
schüttelte den Kopf. „Nein, er ist uns vor Wochen im Busch
zugelaufen, seitdem folgt er uns wie ein Schoßhund. Wir können
ihn doch jetzt nicht hierlassen. Bitte haben Sie doch ein Herz.
bitte!“ Er sah sie mit treuem Blick an. Mit einem Lächeln
drückte sie einige Tasten ihres Computers und fertig war der
Transportschein für Conny.“ Sie zeigte auf die andere Seite der
Halle.

„Da drüben bekommen sie eine Transportkiste für ihren
Hund.“ Dann rechnete sie zusammen und Andreas zahlte 4500
Euro mit seiner Karte. Er bedankte sich nochmal bei der jungen
Dame mit einem schmachtenden Blick und die lächelte und
nickte dabei ein wenig, als wollte sie sagen: „Ich weiß schon, du
Schlawiner! Du willst mich beeindrucken.“
Gemeinsam mit Andreas holte er dann Connys Transportbox
und der arme Hund musste schon mal Probesitzen. Carmen
kaufte ihm im Transit-Shop noch eine teure Decke für 100 Euro,
damit er es wenigstens schön weich hatte. Und dazu bekam er
eine Tüte Trockenfutter, ebenfalls aus dem Shop. Die restliche
Zeit verbrachten sie dann auf dem Flughafen und abwechselnd
draußen mit Conny.
Eine Stunde vor Abflug setzten sie dann mit viel Streicheln
Conny mit seiner Kiste auf das Laufband. Er bekam eine Marke,
dabei bellte er nochmal, war aber sofort wieder ruhig, als ihm
Carmen gut zuredete. Dann verschwand ihr Conny hinter der
Trennwand.

Endlich auf dem Heimflug - Donnerstag, 7.12. 2021

Pünktlich um 18:30 Uhr rollte die Maschine der „Air France“
zum Start. Unsere Vier saßen in ihren Sesseln und kämpften mit
ihren Gefühlen. Endlich waren sie wieder auf dem Heimweg.
Nach insgesamt fünf Wochen und drei Tagen ging es endlich
wieder nach Hause. Nach dem Start bestellten sie bei der Stewardess je ein Glas Sekt, tranken sich zu und umarmten sich mit
Tränen in den Augen. Endlich waren sie wieder in Sicherheit.
Was war das für ein Gefühl und Carmen konnte die Tränen nicht
mehr zurückhalten.

Andreas staunte über Nadines Selbstbeherrschung, der es bestimmt genauso ging, die es aber unter Kontrolle hielt, sich bei ihm anlehnte und ihren Kopf auf seine Schulter legte. Sie waren endlich in der Luft, die Maschine machte einen Bogen über dem Ozean und nahm Kurs auf Europa. Sie hatten sich bequem in die Sitze gekuschelt und unterhielten sich leise.

„Was werden eigentlich Benny und Karen jetzt machen? Vielleicht sind sie schon wieder zu Hause", bemerkte Nadine nachdenklich und gähnte verhalten. Carmen reckte sich und richtete ihr Kissen, auf dem ihr Kopf an der Flugzeugwand lag.

„Mich interessiert jetzt im Moment viel mehr, wie es unserem Conny da unten im Laderaum geht. Der arme Kerl wird vor Angst sterben." Steffen versuchte, sie zu trösten.

„Wie ich ihn so gesehen habe, als er in die Kiste musste, hatte ich das Gefühl, dass ihm das nicht ganz fremd war. Wer weiß, wo der kleine Kerl hergekommen ist damals, als wir ihn aufgelesen haben." Andreas lächelte vor sich hin.

„Er wird mindestens einen Freudentanz machen, wenn er uns wieder sieht. Aber das bringt mich zu der Frage, wer ihn nun nehmen soll, wenn wir zu Hause sind. Ich gehe zwar davon aus, wir fliegen nicht mehr, aber bei euch in Schönau wäre er sicher am besten aufgehoben mit euerem großen Garten hinter dem Haus." Er sah Nadine an, die ihm sofort zunickte." Und Carmen atmete erleichtert auf.

„Na, dann ist das wenigstens auch schon mal geklärt. Aber sagt mal, habt ihr irgendeine Vorstellung, wie es nun weitergehen soll? Ins Krankenhaus mit den verdammten Schichten gehe ich ganz bestimmt nicht mehr. Ich freue mich schon auf das Gesicht von diesem Schnösel Oberarzt Kostner, wenn ich ihm die Kündigung auf den Tisch lege."
Steffen und Nadine sahen sich gegenseitig an und zuckten mit den Schultern. Nur Andreas lächelte mal wieder weise.

„Wie wäre es denn mit einer Finka auf La Gomera mit einigen Tieren und einem Flugzeug, um Passagiere von Insel zu Insel zu fliegen, sozusagen als Zeitvertreib. Hm?" Carmen schüttelte den Kopf und lachte.

„Ist das wieder eine von deinen verrückten Ideen? Eine haben wir ja schon heil überstanden." Aber Andreas hatte nicht mit der Reaktion von Nadine gerechnet, die plötzlich meinte:

„Und ich würde die Piloten-Lizenz machen und auch fliegen. Das wäre doch geil! Überlegt doch mal! Was wollen wir in dem kalten grauen Deutschland mit seinen verrückten Politikern? Ich könnte mir das tatsächlich vorstellen." Carmen sah ihre Freundin schmunzelnd an.

„Und was ist dann mit Heiraten und Kinder kriegen? Oder wollt ihr das nicht mehr?" Nadine und Andreas sahen sich verschwörerisch lächelnd an, bis Andreas sich etwas aufrichtete und meinte:

„Na, das mit dem Heiraten kommt auf jeden Fall noch so schnell wie möglich. Das Problem Kind, liebe Carmen, haben wir schon erledigt, wie es aussieht." Carmen schaute ihre Freundin aufgeregt an.

„Bist du etwa schon schwanger, sag mal?" Nadine musste über Carmens Gesichtsausdruck lachen und nickte.

„Ich muss zu Hause zwar noch zum Doktor, aber ich glaube ja. Es hat gefunkt, mitten im Busch." Carmen schüttelte den Kopf.

„Das darfst du niemand erzählen! So eine Geschichte wäre was für einen Film oder ein Buch. Vielleicht schreibe ich das tatsächlich noch." Steffen gab ihr einen Kuss.

„Mach das mal Liebling, das wird ein Renner! Und du wirst noch berühmt."

Irgendwann war ringsum sie herum schon Ruhe, die meisten schliefen und die Crew hatte das Licht auf Notlicht umgeschaltet, und unsere vier Abenteurer schliefen den Schlaf des Gerechten.

Vor einer Stunde hatte man an Bord gerade das Frühstück ausgeteilt. Carmen dachte an ihren armen Conny, der sicher jetzt auch Hunger haben würde. Und so steckte sie sich vom Weißbrot zwei Scheiben mit Wurst ein und verpackte sie in ihrer Tasche. Steffen, der ja neben ihr saß, verfolgte es mit einem Lächeln.

„Da haben wir unser Kind verloren, aber dafür haben wir so einen treuen Hund bekommen. Das ist zwar kein Vergleich, aber ich denke, er wird sein Leben lang zu unserer Familie gehören." Nadine mischte sich ein:

„Am besten ihr holt euch noch einen aus dem Tierheim, dann hat Conny einen Gefährten."

„Meine Damen und Herren! Bitte stellen Sie das Rauchen ein. Bitte Platz nehmen und anschnallen! In zehn Minuten landen wir auf dem Airport München!", kam es in Deutsch mit Akzent aus den Lautsprechern. Steffen und Andreas sahen zum Fenster hinaus, da sie schnell die Plätze mit den Frauen gewechselt hatten. Ihr alter guter Flughafen tauchte unter ihnen auf. Andreas erkannte die Einflugschneise und sah Steffen an. „Kennst du die?" Steffen nickte und lachte. „Tausend Mal probiert, tausendmal ist nichts passiert!", dozierte er lachend.
Die Maschine ging tiefer und tiefer und plötzlich polterte es kurz. Sie hatten aufgesetzt! Sie waren wieder zu Hause!

Freitag, der 8.12.2021 Ankunft in München

Gemeinsam gingen sie zum Ausgabeschalter für das Ladegut und warteten auf den Käfig mit Conny. Endlich kam ein Elektrokarren mit einem Stapel Gepäck und darunter auch der Käfig mit ihrem Liebling. Als Steffen den Korb herunterhob, fing Conny an, lautstark zu bellen, zu winseln und mit dem Schwanz zu wedeln.
Rasch befreite ihn Carmen aus seiner Box und Conny sprang sie förmlich an und legte winselnd seinen Kopf auf ihre Schulter. Er roch zwar etwas streng, weil er im Käfig doch seine Notdurft verrichtet hatte, doch Carmen hielt ihn mit beiden Armen fest und drückte ihn an sich. Es dauerte eine ganze Weile, bis sich der arme Hund halbwegs beruhigt hatte.
Aber nun kam Problem Nummer Zwei. Sie hatten die Parkzeit im Parkhaus um drei Wochen überschritten. Als Andreas und Steffen am Auto ankamen, sahen sie es schon von der Ferne. An beide Vorderrädern leuchteten zwei orangefarbene Parkkrallen und zwei Zettel klemmten unter dem Scheibenwischer. Andreas nickte.
„Genau das habe ich erwartet. Rufen wir doch mal den Parkwächter in seiner Zentrale an." Und so griff er zu seinem Handy und wählte die Nummer der Parkaufsicht.
„Thaler, Deutsche Lufthansa! Sie haben mir hier mein Fahrzeug lahm gelegt wegen Parküberschreitung. Ja, nur waren wir in Guyana und wurden dort über zwei Wochen festgehalten von Terroristen. Wir konnten also nicht pünktlich da sein. Das war

höhere Gewalt." Der Gesprächspartner auf der anderen Seite musste der Stimme nach ein älterer Herr sein.

„Kann Ihnen das jemand bestätigen, was Sie mir da erzählen?", fragte er in seiner bayrischen Gemütlichkeit. Andreas wurde etwas röter im Gesicht, ein Zeichen, dass er sich erregte. „Na klar, dann fragen Sie doch mal die Entführer im Regenwald, denen wir ausgerissen sind. Ich kann aber auch den Leiter der Flugbereitschaft anrufen, der mich persönlich kennt. Ich bin nämlich Pilot bei der Lufthansa, mein Name ist Andreas Thaler. Also was ist nun, rufen Sie dort an oder soll ich den Mann anrufen und bitten, dass er herkommt?" Der Alte nuschelte etwas und meinte dann: „Okay, ich schicke Ihnen sofort jemand hoch. Ende!" Steffen schüttelte den Kopf.

„Das ist die deutsche Freundlichkeit, da tut sie sich beweisen. Dem einen gönnt sie das Essen nicht, dem anderen nicht das Sch……" Trotz der makabren Situation musste Andreas lachen. Plötzlich trat ein junger Mann mit Werkzeugkoffer aus dem Fahrstuhl und kam zu ihnen.

„Können Sie sich bitte ausweisen und diesen Zettel unterschreiben." Andreas schrieb in die Zeile für den Grund: *„Nicht beeinflussbarer Zwischenfall in Guyana - Entführung"*.
In der Zwischenzeit hatte der Monteur die beiden Parkkrallen entfernt, grüßte und verschwand wieder wortlos. Steffen schmunzelte.

„Den zweiten Spaß erlebst du wahrscheinlich jetzt, wenn du unten an der Kasse bezahlen musst. Das teilen wir uns dann aber."
Andreas lachte. „Lass gut sein, Freund Steffen, ich werde es verkraften!" Doch vorerst zogen sie ihre Winterstiefel und Winterjacken an, die sie im Wagen deponiert hatten.
Andreas startete den BMW und fuhr langsam die Kehren nach unten bis zum Schlagbaum. Dort steckte er die Karte ein und wartete. Es dauerte verdächtig lange, bis endlich das Display zu blinken begann.

„Überzogene Parkzeit von 15 Tagen!", kam die Meldung und es leuchtete der Betrag auf: ***„277,50 incl. 50% Aufschlag wegen Überziehung"***. Andreas verdrehte die Augen und bezahlte mit Karte. Endlich kam der Passierschein heraus.

Der Schlagbaum öffnete sich und Andreas konnte herausfahren. Sie waren endlich wieder auf ihrem heimatlichen Flughafen. Nadine und Carmen hatten mit Conny schon ungeduldig gewartet und bestürmten sie mit Fragen. Andreas erklärte, was vorgefallen war. Nadine nahm den Zettel und steckte ihn ein. Die 50 Prozent Aufschlag, die holen wir uns wieder. Ich mach das schon.“

Nach zwei Stunden und zwanzig Minuten bremste Andreas den BMW vor dem Haus der Familie Urban ab. Nadine lachte.

„Das Haus steht noch, Leute! Und so viel Schnee! Brr, ist das kalt!“ Und dann betrat Conny zum ersten Mal sein neues zu Hause und getraute sich nicht zu laufen. Schnee hatte er ja noch nie in seinem Leben gesehen. Anfangs sah er sich scheu um, doch als Carmen ihm einen Ball zuwarf, tobte er plötzlich los und raste durch die weiße Pracht. Er rannte wild umher, wälzte sich im Schnee und bellte freudig. Er hatte von seinem neuen Zuhause Besitz ergriffen. Nicht anders lief es im Haus selber. Sich vorsichtig umschauend und schnüffelnd bewegte er sich durch alle Zimmer im Erdgeschoss.

Als sie dann noch einen Kaffee tranken, saß er artig neben Carmens Stuhl und bekam eine Scheibe Wurstbrot und eine große Schüssel Wasser, die er auf einen Schlag leerte. Der arme Kerl hatte Durst gehabt. Und Carmen schalt sich unmöglich, weil sie da nicht schon am Flughafen daran gedacht hatte.

Nach einer Stunde brachen Nadine und Andreas wieder auf. Ihr Haus in Berchtesgaden erwartete sie. Zwanzig Minuten später kamen sie vor ihrem Haus an und Andreas fuhr in die Einfahrt. Sie stiegen aus und sahen sich um. Alles war unversehrt. Sogar die Wege waren vom Schnee befreit und gestreut. Sie betraten wieder ihr Haus. Es war angenehm warm. Die Pflanzen, zumeist alles Exoten, hatte die Nachbarin gegossen. Sie setzten sich an den Küchentisch und sahen sich um.

„Wir sind wieder gesund zu Hause, Schatz!“, meinte Andreas auf einmal. Nadine nickte wortlos und atmete tief durch.

„Lass uns mal raus in den Garten gehen.“ Nadine stand auf und öffnete die Terassentür. Sie sah Andreas an und verzog mit einem Blick auf das Thermometer das Gesicht.

„Minus 6 Grad, verdammt ist das kalt!“ Andreas lächelte.

„Dafür nehmen wir beide heute noch ein schönes warmes Bad. Einverstanden, Prinzessin?“ Nadine lächelte. „Yes, Mylord!“ Am Abend rechneten sie mal zusammen, was sie an Bekleidung und anderen Dingen verloren hatten. Mit zwei Koffern und zwei Reisetaschen waren sie abgefahren. Mit ihrer kleinen Handtasche waren sie nun zurück. Doch Andreas lachte wieder.

„Jammere doch nicht, wir gehen einkaufen und besorgen alles wieder. Wir haben genau 14.610.389,61€ auf dem Konto, wenn wir Steffens Anteil überwiesen haben!“, stellte er fest und schob den Taschenrechner beiseite. Jetzt sage einer noch, dieser Trip hat sich nicht gelohnt!“ Nadine nickte nachdenklich.

„Ja, du hast recht. Aber überleg mal, wie viele Menschenleben das gekostet hat, und was wir für Ängste ausgestanden haben. Da relativiert sich das wieder.“ Andreas sah sie liebevoll an.

„Ich verspreche dir, nie wieder so eine verrückte Idee zu haben. Aber morgen früh fahren wir zurück nach München zu unsrem Boss. Steffen holen wir auch ab, er fährt gleich mit. Carmen will früh ins Krankenhaus und sich dort abmelden. Wir haben ausgemacht, dass wir uns am Samstag bei ihm treffen. Vielleicht reden wir mal darüber, wie es nun weitergehen soll. Vielleicht sogar wieder gemeinsam. Was hältst du davon?“ Nadine nickte.

„Nicht schlecht, mit Carmen verstehe ich mich blendend. Und ich bin gespannt, ob sie tatsächlich ein Buch schreiben wird. Und ich könnte meinen heimlichen Traum vom Fliegen endlich in die Tat umsetzen. Aber nur, wenn du mit mir mitfliegst!“ Andreas lächelte, nahm ihre Hand und sah ihr in die Augen.

„Ich fliege mit euch beiden, wohin du willst! Hauptsache wir sind immer zusammen. Carmen und Steffen wären einverstanden, wenn wir zusammen Weihnachten feiern würden.“ Sie küsste sein frisch rasiertes Gesicht.

„Und wir beide gehen mit dir überall hin.“ Dabei streichelte sie ihren Bauch, nahm seine Hand und legte sie darauf.

ENDE
.

Epilog

Lieber Leser,
Was für eine verrückte Geschichte. Stellen Sie sich einmal vor,
Sie wären in die gleiche Situation geraten.
Der hier geschilderte Vorgang ist natürlich fiktiv. Die Personen
sind frei erfunden und das Flugzeug der Gebr. Windhorst mit
den Diamanten gab es auch nicht.
Der Autor hat versucht, eine Situation zu schildern, die theore-
tisch jeden von uns passieren könnte. Und da stellt sich natürlich
die Frage, wie weit können Menschen wie Du und Ich gehen,
wenn ihnen ein solcher Millionenfund in die Hände fallen
würde.
Unsere Akteure im Roman waren mehrmals gezwungen, sich ihrer Haut zu erwehren und selbst von der Schusswaffe Gebrauch
zu machen. Stellen wir uns doch einmal die Frage, wie würden
wir uns verhalten?

Ich hoffe, Sie hatten unterhaltsame Stunden beim Lesen, und ich
würde mich freuen, Sie auch künftig als Leser gewinnen zu können.

Meinen herzlichen Dank gilt an dieser Stelle auch meinem
Freund *Thomas Wölker*, der für die Gestaltung des Covers zuständig war, und meiner geschätzten Lektorin *Regina Graf,* die
meine textlichen Fehler beseitigen musste.

Mit herzlichen Grüßen

Ihr Autor

**Bereits erschienene Bücher von Hans-Peter Ackermann
und die dazugehörige ISBN**

2007 „Freiheit und was nun"	nicht mehr im Handel
2008 „Insel im Wind"	nicht mehr im Handel
2008 „Im Westen geht die Sonne unter"	nicht mehr im Handel
2009 „Unser Haus auf Fuerteventura"	nicht mehr im Handel
2009 „Verkauftes Land"	978-3-8391-1346-2
2010 „Eine Liebe in Mexiko"	978-3-8391-8116-4
2011 „Die Lawine"	978-3-8685-8725-8
2012 „Die Rückkehr der Götter"	978-3-86858-894-1
2013 „Die Blutnacht im Murachtal"	978-3-86858-999-3
2014 „Bergfeuer"	978-3-95631-167-8
2015 „Nebel über dem Königssee"	978-3-734-756-0
2017 „Novizin Anna"	978-3-7431-1874-4
2018 „Engelskinder"	978-3-7481-0762-0
2019 „Der Monde über den Klippen"	978-3-7504-0940-8
2021 „Die Tote im Geiranger Fjord"	978-3-7534-2480-4
2022 „Das Blut der Erde"	978-3-7568-6207-8
2023 „Das Orakel von Naxos"	978-3-7578-8355-3
2024 „Mord am Polarkreis"	979-3-7597-1188-5
2024 „Abenteuer in Kanada"	978-3-7597-8651-7
2025 "Flucht aus dem Dschungel von Guyana"	978-3-8192-7643-9

Liebe Leser!

Besuchen Sie mich bitte auf meiner Autorenhomepage
www.hans-peter-ackermann.de

2007	2008	2008	2009
2009	2010	2011	2012
2013	2014	2015	2017
2018	2019	2021	2022
2023	2024	2024	2025